Las siete muertes
de Evelyn Hardcastle

LAS SIETE MUERTES DE EVELYN HARDCASTLE

STUART TURTON

TRADUCCIÓN
Lorenzo F. Díaz

ÁTICO DE
LOS LIBROS

Primera edición en este formato: junio de 2019
Cuarta edición en este formato: abril de 2024
Título original: *The Seven Deaths of Evelyn Hardcastle*

Diseño de cubierta: David Mann
Ilustraciones de cubierta: iStockphoto/Shutterstock
Corrección: Isabel Mestre

Publicado por Ático de los Libros
C/ Roger de Flor n.º 49, escalera B, entresuelo, despacho 10
08013, Barcelona
info@aticodeloslibros.com
www.aticodeloslibros.com

ISBN: 978-84-17743-15-4
THEMA: FA
Depósito Legal: B 15521-2019
Preimpresión: Taller de los Libros
Impresión y encuadernación: Liberdúplex
Impreso en España – *Printed in Spain*

A mis padres, que me lo dieron todo y no pidieron nada.
A mi hermana, la primera y la más feroz de mis lectores,
abejorros incluidos.
Y a mi esposa, cuyo amor, apoyo y recordatorios
para que mirase de vez en cuando por encima
del teclado hicieron que este libro sea mucho más
de lo que creí que llegaría a ser.

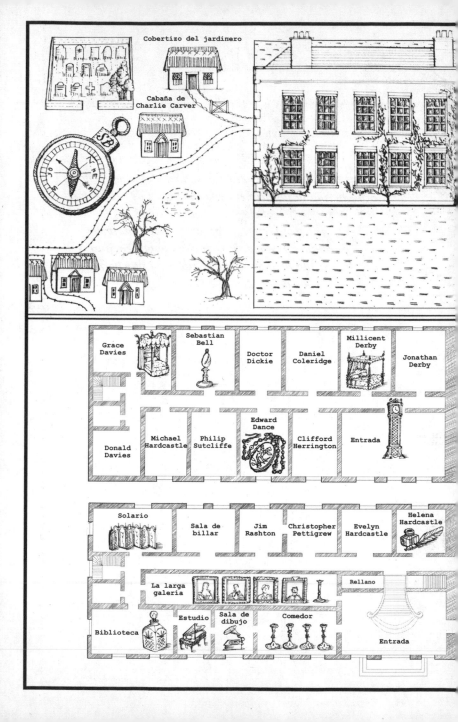

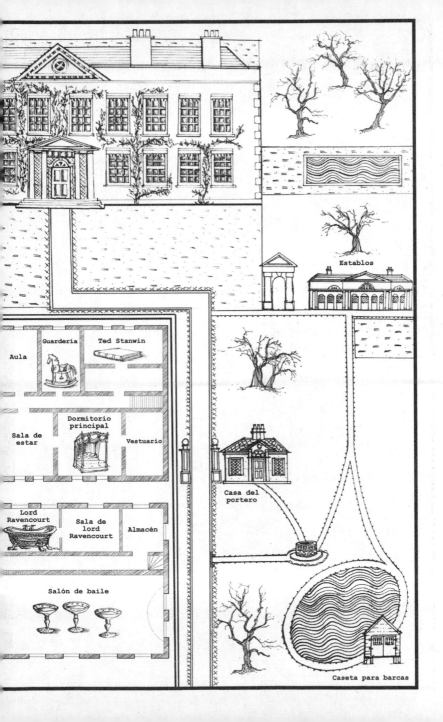

Queda cordialmente invitado a la celebración en
la casa Blackheath de su baile de disfraces.

Cortesía de sus anfitriones, la familia Hardcastle:
Lord *Peter Hardcastle* y lady *Helena Hardcastle*
y
su hijo, Michael Hardcastle, y
su hija, Evelyn Hardcastle

— Invitados destacados —
Edward Dance, Christopher Pettigrew y Philip Sutcliffe,
abogados de la familia
Grace Davies y su hermano, Donald Davies,
miembros de la alta sociedad
Comandante Clifford Herrington, oficial naval (retirado)
Millicent Derby y su hijo, Jonathan Derby,
miembros de la alta sociedad
Daniel Coleridge, apostador profesional
Lord Cecil Ravencourt, banquero
Jim Rashton, agente de policía
Dr. Richard (Dickie) Acker
Dr. Sebastian Bell
Ted Stanwin

— Personal principal de la casa —
El mayordomo, Roger Collins
La cocinera, la señora Drudge
La primera doncella, Lucy Harper
El jefe de los establos, Alf Miller
El pintor residente, Gregory Gold
El ayuda de cámara de lord Ravencourt,
Charles Cunningham
La dama de compañía de lady *Evelyn Hardcastle,*
Madeline Aubert

Rogamos a los invitados que tengan la amabilidad de no mencionar a **Thomas Hardcastle** *ni a* **Charlie Carver,** *dado que los trágicos acontecimientos relacionados con ellos siguen afligiendo grandemente a la familia.*

1

Primer día

Lo olvido todo mientras camino.

—¡Anna! —grito, y cierro la boca de golpe por la sorpresa.

Tengo la mente en blanco. No sé quién es Anna ni por qué la llamo. Ni siquiera sé cómo he llegado aquí. Estoy en un bosque y me protejo los ojos de la llovizna. El corazón me late con fuerza, apesto a sudor y me tiemblan las piernas. Debo de haber corrido, pero no recuerdo por qué.

—¿Cómo he…?

Me quedo sin habla cuando me veo las manos. Son huesudas, feas. Las manos de un desconocido. No las reconozco en absoluto.

Al sentir la primera punzada de pánico intento recordar algo más sobre mí: un familiar, mi dirección, mi edad, cualquier cosa, pero no consigo acordarme de nada. Ni siquiera de un nombre. Todos los recuerdos que tenía hace unos segundos se han desvanecido.

La garganta se me cierra, mi respiración es ruidosa y rápida. El bosque da vueltas a mi alrededor, motas negras entintan mi visión.

Cálmate.

—No puedo respirar —digo entre jadeos; la sangre ruge en mis oídos mientras me desplomo en el suelo y mis dedos se hunden en el barro.

Respira, solo tienes que calmarte.

Encuentro consuelo en esta voz interior, una fría autoridad.

11

Cierra los ojos, escucha al bosque. Recomponte.

Obedezco a la voz y cierro los ojos con fuerza, pero lo único que oigo es mi resuello aterrado. Durante un tiempo prolongado aplasta a los demás sonidos, pero despacio, muy despacio, abro un agujero en el miedo y eso permite que otros ruidos lleguen hasta mí. Gotas de lluvia al golpear las hojas, ramas que crujen sobre mi cabeza. A mi derecha hay un arroyo y, en los árboles, cuervos con alas que restallan en el aire al alzar el vuelo. Algo se arrastra entre los arbustos, un golpeteo de patas de conejo pasa lo bastante cerca como para tocarlo. Entretejo uno a uno todos esos nuevos recuerdos hasta obtener cinco minutos de pasado en los que envolverme. Suficientes para contener el pánico, al menos por ahora.

Me pongo en pie con torpeza y me sorprende lo alto que soy, lo lejos que parezco estar del suelo. Me tambaleo un poco y me sacudo las hojas húmedas de los pantalones; por primera vez, me fijo en que visto esmoquin y que tengo la camisa salpicada de barro y vino tinto. Debía de estar en una fiesta. Tengo los bolsillos vacíos y no llevo abrigo, así que no puedo haberme alejado demasiado. Es tranquilizador.

A juzgar por la luz, es por la mañana, así que he debido de pasar toda la noche aquí fuera. Nadie se viste para pasar la velada a solas, lo cual significa que debe de haber alguien que ya sabe que he desaparecido. Seguramente, más allá de esos árboles, haya una casa que despierta alarmada, ¿y quizá grupos de búsqueda que tratan de encontrarme? Exploro los árboles con la mirada, en cierto modo con la esperanza de ver a mis amigos salir de entre el follaje para escoltarme de vuelta a casa con palmadas en la espalda y bromas amables, pero las ensoñaciones no me sacarán de este bosque y no puedo demorarme aquí esperando un rescate. Estoy tiritando, me castañetean los dientes. Necesito caminar, aunque solo sea para conservar el calor, pero no veo nada aparte de árboles. No tengo forma de saber si me dirijo hacia la ayuda o si me alejo torpemente de ella.

Desorientado, vuelvo a la última preocupación del hombre que fui.

—¡Anna!

Sea quien sea esa mujer, es la razón evidente por la que estoy aquí fuera, pero no consigo imaginármela. ¿Será mi mujer, o mi hija? Ninguna de las dos cosas me parece correcta, pero algo en ese nombre tira de mí. Siento cómo intenta guiar mi mente hacia alguna parte.

—¡Anna! —chillo, más por desesperación que por esperanza.

—¡Ayúdame! —grita una mujer en respuesta.

Me vuelvo, buscando la voz, mareándome, atisbando entre distantes árboles una mujer con un vestido negro, corriendo para salvar la vida. Segundos después veo a su perseguidor tras ella, que aparece con estrépito entre el follaje.

—Tú, para —grito, pero mi voz es débil y cansada; queda pisoteada bajo sus pasos.

El *shock* me deja clavado en el sitio, y los dos casi han desaparecido cuando les doy caza, corriendo tras ellos con un apresuramiento que no había creído posible en mi dolorido cuerpo. Aun así, no importa lo mucho que corra, siempre están por delante de mí.

El sudor me corre por la frente, mis ya débiles piernas se vuelven más pesadas, hasta que ceden y me arrojan cuan largo soy contra el suelo. Me revuelvo entre las hojas y me incorporo a tiempo de encontrarme con su grito. Inunda el bosque, cortante por el miedo, silenciado por un disparo.

—¡Anna! —llamo desesperado—. ¡Anna!

No obtengo respuesta, solo el apagado eco del sonido de la pistola.

Treinta segundos. Ese fue el tiempo que dudé al verla y esa es la distancia a la que estaba cuando fue asesinada. Treinta segundos de indecisión, treinta segundos con los que abandonar a alguien por completo.

A mis pies hay una rama gruesa y la cojo, la balanceo para probar, me consuelo con el peso y la áspera textura de la corteza.

No me servirá de mucho contra una pistola, pero es mejor que explorar el bosque con las manos desnudas. Sigo jadeando, temblando tras la carrera, pero la culpa me empuja hacia el grito de Anna. Aparto unas ramas bajas temiendo hacer demasiado ruido, buscando algo que en realidad no quiero ver.

Una ramita se quiebra a mi izquierda.

Dejo de respirar y escucho intensamente.

Vuelve a oírse el sonido, pasos aplastando hojas y ramas, trazando un círculo hasta situarse detrás de mí.

Se me hiela la sangre, me quedo paralizado donde estoy. No me atrevo a mirar por encima del hombro.

El chasquido de ramas se acerca, hay una suave respiración casi detrás de mí. Me fallan las piernas, la rama se me cae de las manos.

Rezaría, pero no recuerdo las palabras.

Un aliento cálido me toca el cuello. Huelo alcohol y cigarrillos, el olor de un cuerpo sin lavar.

—Al este —carraspea un hombre, que deja caer algo pesado en mi bolsillo.

La presencia retrocede, sus pasos se retiran dentro del bosque mientras yo me desplomo, pego la frente al suelo, aspiro el olor a hojas húmedas y podredumbre, con lágrimas surcándome las mejillas.

Mi alivio es lastimoso, mi cobardía, lamentable. Ni siquiera he podido mirar a los ojos a mi atormentador. ¿Qué clase de hombre soy?

Todavía pasan unos minutos antes de que mi miedo se derrita lo suficiente como para poder moverme e incluso entonces me veo forzado a apoyarme contra un árbol cercano para descansar. El regalo del asesino se agita en mi bolsillo, meto la mano en él temiendo lo que podría encontrar y saco una brújula plateada.

—¡Oh! —digo sorprendido.

El cristal está agrietado; el metal, arañado; las iniciales SB, grabadas en la parte inferior. No sé lo que significan, pero las instrucciones del asesino eran claras. Debo usar la brújula para ir al este.

Miro al bosque con culpabilidad. El cuerpo de Anna debe de estar cerca, pero me aterra cuál podría ser la reacción del asesino si lo encuentro. Quizá estoy vivo por eso, porque no me he acercado más. ¿De verdad quiero poner a prueba los límites de su clemencia?

Suponiendo que sea eso.

Miro durante un buen rato la temblorosa aguja de la brújula. Ya no hay muchas cosas de las que esté seguro, pero sé que los asesinos no muestran clemencia. Sea cual sea su juego, no puedo fiarme de su consejo y no debería seguirlo, pero si no lo hago… Vuelvo a buscar en el bosque con la mirada. Todas las direcciones parecen iguales, árboles sin fin bajo un cielo lleno de rencor.

¿Cómo de perdido tienes que estar para dejar que el diablo te guíe a casa?

Así de perdido, decido. Justamente así de perdido.

Me separo del árbol, dejo la brújula plana en mi mano. Anhela el norte, así que me encamino al este, contra el viento y el frío, contra el mundo.

La esperanza me ha abandonado.

Soy un hombre en el purgatorio, ciego a los pecados que me persiguieron hasta aquí.

2

El viento aúlla, la lluvia arrecia y martillea a través de los árboles para rebotar en el suelo, hasta la altura del tobillo, mientras sigo la brújula.

Al ver un fogonazo de color entre la penumbra, vadeo en esa dirección y encuentro un pañuelo rojo clavado a un árbol, supongo que es la reliquia de algún juego infantil olvidada hace tiempo. Busco otro, y lo localizo a poca distancia, luego otro más, y otro. Me tambaleo entre ellos, avanzando entre la lobreguez hasta que llego al borde del bosque, donde los árboles ceden paso a los terrenos de una amplia mansión georgiana, con su fachada de ladrillo rojo sepultada en hiedra. Por lo que puedo adivinar, está abandonada. El largo camino de grava que lleva a la puerta principal está cubierto de malas hierbas y los recuadros de césped a ambos lados son un pantanal con flores que se marchitan en los bordes.

Busco alguna señal de vida, mi mirada deambula en las oscuras ventanas hasta que veo una débil luz en el primer piso. Debería sentir alivio, pero aun así titubeo. Tengo la sensación de haber tropezado con algo dormido, que esa luz incierta es el latido de una criatura vasta y peligrosa e inmóvil. ¿Por qué iba a regalarme esta brújula un asesino, si no es para conducirme hasta las fauces de algún mal mayor?

Pensar en Anna me empuja a dar el primer paso. Perdió la vida por esos treinta segundos de indecisión y ahora vuelvo a titubear. Me trago los nervios, me enjugo la lluvia de los ojos y cruzo el césped para subir por los escalones de la puerta principal. La golpeo con la furia de un niño, gastando mis últimas fuerzas en la madera. En ese bosque ha pasado algo terrible, algo que todavía puede castigarse si consiguiera despertar a los ocupantes de la casa.

Desgraciadamente, no puedo.

Pese a golpear la puerta hasta la extenuación, nadie abre.

Ahueco las manos y presiono la nariz contra los altos ventanales de ambos lados, pero las vidrieras están llenas de suciedad, lo que reduce el interior a una mancha amarilla. Las golpeo con la palma de la mano y retrocedo para estudiar la fachada de la casa en busca de otra entrada. Entonces veo la cadena de la campanilla, oxidada y enredada en la hiedra. La libero y le doy un buen tirón, y sigo tirando hasta que algo se agita tras las ventanas. La puerta se abre y aparece un individuo de aspecto adormilado y apariencia tan extraordinaria que por un momento nos quedamos parados, mirándonos boquiabiertos. Es bajo y deforme, arrugado por el fuego, que le ha marcado media cara. Un pijama que le viene muy grande cuelga de su esqueleto de percha, una bata raída color pardo se aferra a sus hombros disparejos. Apenas parece humano, un remanente de alguna especie previa perdida en los pliegues de nuestra evolución.

—Oh, gracias al cielo, necesito su ayuda —digo, recobrándome.

Él me mira, boquiabierto.

—¿Tiene teléfono? —vuelvo a probar—. Hay que llamar a las autoridades.

Nada.

—¡No se quede ahí parado, ser demoníaco! —grito, sacudiéndolo por los hombros, antes de pasar por su lado y entrar en el vestíbulo. Me quedo atónito cuando mi mirada repasa la sala. Todas las superficies están deslumbrantes, el mármol ajedrezado refleja un candelabro de cristal engalanado con docenas de velas. Espejos enmarcados se alinean en las paredes, una escalera ancha con una adornada barandilla se eleva hacia una galería, una estrecha alfombra roja desciende por las escaleras como la sangre de un animal sacrificado.

Al fondo de la sala se oye un portazo y aparecen media docena de criados salidos de las profundidades de la casa, llevan ramos de flores rosas y púrpuras, su aroma prácticamente cubre el olor de la cera caliente. Las conversaciones se interrumpen cuando se fijan en la pesadilla jadeante de la puerta. Se vuelven hacia mí uno a uno, todos contienen el aliento. Por unos instantes, el único sonido es el goteo de mis ropas en el bonito suelo limpio.

Plinc.

Plinc.

Plinc.

—¿Sebastian?

Un hombre rubio y apuesto con un jersey de *cricket* y pantalones de lino baja trotando los escalones de dos en dos. Parece tener unos cincuenta años, aunque la edad lo ha dejado más decadentemente arrugado que cansado y gastado. Se dirige hacia mí sin sacar las manos de los bolsillos, trazando una línea recta entre los silenciosos criados, que se apartan a su paso. Tiene la mirada tan fija en mí que dudo que note su presencia.

—Mi querido amigo, ¿qué diablos le ha pasado? —pregunta con el ceño arrugado por la preocupación—. Lo último que vi…

—Debemos llamar a la policía —digo, agarrándole los antebrazos—. Han asesinado a Anna.

A nuestro alrededor brotan susurros de sorpresa.

Él frunce el ceño al mirarme y dirige un rápido vistazo a los criados, que se han acercado un paso más.

—¿Anna? —pregunta con voz apagada.

—Sí, Anna. Le dieron caza hasta matarla.

—¿Quién?

—Alguien vestido de negro. Hay que llamar a la policía.

—Pronto, pronto, pero antes vayamos a su habitación —dice con tono tranquilizador mientras me lleva hacia las escaleras.

No sé si es el calor de la casa o el alivio de encontrar un rostro amigo, pero empiezo a sentirme débil y tengo que usar la barandilla para no tropezar mientras subimos los escalones.

Una vez arriba nos saluda un reloj de pared de mecanismo oxidado y segundos que se vuelven polvo en su péndulo. Es más tarde de lo que creía, casi las diez y media de la mañana.

Pasillos a ambos lados conducen a alas opuestas de la casa, pero el del ala oeste está bloqueado por una cortina de terciopelo clavada apresuradamente al techo. Un pequeño cartel sujeto a la tela proclama la zona «en decoración».

Impaciente por descargarme del trauma de la mañana, vuelvo a sacar el tema de Anna, pero mi samaritano me calla negando con la cabeza de forma conspiradora.

—Esos condenados criados desprestigiarán sus palabras por toda la casa en medio minuto —dice bajando tanto la voz como para recogerla del suelo—. Será mejor que hablemos en privado.

Se aleja de mi lado en dos zancadas, pero yo apenas puedo caminar en línea recta, mucho menos seguirle el ritmo.

—Mi querido amigo, tiene un aspecto espantoso —dice, al notar que me he rezagado.

Me coge del brazo y me guía por el pasillo, posando la mano en mi espalda, presionando los dedos contra mi columna. Aunque es un simple gesto, noto su urgencia mientras me conduce por un pasillo en penumbra con dormitorios a ambos lados y doncellas limpiando dentro. Debieron de repintar las paredes hace poco porque los vapores hacen que me lloren los ojos, y a medida que avanzamos hay más pruebas de una restauración apresurada. En los maderos del suelo hay diferentes salpicaduras, alfombras dispuestas para disimular y amortiguar el chirrido de las juntas. Han colocado sillones orejeros para disimular las grietas de las paredes, mientras que cuadros y porcelanas intentan distraer la vista de las desmoronadas cornisas. El deterioro es tan grande que semejante ocultamiento parece un gesto fútil. Han alfombrado una ruina.

—Ah, esta es su habitación, ¿verdad? —dice mi acompañante mientras abre una puerta cerca del final del pasillo.

Un aire frío me abofetea la cara, lo que me revive un poco, pero él se adelanta para cerrar la ventana por la que el viento entra a chorros. Yo lo sigo y entro en una habitación agradable, con una cama con dosel situada en el centro; su regio aspecto queda ligeramente desinflado por el flácido dosel y las harapientas cortinas cuyos pájaros bordados se desintegran por las costuras. En la parte izquierda de la habitación se ha colocado un biombo y, entre sus paneles, se vislumbra una bañera de hierro. Aparte de eso, el mobiliario es escaso, apenas hay una mesita de noche y un gran armario junto a la ventana, ambos astillados y ajados. Prácticamente, el único objeto personal que veo es una Biblia del rey Jacobo en la mesita, de cubiertas gastadas y páginas con las esquinas dobladas.

Mientras mi samaritano forcejea con la rígida ventana, me paro a su lado y, por un instante, el paisaje aparta de mi mente todo lo demás. Estamos rodeados por un denso bosque, cuyo verde manto no rompe ningún pueblo o camino. Nunca habría encontrado este lugar sin la brújula, sin la amabilidad de un asesino, pero no consigo deshacerme de la sensación de que me han atraído a una trampa. Después de todo, ¿por qué iba a matar a Anna y perdonarme a mí, si no media algún plan ulterior? ¿Qué puede querer de mí ese demonio que no pudiera conseguir en el bosque?

Mi acompañante cierra la ventana con un portazo, me indica un sillón junto a una chimenea apagada y, tras pasarme una toalla blanca del armario, se sienta en el borde de la cama y cruza una pierna sobre la otra.

—Empiece desde el principio, viejo amigo —dice.

—Este no es el momento —digo, aferrándome a un brazo del sillón—. Contestaré a todas sus preguntas en el momento debido, pero ¡primero tenemos que llamar a la policía y registrar el bosque! Hay un loco suelto.

Parpadea al mirarme de arriba abajo, como si pudiera encontrar la verdad en los pliegues de mi ropa manchada.

—Me temo que no podemos llamar a nadie; no tenemos línea —dice, frotándose el cuello—. Pero podemos registrar el bosque y enviar a un criado al pueblo si encontramos algo. ¿Cuánto tardará en cambiarse? Tiene que enseñarnos dónde sucedió.

—Bueno... —Retuerzo la toalla en las manos—. Es difícil. Estaba desorientado.

—Descríbalo, entonces —dice mientras tira de la pernera del pantalón y descubre el calcetín gris del tobillo—. ¿Qué aspecto tenía el asesino?

—No le vi la cara, llevaba un abrigo negro.

—¿Y esa Anna?

—También vestía de negro —digo. Me sonrojo cuando caigo en la cuenta de que no tengo más información—. Yo... Bueno, solo sé su nombre.

—Perdone, Sebastian, supuse que sería una amiga suya.

—No... —balbuceo—. O sea, puede. No estoy seguro.

Mi samaritano se inclina hacia delante con una sonrisa de confusión y con las manos colgando entre las rodillas.

—Creo que me he perdido algo. ¿Cómo puede usted saber su nombre, pero no estar seguro...?

—He perdido la memoria, maldita sea —lo interrumpo. La confesión golpea el suelo que nos separa—. Si no puedo recordar mi nombre, mucho menos el de mis amigos.

El escepticismo se instala en sus ojos. No lo culpo; todo esto me resulta absurdo incluso a mí.

—Mi memoria no tiene nada que ver con lo que presencié —insisto, aferrándome a los jirones de mi credibilidad—. Vi cómo perseguían a una mujer, luego gritó y la calló un disparo. ¡Hay que batir ese bosque!

—Ya veo. —Hace una pausa, se sacude una pelusa de la pernera. Sus siguientes palabras son una ofrenda, cuidadosamente elegida y todavía más cuidadosamente depositada ante mí—. ¿Hay alguna posibilidad de que las dos personas que vio fueran amantes? ¿Quizá jugaban en el bosque? El sonido que oyó pudo ser el de una rama al romperse, o incluso el pistón de un encendido.

—No, no, ella pidió ayuda, estaba asustada —digo. La agitación hace que me levante de un salto de la silla, la toalla sucia cae al suelo.

—Por supuesto, por supuesto —dice, tranquilizador, observando cómo camino de un lado a otro—. Le creo, mi querido amigo, pero la policía es muy meticulosa en estas cosas y disfruta haciendo que los de clases superiores parezcan idiotas.

Lo miro impotente, ahogándome en un mar de tópicos.

—Su asesino me dio esto —digo al acordarme de pronto de la brújula, que saco del bolsillo. Está manchada de barro, lo que me obliga a limpiarla con la manga—. Tiene letras en el dorso —digo, señalándolas con un dedo tembloroso.

Él mira la brújula con ojos entornados y la gira de forma metódica.

—SB —dice despacio, mirándome.

—¡Sí!

—Sebastian Bell. —Hace una pausa, sopesando mi confusión—. Es su nombre, Sebastian. Son sus iniciales. Esta es *su* brújula.

Mi boca se abre y se cierra, ningún sonido brota de ella.

—Debo de haberla perdido —acabo diciendo—. Quizá la cogió el asesino.

—Quizá —asiente.

Es su amabilidad la que me deja sin respiración. Cree que estoy medio loco, que soy un idiota borracho que ha pasado la noche en el bosque y ha vuelto desvariando. Pero, en vez de enfadarse, me compadece. Eso es lo peor. La ira es sólida, tiene peso. Puedes golpearla con los puños. La compasión es una niebla en la que perderse. Me dejo caer en el sillón, acuno la cabeza en las manos. Hay un asesino suelto y no tengo manera de convencerlo del peligro.

¿Un asesino que te enseñó el camino a casa?

—Sé lo que he visto —digo.

Ni siquiera sabes quién eres.

—Estoy seguro de que es así —contesta mi acompañante, confundiendo la naturaleza de mi protesta.

Miro al vacío y solo pienso en una mujer llamada Anna que yace muerta en el bosque.

—Mire, descanse un poco —responde, y se levanta—. Yo preguntaré en la casa, veré si falta alguien. Puede que así sepamos algo.

Su tono es conciliador, pero práctico. Por muy amable que esté siendo conmigo, no puedo confiar en que su duda resuelva algo. En cuanto salga de aquí, dirigirá algunas preguntas con poco entusiasmo al personal, mientras Anna yace abandonada.

—Vi a una mujer a la que asesinaron —digo y me pongo en pie débilmente—. Una mujer a la que debí ayudar, y si tengo que recorrer hasta el último centímetro de este bosque para demostrarlo, lo haré.

Él me sostiene la mirada durante un segundo, su escepticismo cede ante mi certeza.

—¿Por dónde empezará? —pregunta—. Ahí fuera hay miles de acres de bosque y, pese a sus buenas intenciones, apenas puede llegar a las escaleras. Sea quien sea esta Anna, ya está muerta y su asesino habrá huido. Deme una hora para organizar una partida de búsqueda y preguntar al personal. Alguien en esta casa debe de saber quién es y adónde fue. La encontraremos, se lo prometo, pero debemos hacerlo como es debido. —Me aprieta el hombro—. ¿Puede hacer lo que le pido? Una hora, por favor.

Las objeciones me ahogan, pero tiene razón. Necesito descansar, recuperar fuerzas y, por muy culpable que me sienta por la muerte de Anna, no quiero entrar en ese bosque solo. Apenas conseguí salir de él antes.

Me someto con un débil asentimiento.

—Gracias, Sebastian —dice—. Le han preparado el baño. ¿Por qué no se limpia un poco? Me encargaré de que llamen al médico y pediré a mi mayordomo que le prepare algo de ropa. Descanse un poco, nos encontraremos en la sala de estar a la hora del almuerzo.

Debería preguntarle por este lugar antes de que se vaya, cuál es mi propósito aquí, pero estoy impaciente por que empiece a hacer preguntas y así poder continuar la búsqueda. Ahora ya solo parece haber una cuestión importante, y para cuando encuentro las palabras con que hacerla, ya ha abierto la puerta.

—¿Tengo familia en la casa? —pregunto—. ¿Alguien que pueda estar preocupado por mí?

Me mira por encima del hombro, receloso y compasivo.

—Es soltero, viejo amigo. No tiene familia aparte de una tía chiflada en algún lugar que le administra las finanzas. Tiene amigos, por supuesto, entre ellos yo, pero, sea quien sea esa Anna, nunca me la había mencionado antes. A decir verdad, no le he oído decir su nombre antes de hoy.

Avergonzado, le da la espalda a mi decepción y desaparece por el frío pasillo. El fuego se agita inseguro cuando la puerta se cierra detrás de él.

3

Salto de la silla antes de que desaparezca la corriente de aire, abro los cajones de la mesilla y busco entre mis posesiones alguna mención a Anna, cualquier cosa que demuestre que no es producto de una mente alterada. Por desgracia, la habitación resulta ser notablemente poco habladora. Aparte de una cartera que contiene unas pocas libras, el otro objeto personal que encuentro es una invitación grabada en oro con una lista de invitados por delante y un mensaje detrás escrito con un trazo elegante.

> ***Lord* y lady *Hardcastle solicitan el placer de su compañía en el baile de máscaras para celebrar el regreso de su hija, Evelyn, de París. La celebración tendrá lugar en la casa Blackheath el segundo fin de semana de septiembre. Debido a que Blackheath está aislada, se organizará el transporte hasta la casa para todos los invitados desde el cercano pueblo de Abberly.***

La invitación está dirigida al doctor Sebastian Bell, un nombre que no reconozco inmediatamente como mío. Mi samaritano lo mencionó antes, pero verlo escrito, junto con mi profesión, me resulta algo más perturbador. Ni me siento como un Sebastian ni mucho menos como un médico. Una sonrisa burlona asoma a mis labios.

Me pregunto cuántos de mis pacientes seguirán confiando en mí cuando me acerque a ellos con el estetoscopio al revés.

Devuelvo la invitación al cajón. Centro mi atención en la Biblia de la mesita y paso las páginas, que están muy gastadas.

Hay párrafos subrayados, palabras marcadas con un círculo de tinta roja, aunque no tengo ni idea de lo que significan. Esperaba encontrar una nota o una carta escondida dentro, pero la Biblia está vacía de revelaciones. La aferro con ambas manos y hago un torpe intento de rezar, esperando poder reanimar cualquier fe que pudiera haber tenido alguna vez, pero la empresa parece una locura. Mi religión me ha abandonado junto con todo lo demás.

Ahora es el turno del armario y, aunque los bolsillos de mi ropa no me proporcionan nada, bajo un montón de sábanas encuentro un baúl de viaje. Es un vejestorio precioso, con el maltratado cuero envuelto en pulidas bandas de hierro, un pesado candado que protege su contenido de ojos indiscretos. Tiene una dirección de Londres, presumiblemente la mía, escrita en la etiqueta, aunque no despierta ningún recuerdo.

Me quito la chaqueta y cargo con el baúl hasta el suelo de madera, el contenido tintinea con cada movimiento. Se me escapa un susurro de excitación mientras presiono el botón del cierre, que se transforma en un gemido al descubrir que la maldita cosa está cerrada. Tiro de la tapa, una vez, dos, pero no cede. Vuelvo a mirar en los cajones y en el armario, y hasta me tumbo en el suelo para buscar bajo la cama, pero allí no hay nada aparte de polvo y bolitas de matarratas.

La llave no está en ninguna parte.

El único lugar donde no he mirado es en la zona que hay alrededor de la bañera, y rodeo el biombo como un poseso. Casi me sobresalto al ver que al otro lado acecha una criatura de mirada enloquecida.

Es un espejo.

La criatura de mirada enloquecida parece tan avergonzada como yo por esta revelación.

Doy un titubeante paso para examinarme por primera vez y mi decepción aumenta. Solo ahora, mirando a ese hombre tembloroso y asustado, caigo en la cuenta de las expectativas que tenía de mí. Más alto, más bajo, más delgado, más gordo, no sé cuáles, pero no esa figura desabrida del cristal. Con pelo castaño, ojos castaños y ninguna barbilla digna de mención, soy cualquier rostro entre la multitud, la forma que tiene Dios de llenar los huecos.

Me canso enseguida de mi reflejo y sigo buscando la llave del baúl, pero allí no hay nada aparte de unos artículos de aseo y una jarra de agua. Quienquiera que fuera antes, parece que me aseé antes de desaparecer. Estoy a punto de aullar de frustración cuando me interrumpe una llamada en la puerta, toda una personalidad que se manifiesta en cinco animados golpeteos.

—Sebastian, ¿está ahí? —dice una voz bronca—. Soy Richard Acker, soy médico. Me han pedido que lo examine.

Abro la puerta para encontrarme al otro lado con un enorme bigote gris. Es una visión notable, con las puntas curvándose fuera del borde de la cara a la que van teóricamente unidas. El hombre que hay detrás tiene sesenta y tantos, es completamente calvo, con una nariz protuberante y ojos inyectados en sangre. Huele a *brandy*, pero con alegría, como si cada gota hubiera caído con una sonrisa.

—Cielos, tiene usted un aspecto espantoso —dice—. Y esa es mi opinión profesional.

Pasa por mi lado aprovechando mi confusión, arroja su maletín negro sobre la cama y echa un buen vistazo a su alrededor, fijándose especialmente en mi baúl.

—Una vez tuve uno de estos —dice mientras pasa una mano cariñosa por la tapa—. Lavolaille, ¿verdad? Cuando yo estaba en el ejército, me llevó a Oriente y me trajo de vuelta. Dicen que uno no debería fiarse de un francés, pero no habría podido hacer nada sin sus maletas. —Le da una patada de prueba y hace una mueca cuando su pie rebota contra el obstinado cuero—. Debe de llevar ladrillos en él —dice, inclinando la cabeza hacia mí, expectante, como si hubiera alguna respuesta coherente a semejante afirmación.

—Está cerrado —balbuceo.

—¿No encuentra la llave, *hummm?*

—Yo…, no. Doctor Acker, yo…

—Llámeme Dickie, todo el mundo me llama así —dice animoso mientras se acerca a la ventana para mirar fuera—. La verdad es que nunca me ha gustado ese apodo, pero no consigo librarme de él. Daniel dice que ha sufrido usted un infortunio.

—¿Daniel? —pregunto, aferrándome a la conversación mientras esta se aleja de mí.

—Coleridge. El tipo que lo encontró esta mañana.

—Sí, claro.

El doctor Dickie observa mi desconcierto.

—Pérdida de memoria, ¿eh? Bueno, no se preocupe, vi unos cuantos casos en la guerra y lo recordaban todo al cabo de un día o así, lo quisiera o no el paciente.

Me empuja hacia el baúl y me obliga a sentarme en él. Me inclina la cabeza y me examina el cráneo con la ternura de un carnicero, lanzando una risita cuando hago una mueca.

—Oh, sí, tiene un buen chichón ahí atrás. —Hace una pausa mientras piensa—. Debió de golpearse la cabeza en algún momento de anoche. Supongo que fue entonces cuando todo se derramó, por así decirlo. ¿Algún otro síntoma, dolor de cabeza, náuseas, esas cosas?

—Hay una voz —digo, algo avergonzado por admitirlo.

—¿Una voz?

—En mi mente. Creo que es mi voz, solo que, bueno, está muy segura de las cosas.

—Ya veo —dice pensativo—. Y esa… voz, ¿qué dice?

—Me da consejos. A veces comenta lo que hago.

Dickie camina a uno y otro lado detrás de mí, tirándose del bigote.

—¿Ese consejo es, cómo lo diría, abierto? Nada violento, nada perverso.

—En absoluto —digo, molesto por la inferencia.

—¿Y la oye ahora?

—No.

—El trauma —dice bruscamente, alzando un dedo en el aire—. Eso es lo que será. Es muy corriente, la verdad. Alguien se golpea la cabeza y empiezan a pasarle todo tipo de cosas raras. Ve olores, saborea sonidos, oye voces. Suele pasarse en uno o dos días, un mes como mucho.

—¡En un mes! —digo, girando en el baúl para mirarlo—. ¿Cómo voy a arreglármelas así durante un mes? Igual debería ir a un hospital.

—Por Dios, no, los hospitales son lugares horribles —dice, espantado—. Barren el malestar y la muerte hasta los rincones, las enfermedades se enroscan en las camas con los pacientes. Acepte mi consejo y vaya a dar un paseo, examine sus pertenencias, hable con amigos. Anoche lo vi compartiendo una botella con Michael Hardcastle, varias botellas, de hecho. Fue toda una noche, por lo que parece. Él debería poder ayudarlo y, recuerde lo que le digo, una vez que recupere la memoria dejará de oír esa voz. —Hace una pausa y chasquea la lengua—. Me preocupa más ese brazo.

Nos interrumpe una llamada en la puerta. Dickie la abre antes de que yo pueda protestar. Es el ayuda de cámara de Daniel, con la ropa planchada que me había prometido. Al notar mi indecisión, Dickie coge la ropa, despide al mayordomo y la extiende en la cama para mí.

—Bueno, ¿por dónde íbamos? —dice—. Ah, sí, ese brazo.

Sigo su mirada hasta encontrar manchas de sangre regulares en la manga. Sin más preámbulos, me arremango para descubrir feos cortes y carne desgarrada. Parecen haber formado costra, pero mis esfuerzos recientes debieron de reabrir las heridas. Tras doblarme uno a uno mis dedos rígidos, saca de su bolsa una pequeña botella marrón y unas vendas y me limpia las heridas antes de untarlas con yodo.

—Son heridas de cuchillo, Sebastian —dice con tono preocupado. Su buena disposición se convierte en cenizas—. Y son recientes. Parece que alzó el brazo para protegerse, así.

Me hace una demostración con un gotero de su maletín de médicos golpeándose violentamente el antebrazo, alzado ante su rostro. Su reconstrucción basta para ponerme la piel de gallina.

—¿Recuerda algo de anoche? —dice mientras me venda el brazo con tanta fuerza que siseo de dolor—. ¿Alguna cosa?

Empujo mis pensamientos hacia mis horas perdidas. Al despertar supuse que se había perdido todo, pero ahora me doy cuenta de que no es así. Siento mis recuerdos fuera de mi alcance. Tienen forma y peso, como muebles amortajados en una habitación a oscuras. Solo he extraviado la luz para poder verlos.

Suspiro y niego con la cabeza.

—No recuerdo nada. Pero esta mañana vi una…

—Una mujer asesinada —interrumpe el doctor—. Sí, me lo dijo Daniel.

La duda tiñe cada palabra, pero me anuda el vendaje sin dar voz a sus objeciones.

—En cualquier caso, tiene que informar a la policía de inmediato —dice—. El que hizo esto intentaba causarle un daño significativo.

Coge su maletín de la cama y me estrecha torpemente la mano.

—Una retirada estratégica, muchacho, eso es lo que se requiere aquí —dice—. Hable con el encargado de las cuadras, debería poder prepararle un transporte hasta el pueblo y, una vez allí, podrá hablar con la policía. Mientras tanto, probablemente sea mejor que mantenga el ojo avizor. Este fin de semana hay veinte personas alojadas en Blackheath, y llegarán treinta más para el baile de esta noche. La mayoría de ellos no están por encima de quien hace este tipo de cosas, y si usted los ha ofendido…, bueno… —Niega con la cabeza—…, le aconsejo que vaya con cuidado.

Sale de la habitación y yo me apresto a coger la llave del aparador para cerrar la puerta tras él, mis manos temblorosas requieren varios intentos para meter la llave en la cerradura.

Hace una hora me consideraba el juguete de un asesino atormentado, pero ajeno a cualquier peligro físico. Rodeado de gente, me sentía lo bastante a salvo como para insistir en que recuperáramos el cuerpo de Anna del bosque e iniciáramos la búsqueda de su asesino. Ya no es así. Alguien ha intentado quitarme la vida y no tengo ninguna intención de permanecer aquí lo bastante como para que vuelva a intentarlo. Los muertos no pueden esperar que los vivos salden las deudas que puedan tener con ellos y, sea lo que sea lo que le debo a Anna, tendré que pagárselo a distancia. Cuando me reúna con mi samaritano en la sala de estar, seguiré el consejo de Dickie y solicitaré un transporte para regresar al pueblo.

Es hora de que vuelva a casa.

4

El agua se derrama por los bordes de la bañera mientras me desprendo rápidamente de la segunda piel de barro y hojas que me cubre. Inspecciono mi cuerpo rosa recién frotado en busca de cicatrices o marcas de nacimiento, cualquier cosa que pueda despertar un recuerdo. Debo estar abajo en veinte minutos y no he averiguado nada más de Anna desde que pisé los escalones de Blackheath. Atacar el muro de ladrillos de mi mente ya era frustrante cuando quería ayudar con la búsqueda, pero ahora mi ignorancia podría pulverizar toda la empresa.

Para cuando termino de lavarme, el agua de la bañera está tan negra como mi estado de ánimo. Siento desaliento mientras me seco con la toalla e inspecciono las prendas planchadas que dejó el ayuda de cámara. Su selección de ropa me parece bastante puritana, pero, al contemplar las alternativas del armario, enseguida comprendo su dilema. La ropa de Bell —pues en verdad sigo sin poder reconciliarnos— consiste en varios trajes idénticos, dos chaquetas para cenar, ropa de caza, una docena de camisas y unos cuantos chalecos. Todos en diferentes tonos de gris y negro, insulsos uniformes de lo que por ahora parece ser una vida extraordinariamente anónima. La idea de que este hombre pudiera haber inspirado a alguien a cometer un acto violento se está convirtiendo en lo más extravagante de los acontecimientos de la mañana.

Me visto rápidamente, pero tengo los nervios tan a flor de piel que necesito una respiración honda y una palabra severa para obligar a mi cuerpo a ir hacia la puerta. El instinto me impele a llenarme los bolsillos antes de salir, mi mano se mueve hacia el aparador solo para detenerse inútilmente en el aire. Intento recoger posesiones que no están allí y que ya no recuerdo. Debe de ser una rutina de Bell, una sombra de mi antigua vida que sigue presente. El impulso es tan fuerte que me siento condenadamente raro al retirar la mano vacía. Por desgracia, lo único que conseguí recuperar del bosque fue esa maldita brújula, pero no la veo por ninguna parte. Debió de llevársela mi samaritano, el hombre al que el doctor Dickie llamó Daniel Coleridge.

La inquietud me asalta cuando salgo al pasillo.

Solo tengo una mañana de recuerdos y no puedo conservar ni esos.

Un criado que pasa me indica la sala de estar, que resulta encontrarse al otro extremo del salón, unas puertas más allá del vestíbulo de mármol por el que entré esta mañana. Es un lugar desagradable, la madera negra y las cortinas escarlata recuerdan a un desmesurado ataúd, el fuego de carbón arroja al aire un humo oleoso. Hay una docena de personas congregadas allí y, pese a los aperitivos fríos dispuestos en la mesa, la mayoría de los invitados están desplomados en sillones de cuero o parados junto a las ventanas emplomadas, mirando con tristeza al terrible tiempo, mientras una doncella con manchas de mermelada en el mandil se mueve sin problemas entre ellos, depositando platos sucios y vasos vacíos en una enorme bandeja de plata que apenas puede sostener. Un hombre rechoncho con traje de caza de *tweed* verde se ha sentado en el pianoforte de la esquina y toca una canción obscena que solo ofende por lo inepto de su interpretación. Nadie le presta mucha atención, aunque se esfuerza para corregir eso.

Ya es casi mediodía, pero no veo a Daniel por ninguna parte, así que me atareo inspeccionando los diferentes decantadores del mueble bar sin la menor pista de lo que pueden ser o de lo que me gusta. Acabo sirviéndome algo marrón y me vuelvo para mirar a mis compañeros invitados, esperando algún fogonazo de reconocimiento. Si alguna de esas personas es responsable de las heridas de mi brazo, su irritación al verme sano y salvo debería resultarme evidente. Y asumo que mi mente no conspirará en mi contra para mantener en secreto su identidad en el supuesto de revelarse. Suponiendo, claro está, que mi mente pueda encontrar algún modo de distinguirlas. Casi todos los hombres son matones gritones de rostro hinchado ataviados de *tweed* para la caza, mientras que las mujeres visten sobriamente falda, camisa de lino y cárdigan. A diferencia de sus escandalosos maridos, departen en voz baja y me buscan por el rabillo de los ojos. Tengo la sensación de ser observado de forma subrepticia, como un ave exótica. Es terriblemente inquietante, pero supongo que comprensible. Daniel no ha podido hacer averiguaciones sin revelar de paso mi estado. Ahora soy parte del entretenimiento, me guste o no.

Me centro en mi bebida e intento distraerme escuchando a escondidas las conversaciones circundantes, con una sensación semejante a meter la cabeza en un rosal. La mitad de ellos se queja y la otra mitad escucha las quejas. No les gustan las habitaciones, la comida, la indolencia del servicio, el aislamiento ni el hecho de no haber podido llegar hasta aquí con sus coches (aunque el cielo sabrá cómo habrán podido encontrar el lugar). Pero, sobre todo, reservan su ira para la ausencia de una bienvenida por parte de *lady* Hardcastle, que aún no ha aparecido pese a que muchos de ellos llegaron anoche, algo que parecen haberse tomado como un insulto personal.

—Discúlpeme, Ted —dice la doncella, intentando pasar junto a un hombre en la cincuentena. Es corpulento y tiene la piel quemada por el sol bajo su escasa mata de pelo rojo. El traje de caza se tensa alrededor de un cuerpo grueso que tiende a la gordura, su rostro está iluminado por unos brillantes ojos azules.

—¿Ted? —dice furioso, agarrándola por la muñeca y apretando lo bastante fuerte como para provocar una mueca de dolor—. ¿Con quién diablos te crees que hablas, Lucy? Para ti soy el señor Stanwin, ya no estoy abajo con las ratas.

Ella asiente, aturdida, mirándonos en busca de ayuda. Nadie se mueve, hasta el piano se muerde la lengua. Me doy cuenta de que todos tienen miedo de este hombre. Para mi vergüenza, yo no soy mucho mejor. Me quedo paralizado, observando este intercambio por el rabillo de mis entornados ojos, deseando desesperadamente que su vulgaridad no se desvíe hacia mí.

—Suéltela, Ted —dice Daniel Coleridge desde la puerta.

Su tono de voz es firme, frío. Retumba con repercusiones.

Stanwin resopla por la nariz y mira a Daniel por sus estrechados ojos. No hay competición que valga. Stanwin es achaparrado y sólido y escupe veneno. Pero hay algo en la actitud de Daniel, con las manos en los bolsillos y la cabeza inclinada, que detiene a Stanwin. Quizá tema ser atropellado por el tren que Daniel parece estar esperando.

Un reloj tamborilea su valor y marca la hora.

Stanwin suelta a la doncella con un gruñido y se marcha pasando junto a Daniel, musitando algo que no consigo oír.

La sala respira, el piano vuelve a oírse, el heroico reloj continúa sonando como si no hubiera pasado nada.

Los ojos de Daniel nos estudian uno a uno.

Incapaz de afrontar su escrutinio, contemplo mi reflejo en la ventana. En mi rostro hay desagrado, asco ante los interminables defectos de mi carácter. Primero, el asesinato en el bosque, y ahora esto. ¿Cuántas injusticias me permitiré ignorar antes de reunir el valor para intervenir?

Daniel se acerca, es un fantasma en el cristal.

—Bell —dice en voz baja, posando una mano en mi hombro—. ¿Tiene un momento?

Encorvado por el peso de mi vergüenza, lo sigo hasta el estudio contiguo con los ojos de todos clavados en mi espalda. Es un lugar todavía más oscuro, la hiedra sin podar amortaja las ventanas emplomadas, oscuros cuadros al óleo absorben la poca luz que consigue atravesar el cristal. Hay un escritorio colocado con vistas al prado, y parece recién abandonado, una estilográfica derrama tinta en un pedazo de papel secante, hay un abrecartas a su lado. Uno solo puede imaginar qué misivas se escriben en un ambiente tan opresivo.

En la esquina opuesta, junto a una segunda puerta, hay un joven que también viste traje de caza mirando por el altavoz de un fonógrafo, preguntándose claramente por qué el disco giratorio no arroja ningún sonido a la habitación.

—Un semestre en Cambridge y ya se cree Isambard Kingdom Brunel —dice Daniel, haciendo que el joven alce la mirada desde su desconcierto. No tendrá más de veinticuatro años, con cabellos negros y rasgos amplios y achatados que dan la impresión de que tiene la cara apretada contra un cristal.

—Belly, condenado idiota, aquí estás —dice, estrechándome la mano al tiempo que me da palmadas en la espalda. Es como verse atrapado en un cepo cariñoso.

Examina mi rostro expectante, sus ojos verdes se estrechan ante mi falta de reconocimiento.

—Entonces es cierto, no recuerdas nada —dice, dirigiendo una mirada rápida a Daniel—. ¡Diablo con suerte! Vamos al bar para que pueda presentarte a una resaca.

—Las noticias viajan rápido en Blackheath —digo.

—El aburrimiento es un terreno muy llano —dice—. Soy Michael Hardcastle. Somos viejos amigos, aunque supongo que ahora la mejor descripción es recientes conocidos.

No hay ni un asomo de decepción en esa declaración. De hecho, parece divertido. Incluso al primer encuentro, resulta evidente que a Michael Hardcastle le entretienen muchas cosas.

—Michael se sentó a su lado anoche en la cena —dice Daniel, que retoma la inspección que Michael había hecho del gramófono—. Ahora que lo pienso, posiblemente por eso salió y acabó golpeándose en la cabeza.

—Sígale la corriente, Belly, seguimos esperando a que algún día diga algo gracioso por accidente —dice Michael.

Hay una pausa instintiva para mi réplica, el ritmo del momento se desploma bajo el peso de su ausencia. Por primera vez desde que desperté esta mañana, siento añoranza por mi antigua vida. Echo de menos conocer a estos hombres. La intimidad de esta amistad. Mi pena tiene un reflejo en el rostro de mis compañeros, un silencio incómodo cava una trinchera entre nosotros. Con la esperanza de recobrar al menos parte de la confianza que debimos compartir una vez, me arremango para mostrarles los vendajes que me cubren el brazo, la sangre ya ha empezado a traspasarlos.

—Ojalá me hubiera golpeado la cabeza —digo—. El doctor Dickie cree que alguien me atacó anoche.

—Mi querido amigo —exclama sobresaltado Daniel.

—Esto es por esa maldita nota, ¿verdad? —dice Michael, siguiendo mis heridas con los ojos.

—¿De qué hablas, Hardcastle? —pregunta Daniel, alzando las cejas—. ¿Estás diciendo que sabes algo de esto? ¿Por qué no lo dijiste antes?

—No es gran cosa —dice Michael con timidez, hurgando en la gruesa alfombra con la punta del pie—. Una doncella trajo una nota a la mesa durante la quinta botella de vino. Lo siguiente que sé es que Belly se excusaba e intentaba recordar cómo funcionan las puertas. —Me mira avergonzado—. Quise ir con usted, pero fue inflexible en que tenía que ir solo. Supuse que iba a reunirse con alguna que otra mujer, por lo que no insistí, y esa fue la última vez que lo vi hasta ahora.

—¿Qué decía el mensaje? —pregunto.

—No tengo la menor idea, viejo amigo, no lo leí.

—¿Recuerdas a la doncella que os la llevó, o si Bell mencionó a una mujer llamada Anna? —pregunta Daniel.

Michael se encoge de hombros mientras el recuerdo envuelve su rostro.

—¿Anna? Me temo que no me suena. En cuanto a la doncella, bueno… —Hincha las mejillas, lanza un largo resoplido—. Vestido negro, delantal blanco. Oh, maldita sea, Coleridge, sé razonable. Hay docenas de ellas, ¿cómo puede un hombre acordarse de sus caras?

Nos dirige una mirada impotente, Daniel la recibe negando disgustado con la cabeza.

—No se preocupe, muchacho, llegaremos al fondo de esto —me dice, apretándome el hombro—. Y tengo una idea de cómo.

Se acerca a un mapa de la finca enmarcado en la pared. Es un dibujo arquitectónico, la lluvia lo ha tocado y amarilleado en los bordes, pero es un bonito retrato de la casa y los alrededores. Resulta que Blackheath es una enorme finca con un cementerio familiar al oeste y un establo al este, un serpenteante camino hasta un lago con una caseta para barcas junto a la orilla. Aparte del camino de coches, que es una carretera que se dirige en línea recta hasta el pueblo, todo lo demás es bosque. Tal como sugiere la vista desde las ventanas de arriba, estamos solos entre los árboles.

Un sudor frío hormiguea en mi piel.

Yo tenía que desaparecer en ese terreno, como lo hizo Anna esta mañana. Estoy buscando mi propia tumba.

Daniel me mira al sentir mi inquietud.

—Un lugar solitario, ¿verdad? —murmura, golpeando un cigarrillo que ha sacado de un estuche de plata. Cuelga de su labio inferior mientras busca un mechero en los bolsillos.

—Mi padre nos trajo aquí cuando se hundió su carrera política —dice Michael, que enciende el cigarrillo de Daniel y coge uno para él—. El viejo se consideraba un hacendado. Por supuesto, la cosa no salió como esperaba.

Alzo una ceja inquisitiva.

—Mi hermano fue asesinado por un tal Charlie Carver, uno de nuestros guardabosques —dice Michael con calma, como si recitara el resultado de las carreras.

Horrorizado por haber olvidado algo tan horrendo, balbuceo una disculpa.

—Lo… Lo siento, eso debió de ser…

—Hace muchísimo tiempo —interrumpe Michael, con una pizca de impaciencia en la voz—. Diecinueve años, de hecho. Yo solo tenía cinco cuando sucedió y, la verdad, apenas lo recuerdo.

—A diferencia de la mayoría de la prensa amarillista —añade Daniel—. Carver y un amigo se emborracharon hasta enloquecer y encontraron a Thomas cerca del lago. Casi lo ahogaron en él y remataron el trabajo con un cuchillo. Tenía unos siete años. Ted Stanwin llegó a la carrera y los espantó con una escopeta, pero Thomas ya estaba muerto.

—¿Stanwin? —pregunto, luchando para que la sorpresa no asome a mi voz—. ¿El patán del almuerzo?

—Oh, yo no diría eso en voz demasiado alta —dice Daniel.

—El viejo Stanwin está muy bien considerado por mis padres —añade Michael—. Era un simple guardabosques cuando intentó salvar a Thomas, pero padre le regaló una de nuestras plantaciones de África como agradecimiento y el fulano hizo fortuna.

—¿Qué fue de los asesinos? —pregunto.

—Cogieron a Carver —dice Daniel, que derrama ceniza en la alfombra—. La policía encontró bajo los maderos del suelo de su cabaña el cuchillo que usó, junto con una docena de botellas de *brandy* robadas. Nunca cogieron a su cómplice. Stanwin afirma que le dio con la escopeta, pero nadie se presentó con una herida en el hospital local y Carver se negó a delatarlo. Lord y *lady* Hardcastle daban una fiesta ese fin de semana, así que pudo ser alguno de los invitados, pero la familia fue inflexible en que ninguno conocía a Carver.

—Fue un mal asunto para todos —dice Michael con un tono monótono; su expresión es tan negra como las nubes que se amontonan en las ventanas.

—¿Así que el cómplice sigue libre? —pregunto, con el miedo arrastrándose por la columna vertebral. Un asesinato hace diecinueve años y un asesinato esta mañana. No puede ser una coincidencia.

—Hace que uno se pregunte para qué está la policía, ¿verdad? —comenta Daniel, que luego guarda silencio.

Mis ojos buscan a Michael, que mira hacia la sala de estar. Se está vaciando a medida que los invitados se dirigen al vestíbulo, llevándose las conversaciones consigo. Incluso desde aquí oigo el remolinante e hiriente enjambre de insultos dedicados a cualquier cosa, desde el estado decrépito de la casa a la borrachera de lord Hardcastle y a la actitud fría de *lady* Hardcastle. Pobre Michael, no puedo imaginar cómo debe sentirse uno cuando se ridiculiza tan abiertamente a su propia familia, y encima en su propia casa.

—Mire, no hemos venido a aburrirlo con viejas historias —dice Daniel, rompiendo el silencio—. He preguntado por Anna. Me temo que no hay buenas noticias.

—¿Nadie la conoce?

—No hay nadie que se llame así entre los invitados o el personal —dice Michael—. Y, lo que es más, no falta nadie en Blackheath.

Abro la boca para protestar, pero Michael alza la mano para callarme.

—Nunca me deja acabar, Belly. No puedo organizar una partida de búsqueda, pero esa gente saldrá de caza dentro de diez minutos. Si me da una vaga idea de dónde despertó esta mañana, me aseguraré de ir en esa dirección y de mantener los ojos abiertos. Saldremos quince personas, así que hay muchas probabilidades de que veamos algo.

La gratitud me inunda el pecho.

—Gracias, Michael.

Me sonríe a través de una nube de humo de cigarrillo.

—Nunca lo he visto salirse de madre, Belly, ni se me ocurre que lo pueda estar haciendo ahora.

Miro el mapa, ansioso por hacer mi parte, pero no tengo ni idea de dónde vi a Anna. El asesino me señaló al este y el bosque me empujó hacia Blackheath, pero solo puedo adivinar cuánto tiempo caminé o dónde pude empezar. Respiro hondo y me confío a la providencia al tocar el cristal con la yema del dedo mientras Michael y Daniel miran por encima de mi hombro. Michael asiente, frotándose la barbilla.

—Se lo diré a los amigos. —Me mira de arriba abajo—. Será mejor que se cambie. Saldremos enseguida.

—No voy a ir —digo con la voz estrangulada por la vergüenza—. Tengo que… No puedo…

El joven se remueve incómodo.

—Vamos…

—Use la cabeza, Michael —interrumpe Daniel, posando una mano en mi hombro—. Mire lo que le han hecho. El pobre Bell apenas consiguió salir del bosque, ¿por qué querría volver? —Suaviza el tono—. No se preocupe, Bell, encontraremos a su chica desaparecida y al hombre que la asesinó. Ahora está en nuestras manos. Quédese lo más lejos posible de este asunto.

5

Estoy junto a la ventana emplomada, medio oculto por las cortinas de terciopelo. En el camino de coches, Michael se relaciona con los demás hombres. Todos jadean bajo los gruesos abrigos, con la escopeta apoyada en el interior del codo, riendo y charlando, el aliento se condensa al escapar de sus labios. Libres de la casa para disfrutar de una matanza, parecen casi humanos.

Las palabras de Daniel eran consoladoras, pero no pueden absolverme. Debería estar fuera con ellos, buscando el cuerpo de la mujer a la que fallé. En vez de eso, huyo. Lo menos que puedo hacer es soportar la vergüenza de ver cómo se alejan sin mí.

Junto a la ventana pasan perros tirando de correas que sus dueños forcejean para sujetar. Las dos escandaleras se funden, cruzando el prado hacia el bosque, justo en la dirección que le indiqué a Daniel, aunque no veo a mi amigo entre ellos. Supongo que se unirá al grupo más tarde.

Espero a que el último de ellos desaparezca entre los árboles antes de volver a comprobar el mapa de la pared. Si es correcto, los establos no están muy lejos de la casa. Seguro que encuentro allí al jefe de los establos. Él podrá preparar un carruaje para ir al pueblo y allí coger un tren que me lleve a casa.

Me vuelvo para ir a la sala de estar y encuentro el paso bloqueado por un enorme cuervo negro.

El corazón me da un vuelco, y yo también, contra el aparador, arrojando al suelo fotos de familia y objetos de todo tipo.

—No hace falta que se asuste —dice la criatura, que da medio paso para salir de entre las sombras.

No es un pájaro. Es un hombre vestido como un médico medieval de la peste, sus plumas son un gabán negro, el pico pertenece a una máscara de porcelana, y brilla a la luz de una lámpara cercana. Supongo que es un disfraz para el baile de esta noche, aunque eso no explica por qué lleva un atuendo tan siniestro en pleno día.

—Me ha sobresaltado —digo, agarrándome el pecho y riendo avergonzado mientras intento superar el susto.

Él inclina la cabeza, me examina como si fuera un animal extraviado al que ha sorprendido sentado en la alfombra.

—¿Qué se trajo consigo? —pregunta.

—¿Perdón?

—Despertó con una palabra en los labios, ¿cuál era?

—¿Nos conocemos? —pregunto, mirando por la puerta que da a la sala de estar con la esperanza de ver a otro invitado. Desgraciadamente, estamos solos, lo cual era su intención casi con total seguridad, deduzco con creciente alarma.

—Lo conozco —dice—. Con eso basta por ahora. ¿Cuál era la palabra, por favor?

—¿Por qué no se quita la máscara para que podamos hablar cara a cara? —digo.

—Mi máscara es la menor de sus preocupaciones, doctor Bell. Conteste a la pregunta.

Aunque no ha dicho nada amenazador, la porcelana amortigua su voz, lo que añade un rumor grave y animal a cada frase.

—Anna —digo, sujetándome el muslo con la mano para no echar a correr.

Él suspira.

—Qué pena.

—¿Sabe quién es? —digo, esperanzado—. Nadie en la casa ha oído hablar de ella.

—Me sorprendería lo contrario —dice, desechando mi pregunta con un gesto de la mano enguantada. Busca en su abrigo y saca un reloj de bolsillo dorado, chasqueando la lengua todo el rato—. No tardaremos en tener algo que hacer, pero no será hoy ni mientras esté en ese estado. Volveremos a hablar pronto, cuando todo esté un poco más claro. Mientras, le aconsejo que se familiarice con Blackheath y con los invitados. Disfrute mientras pueda, doctor, pronto lo encontrará el lacayo.

—¿El lacayo? —digo. El nombre hace sonar una alarma en alguna parte de mi interior—. ¿Es el responsable del asesinato de Anna, o de las heridas de mi brazo?

—Lo dudo mucho —dice el médico de la peste—. El lacayo no se parará en su brazo.

Oigo un golpe tremendo detrás de mí y me vuelvo hacia el ruido. Una pequeña salpicadura de sangre mancha la ventana, un pájaro moribundo se debate lo que le queda de vida entre las malas hierbas y las flores marchitas de abajo. El pobre debió de estrellarse contra el cristal. Me sorprende la compasión que siento, una lágrima asoma a mi ojo ante esta vida desperdiciada. Decido enterrar al pájaro antes de hacer cualquier otra cosa y me doy la vuelta para manifestar mis excusas a mi enigmático acompañante, pero se ha ido ya.

Me miro las manos. Las aprieto con tanta fuerza que me he clavado las uñas en las palmas.

—El lacayo —repito para mí.

El nombre no me dice nada, pero el sentimiento que evoca es inconfundible. Esa persona me aterroriza por algún motivo. El miedo me lleva hasta el escritorio y el abrecartas que vi antes. Es pequeño, pero lo bastante afilado como para hacer brotar sangre de la punta de mi pulgar. Me chupo la herida mientras me guardo el arma. No es gran cosa, pero basta para que no atranque la puerta de mi cuarto.

Ahora que me siento un pelín más seguro, me dirijo a mi dormitorio. Sin invitados que distraigan del decorado, Blackheath es un lugar melancólico. Descontando el magnífico vestíbulo, las demás salas por las que paso huelen a humedad y abunda el moho y el deterioro. En las esquinas se apilan las píldoras de raticida, el polvo cubre toda superficie demasiado elevada para el corto alcance de una doncella. Las alfombras están andrajosas; los muebles, arañados; la manchada vajilla de plata, colocada tras el cristal sucio de los armaritos de exhibición. Por desagradables que pudieran parecer mis compañeros invitados, echo de menos el rumor de sus conversaciones. Son la vida de este lugar, llenan espacios que de otro modo son presa de este triste silencio. Blackheath solo tiene vida cuando hay gente. Sin ella, es una ruina deprimente a la espera del tiro de gracia de una bola de demolición.

Cojo el abrigo y el paraguas de mi habitación y salgo fuera, donde la lluvia rebota en el suelo y el aire está cargado con la peste a hojas podridas. Inseguro sobre en qué ventana se estrelló el pájaro, sigo el contorno hasta que localizo su cuerpo y, utilizando el abrecartas como pala improvisada, lo entierro a poca profundidad. Me empapo los guantes en el proceso.

Ya estoy tiritando y medito cuál será mi camino. El sendero empedrado hasta los establos va bordeando la parte inferior del prado. Puedo atajar por la hierba, pero mis zapatos no parecen muy apropiados para la empresa. En vez de eso, opto por la salida más segura y sigo el camino de coches hasta que el sendero aparece a mi izquierda. No me sorprende que esté en un terrible estado de abandono. Las raíces de los árboles han aflojado las piedras, las ramas sin podar cuelgan como dedos de ladrones. Todavía alterado por mi encuentro con el extraño disfrazado de médico de la peste, agarro con fuerza el abrecartas y me muevo despacio, procurando no tropezar, temiendo lo que podría saltar a por mí desde el bosque en caso de hacerlo. No estoy seguro de lo que pretende, vistiéndose así, pero no consigo desechar sus advertencias.

Alguien asesinó a Anna y me dio una brújula. Dudo que la misma persona me atacara anoche para salvarme esta mañana, y ahora debo enfrentarme a ese lacayo. ¿Quién he debido de ser para congregar a tantos enemigos?

Al final del sendero hay una alta arcada de ladrillo rojo con un reloj de cristal roto en el centro y, más allá, un patio, establos y edificios anexos construidos a lo largo de su recorrido. También abrevaderos rebosantes de avena y carruajes aparcados rueda contra rueda, envueltos en lona verde para protegerlos del clima.

Lo único que falta son los caballos.

Todos los establos están vacíos.

—¿Hola? —llamo inseguro. Mi voz reverbera por el patio sin obtener respuesta.

Un penacho de humo negro se escapa de la chimenea de una pequeña cabaña y, al encontrar la puerta abierta, entro para saludar. No hay nadie en casa, algo curioso, dado que hay un fuego encendido en el hogar, y gachas y tostadas dispuestas en la mesa. Me quito los guantes empapados y los cuelgo del asa de la tetera que hay sobre el fuego, esperando poder ahorrarme cierta incomodidad en el camino de vuelta.

Toco la comida con la punta del dedo y descubro que está tibia, abandonada hace poco. Hay una silla de montar abandonada junto a un parche de cuero, lo que sugiere una reparación interrumpida. Solo puedo suponer que quienes viven aquí han tenido que irse corriendo a ocuparse de alguna emergencia y me planteo esperar a que vuelvan. No es un refugio desagradable, aunque el aire está espeso por el carbón quemándose y huele bastante a abrillantador y a pelo de caballo. Más preocupante es lo aislada que está la cabaña. Hasta que no sepa quién me atacó anoche, todo el mundo en Blackheath debe ser tratado con precaución, incluido el jefe de los establos. No me encontraré con él a solas si puedo evitarlo.

Junto a la puerta hay un cuaderno de tareas clavado con un clavo, un lápiz cuelga a su lado de un cordel. Lo cojo, paso la página para dejar un mensaje solicitando transporte al pueblo, pero encuentro una nota escrita.

No te vayas de Blackheath. Más vidas aparte de la tuya dependen de ti. Reúnete conmigo en el mausoleo del cementerio familiar a las 22:20 y te lo explicaré todo. Ah, y no te olvides de los guantes, se están quemando.

Te quiere, Anna

El humo me llena la nariz y me vuelvo para ver mis guantes ardiendo sobre el fuego. Los cojo y los sacudo con los ojos como platos y el corazón acelerado mientras busco por la cabaña alguna indicación sobre cómo ha podido hacerse ese truco.

¿Por qué no se lo preguntas a Anna cuando la veas esta noche?

—Porque la vi morir —ladro a la habitación vacía, avergonzándome.

Recobro la compostura y vuelvo a leer la nota, sin que su verdad se me revele más cercana. Si Anna sobrevivió, tendría que ser una criatura muy cruel para jugar así conmigo. Es más probable que alguien haya decidido gastarme una broma tras haberse propagado esta mañana por la casa la noticia de mi desventura. ¿Por qué si no iban a elegir para el encuentro un lugar y una hora tan siniestra?

¿Y ese alguien es un adivino?

—Hace un día espantoso, cualquiera habría predicho que secaría los guantes cuando llegara.

La cabaña escucha con educación, pero el razonamiento suena desesperado incluso a mis oídos. Casi tan desesperado como mi necesidad de desacreditar el mensaje. Mi carácter es tan lamentable que abandonaría encantado cualquier esperanza de que Anna pudiera estar viva con tal de poder huir de este lugar con la conciencia tranquila.

Me pongo los estropeados guantes sintiéndome un miserable. Necesito pensar y parece que caminar me ayuda.

Rodeo los establos y me topo con un prado muy frondoso, la hierba ha crecido hasta la cintura y la verja está tan podrida que prácticamente se ha desmoronado. Al final del prado, dos figuras se apiñan bajo un paraguas. Deben de seguir algún camino oculto, ya que se mueven fácilmente cogidas del brazo. Solo el cielo sabe cómo me han visto, pero una de ellas levanta una mano para saludar. Le devuelvo el gesto, lo que provoca un breve instante de distante hermandad, antes de que desaparezcan entre la sombra de los árboles.

Al bajar la mano, tomo una decisión.

Me decía que una mujer muerta no podía reclamarme nada y que por eso era libre para irme de Blackheath. Era una razón de cobardes, pero al menos tenía cierta apariencia de verdad.

Si Anna está viva, ya no es el caso.

Esta mañana le fallé y no he dejado de pensar en ello desde entonces. Ahora que tengo una segunda oportunidad, no puedo darle la espalda. Está en peligro y puedo ayudarla, así que debo hacerlo. Si eso no basta para retenerme en Blackheath, no me merezco la vida que tanto miedo tengo de perder. Pase lo que pase, debo estar en el cementerio a las 22:20.

6

—Alguien quiere verme muerto.

Resulta extraño decirlo en voz alta, como si invocara al destino, pero necesito afrontar este miedo si quiero sobrevivir hasta esta noche. Me niego a pasar más tiempo acobardado en mi habitación. No mientras haya tantas preguntas por contestar.

Camino de vuelta a la casa, buscando en los árboles alguna señal de peligro, repasando los acontecimientos de la mañana. Me pregunto una y otra vez por los cortes de mi brazo y por el hombre disfrazado de médico de la peste, por el lacayo y por esta misteriosa Anna que ahora parece estar sana y salva y deja notas enigmáticas para que yo las encuentre. ¿Cómo consiguió sobrevivir en el bosque?

Supongo que pudo haber escrito la nota esta mañana temprano, antes de ser atacada, pero, entonces, ¿cómo supo que yo estaría en esa cabaña, secándome los guantes en el fuego? No le he contado mis planes a nadie. ¿Los diría en voz alta? ¿Pudo ella haber estado vigilándome?

Niego con la cabeza y doy un paso fuera de ese problema concreto.

Estoy adelantándome demasiado, cuando lo que necesito es mirar atrás. Michael dijo que una doncella me entregó una nota anoche, en la cena, y que esa fue la última vez que me vio. Todo empezó con eso.

Necesitas encontrar a la doncella que te entregó la nota.

Apenas he cruzado las puertas de Blackheath cuando unas voces me atraen a la sala de estar, que está vacía exceptuando a un par de jóvenes doncellas que amontonan los restos del almuerzo en dos grandes bandejas. Trabajan la una junto a la otra, con la cabeza inclinada mientras cotillean en voz baja, ajenas a mi presencia en la puerta.

—… Henrietta dijo que se ha vuelto loca —dice una chica de rizos castaños que asoman bajo la cofia blanca.

—No está bien decir eso de *lady* Helena, Beth —la regaña la mayor—. Ella siempre ha sido buena con nosotras, nos trata bien, ¿o no?

Beth sopesa esto contra el contenido de su cotilleo.

—Henrietta me dijo que estaba enloquecida —continúa—. Gritó a lord Peter. Dijo que seguramente era por haber vuelto a Blackheath tras lo que le pasó al señorito Thomas. Dijo que eso afecta a la gente.

—Henrietta dice muchas cosas, yo no pensaría en ellas. Como si no los hubiéramos oído discutir antes, ¿o no? Además, si hubiera sido algo grave, *lady* Helena se lo habría dicho a la señora Drudge, ¿no? Siempre lo hace.

—La señora Drudge no puede encontrarla —dice Beth triunfante, como si demostrara del todo su caso contra *lady* Helena—. No la ha visto en toda la mañana, pero…

Mi entrada deja la frase en el aire, las doncellas intentan hacer una reverencia desconcertada que enseguida involuciona en una mezcolanza de brazos, piernas y sonrojos. Descarto con un gesto su confusión y pregunto por las doncellas que anoche sirvieron la cena, consiguiendo solo miradas en blanco y un murmullo de disculpas. Estoy a punto de rendirme cuando Beth aventura que Evelyn Hardcastle está recibiendo a las damas en el solario, situado en la parte de atrás de la casa, y que seguramente sabrá más.

Tras un breve intercambio, una de ellas me conduce hasta el estudio donde me reuní esta mañana con Daniel y Michael. Más allá hay una biblioteca, que atravesamos a paso ligero y de la que salimos por un pasillo en penumbra. La oscuridad se agita para recibirnos, un gato negro sale de debajo de una mesita con un teléfono, la cola sacude el polvo del suelo de madera. Recorre el pasillo con pasos silenciosos, colándose por una puerta entreabierta situada al otro extremo. Por la abertura se filtra una cálida luz anaranjada, al otro lado hay voces y música.

—La señorita Evelyn está dentro, señor —dice la doncella.

Su tono sucinto describe tanto la habitación como a Evelyn Hardcastle, a ninguna de las cuales parece tener en especial estima.

Me desentiendo de su desdén, abro la puerta y el calor de la habitación me golpea de lleno en la cara. El aire está cargado, endulzado con perfume, agitado solo por una música aguda que se eleva y desliza y choca contra las paredes. Grandes ventanas emplomadas miran al jardín de la parte trasera de la casa, nubes grises se acumulan más allá de una cúpula. Alrededor del fuego se han congregado sillas y divanes, mujeres jóvenes las cubren como orquídeas marchitas, fumando cigarrillos y aferrándose a sus bebidas. El ambiente en la habitación es de inquieta agitación más que de celebración. Prácticamente la única señal de vida proviene de un cuadro al óleo en la pared del fondo, donde una anciana con ojos como el carbón se sienta como si juzgara la habitación, su expresión transmite con elocuencia su desagrado ante la reunión.

—Mi abuela, Heather Hardcastle —dice una mujer detrás de mí—. No es un retrato muy halagador, pero tampoco era una mujer halagadora en absoluto.

Me vuelvo para encontrarme con la voz y me sonrojo cuando una docena de caras nadan por entre su aburrimiento para inspeccionarme. Mi nombre recorre la habitación, un murmullo excitado lo persigue como un enjambre de abejas.

A ambos lados de una mesa de ajedrez se sientan una mujer que supongo que es Evelyn Hardcastle y un anciano extremadamente gordo con un traje que debe de ser de una talla inferior a la suya. Forman una extraña pareja. Evelyn está al final de la veintena y recuerda a una astilla de cristal con su cuerpo delgado y anguloso, sus pómulos elevados y el cabello rubio recogido lejos del rostro. Lleva un vestido verde, elegantemente entallado con un cinturón, de líneas marcadas que reflejan la expresión severa del rostro.

En cuanto al hombre gordo, no puede tener menos de sesenta y cinco y solo puedo imaginar las contorsiones que habrán sido necesarias para persuadir a su enorme volumen de sentarse a la mesa. La silla es demasiado pequeña para él, demasiado dura. Lo martiriza. En su frente brilla el sudor, el pañuelo empapado que aferra en su mano testifica la duración del suplicio. Me mira de forma rara, con una expresión mezcla de curiosidad y gratitud.

—Mis disculpas —digo—. Yo solo…

Evelyn adelanta un peón sin alzar la mirada del tablero. El hombre gordo vuelve a concentrar la atención en la partida, sepultando a su caballo en un dedo carnoso.

Me sorprendo al proferir un quejido ante su error.

—¿Sabe jugar al ajedrez? —me pregunta Evelyn, con la mirada todavía fija en el tablero.

—Eso parece.

—Entonces quizá pueda jugar después de lord Ravencourt.

El caballo de Ravencourt entra pavoneándose en la trampa de Evelyn, ignorando mi advertencia, para ser derribado por una torre al acecho. El pánico se apodera de su juego cuando Evelyn adelanta sus piezas, metiéndole prisa cuando debería ser paciente. El juego concluye en cuatro movimientos.

—Gracias por la distracción, lord Ravencourt —dice Evelyn mientras derriba a su rey—. Bueno, creo que tenía que estar en otra parte.

Es una despedida cortante y Ravencourt se zafa de la mesa, hace una torpe reverencia y sale cojeando de la habitación, regalándome al irse el más imperceptible de los asentimientos.

El desagrado de Evelyn lo persigue hasta la puerta, pero se evapora cuando hace un gesto hacia el asiento que tiene enfrente.

—Por favor —dice.

—Me temo que no puedo —digo—. Busco a una doncella que anoche me entregó un mensaje tras la cena, pero no sé nada más de ella. Esperaba que usted pudiera ayudarme.

—Nuestro mayordomo podría —dice mientras devuelve las piezas de su disperso ejército a su alineación. Cada una colocada en el mismo centro de un recuadro, con el rostro vuelto hacia el enemigo. Es evidente que en este tablero no hay sitio para cobardes.

—El señor Collins está al tanto de todo lo que hace cada criado de la casa, o eso les hace creer —dice—. Desgraciadamente, esta mañana lo atacaron. El doctor Dickie hizo que lo trasladaran a la casa del portero para que pudiera descansar con más comodidad. De hecho, pretendía ir a verlo, quizá podría acompañarlo a usted.

Dudo por un momento, sopesando el peligro. Solo puedo suponer que si Evelyn Hardcastle pretendiera hacerme daño, no anunciaría nuestra intención de ir juntos ante una habitación llena de testigos.

—Eso sería un detalle —respondo, ganándome el asomo de una sonrisa.

Evelyn se levanta, sin notar o simulando que no nota las miradas de curiosidad a nuestra costa. Hay unas puertas francesas que dan al jardín, pero las ignoramos y en su lugar nos dirigimos hacia el vestíbulo para poder coger antes abrigos y sombreros de nuestras habitaciones. Evelyn sigue ajustándose los suyos cuando salimos de Blackheath a la ventosa y fría tarde.

—¿Puedo preguntar qué le sucedió al señor Collins? —digo, meditando si su ataque no tendrá alguna relación con el mío de anoche.

—Parece ser que le golpeó uno de nuestros invitados, un pintor llamado Gregory Gold —dice, anudándose la gruesa bufanda—. Lo atacó sin que mediara provocación, y consiguió hacerle bastante daño antes de que interviniera alguien. Debo prevenirlo, doctor, de que el señor Collins está fuertemente sedado, así que no sé de cuánta ayuda podrá serle.

Seguimos el camino de coches que lleva al pueblo y, una vez más, soy consciente de lo peculiar de mi estado. En algún momento de los últimos días, debí de llegar aquí por este mismo camino, feliz y emocionado, o quizá molesto por la distancia y el aislamiento. ¿Comprendía ya el peligro en que estaba, o sucedió más tarde, durante mi estancia? Hay tanto de mí que se ha perdido, tantos recuerdos barridos como las hojas del suelo…, pero aquí estoy, rehecho. Me pregunto si Sebastian Bell aprobaría a este hombre en que me he convertido. Si nos llevaríamos bien.

Evelyn me coge del brazo sin que medie palabra, una sonrisa cálida le transforma el rostro. Es como si dentro de ella se hubiera encendido un fuego, sus ojos centellean con vida, expulsando a la mujer amortajada de antes.

—¡Está tan bien salir de esa casa! —grita, alzando la cara para recibir la lluvia—. Gracias al cielo que llegó usted cuando lo hizo, doctor. De verdad que un minuto más y me habría encontrado con la cabeza metida en la chimenea.

—Entonces fue una suerte que pasara —digo, un poco sorprendido por su cambio de humor. Evelyn ríe jovial al notar mi confusión.

—Oh, no me haga caso. Odio tener que conocer gente, así que cada vez que encuentro a alguien que me cae bien, doy por hecha la amistad. A la larga eso ahorra mucho tiempo.

—Entiendo que eso la atraiga. ¿Puedo preguntarle qué he hecho para merecer una impresión tan favorable?

—Solo si me permite ser franca en mi respuesta.

—¿No lo está siendo ahora?

—Intentaba ser educada, pero tiene usted razón, parece que nunca acabo en el lado adecuado de la verja —dice con falso pesar—. Bueno, *siendo franca*, me gusta su actitud meditabunda, doctor. Me parece usted un hombre que preferiría estar en otra parte, un sentimiento que comparto por completo.

—¿Debo suponer que no disfruta con su regreso al hogar?

—Oh, hace mucho tiempo que este no es mi hogar —dice, saltando un gran charco—. He vivido en París los últimos diecinueve años, desde que mataron a mi hermano.

—Y las mujeres con las que la vi en el solario, ¿no son sus amigas?

—Llegaron esta mañana y, la verdad sea dicha, no reconocí ni a una sola de ellas. Las niñas a las que conocí han mudado la piel y han reptado hasta la alta sociedad. Aquí soy tan forastera como usted.

—Al menos no es usted una forastera para sí misma, señorita Hardcastle —digo—. Seguramente encontrará algo de solaz en eso.

—Al contrario —dice ella, mirándome—. Imagino que me resultaría espléndido poder alejarme un rato de mí misma. Lo envidio.

—¿Me envidia?

—¿Por qué no? —dice, enjugándose la lluvia del rostro—. Es usted un alma a la que han desnudado, doctor. Sin pesares, sin heridas, sin ninguna de las mentiras que nos contamos para poder mirarnos en el espejo por la mañana. Es usted... —Se muerde el labio, buscando la palabra—... honesto.

—Otra palabra para ello es «expuesto».

—¿Debo suponer que no está disfrutando de su regreso a casa?

Su sonrisa se curva con los labios ligeramente torcidos, lo que bien podría ser condenatorio, pero que de algún modo consigue ser conspirador.

—No soy el hombre que esperaba ser —digo con calma, sorprendido por mi propia sinceridad. Hay algo en esta mujer que hace que me sienta a gusto, aunque por mi vida que no sé lo que es.

—¿Y eso? —pregunta.

—Soy un cobarde, señorita Hardcastle —suspiro—. Cuarenta años de recuerdos borrados, y eso es lo que encuentro acechando debajo. Eso es lo que queda de mí.

—Oh, llámame Evie, y así podré llamarte Sebastian y decirte que no te preocupes por tus defectos. Todos los tenemos, y yo también sería precavida de ser una recién nacida en este mundo —dice, apretándome el brazo.

—Eres muy amable, pero esto es algo más profundo, instintivo.

—Bueno, ¿y qué más da si lo es? Se pueden ser cosas peores. Al menos no eres mezquino o cruel. Y ahora puedes elegir, ¿no? En vez de reconstruirte a oscuras como todos nosotros, y así llegar a despertar un día sin saber cómo te has convertido en esa persona, puedes mirar al mundo, a la gente que te rodea y elegir las partes de tu persona que quieras. Puedes decir: «Tendré la honradez de ese hombre, el optimismo de esa mujer», como si compraras un traje en Saville Row.

—Conviertes mi estado en un regalo —digo, sintiendo cómo se me eleva el espíritu.

—Bueno, ¿de qué otro modo llamarías a una segunda oportunidad? —pregunta—. No te gusta el hombre que fuiste, muy bien, pues sé otro. Ya no hay nada que te lo impida, ya no. Como he dicho, te envidio. Los demás seguimos atrapados con nuestros errores.

No tengo respuesta a eso, aunque no se requiera una de inmediato. Hemos llegado hasta dos postes gigantescos, en lo alto ángeles rotos braman por sus silenciosos cuernos. La casa del portero está un poco más a la izquierda, entre los árboles, manchas de su techo de tejas rojas asoman entre la densa arboleda. Un sendero lleva hasta una descascarillada puerta verde, hinchada por los años y salpicada de grietas. Evelyn la ignora y tira de mí hacia la parte de atrás de la casa, abriéndose paso entre ramas que han crecido tanto que tocan los desmoronados ladrillos.

La puerta de atrás está cerrada con un simple cerrojo y, al descorrerlo, accedemos a una cocina fría y húmeda. Una capa de polvo cubre las encimeras, las sartenes de cobre siguen en los fogones. Una vez dentro, hace una pausa y escucha concentrada.

—Evelyn —digo.

Da un paso hacia el pasillo mientras hace un gesto para callarme. Mi cuerpo se tensa, inquieto ante esta precaución repentina, pero ella rompe el hechizo con una carcajada.

—Perdona, Sebastian, escuchaba por si estaba mi padre.

—¿Tu padre? —digo, desconcertado.

—Reside aquí. Se supone que salió a cazar, pero no quería arriesgarme a tropezar con él si se le había hecho tarde. Me temo que no nos tenemos mucho aprecio.

Antes de que tenga la oportunidad de preguntarle algo más, me lleva por un pasillo de baldosas y por una estrecha escalera de caracol, los escalones de madera vista chirrían bajo nuestros pies. Me pego a sus talones y miro hacia atrás cada pocos escalones. La casa del portero es estrecha y torcida, con puertas dispuestas en ángulos extraños en las paredes, como dientes que han crecido en desorden en una boca. El viento silba por las ventanas y nos trae el olor de la lluvia, todo el lugar parece temblar sobre sus cimientos. Todo en la casa parece diseñado para ponerte nervioso.

—¿Por qué han traído al mayordomo tan lejos? —pregunto a Evelyn, que intenta elegir entre las puertas que tenemos a cada lado—. Debe de haber algún sitio más cómodo.

—Todas las habitaciones de la casa principal están ocupadas, y el doctor Dickie ordenó paz y tranquilidad y una buena chimenea. Lo creas o no, este es el mejor lugar para él. Venga, probemos con esta —dice. Tamborilea ligeramente en la puerta de la izquierda y la abre cuando no obtiene respuesta.

En ella hay un hombre alto con una camisa manchada de carbón atado por las muñecas y colgando de un gancho del techo, sus pies apenas rozan el suelo. Está inconsciente, tiene la cabeza de negros rizos desplomada sobre el pecho y sangre en la cara.

—No, debe de ser la otra —dice Evelyn, con tono indolente y despreocupado.

—¿Qué demonios? —digo, retrocediendo un paso, alarmado—. ¿Quién es ese hombre, Evelyn?

—Es Gregory Gold, el que atacó a nuestro mayordomo —responde, mirándolo como si fuera una mariposa clavada en un corcho—. El mayordomo fue asistente de mi padre en la guerra. Parece ser que padre se ha tomado el ataque como algo personal.

—¿Algo personal? Evie, ¡está atado como un cerdo!

—Padre nunca ha sido un hombre sutil ni especialmente listo —comenta, encogiéndose de hombros—. Sospecho que ambas cosas van de la mano.

La sangre me hierve por primera vez desde que desperté. Sean cuales sean los crímenes de este hombre, no se puede hacer justicia con una cuerda en una habitación cerrada.

—No podemos dejarlo así —protesto—. Es inhumano.

—Lo que hizo fue inhumano —dice Evelyn. Por primera vez, noto su frialdad—. Madre encargó a Gold que retocara algunos retratos de la familia, nada más. Ni siquiera conocía al mayordomo, pero esta mañana fue a por él con un atizador y lo dejó medio muerto a golpes. Créeme, Sebastian, se merece algo mucho peor que lo que le está pasando ahora.

—¿Qué va a ser de él?

—Vendrá un policía del pueblo —dice Evelyn, empujándome fuera del cuarto y cerrando la puerta detrás de nosotros, lo que la anima de inmediato—. Padre solo quiere que, hasta entonces, Gold sea consciente de su desagrado. Ah, esta debe de ser la que buscamos.

Abre una puerta del lado contrario del pasillo y entramos en una pequeña habitación con paredes blanqueadas y una única ventana cegada por la suciedad. A diferencia del resto de la casa, aquí no hay corriente y en la chimenea arde un buen fuego, con leña de sobra amontonada cerca para alimentarlo. En una esquina hay una cama de hierro, el mayordomo es una masa informe bajo una manta gris. Lo reconozco. Es el hombre de la cara quemada que me dejó entrar esta mañana.

Evelyn tenía razón, lo han tratado con crueldad. Tiene el rostro horriblemente magullado y lívido por los cortes, sangre seca mancha la almohada. Podría haberlo dado por muerto de no ser por sus constantes murmullos; la angustia envenena sus sueños. Una doncella se sienta a su lado en una silla de madera con un gran libro abierto en el regazo. No puede tener más de veintitrés años y es lo bastante pequeña como para llevarla en un bolsillo, cabellos rubios se derraman desde debajo de la cofia. Alza la mirada cuando entramos, cierra el libro de golpe y se pone en pie al darse cuenta de quiénes somos, alisándose apresuradamente el mandil.

—Señorita Evelyn —tartamudea con la mirada en el suelo—. No sabía que fuera a visitarnos.

—Mi amigo necesita ver al señor Collins —dice Evelyn.

Los ojos pardos de la doncella se clavan en mí antes de volver al suelo.

—Lo siento, señorita, pero no se ha movido en toda la mañana. El doctor le dio unas pastillas para que lo ayudaran a dormir.

—¿Y no se lo puede despertar?

—No lo he intentado, señorita, pero ha hecho usted mucho ruido al subir las escaleras y no ha movido ni un párpado. No sé qué más se necesitaría si no ha bastado con eso. Está muerto para el mundo.

La mirada de la doncella vuelve a encontrarme y se detiene lo bastante como para sugerir cierta familiaridad, antes de reanudar su previa contemplación del suelo.

—Perdone, pero ¿nos conocemos? —pregunto.

—No, señor, la verdad es que no, pero… Anoche le serví la cena.

—¿Me entregó una nota? —pregunto excitado.

—Yo no, señor, fue Madeline.

—¿Madeline?

—Mi dama de compañía —interrumpe Evelyn—. Estamos cortos de personal, así que la envié a la cocina a ayudar.

Es una suerte. —Mira su reloj de pulsera—. Está llevando refrigerios a los cazadores, pero volverá hacia las tres. Podremos preguntarle juntos cuando regrese.

Vuelvo a fijar mi atención en la doncella.

—¿Sabe algo más sobre la nota? ¿Su contenido, quizá?

La doncella niega con la cabeza, retorciéndose las manos. La pobre criatura parece estar bastante incómoda y, apiadándome de ella, le doy las gracias y salgo.

7

Seguimos el camino al pueblo, los árboles se acercan más a cada paso. No es como me lo esperaba. El mapa del estudio conjuraba imágenes de un gran trabajo, de un bulevar talado en el bosque. En realidad, es poco más que una amplia senda polvorienta en muy malas condiciones por los baches y las ramas caídas. Más que domar el bosque, se ha negociado con él, y los Hardcastle han obtenido de su vecino la menor de las concesiones.

No sé cuál es nuestro destino, pero Evelyn cree que puede interceptar a Madeline en el camino de vuelta de la cacería. Sospecho que solo busca una excusa para prolongar su ausencia de la casa. No es que necesite subterfugio alguno. La última hora en compañía de Evelyn ha sido la primera vez desde que desperté en que me he sentido una persona completa, en vez de los despojos de una. Aquí fuera, con el viento y la lluvia, con una amiga a mi lado, soy más feliz de lo que lo he sido en todo el día.

—¿Qué crees que te contará Madeline? —pregunta Evelyn mientras coge una rama de la vereda y la tira al bosque.

—La nota que me trajo anoche me llevó al bosque para que alguien pudiera atacarme —digo.

—¿Atacarte? —interrumpe Evelyn, sorprendida—. ¿Aquí? ¿Por qué?

—No lo sé, pero espero que Madeline pueda decirme quién envió la nota. Puede que hasta curioseara el mensaje.

—Nada de «puede» —dice Evelyn—. Madeline estaba en París conmigo. Es leal y me hace reír, pero es una doncella espantosa. Probablemente considere que curiosear el correo ajeno es un beneficio extra del trabajo.

—Eso es muy indulgente por tu parte.

—Tengo que serlo, no pago muy bien. ¿Y qué harás después de que te revele el contenido del mensaje?

—Se lo diré a la policía. Y con suerte zanjaré este asunto.

Doblamos a la izquierda ante un cartel torcido, seguimos una pequeña senda hasta el bosque, huellas sucias se entrecruzan hasta que resulta imposible distinguir el camino de vuelta.

—¿Sabes adónde vas? —pregunto nervioso, apartando de mi cara una rama baja. La última vez que entré en este bosque perdí la mente.

—Estamos siguiendo esto —dice, tirando de un trozo de tela amarilla clavado a un árbol. Es similar al rojo que encontré al llegar esta mañana a Blackheath, el recuerdo solo sirve para inquietarme más.

—Son marcadores —dice—. Los ponen los encargados de la finca para moverse por el bosque. No te preocupes, no te llevaré muy lejos.

Apenas han brotado las palabras de su boca cuando entramos en un pequeño claro con un pozo de piedra en el centro. La caseta de madera se ha desplomado, la rueda de hierro que servía para sacar el cubo se oxida ahora en el barro, casi enterrado por las hojas caídas. Evelyn aplaude encantada, posa una mano cariñosa en la piedra cubierta de musgo. Evidentemente, espera que no me haya fijado en el trozo de papel encajado entre las grietas ni en la forma en que sus dedos lo tapan ahora. La amistad me empuja a seguirle la corriente y desvío apresuradamente la mirada cuando ella se vuelve hacia mí. Debe de tener algún pretendiente en la casa y me avergüenza admitir que siento celos de esta correspondencia secreta y de la persona que está al otro lado de ella.

—Es aquí —dice, abarcándolo todo con un gesto teatral de la mano—. Madeline pasará por este claro en su camino de vuelta a la casa. Ya no debería tardar mucho. Debe estar en la casa a las tres para ayudar a preparar el salón de baile.

—¿Dónde estamos? —pregunto, mirando alrededor.

—Es un pozo de los deseos —dice, inclinándose sobre el borde para mirar a la negrura—. Michael y yo solíamos venir aquí cuando éramos niños. Pedíamos deseos tirando guijarros.

—¿Y qué clase de cosas deseaba la joven Evelyn Hardcastle? Arruga el ceño, la pregunta la desconcierta.

—Por mi vida que no lo recuerdo, ¿sabes? ¿Qué pide una niña que tiene todo lo que quiere?

Más, como todo el mundo.

—Dudo que pudiera habértelo dicho aunque conservara mis recuerdos —digo, sonriendo.

Evelyn se sacude la suciedad de las manos y me mira inquisitiva. Veo cómo la curiosidad arde en su interior, la alegría de encontrarse con algo desconocido e inesperado en un lugar donde todo le es familiar. Con un fogonazo de decepción, me doy cuenta de que estoy aquí porque la fascino.

—¿Has pensado en lo que harás si no recuperas la memoria? —pregunta, suavizando la pregunta con la dulzura del tono.

Esta vez me toca a mí desconcertarme.

Desde que se me pasó la confusión inicial, he intentado no pensar en mi estado. En todo caso, la pérdida de mi memoria ha resultado ser más una frustración que una tragedia, y mi incapacidad para recordar a Anna ha sido uno de los pocos momentos en los que me ha parecido algo más que una inconveniencia. Hasta ahora, en la excavación de Sebastian Bell he desenterrado a dos amigos, una Biblia anotada y un baúl cerrado. Escasa y preciosa remuneración por cuarenta años en este mundo. No tengo una esposa que llore por nuestro tiempo juntos perdido ni un niño preocupado por que no vuelva el padre al que quiere. A esta distancia, la vida de Sebastian Bell parece fácil de perder y difícil de llorar.

Una rama se quiebra en alguna parte del bosque.

—Lacayos —dice Evelyn, y la sangre se me hiela de inmediato al recordar la advertencia del médico de la peste.

—¿Qué has dicho? —pregunto, buscando frenéticamente en el bosque.

—Ese ruido fue cosa de un lacayo. Están recogiendo leña. Vergonzoso, ¿verdad? No tenemos suficientes criados para abastecer todas las chimeneas, así que los invitados tienen que enviar a sus propios lacayos a recogerla.

—¿Cuántos hay?

—Uno por cada familia que nos visita, y hay más en camino. Yo diría que ya hay siete u ocho en la casa.

—¿Ocho? —digo con voz estrangulada.

—Mi querido Sebastian, ¿te encuentras bien? —dice Evelyn al notar mi alarma.

En otras circunstancias habría agradecido esta preocupación, este afecto, pero aquí y ahora su escrutinio solo me avergüenza. ¿Cómo voy a explicarle que un tipo extraño disfrazado de médico de la peste me previno para que tuviera cuidado con un lacayo, un nombre que no me dice nada, pero que me llena de un miedo avasallador cada vez que lo oigo?

—Perdona, Evie —digo, negando con la cabeza con pesar—. Tengo más cosas por contarte, pero no es el lugar ni el momento.

Incapaz de enfrentarme a su inquisitiva mirada, busco alguna distracción por el claro. Tres senderos se cruzan allí antes de perderse en el bosque, uno de ellos traza un camino recto a través de los árboles hacia el agua.

—Eso es…

—Un lago —dice Evelyn, mirando más allá de mí—. El lago, supongo que podrías decir. Fue ahí donde Charlie Carver asesinó a mi hermano.

Un escalofrío de silencio nos separa.

—Perdona, Evie —digo por fin, avergonzado por la pobreza del sentimiento.

—Me considerarás un ser horrible, pero pasó hace tanto tiempo que apenas me parece algo real. Ni siquiera recuerdo la cara de Thomas.

—Michael me contó que sentía algo parecido.

—No me sorprende, tenía cinco años menos que yo cuando sucedió. —Se abraza, habla con tono distante—. Se suponía que esa mañana yo debía cuidar de Thomas, pero yo quería salir a montar y siempre me daba la murga, así que organicé una búsqueda del tesoro para los niños y lo dejé atrás. Si yo no hubiera sido tan egoísta, para empezar nunca habría ido al lago, y Carver no le habría puesto sus sucias manos encima. No te imaginas lo que esa idea puede hacerle a un niño. No dormía, apenas comía. No podía sentir nada que no fuera rabia o culpa. Fui un monstruo con todo el que intentaba consolarme.

—¿Y qué cambió?

—Michael. —Sonríe con tristeza—. Fui despreciable con él, directamente horrenda, pero siguió a mi lado, le dijera lo que le dijera. Se dio cuenta de que yo estaba triste y quería hacer que me sintiera mejor. Ni siquiera creo que supiera lo que pasaba, la verdad. Solo estaba siendo bueno, pero impidió que me perdiera por completo.

—¿Por eso te fuiste a París, para alejarte de todo?

—No, no decidí irme, mis padres me enviaron lejos pocos meses después de que pasara —dice, mordiéndose el labio—. No podían perdonarme y, si me hubiera quedado, no habrían dejado que me perdonara a mí misma. Sé que se suponía que sería un castigo, pero creo que el exilio fue un acto de bondad.

—¿Y aun así has vuelto?

—Haces que parezca que tenía elección —dice con amargura, tensándose la bufanda mientras el viento se abre paso entre los árboles—. Mis padres ordenaron mi regreso, hasta amenazaron con quitarme del testamento si me negaba. Cuando eso no funcionó, amenazaron con quitar a Michael de él. Así que aquí estoy.

—No lo entiendo. ¿Por qué se comportaron de forma tan despreciable y luego te organizan una fiesta?

—¿Una fiesta? —dice, negando con la cabeza—. Oh, querido amigo, no tienes ni idea de lo que está pasando aquí, ¿verdad?

—Quizá si tú…

—Mañana hará diecinueve años que asesinaron a mi hermano, Sebastian. No sé por qué, pero mis padres han decidido conmemorar la ocasión reabriendo la casa donde sucedió e invitando a los mismos invitados que estuvieron aquí aquel día.

La ira asoma a su voz, como un latido grave de dolor que haría lo que fuera para que desapareciera. Aparta la cara para mirar al lago, tiene los ojos azules vidriosos.

—Están disfrazando de fiesta una conmemoración y me han convertido en la invitada de honor, lo que me lleva a suponer que me preparan algo horrible. Esto no es una celebración, es un castigo, y habrá cincuenta personas presenciándolo ataviadas con sus mejores ropas.

—¿Tan rencorosos son tus padres? —pregunto, sorprendido. Siento lo mismo que esta mañana, cuando el pájaro se estrelló contra la ventana: una oleada de compasión mezclada con un sentimiento de injusticia por la brusca crueldad de la vida.

—Mi madre me envió esta mañana un mensaje pidiéndome que me reuniera con ella junto al lago —dice—. Pero no fue, ni creo que pretendiera ir. Solo quería que estuviera ahí, donde sucedió todo, recordándolo. ¿Responde eso a tu pregunta?

—Evelyn… Yo… No sé qué decir.

—No hay nada que decir, Sebastian. La riqueza es venenosa para el alma y mis padres son ricos desde hace mucho tiempo, como la mayoría de los invitados que asistirán a esta fiesta. Sus modales son una máscara, y harías bien en recordarlo.

Sonríe ante mi expresión dolorida y me coge la mano. Tiene los dedos fríos, la mirada cálida. Tiene el valor quebradizo de un prisionero que da sus últimos pasos camino del cadalso.

—Oh, no te preocupes, corazón mío. Ya he pasado todas las noches en vela que se pueden pasar. Veo escaso beneficio en que tú también pierdas el sueño por ello. Si quieres, puedes pedir un deseo al pozo en mi nombre, aunque lo comprendería si tienes preocupaciones más acuciantes.

Se saca del bolsillo una pequeña moneda.

—Toma —dice y me la entrega—. No creo que los guijarros sirvieran de mucho.

La moneda recorre un largo camino, golpeando la piedra en vez del agua al llegar al fondo. Pese al consejo de Evelyn, no fío mis esperanzas a su superficie. En vez de eso, rezo para que ella se libere de este lugar, por una vida feliz y libre de las maquinaciones de sus padres. Cierro los ojos como un niño, esperando que para cuando vuelva a abrirlos se haya alterado el orden natural, que lo imposible se haya hecho plausible con solo desearlo.

—Has cambiado mucho —musita Evelyn. Una oleada de emoción le altera el rostro, una ligerísima indicación de su incomodidad al darse cuenta de lo que ha dicho.

—¿Me conocías de antes? —digo, sorprendido. De algún modo, nunca se me había ocurrido que Evelyn y yo hubiéramos podido mantener una relación anterior a esta.

—No debí decir nada —dice, alejándose de mí.

—Evie, llevo más de una hora en tu compañía, lo cual te convierte en mi mejor amiga en todo el mundo. Por favor, sé sincera conmigo. ¿Quién soy?

—No soy la persona adecuada para decirlo —protesta—. Nos conocimos hace dos días, y solo brevemente. La mayor parte de lo que sé son habladurías y rumores.

—Estoy sentado ante una mesa vacía, aceptaré las migajas que se me echen.

Aprieta los labios. Se tira de las mangas con nerviosismo. Si tuviera una pala, se cavaría un túnel para escapar. Los gestos de los hombres buenos no se cuentan con tanta reticencia, y ya empiezo a temer lo que va a contarme. Aun así, no puedo dejar escapar esto.

—Por favor —suplico—. Antes me dijiste que podía elegir quién quería ser, pero no puedo hacer eso sin saber quién era.

Su obstinación se resquebraja y me mira desde debajo de sus pestañas.

—¿Estás seguro de que deseas saberlo? La verdad no siempre es una bendición.

—Lo sea o no, necesito saber lo que se ha perdido.

—No gran cosa, en mi opinión —suspira, apretándome una mano entre las suyas—. Eras un traficante de drogas, Sebastian. Te ganabas la vida aliviando el aburrimiento de los ricos ociosos, y era una buena vida si tu consulta en Harley Street es un ejemplo de ello.

—Soy un...

—Traficante —repite ella—. Creo que la última moda es el láudano, pero, por lo que tengo entendido, tu maletín tiene para proveer a todos los gustos.

Me desplomo por dentro. Nunca había supuesto que el pasado pudiera herirme tanto, pero la revelación de mi antigua profesión abre un agujero en mi interior. Aunque mis defectos son numerosos, siempre opuse a ellos el pequeño orgullo de ser médico. Había nobleza en esa vida, incluso honor. Pero no, Sebastian Bell cogió ese título y lo retorció con fines egoístas, pervirtiéndolo, negándole lo poco bueno que le quedaba.

Evelyn tenía razón, la verdad no siempre es una bendición, pero ningún hombre debería descubrirse de esta manera, como una casa abandonada que de pronto se encuentra en tinieblas.

—Yo no me preocuparía por eso —dice Evelyn, inclinando la cabeza para encontrar mi mirada huidiza—. En el hombre que tengo delante veo poco de esa odiosa criatura.

—¿Por eso estoy en esta fiesta? —pregunto con calma—. ¿Para vender mi mercancía?

Su sonrisa es compasiva.

—Sospecho que sí.

Estoy aturdido, a dos pasos por detrás de mí mismo. Ahora se explican todas las miradas extrañas que he recibido en este día, los susurros y el escándalo cada vez que entraba en un salón. Creía que les preocupaba mi bienestar, pero se preguntaban cuándo volvería a abrir la tienda.

Me siento idiota.

—Tengo que…

Estoy en marcha antes de que sepa cómo termina la frase, mi cuerpo me lleva de vuelta al bosque a un paso cada vez mayor. Casi corro para cuando llego al camino. Evelyn me pisa los talones, luchando por mantenerse a mi altura. Intenta sujetarme con palabras, recordándome mi deseo de hablar con Madeline, pero soy ajeno a todo razonamiento, consumido por el odio al hombre que fui. Puedo aceptar sus defectos, quizá hasta superarlos, pero esto es una traición. Cometió sus errores y huyó, dejándome aferrado a los harapos de su vida quemada.

La puerta de Blackheath está abierta y subo tan deprisa por las escaleras hasta mi habitación que aún respiro el olor a tierra húmeda cuando paro jadeando ante el baúl. ¿Fue esto lo que me hizo ir anoche al bosque? ¿Es por esto por lo que he derramado sangre? Pues pienso destrozarlo todo, y con ello toda conexión con el hombre que fui.

Evelyn llega para encontrarme revolviendo la habitación en busca de algo lo bastante pesado como para romper el cierre. Intuyendo mi objetivo, sale al pasillo para volver con el busto de algún emperador romano.

—Eres un tesoro —digo y lo uso para golpear el cierre.

Esta mañana, cuando saqué el baúl del armario, era tan pesado que necesité de todas mis fuerzas para levantarlo, pero ahora resbala hacia atrás con cada golpe. Una vez más, Evelyn acude al rescate, se sienta en el baúl para que no se mueva, y, después de dar tres golpes tremendos, el candado repiquetea en el suelo.

Arrojo el busto a la cama y levanto la pesada tapa.

El baúl está vacío.

O, al menos, casi vacío.

En una oscura esquina hay una única pieza de ajedrez con el nombre de Anna tallado en la base.

—Creo que va siendo hora de que me cuentes el resto de tu historia —dice Evelyn.

8

La oscuridad presiona contra la ventana de mi habitación, su frío aliento deja escarcha en el cristal. El fuego sisea en respuesta, las ondulantes llamas son mi única luz. Más allá de la puerta cerrada, unas pisadas se apresuran por el pasillo, una mezcolanza de voces se dirige a la fiesta. Oigo en algún lugar distante el temblor de un violín al despertarse.

Estiro los pies hacia el fuego, esperando el silencio. Evelyn me pidió que asistiera tanto a la cena como al baile, pero no puedo relacionarme con esas personas sabiendo quién soy y lo que realmente quieren de mí. Estoy harto de esta casa, de sus juegos. Me encontraré con Anna a las 22:20 en el cementerio y luego haré que un mozo del establo nos lleve al pueblo, lejos de esta locura.

Mis ojos vuelven a la pieza de ajedrez que encontré en el baúl. La sujeto a la luz con la angustiosa esperanza de que libere más recuerdos. De momento guarda silencio, y la pieza en sí es poco para que alumbre algún recuerdo. Es un alfil tallado a mano y salpicado de pintura blanca, nada que ver con los costosos juegos de marfil que he visto por la casa y, aun así…, significa algo para mí. Más que un recuerdo, lo que asocio a esta pieza es un sentimiento, una sensación casi de consuelo. Cogerla me da valor.

Llaman a la puerta. Cuando me levanto de la silla, mi mano se cierra alrededor de la pieza de ajedrez. Cuanto menos tiempo falta para la cita en el cementerio, más tenso estoy, prácticamente salto por la ventana cada vez que el fuego chisporrotea en la chimenea.

—Belly, ¿estás ahí? —pregunta Michael Hardcastle.

Vuelve a llamar. Es insistente. Un ariete educado.

Pongo la pieza de ajedrez en la repisa sobre la chimenea y abro la puerta. El pasillo rebosa gente disfrazada. Michael lleva un traje color naranja brillante y juguetea con las correas de una gigantesca máscara del sol.

—Aquí estás —dice con el ceño fruncido—. ¿Por qué no te has vestido ya?

—No iré —digo—. Ha sido…

Hago un gesto hacia mi cabeza, pero mi lenguaje de signos es demasiado impreciso para él.

—¿Te sientes débil? ¿Debo llamar a Dickie? Acabo de verlo…

Tengo que agarrar a Michael del brazo para que no salga corriendo por el pasillo en busca del doctor.

—Es solo que no tengo ganas —digo.

—¿Estás seguro? Habrá fuegos artificiales y estoy convencido de que mis padres llevan todo el día preparando una sorpresa. Sería una pena que…

—De verdad, preferiría no ir.

—Si lo tienes claro —dice reticente, con tono tan alicaído como su cara—. Siento que hayas tenido tan mal día, Belly. Espero que mañana sea mejor, como mínimo con menos malentendidos.

—¿Malentendidos?

—¿Lo de la chica asesinada? —Sonríe confuso—. Daniel me contó que todo había sido un gran error. Me sentí como un condenado idiota cancelando la búsqueda a medio camino. Pero nadie ha salido perjudicado.

¿Daniel? ¿Cómo podía haber sabido que Anna estaba viva?

—Fue un error, ¿no? —pregunta al notar mi desconcierto.

—Por supuesto —digo animoso—. Sí… Un terrible error. Siento haberte molestado con eso.

—No te preocupes —dice con cierta duda—. No pienses más en eso.

Alarga las palabras, como si fueran una goma dada de sí. Noto sus dudas no solo en esta historia, sino en el hombre que tiene delante. Después de todo, no soy la misma persona que conocía, y creo que empieza a darse cuenta de que ya no deseo serlo. Esta mañana yo habría hecho casi cualquier cosa por cubrir el abismo que nos separaba, pero Sebastian Bell vendía drogas y era un cobarde, consorte de víboras. Michael era amigo de ese hombre, así que ¿cómo podría ser amigo mío?

—Bueno, será mejor que me vaya —dice, aclarándose la garganta—. Mejórate, viejo.

Tamborilea con los nudillos en el marco de la puerta, da media vuelta y sigue al resto de los invitados camino de la fiesta.

Observo cómo se aleja mientras digiero las noticias. Prácticamente me había olvidado ya de Anna huyendo esta mañana por el bosque; el inminente encuentro en el cementerio ha vaciado mi primer recuerdo de gran parte de su horror. Pero, aun así, es evidente que entonces pasó algo grave, aunque Daniel le haya dicho a la gente lo contrario. Estoy seguro de lo que presencié, del disparo y del miedo. Anna fue perseguida por una figura de negro, que ahora supongo que era el lacayo. Sobrevivió de algún modo, como hice yo al ataque de anoche. ¿Será de eso de lo que quiere hablar? ¿De nuestro enemigo común y de por qué nos quiere muertos? ¿No será que busca las drogas? Desde luego son valiosas. ¿Y si Anna es mi socia y se las llevó del baúl para esconderlas de él? Al menos eso explicaría la presencia de la pieza de ajedrez. ¿Y si fuera como una tarjeta de visita?

Cojo el abrigo del armario, me envuelvo en una larga bufanda y deslizo las manos en un grueso par de guantes, metiéndome en el bolsillo el abrecartas y la pieza de ajedrez al salir. Mi recompensa es una noche fría y clara. A medida que mis ojos se acostumbran a la oscuridad, respiro en el aire fresco, aún húmedo por la tormenta, y sigo el sendero de grava que rodea la casa hasta el cementerio.

Tengo los hombros tensos, el estómago, revuelto.

Me aterra este bosque, pero aún más esta reunión.

Cuando desperté hoy no pensaba en nada más que en redescubrirme, pero ahora la desventura de anoche me parece una bendición. Esta lesión me ha dado la oportunidad de empezar de cero, pero ¿y si el encuentro con Anna me hace recuperar todos mis viejos recuerdos? ¿Podrá esta personalidad improvisada que me he construido a lo largo del día sobrevivir a semejante inundación, o quedará completamente barrida?

¿Resultaré barrido?

La idea casi basta para agarrarme por los hombros y dar la vuelta, pero no puedo enfrentarme a la persona que fui huyendo de la vida que se construyó. Es mejor que resista aquí, confiando en quien deseo convertirme.

Rechino los dientes mientras sigo el sendero entre los árboles y llego hasta un pequeño cobertizo de jardinero, con las ventanas a oscuras. Evelyn está apoyada contra la pared, fumando un cigarrillo, una linterna arde a sus pies. Viste un abrigo largo *beige* y botas Wellington, atuendo que choca un tanto con el vestido de noche azul que lleva debajo y con la tiara de diamantes que brilla en su pelo. Está realmente guapa, aunque lo lleva con poco garbo.

Se da cuenta de que me he fijado en ello.

—No tuve tiempo para cambiarme después de la cena —dice a la defensiva, tirando el cigarrillo.

—¿Qué haces aquí, Evie? —pregunto—. Se supone que debes estar en el baile.

—Me he escapado. ¿No creerías que iba a perderme la diversión? —dice, aplastando el cigarrillo con el tacón.

—Es peligroso.

—Entonces sería una locura que fueras solo; además, me he traído algo de ayuda.

Saca un revólver negro del bolso.

—¿De dónde diablos has sacado eso? —pregunto, sintiéndome aturdido y ligeramente culpable. De algún modo, la idea de que mi problema haya puesto un arma en manos de Evelyn me parece una traición. Debería estar caliente y a salvo en Blackheath, no aquí, poniéndose en peligro.

—Es de mi madre, así que la pregunta adecuada sería de dónde lo sacó ella.

—Evie, no puedes...

—Sebastian, eres el único amigo que tengo en este espantoso lugar, y no voy a dejar que vayas solo a ese cementerio sin saber lo que te espera. Alguien ha intentado matarte ya. No tengo intención de permitir que vuelvan a intentarlo.

Un nudo de gratitud se me aloja en la garganta.

—Gracias.

—No seas tonto, es esto o quedarme en esa casa con todos mirándome —dice, levantando la linterna—. Debería darte las gracias. Y ahora, ¿vamos ya? Se armará una buena como no vuelva para los discursos.

La oscuridad pesa mucho en el cementerio, la verja de hierro está doblada, los árboles se inclinan sobre las lápidas melladas. Espesos montones de hojas pudriéndose ahogan los terrenos, las tumbas están agrietadas y se desmoronan, llevándose consigo el nombre de los muertos.

—Hablé con Madeline sobre la nota que recibiste anoche —dice Evelyn mientras abre la chirriante puerta y nos guía dentro—. Espero que no te importe.

—Claro que no —digo, mirando nervioso a mi alrededor—. La verdad es que se me había olvidado. ¿Qué dijo?

—Solo que fue la señora Drudge, la cocinera, quien se la dio. Luego hablé con ella y me dijo que la habían dejado en la cocina, pero no supo decirme quién. Había demasiada gente yendo y viniendo.

—¿Y Madeline la leyó?

—Por supuesto —dice Evelyn, irónicamente—. Ni siquiera se sonrojó al admitirlo. El mensaje era muy breve, te pedía que acudieras de inmediato al lugar de siempre.

—¿Nada más? ¿No estaba firmada?

—Me temo que no. Lo siento, Sebastian, esperaba darte mejores noticias.

Llegamos al mausoleo situado en el otro extremo del cementerio, una gran caja de mármol velada por dos ángeles rotos. De una de sus manos suplicantes cuelga una linterna y, aunque titila en la oscuridad, no tiene nada especial que iluminar. El cementerio está desierto.

—Puede que Anna lleve retraso —dice Evelyn.

—Entonces, ¿quién ha dejado la linterna encendida?

Tengo el corazón acelerado, la humedad me empapa los pantalones mientras vadeo montones de hojas que me llegan al tobillo. El reloj de Evelyn nos confirma la hora, pero no se ve a Anna por ninguna parte. Solo tenemos esta maldita linterna que chirría a medida que se balancea con la brisa, y durante quince minutos o más esperamos muy envarados bajo ella, su luz nos envuelve los hombros, buscamos a Anna con los ojos y la encontramos en todas partes, en las cambiantes sombras, en el agitar de las hojas, en las ramas bajas movidas por la brisa. Nos avisamos una y otra vez con golpecitos en el hombro para llamarnos la atención por un sonido repentino o algún animal sobresaltado que atraviesa el lugar bajo los arbustos.

A medida que pasa el tiempo, cuesta más impedir que los pensamientos se aventuren por lugares más aterradores. El doctor Dickie creía que las heridas de mis brazos eran de tipo defensivo, como si yo hubiera bloqueado un ataque con cuchillo. ¿Y si Anna no fuera una aliada, sino una enemiga? ¿Sería por eso por lo que se me fijó su nombre en la mente? Por lo que sé, fue ella quien escribió la nota que recibí en la cena y quien me ha atraído hasta aquí para acabar el trabajo que empezó ayer por la noche.

Estas ideas se extienden como grietas por mi ya quebradizo valor, y el miedo se cuela en el vacío que dejan detrás. Solo la presencia de Evelyn me mantiene firme, es su valor lo que me retiene donde estoy.

—No creo que venga —dice Evelyn.

—No, supongo que no —digo, hablando en voz baja para ocultar mi alivio—. Quizá deberíamos volver.

—Creo que sí. Lo siento, corazón.

Cojo con una mano insegura la linterna del brazo del ángel y sigo a Evelyn hacia la salida. Apenas damos unos pasos cuando Evelyn me agarra del brazo para bajar la linterna hacia el suelo. La luz baña las hojas, descubriendo salpicaduras de sangre en su superficie. Me arrodillo y froto la sustancia pegajosa entre el índice y el pulgar.

—Aquí —dice Evelyn en voz baja.

Ha seguido las gotas hasta una lápida cercana, donde algo brilla bajo las hojas. Las aparto y encuentro la brújula que esta mañana me sacó del bosque. Está rota y manchada de sangre, pero sigue constante en su devoción al norte.

—¿Es la brújula que te dio el asesino? —dice Evelyn con voz apagada.

—Sí —digo, sopesándola en la mano—. Esta mañana se la llevó Daniel Coleridge.

—Pues parece que alguien se la ha quitado.

Fuera cual fuera el peligro contra el que quería prevenirme Anna, parece haberla encontrado primero a ella, y Daniel Coleridge está implicado de algún modo.

Evelyn posa una mano en mi hombro mientras mira, temerosa y de reojo, hacia la oscuridad que hay más allá de la luz de la linterna.

—Creo que lo mejor será que te saquemos de Blackheath. Tú sube a tu habitación y yo enviaré un carruaje a recogerte.

—Tengo que encontrar a Daniel —protesto débilmente—. Y a Anna.

—Aquí está sucediendo algo espantoso —sisea—. Los cortes de tu brazo, las drogas, Anna, y ahora esta brújula. Todo son piezas de un juego que ninguno de los dos sabe cómo jugar. Debes irte, por mí, Sebastian. Deja que la policía se encargue de todo esto.

Asiento. No tengo voluntad para luchar. Para empezar, Anna era la única razón por la que me quedaba, los jirones de mi valor me convencieron de que había cierto honor en obedecer a una petición entregada de forma tan críptica. Sin esa obligación, se cortan los lazos que me ataban a este lugar.

Volvemos a Blackheath en silencio, Evelyn va delante con su revólver apuntando a la oscuridad. Yo la sigo en silencio, soy poco más que un perro pisándole los talones, y antes de que pueda darme cuenta, me despido de mi amiga y abro la puerta de mi habitación.

No todo está como lo dejé.

Sobre la cama hay una caja atada con un lazo rojo que se suelta de un solo tirón. Al levantar la tapa, el estómago me da un vuelco, la bilis se me sube a la garganta. Dentro hay un conejo muerto con un cuchillo de trinchar atravesándole el cuerpo. La sangre se ha solidificado al fondo, le mancha la piel y casi oscurece la nota clavada en su oreja.

De tu amigo,

el lacayo.

La negrura nada hasta mis ojos.

Un segundo después, me desmayo.

9

Segundo día

Me despierta un estruendo ensordecedor, mis manos vuelan a mis oídos. Miro a mi alrededor con una mueca de dolor, buscando la fuente del ruido, para descubrir que me he movido durante la noche. En lugar de la habitación espaciosa con la bañera y la acogedora chimenea, me encuentro en un cuarto estrecho de paredes blanqueadas y una cama de hierro, una luz polvorienta asoma por una pequeña ventana. En la pared de enfrente hay una cómoda con cajones junto a una raída bata marrón en un colgador de la puerta.

Saco las piernas de la cama, mis pies tocan la fría piedra, un escalofrío me recorre bailando la columna. Esperaba que el lacayo perpetrara alguna nueva diablura tras lo del conejo muerto, pero este ruido incesante hace que me sea imposible concentrarme.

Me pongo la bata, casi ahogándome por el olor a colonia barata, y asomo la cabeza al pasillo de fuera. Baldosas agrietadas cubren el suelo, las paredes encaladas están abombadas por la humedad. No hay ventanas, solo lámparas que lo manchan todo con una sucia luz amarilla que no parece fijarse. El escándalo es más fuerte aquí y sigo el ruido tapándome los oídos hasta que llego a la base de una destartalada escalera de caracol de madera, que asciende a la casa. En un tablero de la pared hay docenas de campanas de latón, cada una con una placa debajo con el nombre de una parte de la casa. La campana de la puerta principal se agita con tanta fuerza que temo que vaya a desestabilizar los cimientos.

Miro la campana con las manos en los oídos, pero, aparte de arrancarla de la pared, no encuentro otro modo de acallar ese clamor que ir a abrir la puerta. Me ajusto con fuerza el cinto de la bata, subo las escaleras y salgo a la parte trasera del vestíbulo. Esto está mucho más silencioso, los criados se mueven en una tranquila procesión, llevan en los brazos ramos de flores y otras decoraciones. Solo puedo suponer que están demasiado ocupados limpiando los restos de la fiesta de anoche para oír el ruido.

Niego con la cabeza molesto y abro la puerta para encontrarme ante el doctor Sebastian Bell.

Tiene una mirada enloquecida y está empapado, tiritando de frío.

—Necesito su ayuda —dice, escupiendo pánico.

Todo mi mundo desaparece.

—¿Tienen teléfono? —continúa. La desesperación de sus ojos es terrible—. Hay que llamar a las autoridades.

Esto es imposible.

—¡No se quede ahí parado, demonio! —grita, sacudiéndome por los hombros. El frío de sus manos traspasa el pijama.

Poco dispuesto a esperar una respuesta, me aparta para entrar en el vestíbulo en busca de ayuda.

Intento comprender lo que veo.

Ese soy yo.

Soy yo ayer.

Alguien me habla, me tira de la manga, pero no puedo atender a nada que no sea ese impostor que está mojando el suelo.

En lo alto de la escalera aparece Daniel Coleridge.

—¿Sebastian? —dice. Baja con una mano en la barandilla.

Lo observo buscando el truco, alguna insinuación de ensayo, de broma, pero baja las escaleras tal como lo hizo ayer, con la misma ligereza en los pies, igual de confiado y admirado.

Noto otro tirón en la manga, una doncella se pone en mi campo de visión. Me mira preocupada, mueve los labios.

Pestañeo para alejar mi confusión, me concentro en ella, oyendo por fin lo que dice.

—… Señor Collins, ¿está usted bien, señor Collins?

Su rostro me resulta familiar, aunque no consigo situarlo.

Miro sobre su cabeza hacia las escaleras, donde Daniel ya conduce a Bell a su habitación. Todo está sucediendo igual que ayer.

Me suelto de la doncella y corro hasta un espejo que hay en la pared. Apenas puedo mirarlo. Estoy muy quemado, la piel moteada y áspera al tacto, como una fruta que ha pasado demasiado tiempo bajo el sol abrasador. Conozco a este hombre. De algún modo, me he despertado siendo el mayordomo. Me vuelvo hacia la doncella con el corazón acelerado.

—¿Qué me está pasando? —balbuceo. Me llevo la mano a la garganta, sorprendido por la ronca voz norteña que brota de ella.

—¿Señor?

—¿Cómo he…?

Pero le estoy preguntando a la persona equivocada. La respuesta está cubierta de barro y sube las escaleras hacia la habitación de Daniel. Me recojo los faldones de la bata y corro tras ellos, siguiendo el rastro de hojas y cenagosa agua de lluvia. La doncella me llama. Estoy a medio camino cuando me adelanta y se planta ante mí, poniendo ambas manos contra mi pecho.

—No puede subir, señor Collins —dice—. Se armará una buena como *lady* Helena lo pille corriendo por ahí en ropa interior.

—¡Déjame pasar, muchacha! —exijo, lamentándolo de inmediato. Yo no hablo así, descortés y exigente.

—Está usted teniendo uno de sus ataques, señor Collins, tranquilo —dice ella—. Venga a la cocina, prepararé un poco de té.

Sus ojos son azules, serios. Se desvían por encima de mi hombro, deliberadamente, y yo miro hacia atrás para encontrar a otros criados congregados al pie de las escaleras. Nos observan, todavía tienen los brazos cargados de flores.

—¿Uno de mis ataques? —pregunto, la duda abre sus fauces y me devora.

—Por sus quemaduras, señor Collins —dice con calma—. A veces dice usted cosas, o ve cosas que no están ahí. Solo necesita una taza de té y unos minutos para estar como nuevo.

Su amabilidad es abrumadora, cálida e intensa. Me recuerda a las súplicas de Daniel de ayer, su delicadeza al hablar, como si pudiera romperme al presionar demasiado. Pensaba que yo estaba loco, igual que esta doncella ahora. Dado lo que me está pasando, lo que *creo* que me está pasando, no sé si se equivocan.

Le dirijo una mirada de impotencia y ella me coge del brazo para guiarme escaleras abajo; los demás se separan para dejarnos pasar.

—Una taza de té, señor Collins —dice tranquilizadora—. Es todo lo que necesita.

Me guía como a un niño perdido, el suave abrazo de su mano callosa es tan tranquilizador como su tono de voz. Salimos juntos del vestíbulo, bajamos la escalera de los criados y recorremos el pasillo hasta la cocina.

El sudor asoma a mi frente, emana calor de los hornos y de los fogones, hay ollas burbujeando sobre fuegos expuestos. Huelo a salsa, a carne asada y a pasteles horneándose, a azúcar y a sudor. El problema es que hay demasiados invitados y muy pocos hornos que funcionen. Han tenido que empezar a preparar ya la cena para asegurarse de que todo esté listo más tarde.

Saber eso me desconcierta.

Es verdad, estoy seguro de ello, pero ¿cómo puedo saberlo a no ser que de verdad sea el mayordomo?

Las doncellas salen apresuradas llevando el desayuno: huevos revueltos y arenques ahumados apilados en bandejas de plata. Junto al horno hay una mujer mayor de anchas caderas y rostro rubicundo bramando instrucciones con el delantal manchado de harina. Ningún general ha llevado nunca el pecho cubierto de medallas con más convicción. De algún modo, nos ve entre el jaleo, y primero clavo su mirada de acero en la doncella y luego en mí.

Se acerca a nosotros secándose las manos en el delantal.

—Estoy segura de que tienes otro sitio en el que estar, ¿verdad, Lucy? —dice con mirada severa.

La doncella titubea, planteándose la sabiduría de objetar.

—Sí, señora Drudge.

Su mano me suelta y deja un vacío en mi brazo. Una sonrisa compasiva y se ha ido, perdiéndose entre el estrépito.

—Siéntese, Roger —dice la señora Drudge con un tono que aspira a ser amable. Tiene un labio partido y alrededor de la boca empieza a asomar un moratón. Alguien ha debido de golpearla, y hace una mueca al hablar.

En el centro de la cocina hay una mesa de madera, su superficie está cubierta de bandejas con lengua, pollo asado y jamón en altas pilas. También hay sopas y guisos y bandejas de verdura reluciente. El agobiado personal de la cocina, la mayoría del cual parece haber pasado a su vez una hora dentro del horno, no deja de añadir más cosas.

Cojo una silla y me siento.

La señora Drudge saca del horno una bandeja de bollitos, pone uno en un plato con un pequeño rizo de mantequilla y lo trae, coloca el plato ante mí y me toca la mano. Tiene la piel dura como el cuero viejo.

Me mira fijamente, bondad envuelta en un cardo, antes de dar media vuelta y bramar mientras se mueve entre la gente.

El bollito está delicioso, la mantequilla derretida gotea por los lados. Solo le he dado un bocado cuando vuelvo a ver a Lucy y por fin recuerdo por qué me es familiar. Es la doncella que estará en la sala de estar a la hora del almuerzo, la que Ted Stanwin molestará y que Daniel Coleridge rescatará. Es más guapa de lo que recordaba, con pecas y grandes ojos azules, pelo rojo asomando bajo la cofia. Intenta abrir un bote de mermelada, la cara se le deforma por el esfuerzo.

Tenía mermelada en el mandil.

Sucede a cámara lenta, el bote resbala de sus manos y golpea el suelo, los cristales se desperdigan por toda la cocina, el mandil queda salpicado por goteante mermelada.

—Maldita sea, Lucy Harper —grita alguien, consternado.

Mi silla retumba contra el suelo cuando salgo a toda prisa de la cocina, corro por el pasillo y vuelvo arriba. Tengo tanta prisa que al doblar la esquina del pasillo adyacente choco con un hombre delgado, con rizados cabellos negros que se derraman sobre su frente y una camisa blanca manchada de carbón. Me disculpo alzando la mirada hacia la cara de Gregory Gold. La furia lo envuelve como si fuera un traje, sus ojos están desprovistos de toda razón. Está lívido, tiembla de rabia y solo demasiado tarde recuerdo lo que pasará ahora, el aspecto que tenía el mayordomo después de que este monstruo hiciera su trabajo.

Intento retroceder, pero me agarra la bata con sus largos dedos.

—No tiene por qué…

Mi visión se vuelve borrosa, el mundo se reduce a una mancha de color y a un fogonazo de dolor cuando me estrello contra una pared y me desplomo al suelo, con sangre brotando de mi cabeza. Se me echa encima con un atizador en la mano.

—Por favor —digo, intentando resbalar hacia atrás, lejos de él—. Yo no…

Me da una patada en el costado, lo que me vacía los pulmones.

Alargo una mano, intento hablar, suplicar, pero eso solo parece enfurecerlo más. Me da patadas, cada vez más deprisa, hasta que no puedo hacer nada que no sea encogerme en una bola mientras él derrama su ira sobre mí.

Apenas puedo respirar, apenas veo. Lloro, enterrado en mi dolor.

Piadosamente, me desmayo.

10

Tercer día

Está oscuro, la red de la ventana se agita ante el aliento de una noche sin luna. Las sábanas son suaves, la cama es cómoda y con dosel.

Sonrío al agarrarme al edredón.

Solo era una pesadilla.

Mi corazón se tranquiliza lentamente, latido a latido, el sabor de la sangre desaparece con el sueño. Necesito unos segundos para recordar dónde estoy, algunos más para distinguir la difusa forma de un hombre alto en una esquina de la habitación.

La respiración se me agolpa en la garganta.

Deslizo la mano por la colcha hacia la mesita de noche, busco las cerillas, pero parecen escapar a mis exploradores dedos.

—¿Quién eres? —pregunto a la oscuridad, incapaz de ocultar el temblor de mi voz.

—Un amigo.

Es una voz de hombre, amortiguada y grave.

—Los amigos no acechan en la oscuridad —digo.

—No he dicho que fuera su amigo, señor Davies.

Mi tanteo a ciegas está a punto de tirar la lámpara de aceite de la mesita. Al enderezarla, mis dedos encuentran las cerillas acobardadas junto a la base.

—No te preocupes por la luz —dice la oscuridad—. Te beneficiará poco.

Enciendo la cerilla con mano temblorosa, acercándola a la lámpara. La llama explota tras el cristal, expulsando las sombras a los rincones e iluminando a mi visitante. Es el hombre disfrazado de médico de la peste que conocí antes, la luz revela detalles que se me escaparon en la penumbra del estudio. El gabán está gastado y raído en los bordes, un sombrero de copa y la máscara con el pico de porcelana le cubren toda la cara exceptuando los ojos. Sus manos enguantadas reposan sobre un bastón negro con una inscripción en brillante plata a lo largo de él, pero es demasiado pequeña para poder leerla a esta distancia.

—Observador, bien —comenta el médico de la peste. En alguna parte de la casa resuenan unas pisadas y me pregunto si mi imaginación basta para conjurar los detalles mundanos de un sueño tan extraordinario.

—¿Qué diablos hace en mi habitación? —pregunto, sorprendiéndome por el estallido.

La máscara de pico deja de explorar la habitación y vuelve a fijarse en mí.

—Tenemos trabajo que hacer —dice—. Tengo un enigma que requiere una solución.

—Creo que me confunde con otro —digo furioso—. Yo soy médico.

—Fue médico —dice—. Luego mayordomo, hoy un *playboy*, mañana un banquero. Ninguno de ellos es su verdadero rostro ni su verdadera personalidad. Eso se le quitó al entrar en Blackheath y no se le devolverá hasta que se vaya.

Se mete la mano en el bolsillo y saca un pequeño espejo que arroja a la cama.

—Véalo por sí mismo.

El cristal tiembla en mi mano mientras refleja a un joven de penetrantes ojos azules y muy poca inteligencia tras ellos. El rostro del espejo no es el de Sebastian Bell ni el del mayordomo quemado.

—Se llama Donald Davies —dice el médico de la peste—. Tiene una hermana llamada Grace y un amigo llamado Jim y no le gustan los cacahuetes. Davies será su anfitrión de hoy, y mañana, cuando despierte, tendrá otro. Así es como funciona esto.

Después de todo, no era un sueño, pasó de verdad. He vivido el mismo día dos veces en el cuerpo de dos personas diferentes. Hablé conmigo mismo, me regañé y me examiné mediante los ojos de otro.

—Me estoy volviendo loco, ¿verdad? —digo, mirándolo por encima del espejo.

Noto las grietas en mi voz.

—Claro que no —dice el médico de la peste—. La locura sería una escapatoria, y solo hay una forma de escapar de Blackheath. Por eso estoy aquí, tengo una proposición para usted.

—¿Por qué me ha hecho esto? —exijo saber.

—Es una idea aduladora, pero no soy responsable de su problema, ni del de Blackheath, ya puestos.

—¿Quién lo es, entonces?

—Nadie a quien quiera o necesite conocer —dice, desechando la idea con un gesto de la mano—. Lo cual nos devuelve a mi proposición.

—Debo hablar con ellos —digo.

—¿Hablar con quién?

—Con las personas que me han traído aquí, con quien pueda liberarme —digo con los dientes apretados, luchando por controlar mi genio.

—Bueno, el primero hace mucho que no está, y el segundo lo tiene delante —dice, tocándose el pecho con ambas manos.

Quizá sea por el disfraz, pero en cierto modo el gesto parece teatral, casi ensayado. De pronto tengo la sensación de estar participando en una obra de teatro en la que todo el mundo se sabe sus frases menos yo.

—Solo yo sé cómo puede escapar de Blackheath —dice.

—¿Su proposición? —digo con sospecha.

—Exacto, aunque sería más ajustado a la verdad decir que es un acertijo —dice, sacando un reloj del bolsillo y mirando la hora—. Alguien será asesinado en el baile de esta noche. No parecerá un asesinato, por lo que el asesino quedará libre. Rectifique esa injusticia y le mostraré cómo salir de aquí.

Me tenso, aferrándome a las sábanas.

—Si liberarme está en su mano, ¿por qué no lo hace ya?, ¡maldita sea! —digo—. ¿A qué vienen estos juegos?

—Porque la eternidad es aburrida —dice—. O quizá porque lo importante es el juego. Lo dejo para que piense con ello. Pero no procrastine demasiado, señor Davies. Este día se repetirá ocho veces, y lo verá a través de ocho anfitriones diferentes. Bell fue el primero; el mayordomo, el segundo; y el señor Davies, el tercero. Eso significa que solo le quedan cinco anfitriones por descubrir. Yo, en su lugar, me movería con rapidez. Cuando tenga una respuesta, vaya al lago, y lleve pruebas, a las once de la noche. Lo estaré esperando.

—No jugaré a esos juegos para su diversión —ladro, inclinándome hacia él.

—Entonces, fracase por rencor, pero sepa que, si no resuelve el problema para la medianoche de su último anfitrión, lo desposeeremos de sus recuerdos, lo devolveremos al cuerpo del doctor Bell y volverá a empezar con esto.

Mira su reloj, dejándolo caer en su bolsillo con un irritado chasquido de la lengua.

—Se nos acaba el tiempo. Coopere y la próxima vez que nos veamos contestaré a más preguntas.

Una brisa se filtra por la ventana apagando la luz y envolviéndonos en la oscuridad. Para cuando encuentro las cerillas y vuelvo a encenderla, el médico de la peste se ha ido.

Salto de la cama como si me hubieran pinchado, confuso y asustado, abro de golpe la puerta de la habitación y salgo al frío. El pasillo está a oscuras. Podría estar a un metro de mí y no lo vería.

Cierro la puerta y corro al armario, me visto con lo primero que encuentro. Sea quien sea el que soy, es delgado y bajo, con tendencia a la ropa chillona, y para cuando acabo luzco unos pantalones púrpura, una camisa naranja y un chaleco amarillo. Al fondo del armario hay un abrigo y una bufanda y me los pongo antes de salir. Asesinatos por la mañana y disfraces por la noche, notas crípticas y mayordomos quemados; lo que sea que esté pasando aquí, *no* me harán ir de un lado a otro como si fuera una marioneta.

Debo escapar de esta casa.

El reloj de pared en lo alto de las escaleras señala con sus cansados brazos las 3:17 de la madrugada, y chista ante mi prisa. Aunque aborrezco la idea de despertar al jefe de los establos a horas tan intempestivas, no veo otra salida si quiero escapar de esta locura, así que bajo las escaleras de dos en dos, a punto de tropezar con los pies ridículamente pequeños de este presumido.

No me fue así con Bell o con el mayordomo. Me siento constreñido contra las paredes de este cuerpo, presionado contra sus costuras. Estoy torpe, casi borracho.

Las hojas se cuelan dentro cuando abro la puerta principal. Fuera sopla un vendaval, la lluvia se arremolina en el aire, el bosque crepita y se bambolea. Es una noche sucia, del color del hollín. Necesitaré más luz si quiero encontrar el camino sin caerme y partirme el cuello.

Vuelvo dentro y me dirijo a la escalera de servicio, en la parte de atrás del vestíbulo. La madera de la barandilla es áspera al tacto, los escalones, desvencijados. Afortunadamente, las lámparas siguen desprendiendo su luz rancia, aunque la llama arda baja y tranquila, su parpadeo, indignante. El pasillo es más largo de lo que recordaba, las paredes encaladas sudan por la condensación, el olor a tierra se derrama a través del yeso. Todo está húmedo, podrido. He visto la mayor parte de la suciedad de Blackheath, pero nada tan intencionadamente descuidado. Me sorprende que este lugar tenga personal, dada la poca consideración que parecen tenerle sus señores.

En la cocina salto entre los abarrotados estantes hasta que encuentro un fanal y cerillas. Dos intentos para encenderla y subo por las escaleras y salgo por la puerta a la tormenta.

El fanal araña la oscuridad, la lluvia me castiga los ojos. Sigo el camino de coches hasta el sendero empedrado que lleva a los establos mientras el bosque jadea a mi alrededor. Resbalo por el empedrado desigual, forzando la vista para ver la cabaña del jefe de los establos, pero el fanal arroja demasiada luz y oculta gran parte de lo que debería descubrir. Estoy bajo la arcada antes de verla, resbalando en estiércol de caballo. Como antes, el patio está atiborrado de carruajes, todos cubiertos con ondeantes lonas. A diferencia de antes, hay caballos en los establos, resoplando mientras duermen.

Me sacudo el estiércol del zapato y me arrojo al abrigo de la cabaña, llamando con la aldaba. Al cabo de unos minutos se enciende una luz y la puerta se abre un poco para mostrar el rostro somnoliento de un anciano con calzoncillos largos.

—Necesito irme —digo.

—¿A estas horas, señor? —pregunta dubitativo, frotándose los ojos y mirando el cielo negro como la pez—. Cogerá un resfriado.

—Es urgente.

Él suspira, haciéndose cargo, y me hace un gesto para que entre, abriendo la puerta del todo. Se pone unos pantalones, se echa los tirantes sobre los hombros, moviéndose con ese torpe desconcierto que denota a quien han despertado inexplicablemente de su sueño. Coge la chaqueta del colgador y se arrastra fuera mientras me hace un gesto para que me quede donde estoy.

Debo confesar que lo hago encantado. La cabaña rebosa calor y familiaridad, el olor a cuero y jabón es una presencia sólida y reconfortante. Siento tentaciones de mirar en el cuaderno de tareas de la puerta para ver si ya está el mensaje de Anna, pero en cuanto alargo la mano oigo un espantoso estrépito y una luz me ciega a través de la ventana. Salgo a la lluvia para encontrar al jefe de los establos sentado en un automóvil verde, el cacharro tose y se estremece como si fuera presa de alguna terrible enfermedad.

—Aquí tiene, señor —dice, saliendo de él—. Ya se lo he arrancado.

—Pero…

No encuentro palabras, espantado ante el artilugio que tengo delante.

—¿No hay carruajes? —pregunto.

—Los hay, pero los truenos ponen nerviosos a los caballos, señor —dice, rascándose una axila bajo la camisa—. Con el debido respeto, no podría conducirlos.

—No puedo conducir esto —digo, mirando a este temible monstruo mecánico, con voz estrangulada por el horror. La lluvia rebota en el metal y convierte el parabrisas en un estanque.

—Es tan fácil como respirar —dice—. Coja el volante y apunte hacia donde quiera ir, luego pise el pedal a fondo. Lo aprenderá enseguida.

Su confianza me hace subir con mucha firmeza, la puerta se cierra con un suave chasquido.

—Siga este sendero empedrado hasta el final y luego tuerza a la izquierda por el camino de tierra —dice, señalando a la oscuridad—. Eso lo llevará hasta el pueblo. Es largo y recto, aunque un tanto desigual. Necesitará entre cuarenta minutos y una hora, dependiendo del cuidado con que conduzca, pero no tiene pérdida, señor. Si no le importa, deje el automóvil bien a la vista y haré que uno de mis chicos vaya a por él a primera hora de la mañana.

Tras decir esto se va, desaparece dentro de su cabaña y cierra la puerta con un portazo.

Agarro el volante con fuerza, miro las palancas y diales e intento encontrar algo parecido a la lógica en los controles. Piso el pedal a modo de prueba, el temible cacharro da un bote hacia delante y, aplicando algo más de presión, hago que pase bajo el arco y se mueva por el accidentado sendero empedrado hasta que llegamos al giro a la izquierda mencionado por el jefe de los establos.

La lluvia cubre el cristal, lo que me obliga a sacar la cabeza por la ventanilla para ver por dónde voy. Los faros iluminan un camino sucio cubierto de hojas y ramas caídas, con el agua cayendo en cascada por su superficie. Pese al peligro, sigo pisando el acelerador a fondo, la euforia sustituye a mi inquietud. Tras todo lo sucedido, por fin escapo de Blackheath, cada kilómetro de este accidentado camino me aleja más de su locura.

La mañana llega con una penumbra gris y borrosa que mancha más que ilumina, pero al menos trae un final a la lluvia. Según lo prometido, la carretera continúa discurriendo en línea recta. El bosque es interminable. En algún lugar entre esos árboles están asesinando a una mujer y Bell despierta para presenciarlo. Un asesino le perdonará la vida con una brújula de plata que apunta a un lugar carente de sentido y, como un idiota, se creerá salvado. Pero ¿cómo puedo estar en ese bosque y en este coche, después de haber sido entre medias un mayordomo? Mis manos aprietan el volante. Si pude hablar con el mayordomo cuando era Sebastian Bell, entonces, supuestamente, quien vaya a ser mañana debe de estar ahora mismo rondando por Blackheath. Puede que hasta lo haya conocido. Y no solo el de mañana, sino el que seré pasado mañana, y al día siguiente. Si es así, ¿en qué me convierte eso? ¿Y a ellos? ¿Somos partes de la misma alma, responsables de los pecados de los demás, o personas completamente diferentes, pálidas copias de un original largo tiempo olvidado?

El indicador de combustible se acerca al rojo cuando la niebla llega desde los árboles cubriendo el suelo. Mi anterior sensación de triunfo se desvanece. Hace mucho que debería haber llegado al pueblo, pero en la distancia no veo el humo de ninguna chimenea ni el final del bosque.

Finalmente, el coche se estremece y se detiene, su último aliento es un chirrido de piezas al pararse a pocos centímetros del médico de la peste, cuyo gabán negro forma un gran contraste con la niebla blanca de la que ha emergido. Tengo las piernas rígidas y la espalda dolorida, pero la ira me propulsa fuera del coche.

—¿Aún no ha dejado atrás esta tontería? —pregunta el médico de la peste, apoyando ambas manos en el bastón—. Podría haber hecho mucho con este anfitrión, pero, en vez de eso, lo malgasta en esta carretera, sin conseguir nada. Blackheath no dejará que se vaya, y, mientras malgasta su ventaja, sus rivales siguen adelante con la investigación.

—Y *ahora* tengo rivales —digo desdeñoso—. Con usted todo es un truco tras otro, ¿no? Primero me dice que estoy atrapado aquí y ahora que es una competición para escapar.

Camino hacia él con la intención de sacarle una salida a golpes.

—¿Es que aún no lo ha entendido? —digo—. Me dan igual sus reglas porque no pienso jugar. O deja que me vaya o haré que lamente que me haya quedado.

Estoy a dos pasos de él cuando me apunta con su bastón. Aunque se detiene a dos centímetros de mi pecho, ningún cañón resultó nunca tan amenazador. Las letras plateadas del bastón parecen latir, de la madera brota un débil brillo que quema la niebla. Siento el calor a través de la ropa. Estoy seguro de que, si lo desease, ese palo de aspecto inofensivo podría atravesarme de lado a lado.

—Donald Davies siempre fue el más infantil de sus anfitriones —dice chasqueando la lengua al ver cómo doy un nervioso paso atrás—. Pero no tiene tiempo para seguirle la corriente. En esta casa hay dos personas más atrapadas en el cuerpo de invitados y criados, igual que tú. Solo uno de vosotros puede irse, y ese será el primero que me lleve la respuesta. ¿Se da cuenta ahora? La escapatoria no está al final de este polvoriento camino, sino a través de mí. Así que corra si quiere. Corra hasta que no se tenga en pie, y cuando vuelva a despertar en Blackheath una y otra vez, hágalo sabiendo que aquí no hay nada arbitrario, que no se ha pasado nada por alto. Se quedará aquí hasta que yo decida lo contrario. —Baja el bastón y coge el reloj de bolsillo—. Volveremos a hablar pronto, en cuanto se haya calmado un poco —dice, volviendo a guardarse el reloj—. A partir de ahora, procure utilizar a sus anfitriones de forma más inteligente. Sus rivales son más listos de lo que imagina, y le garantizo que no serán tan frívolos con su tiempo.

Quiero embestirlo, darle de puñetazos, pero ahora que la niebla roja se ha disipado me doy cuenta de que es una idea ridícula. Es un hombre corpulento incluso descontando lo abultado de su disfraz, más que capaz de encajar mi ataque. En vez de eso, lo rodeo internándome en la niebla mientras él se dirige de vuelta a Blackheath. Puede que esta carretera no tenga fin, y que no haya un pueblo al que llegar, pero no pienso rendirme hasta que esté seguro de ello.

No volveré voluntariamente al juego de un loco.

11

Cuarto día

Despierto resollando, aplastado bajo el enorme monumento que es el estómago de mi nuevo anfitrión. Lo último que recuerdo es desplomarme exhausto en la carretera tras caminar durante horas, aullando desesperado a un pueblo al que no podía llegar. El médico de la peste estaba diciéndome la verdad. No hay escape de Blackheath. Un reloj de mesa junto a la cama me dice que son las diez y media y estoy a punto de levantarme cuando un hombre alto entra desde la habitación contigua con una bandeja de plata que deposita en la cómoda. Está en la treintena, creo, con cabellos oscuros y bien afeitado, insípidamente apuesto sin ser memorable en nada. Por su pequeña nariz resbalan unas gafas mientras mira a las cortinas, hacia las que se dirige. Las descorre sin decir palabra, abre las ventanas y revela un paisaje con el jardín y el bosque al fondo.

Lo observo fascinado.

Hay algo extrañamente preciso en este hombre. Sus gestos son breves y rápidos, sin malgastar esfuerzo alguno. Es como si reservara fuerzas para algún trabajo enorme futuro.

Se detiene unos instantes ante la ventana, dándome la espalda, y deja que entre el aire fresco en la habitación. Me siento como si se esperara algo de mí, que ha hecho la pausa en mi beneficio, pero por mi vida que no consigo adivinar qué debo hacer. Sin duda, al sentir mi indecisión, abandona su vigilancia, desliza las manos bajo mis axilas y tira de mí hasta ponerme en posición sentada.

Pago su ayuda con vergüenza.

Tengo el pijama de seda empapado en sudor y el olor que emite mi cuerpo es tan penetrante que me provoca un lagrimeo en los ojos. Ajeno a mi vergüenza, mi compañero recoge la bandeja del aparador y la coloca en mi regazo, luego alza la tapa que la cubre. En la bandeja hay huevos con beicon en gran cantidad, una guarnición de chuletas de cerdo, una tetera y una jarra de leche. Semejante comida debería ser abrumadora, pero estoy hambriento y me lanzo a ella como un animal, mientras el hombre alto, que supongo que es mi ayuda de cámara, desaparece tras un biombo oriental y se oye el sonido de agua al ser vertida.

Hago una pausa para respirar y aprovecho la oportunidad para examinar lo que me rodea. En contraste con las frugales comodidades de la habitación de Bell, este lugar está atiborrado de riquezas. De las ventanas penden cortinas de terciopelo rojo que se amontonan en la gruesa alfombra azul. Las paredes están cubiertas de cuadros, los muebles de caoba lacada se han pulido hasta brillar. Sea quien sea yo, los Hardcastle me tienen en muy alta estima.

El ayuda de cámara vuelve y me encuentra limpiándome la grasa de los labios con una servilleta, jadeando solo por el esfuerzo de comer. Debe de estar asqueado. Yo estoy asqueado. Me siento como un cerdo en una pocilga. Aun así, en su rostro no asoma ni la menor emoción mientras retira la bandeja y pasa mi brazo por encima de sus hombros para ayudarme a salir de la cama. Solo Dios sabe cuántas veces ha pasado por este ritual, o cuánto se le paga por hacerlo, pero una vez basta para mí. Medio camina, medio me arrastra, como si fuera un soldado herido, hasta detrás del biombo, donde tengo preparado un baño caliente.

Es entonces cuando empieza a desvestirme.

No tengo ninguna duda de que esto es parte de la rutina diaria, pero la vergüenza se me hace demasiado insoportable. Aunque no es mi cuerpo, me siento humillado por él, horrorizado por las olas de carne que lamen mis caderas, la forma en que se frotan mis piernas al caminar.

Hago un gesto para alejar a mi acompañante, pero es inútil.

—Mi señor, no puede… —Hace una pausa, haciendo cuidadoso acopio de palabras—. No va a poder entrar y salir solo del baño.

Quiero decirle que se largue, que me deje en paz, pero, por supuesto, tiene razón.

Cierro los ojos con fuerza, asiento mi sumisión.

Me desabotona la camisa del pijama con movimientos mecánicos y me baja los pantalones, levantándome un pie cada vez para que no me enrede en ellos. Me quedo desnudo en pocos segundos, mi acompañante se mantiene a una distancia respetuosa.

Al abrir los ojos, me encuentro reflejado en un espejo de cuerpo entero que hay en la pared. Parezco una caricatura grotesca del cuerpo humano, la piel amarillenta e hinchada, un pene flácido asoma por un descuidado matojo de vello púbico. Emito un sollozo, abrumado por el desagrado y la humillación. La sorpresa ilumina la cara del ayuda de cámara y entonces, solo un instante, lo hace el deleite. Es un momento de emoción cruda que desaparece tan rápidamente como apareció.

Se me acerca para ayudarme a entrar en la bañera.

Recuerdo la euforia que sentí al entrar en el agua caliente cuando era Bell, pero ahora no siento nada de eso. Mi inmenso peso hace que la alegría de tomar un baño caliente se vea eclipsada por la humillación segura de tener que salir de él.

—¿Desea los informes de la mañana, lord Ravencourt? —pregunta mi acompañante.

Niego con la cabeza, muy envarado en el baño, esperando que abandone la habitación.

—La casa ha preparado algunas actividades para este día: una cacería, un paseo por el bosque, preguntan…

Vuelvo a negar con la cabeza, mirando al agua. ¿Cuánto más debo soportar?

—Muy bien, entonces solo las citas.

—Cancélelas —digo en voz baja—. Cancélelas todas.

—¿Hasta la de *lady* Hardcastle, mi señor?

Lo miro a los ojos verdes por primera vez. El médico de la peste afirmó que debía resolver un asesinato para salir de esta casa, y quién mejor que la señora de la casa para ayudarme a conocer sus secretos.

—No, esa no —digo—. ¿Me recuerda dónde hemos quedado?

—En el salón de usted, mi señor. A no ser que desee que lo cambie.

—No, allí valdrá.

—Muy bien, mi señor.

Una vez concluidos nuestros asuntos, sale tras asentir con la cabeza y me deja para regodearme en paz, a solas con mis pesares.

Cierro los ojos y apoyo la cabeza en el borde de la bañera mientras intento encontrar sentido a mi situación. Tener el alma separada del cuerpo sugiere una muerte, pero muy en el fondo sé que esto no es la otra vida. El infierno tendría menos criados y mejor vivienda, y desposeer a un hombre de sus pecados parece una mala manera de juzgarlo.

No, estoy vivo, pero no en un estado que pueda reconocer. Esto es algo cercano a la muerte, algo más retorcido, y no estoy solo. El médico de la peste dijo que éramos tres compitiendo por escapar de Blackheath. ¿Podría estar tan atrapado aquí como yo el lacayo que me dejó el conejo muerto? Eso explicaría por qué intenta asustarme. Después de todo, es difícil ganar una carrera cuando tienes miedo de llegar a la línea de meta. Puede que enfrentarnos los unos a los otros, como perros hambrientos en un foso, sea lo que considera diversión el médico de la peste.

Quizá deberías confiar en él.

—Viva mi trauma —musito a la voz—. Creía haberte dejado con Bell.

Sé que es mentira nada más decirlo. Estoy conectado a esa voz del mismo modo en que lo estoy al médico de la peste y al lacayo. Siento el peso de nuestra historia juntos, aunque no pueda recordarla. Son parte de todo lo que me está pasando, piezas del rompecabezas que me esfuerzo por resolver. No estoy seguro de si son amigos o enemigos, pero, sea cual sea la verdadera naturaleza de la voz, de momento no me ha guiado mal.

Aun así, confiar en mi captor es como poco pecar de ingenuo. La idea de que todo esto se acabará si resuelvo un asesinato es ridícula. Sea cual sea la intención del médico de la peste, se presenta ante mí a medianoche y cubierto por una máscara. No quiere que lo vean, lo que significa que conseguiré alguna ventaja si le quito la máscara.

Miro al reloj y sopeso mis opciones.

Sé que estará en el estudio hablando con Sebastian Bell —un *yo* anterior, ¡algo que sigo sin poder conciliar en mi cabeza!— en cuanto salga la partida de caza, y que parece el momento ideal para interceptarlo. Si desea que resuelva un asesinato, lo haré, pero esa no será mi única tarea para hoy. Si quiero asegurarme la libertad, debo conocer la identidad del hombre que me la ha quitado, y para eso necesitaré algo de ayuda.

Según la cuenta del médico de la peste, ya he malgastado tres de mis ocho días en la casa, los pertenecientes a Sebastian Bell, al mayordomo y a Donald Davies. Eso significa que me quedan cinco anfitriones, incluido este, y si el encuentro de Bell con el mayordomo es un ejemplo, ahora mismo estarán rondando por Blackheath igual que yo.

Eso es un ejército.

Solo necesito saber a quién están llevando.

12

Hace mucho que el agua se ha enfriado, lo que me ha dejado azul y tiritando.

Por muy presuntuoso que sea, no soporto la idea de que el ayuda de cámara de Ravencourt me saque de la bañera como un saco de patatas mojado.

Una llamada cortés en la puerta me libera de la decisión.

—Lord Ravencourt, ¿va todo bien? —dice, entrando en la habitación.

—Muy bien —insisto, con las manos entumecidas.

Asoma la cabeza por el borde del biombo y sus ojos se hacen cargo de la escena. Tras un escrutinio de un momento, se acerca sin que lo llame, arremangándose para sacarme del agua con una fuerza que contradice a su delgado cuerpo.

Esta vez no protesto. Me queda poco orgullo que salvar.

Mientras me ayuda a salir de la bañera, veo que bajo su camisa asoma el borde de un tatuaje. Es una mancha color verde, con los detalles perdidos. Al notar mi atención, se baja rápidamente la manga.

—Una locura de juventud, mi señor —dice.

Permanezco inmóvil durante diez minutos, siendo humillado, mientras él me seca y me pone el traje, primero una pierna, luego la otra, primero un brazo, luego el otro. La ropa es de seda, espléndidamente cosida, pero me tira y pellizca como una habitación llena de tías ancianas. Es de una talla menor, a la medida de la vanidad de Ravencourt en vez de a la de su cuerpo. Cuando ha terminado, el ayuda de cámara me peina y me frota la carnosa cara con aceite de coco antes de entregarme un espejo para que inspeccione el resultado. El reflejo se acerca a los sesenta años, con un sospechoso pelo negro y ojos del color del té poco cargado. Los estudio buscando alguna señal de mí, el hombre escondido que tira de los hilos de Ravencourt, pero no se me ve. Por primera vez me pregunto quién fui antes de acabar aquí y la cadena de acontecimientos que me ha metido en esta trampa. La especulación sería intrigante de no ser tan frustrante.

Como me pasó con Bell, noto un cosquilleo cuando veo a Ravencourt en el espejo. Una parte de mí recuerda mi verdadero rostro y está perpleja por el extraño que le devuelve la mirada.

Le doy el espejo al ayuda de cámara.

—Necesitamos ir a la biblioteca —digo.

—Sé dónde está, mi señor —dice—. ¿Debo traerle algún libro?

—Lo acompañaré.

El hombre hace una pausa y frunce el ceño. Habla con titubeos, probando el terreno con sus palabras a medida que pasan de puntillas.

—Es una buena caminata, mi señor. Me temo que pueda encontrarla… agotadora.

—Me las arreglaré. Además, necesito hacer ejercicio.

Los argumentos hacen cola tras sus dientes, pero coge mi bastón y un maletín y me guía por un pasillo oscuro con lámparas de aceite que derraman su cálida luz en las paredes.

Caminamos despacio, el ayuda de cámara me cuenta novedades, pero yo tengo la mente centrada en la enormidad de este cuerpo que arrastro hacia adelante. Es como si algún enemigo hubiera rehecho la casa de la noche a la mañana, alargando las habitaciones y espesando el aire. Cruzamos la repentina brillantez del vestíbulo. Me sorprendo al descubrir lo empinada que me parece ahora la escalera de caracol. Los escalones que bajé a toda prisa como Donald Davies esta mañana requieren equipo de escalada para poder subirlos. No es de extrañar que lord y *lady* Hardcastle alojaran a Ravencourt en la planta baja. Se necesitaría una polea, dos hombres fuertes y la paga de un día para subirme a la habitación de Bell.

El necesitar frecuentes descansos me sirve al menos para observar a los demás invitados a medida que se mueven por la casa, y enseguida me resulta evidente que esta no es una reunión feliz. Se oyen discusiones en susurros en todos los rincones y recovecos, voces que elevan el tono a medida que suben por las escaleras para ser silenciadas en seco por un portazo. Maridos y esposas se pinchan mutuamente, las copas se cogen con demasiada fuerza, los rostros se sulfuran con rabia apenas controlada. Hay una pulla en cada conversación, el ambiente es peliagudo y peligroso. Quizá son los nervios, o la nula sabiduría de la premonición, pero Blackheath parece terreno fértil para la tragedia. Para cuando llegamos a la biblioteca, me tiemblan las piernas y me duele la espalda por el esfuerzo de mantenerme erguido. Desgraciadamente, la sala ofrece escasa recompensa a semejante sufrimiento. Polvorientos y sobrecargados estantes se alinean en las paredes, una mohosa alfombra roja ahoga el suelo. Los huesos de un antiguo fuego yacen en el hogar ante una mesita de lectura con una incómoda silla de madera ante ella.

Mi acompañante resume sus sentimientos con un chasquido de la lengua.

—Un momento, mi señor, iré a la salita de estar a por una silla más cómoda —dice.

La necesito. Tengo ampollas en la mano izquierda allí donde se ha frotado con el mango del bastón y me tiemblan las piernas. El sudor me empapa la camisa y me pica todo el cuerpo. Atravesar la casa me ha dejado hecho una ruina, y necesitaré a otro anfitrión si esta noche quiero llegar al lago antes que mis rivales, a ser posible, uno capaz de conquistar una escalera.

El ayuda de cámara de Ravencourt vuelve con un sillón orejero, que deposita en el suelo delante de mí. Me coge el brazo y me deposita sobre los cojines verdes.

—¿Puedo preguntarle qué hacemos aquí, mi señor?

—Si tenemos suerte, reunirnos con amigos —replico, fregándome la frente con un pañuelo—. ¿Tiene un papel a mano?

—Por supuesto.

Saca un folio del maletín y una estilográfica y se prepara para escribir al dictado. Abro la boca para excusarlo, pero me disuade una mirada a mi mano sudorosa y con ampollas. En este caso, el orgullo es mal pariente de la legibilidad. Tras tomarme un minuto para ordenar las palabras en mi mente, empiezo a hablar en voz alta.

—Es pura lógica pensar que varios de vosotros lleváis aquí más tiempo que yo y que sabéis cosas sobre esta casa, nuestro objetivo y nuestro captor, el médico de la peste, que yo desconozco. —Hago una pausa para escuchar el arañar de la pluma—. No me habéis buscado y supongo que habrá un buen motivo para ello, pero ahora os pido que os reunáis conmigo en la biblioteca a la hora del almuerzo para ayudarme a aprehender a nuestro captor. Si no podéis, os pido que compartáis lo que sabéis escribiéndolo en este papel. Cualquier cosa que sepáis, por trivial que sea, puede ayudarnos a acelerar nuestra escapatoria. Dicen que dos cabezas son mejor que una, pero creo que en este caso bastará con una combinación de nuestras cabezas.

Espero a que mi acompañante termine de escribir antes de mirarlo a la cara. Está desconcertado, pero también algo divertido. Es un hombre curioso, menos tieso de lo que me pareció al principio.

—¿Debo enviar esto por correo, mi señor? —pregunta.

—No es necesario —digo, señalando a la librería—. Póngalo con cuidado entre las páginas del primer volumen de la *Encyclopaedia Britannica*. Sabrán dónde encontrarlo.

Me mira fijamente y luego a la nota antes de hacer lo que le pido, deslizando limpiamente la hoja en el interior. Parece un lugar apropiado.

—¿Y para cuándo debemos esperar una respuesta, mi señor?

—Minutos, horas, no puedo saberlo. Habrá que ir viniendo a comprobarlo.

—¿Y mientras tanto? —pregunta, limpiándose el polvo de las manos con un pañuelo de bolsillo.

—Hable con los sirvientes, necesito saber si alguno de los invitados tiene en su guardarropa un disfraz de médico medieval de la peste.

—¿Mi señor?

—Máscara de porcelana, gabán negro, ese tipo de cosas. Mientras tanto, voy a echarme una siesta.

—¿Aquí, mi señor?

—Así es.

Me mira con el ceño fruncido, intentando unir los retazos de información dispersos ante él.

—¿Debo encender un fuego? —pregunta.

—No hay necesidad, estaré bastante cómodo.

—Muy bien —dice, sin moverse.

No estoy seguro de lo que espera, pero no llega nunca y abandona la habitación tras una última mirada, seguido en silencio por su confusión.

Poso las manos en mi estómago y cierro los ojos. Cada vez que he dormido, he despertado en un cuerpo diferente y, aunque sacrificar de este modo a un anfitrión resulta arriesgado, no veo qué más puedo hacer en Ravencourt. Con suerte, cuando despierte, mis otros yoes habrán contactado conmigo mediante la enciclopedia y estaré entre ellos.

13

Segundo día (continuación)

Dolor.

Grito, saboreando sangre.

—Lo sé, lo sé, perdona —dice una voz de mujer.

Un pinchazo, una aguja entra en mi cuello. Una calidez derrite el dolor. Me cuesta respirar, me es imposible moverme. No puedo abrir los ojos. Oigo ruedas girando, cascos de caballos sobre el empedrado, una presencia a mi lado.

—Yo… —Empiezo a toser.

—Ssssh, no intentes hablar. Has vuelto al mayordomo —dice la mujer con un susurro urgente, posando la mano en mi brazo—. Hace quince minutos que Gold te atacó, y te llevan en carruaje a la casa del portero para que descanses.

—¿Quién eres…? —grazno.

—Una amiga, eso todavía no importa. Ahora escúchame, sé que estás confuso, cansado, pero esto es importante. Hay reglas en esto. Es inútil intentar abandonar a tus anfitriones como lo has hecho. Es desde que despiertas hasta la medianoche. ¿Entiendes?

Me estoy adormilando, lucho por mantenerme despierto.

—Por eso has vuelto aquí —continúa—. Si uno de tus anfitriones se duerme antes de la medianoche, saltas de vuelta al mayordomo y sigues viviendo este día. Cuando el mayordomo se duerma, volverás. Si el anfitrión duerme hasta pasada la medianoche o muere, saltas a alguien nuevo.

Oigo otra voz. Más áspera. En la parte delantera del carruaje.

—Llegamos a la casa del portero.

Su mano me toca la frente.

—Que tengas suerte.

Demasiado cansado para aguantar, vuelvo a sumirme en la oscuridad.

14

Cuarto día (continuación)

Una mano me sacude el hombro.

Abro los ojos pestañeando; me encuentro de vuelta en la biblioteca, en el cuerpo de Ravencourt. Me invade una sensación de alivio. Creía que no podía haber nada peor que esta masa, pero me equivocaba. El cuerpo del mayordomo era como un saco de cristales rotos, y preferiría vivir toda una vida como Ravencourt a volver a ese momento, aunque no parece que tenga elección. Si la mujer del carruaje decía la verdad, estoy destinado a volver allí otra vez.

Daniel Coleridge me mira a través de una nube de humo amarillo. Le cuelga un cigarrillo del labio, lleva una bebida en la mano. Viste la misma ropa de caza que cuando habló con Sebastian Bell en el estudio. Mis ojos se desvían hacia el reloj, faltan veinte minutos para el almuerzo. Debe de estar a punto de irse a esa reunión.

Me pasa la bebida y se sienta en el borde de la mesita que tengo delante, a su lado está la enciclopedia abierta.

—Creo que me buscabas —dice Daniel, expulsando el humo por la comisura de la boca.

Suena distinto a través de los oídos de Ravencourt. Se ha desprendido de la suavidad como si fuera una piel vieja. Antes de que pueda contestarle, empieza a leer de la enciclopedia.

—«Es de pura lógica pensar que varios de vosotros lleváis aquí más tiempo que yo y que sabéis cosas sobre esta casa, sobre nuestro objetivo y nuestro captor, el médico de la peste, que yo desconozco». —Cierra el libro—. Has llamado y te he contestado.

Estudio los crueles ojos fijos en mí.

—Eres como yo —digo.

—Soy tú, cuatro días más tarde —dice y hace una pausa para que mi mente pueda colisionar contra esa idea—. Daniel Coleridge es tu último anfitrión. Nuestra alma, su cuerpo, si es que consigues entender eso. Desgraciadamente, también es su mente. —Se da un golpecito en la frente con el índice—. Lo que significa que tú y yo pensamos de forma diferente. —Alza la enciclopedia para dejarla caer sobre la mesa—. Coge esto, por ejemplo. A Coleridge nunca se le habría ocurrido escribir a los demás anfitriones pidiéndoles ayuda. Fue una idea inteligente, muy lógica, muy de Ravencourt.

Su cigarrillo brilla en la penumbra, ilumina la sonrisa hueca que hay detrás. Este no es el mismo Daniel de ayer. En su mirada hay algo más frío, más duro, algo que intenta abrirme en canal para poder mirar dentro. No sé cómo no me di cuenta cuando era Bell. Ted Stanwin sí lo notó cuando se echó atrás en la sala de estar. Este matón es más listo de lo que creía.

—Así que ya has sido yo…, este yo, Ravencourt, quiero decir.

—Y los que lo seguirán —dice—. Es un grupo difícil, deberías disfrutar de Ravencourt mientras puedas.

—¿Para eso estás aquí, para avisarme sobre mis otros anfitriones?

La idea parece divertirlo, una sonrisa toca sus labios antes de perderse con el humo del cigarrillo.

—No, he venido porque recuerdo haberme sentado donde tú estás y que me decían lo que voy a decirte.

—¿Qué es…?

Al otro extremo de la mesa hay un cenicero y alarga la mano para cogerlo y acercarlo a su lado.

—El médico de la peste te ha pedido que resuelvas un asesinato, pero no te dijo quién era la víctima. Es Evelyn

Hardcastle, ella es quien morirá esta noche en el baile —dice, echando ceniza en el cenicero.

—¿Evelyn? —digo, forcejeando por sentarme erguido, derramando en la pierna un poco de mi olvidada bebida. Me domina el terror a que mi amiga salga herida, una mujer que se esforzó por ser amable conmigo mientras sus padres llenaban la casa de crueldad—. ¡Debemos avisarla!

—¿Con qué fin? —pregunta Daniel, apaciguando mi alarma con su calma—. No podemos resolver el asesinato de alguien que no ha muerto y no podemos escapar sin la solución.

—¿La dejarías morir? —digo mientras paso el dedo por el borde de la mesa.

—He vivido este día ocho veces y ella ha muerto cada noche, independientemente de mis actos —dice, pasando el dedo por el borde de la mesa—. Lo que pasó ayer pasará mañana y pasado mañana. Te prometo que, en caso de que te plantees interferir de todos modos, ya lo has intentado hacer antes y ya has fracasado.

—Es mi amiga, Daniel —digo, sorprendido por lo profundo de mi sentimiento.

—Y la mía —dice, inclinándose hacia delante—. Pero cada vez que he intentado cambiar los acontecimientos de hoy, he acabado siendo el causante de aquello mismo que intentaba prevenir. Créeme, intentar salvar a Evelyn es una pérdida de tiempo. Circunstancias que escapan a mi control me han traído aquí y muy pronto, antes de lo que puedas imaginar, te encontrarás a ti mismo sentado donde yo estoy, explicándotelo todo como hago yo y deseándote poder tener todavía el lujo de sentir la esperanza de Ravencourt. El futuro no es una advertencia, amigo mío, es una promesa, y nosotros no podemos romperla. Esa es la naturaleza de la trampa en la que estamos atrapados.

Se levanta de la mesa, forcejea con la manija oxidada de una ventana y la abre de golpe. Tiene la mirada fija en algún lugar distante, en una tarea cuatro días más allá de mi comprensión.

No tiene interés en mí, en mis miedos o mis esperanzas. Solo soy parte de una vieja historia que está cansado de contar.

—No tiene sentido —digo, esperando recordarle las cualidades de Evelyn, las razones por las que vale la pena salvarla—. Evelyn es amable y buena, y lleva diecinueve años fuera, ¿quién querría hacerle daño ahora?

Incluso mientras lo digo, una sospecha empieza a crecer en mí. Ayer, en el bosque, Evelyn mencionó que sus padres nunca le habían perdonado que dejara solo a Thomas. Se culpaba por su asesinato a manos de Carver y, lo peor de todo, ellos también. Su ira era tan grande que ella creía que planeaban alguna sorpresa terrible para el baile. ¿Podría ser eso? ¿Podrían odiar tanto a su hija como para asesinarla? En ese caso, mi reunión con Helena Hardcastle podría resultar oportuna.

—No lo sé —dijo Daniel, con un toque de irritación en la voz—. Hay tantos secretos en esta casa que resulta difícil elegir el correcto del montón. Pero, si quieres mi consejo, empieza por buscar ya a Anna. Ocho anfitriones podrá sonar muy bien, pero esta tarea necesita el doble. Necesitarás toda la ayuda que puedas conseguir.

—Anna —exclamo al recordar a la mujer del carruaje con el mayordomo—. Creía que era una amiga de Bell.

Da una larga calada al cigarrillo y me mira a través de sus ojos entreabiertos. Lo imagino recorriendo el futuro, intentando saber cuánto debe contarme.

—Está atrapada aquí como nosotros —acaba diciendo—. Es una amiga, o todo lo que puede llegar a serlo alguien en nuestra situación. Debes encontrarla pronto, antes de que lo haga el lacayo. Viene a por los dos.

—Anoche dejó un conejo muerto en mi habitación, en la habitación de Bell, quiero decir.

—Eso es solo el principio. Quiere matarnos, pero no sin haberse divertido antes.

La sangre se me hiela en las venas, noto náuseas en el estómago. Me lo temía, pero resulta muy diferente que te lo digan claramente. Cierro los ojos, respiro hondo por la nariz y expulso el aire con mi miedo. Es un hábito de Ravencourt, una forma de despejarse la mente, aunque no sabría decir cómo lo sé. Cuando vuelvo a abrir los ojos, estoy calmado.

—¿Quién es? —pregunto, impresionado por la serenidad de mi voz.

—No tengo ni idea —dice, expulsando humo al viento—. Si creyera que este lugar es algo tan vulgar como el infierno diría que es el diablo. Nos va eliminando a todos uno a uno, asegurándose de no tener competencia cuando esta noche le dé su respuesta al médico de la peste.

—¿Tiene otros cuerpos, otros anfitriones, como nosotros?

—Eso es lo curioso —dice—. No creo que los tenga, pero no parece necesitarlos. Conoce la cara de todos y cada uno de nuestros anfitriones y nos ataca cuando estamos en nuestro momento más bajo. Ha estado esperando cada error que he cometido.

—¿Cómo detenemos a un hombre que conoce todos nuestros pasos antes que nosotros?

—De saberlo, esta conversación no sería necesaria —dice irritado—. Ten cuidado. Ronda por esta casa como un puñetero fantasma, y si te pilla a solas... Bueno, no dejes que te pille solo.

El tono de Daniel es siniestro, su expresión, taciturna. Sea quien sea el lacayo, se ha apoderado de mi futuro yo de un modo que es más preocupante que todas las advertencias que le he oído. No es difícil entender por qué. El médico de la peste me dio ocho días para resolver el asesinato de Evelyn y ocho anfitriones para hacerlo. Como Sebastian Bell durmió hasta más allá de la medianoche, lo he perdido. Eso me deja siete días y siete anfitriones.

Mi segundo y tercer anfitriones fueron el mayordomo y Donald Davies. La mujer del carruaje no mencionó a Davies, lo cual me parece una omisión curiosa, pero estoy suponiendo que se le pueden aplicar las mismas reglas que al mayordomo.

A los dos les quedan muchas horas hasta la medianoche, pero uno de ellos está gravemente herido y el otro dormido en la carretera, a kilómetros de distancia de Blackheath. Son prácticamente inútiles. Ahí se quedan los días dos y tres.

Ya estoy en mi cuarto día, y Ravencourt está resultando ser una carga en vez de una bendición. No sé qué esperar de mis restantes cuatro anfitriones, aunque Daniel parece bastante capaz, pero me siento como si el médico de la peste estuviera haciendo trampas contra mí. Si es cierto que el lacayo conoce todos mis puntos débiles, que Dios me valga porque hay mucho que explotar.

—Cuéntame todo lo que ya hayas averiguado sobre la muerte de Evelyn. Si trabajamos juntos, podrías resolverlo antes de que el lacayo tenga oportunidad de hacernos daño.

—Lo único que puedo contarte es que todas y cada una de las noches muere rápidamente a las once.

—Debes de saber algo más que eso.

—Mucho más, pero no puedo arriesgarme a compartir la información —dice, mirándome—. Todos mis planes dependen de las cosas que vas a hacer. Si te cuento algo que te impida hacerlas, no puedo estar seguro de que las cosas salgan del mismo modo. Podrías meter la pata en medio de un acontecimiento que acabaría bien para mí o estar en otra parte cuando deberías estar distrayendo a alguien en cuya habitación debo colarme. Una palabra fuera de lugar podría arruinar todos mis planes. Este día debe transcurrir como siempre lo hace, tanto por tu bien como por el mío. —Se frota la frente, todo su cansancio parece asomar en ese gesto—. Lo siento, Ravencourt, la forma más segura de que sigas con tu investigación es sin interferencias por mi parte o de los demás.

—Muy bien —digo, esperando ocultarle mi decepción. Es una idea absurda, claro. Es yo y, por tanto, recuerda esa decepción hacia sí mismo—. Pero el hecho de que me aconsejes que resuelva el asesinato implica que te fías del médico de la peste —digo—. ¿Has descubierto su identidad?

—Todavía no. Y lo de fiarme es exagerar. Tiene sus propios objetivos en esta casa, estoy seguro de eso, pero de momento no veo otra salida que no sea hacer lo que pide.

—¿Y te ha dicho por qué nos pasa esto? —pregunto.

Un alboroto en la puerta nos interrumpe y volvemos la cabeza hacia el ayuda de cámara de Ravencourt, que está quitándose el abrigo e intenta librarse de las zarpas de una larga bufanda púrpura. Tiene el pelo revuelto por el viento y está sin aliento con las mejillas hinchadas por el frío.

—Me han dado el mensaje de que me requería con urgencia, mi señor —dice, tirando todavía de la bufanda.

—Ha sido obra mía, viejo —dice Daniel, volviendo hábilmente a su personaje—. Te espera un día ajetreado y pensé que aquí Cunningham podría ser útil. A propósito de días ajetreados, debo irme ya. Tengo una cita con Sebastian Bell a mediodía.

—No dejaré a Evelyn a su destino, Daniel —digo.

—Yo tampoco —dice él, tirando el cigarrillo hacia fuera y cerrando la ventana—. Pero el destino acabó encontrándola. Debes prepararte para eso.

Desaparece con unas pocas zancadas, la biblioteca se llena con un alboroto de voces y el sonoro ruido de los cubiertos cuando abre la puerta que da al estudio y la cruza camino de la sala de estar. Los invitados acuden a almorzar, lo que significa que Stanwin amenazará pronto a la doncella, Lucy Harper, mientras Sebastian Bell mira por la ventana sintiéndose una fracción de hombre. La cacería empezará, Evelyn cogerá una nota del pozo y se derramará sangre en un cementerio mientras dos amigos esperan a una mujer que nunca llegará. Si Daniel tiene razón, puedo hacer muy poco para alterar el desarrollo del día, pero que me condenen si voy a estarme quieto ante eso. Puede que el enigma del médico de la peste sea mi salida de esta casa, pero no pasaré por encima del cadáver de Evelyn para conseguirlo. Pretendo salvarla, cueste lo que cueste.

—¿En qué puedo servirle, mi señor?

—Páseme un papel, una pluma y algo de tinta, ¿quiere? Necesito escribir algo.

—Por supuesto —dice y saca todo ello de su maletín.

Tengo las manos demasiado torpes para escribir con buena letra, pero el mensaje puede leerse con bastante claridad entre la tinta corrida y los feos goterones.

Miro el reloj. Son las 11:56. Casi la hora.

Tras agitar el papel para que la tinta se seque, lo doblo con cuidado y aprieto los pliegues antes de entregárselo a Cunningham.

—Tome esto —digo. Noto los restos de grasienta tierra negra en sus manos cuando las extiende. Tiene la piel rosada por habérselas restregado, pero veo tierra incrustada en las espirales de las yemas de los dedos. Consciente de mi atención, coge la carta y se lleva las manos a la espalda—. Necesito que vaya a la sala de estar donde están sirviendo el almuerzo. Quédese allí y observe los acontecimientos que tengan lugar, luego lea esta carta y vuelva aquí.

En su rostro se pinta la confusión.

—¿Mi señor?

—Vamos a tener un día muy extraño, Cunningham, y necesitaré toda su confianza. —Descarto sus protestas con un gesto y le indico que me ayude a levantarme del asiento—. Haga lo que le digo. Y luego vuelva aquí y espéreme —termino, poniéndome en pie con un gruñido.

Mientras Cunningham se dirige a la sala de estar, yo cojo el bastón y me dirijo al solario con la esperanza de encontrar a Evelyn.

Al ser temprano, solo está medio lleno, las damas se sirven bebidas del mueble bar y se dejan caer en sillas y divanes. Todo parece requerir un gran esfuerzo para ella, como si el pálido rubor de la juventud fuera una carga, su energía, agotadora. Murmuran acerca de Evelyn en una fea carcajada dirigida contra la mesa de ajedrez de la esquina, con las piezas en pleno juego. No tiene contrincante, así que se concentra en vencerse a sí misma. Sea cual sea el malestar con el que pretenden importunarla, ella parece ajena a él.

—Evie, ¿podemos hablar? —digo, cojeando hasta ella.

Alza la cabeza despacio y necesita un momento para identificarme. Al igual que ayer, lleva los cabellos rubios recogidos en una cola de caballo, que tensa sus rasgos hasta darles un aspecto demacrado, bastante severo. A diferencia de ayer, este no se suaviza.

—No, creo que no, lord Ravencourt —dice y vuelve a concentrarse en el tablero—. Ya he tenido que hacer suficientes cosas desagradables como para no añadir otra a la lista.

Las risas contenidas hacen que la sangre se me vuelva polvo. Me desmorono por dentro.

—Por favor, Evie, es…

—Es señorita Hardcastle, lord Ravencourt —dice ella intencionadamente—. Los modales definen al hombre, no su cuenta corriente.

En mi estómago se abre un foco de humillación. Esto es la peor pesadilla de Ravencourt. En esta habitación, con una docena de pares de ojos fijos en mí, me siento como un cristiano esperando a que le tiren la primera piedra.

Evelyn me estudia, me ve sudando y temblando. Estrecha los ojos, brillantes.

—Le diré algo, juegue conmigo por ello —dice, dándole una palmadita al tablero de ajedrez—. Si gana, tendremos una conversación; si gano yo, me dejará en paz lo que queda del día. ¿Qué me dice?

Sé que es una trampa, pero no estoy en posición de discutir, así que me seco el sudor de la frente y me encajo en la pequeña silla que hay ante ella, para disfrute de las damas allí reunidas. Si me hubiera obligado a ponerme en una guillotina, habría estado más cómodo que allí. Me desbordo por los lados del asiento, el respaldo bajo ofrece tan poco soporte que tiemblo por el esfuerzo de mantenerme erguido.

Impasible ante mi sufrimiento, Evelyn cruza los brazos en la mesa y hace avanzar un peón. La sigo con una torre mientras desarrollo mentalmente el progreso del juego. Aunque estamos igualados, la incomodidad hace estragos en mi concentración y mis tácticas demuestran ser demasiado destartaladas para superar a Evelyn. Lo mejor que puedo hacer es prolongar la partida, y la paciencia se me acaba tras media hora de fintas y contraataques.

—Su vida está en peligro —suelto.

Los dedos de Evelyn se detienen en su peón, el pequeño temblor de su mano es tan sonoro como una campana. Sus ojos pasan de largo por mi rostro, y luego por los de las damas que tenemos detrás, buscando a alguien que me haya oído. Están frenéticos, esforzándose por borrar este momento de la historia.

Ya lo sabe.

—Creí que teníamos un trato, lord Ravencourt —interrumpe ella, endureciendo otra vez su expresión.

—Pero…

—¿Prefiere que me vaya? —dice, estrangulando con la mirada cualquier nuevo intento de conversación.

Un movimiento de ficha le sigue a otro, pero estoy tan perplejo por su respuesta que presto poca atención a la estrategia. Evelyn parece ser consciente de lo que sea que vaya a pasar esta noche y, aun así, su mayor miedo parece ser que lo sepa alguien más. Por mi vida que no se me ocurre cómo puede ser así, y es evidente que no va a abrirle su corazón a Ravencourt. Su desdén por este hombre es absoluto, lo que significa que si quiero salvarle la vida, tendrá que ser llevando un rostro que le agrade o actuando sin su ayuda. Es un giro de los acontecimientos exasperante y busco con desesperación una forma de replantear mis argumentos cuando Sebastian Bell llega a la puerta, lo que me provoca la más desconcertante de las sensaciones. Se mire como se mire, ese hombre es yo, pero me cuesta creerlo cuando lo veo colarse en la habitación como un ratón corriendo junto al rodapié. Tiene la espalda encorvada, la cabeza gacha, los brazos rígidos a los costados. Miradas furtivas se adelantan a cada paso, su mundo parece lleno de aristas cortantes.

—Mi abuela, Heather Hardcastle —dice Evelyn, al verlo examinar el retrato de la pared—. No es un retrato muy halagador, pero tampoco era una mujer halagadora en absoluto.

—Mis disculpas —dice Bell—. Yo solo…

Su conversación procede exactamente como lo hizo ayer, el interés de ella por esta frágil criatura me provoca una punzada de celos, aunque esa no es mi principal preocupación. Bell está repitiendo mi día con exactitud, pero, aun así, cree estar tomando sus decisiones con libertad, como hice yo. Así que es muy probable que esté siguiendo un rumbo marcado por Daniel, lo que me convierte ¿en qué?, ¿en un eco, una memoria, o solo un madero preso de la corriente?

Vuelca el tablero de ajedrez, cambia este momento. Demuéstrate que eres único.

Alargo la mano, pero pensar en la reacción de Evelyn, en su desdén, en las risas de las damas allí reunidas, me supera. La vergüenza me detiene y retiro la mano. Habrá más oportunidades, debo estar atento a ellas. Completamente desmoralizado, y puesto que la derrota es inevitable, apresuro los últimos movimientos, sacrificando a mi rey con una rapidez indecorosa antes de salir tambaleándome de la habitación con la voz de Sebastian Bell apagándose detrás de mí.

15

Cunningham me espera en la biblioteca, tal como se le ordenó. Está sentado en el borde de una silla, la nota que le di tiembla ligeramente en su mano. Se levanta cuando entro, pero me he movido demasiado deprisa en mi deseo por dejar el solario y oigo cómo respiro, con jadeos desesperados de mis sobrecargados pulmones.

No se mueve para ayudarme.

—¿Cómo sabía lo que iba a suceder en la sala de estar? —pregunta.

Intento responder, pero en la garganta no tengo sitio para aire y palabras a la vez. Escojo lo primero, tragándolo con el mismo apetito que todo lo demás en la vida de Ravencourt, mientras examino el estudio. Esperaba encontrar al médico de la peste cuando hablase con Bell, pero mi fútil intento de avisar a Evelyn se alargó más de lo previsto.

Igual no debería sorprenderme.

Como supe en el camino al pueblo, el médico de la peste parece saber dónde y cuándo estaré, sin duda calculando sus apariciones para que no pueda emboscarlo.

—Todo sucedió exactamente como lo describió —continúa Cunningham, mirando incrédulo el papel—. Ted Stanwin insultó a la doncella y Daniel Coleridge intervino. Incluso dijeron las palabras que usted escribió. Dijeron *exactamente* esas.

Podría explicárselo, pero aún no ha llegado a la parte que le preocupa. En vez de eso, renqueo hasta la silla y me dejo caer con gran esfuerzo sobre el cojín. Las piernas me laten con una gratitud lamentable.

—¿Es un truco? —pregunta.

—No hay trucos.

—Y esto…, la última frase, donde usted dice…

—Sí.

—… que usted no es lord Ravencourt.

—No soy Ravencourt.

—¿No lo es?

—No lo soy. Tómese algo, parece usted algo pálido.

Hace lo que le digo, la obediencia parece ser la única parte de su ser que no alza los brazos en señal de derrota. Vuelve con un vaso lleno de algo y se sienta, lo sorbe, sin dejar de mirarme a los ojos, con las piernas muy juntas, los hombros caídos. Se lo cuento todo, desde el asesinato en el bosque y mi primer día como Bell hasta la carretera interminable y mi reciente conversación con Daniel. La duda asoma a su rostro, pero, cada vez que intenta hacerse fuerte, mira la nota. Casi siento pena por él.

—¿Necesita otra copa? —pregunto, haciendo un gesto con la cabeza hacia su vaso medio vacío.

—Si usted no es lord Ravencourt, ¿dónde está él?

—No lo sé.

—¿Está vivo?

Apenas puede mirarme a los ojos.

—¿Preferiría que no lo estuviera? —pregunto.

—Lord Ravencourt ha sido bueno conmigo —dice. La ira asoma a su rostro.

Eso no responde a la pregunta.

Vuelvo a mirar a Cunningham. Mirada gacha y manos sucias, un tatuaje manchado de un pasado difícil. Me doy cuenta, con un fogonazo de intuición, de que tiene miedo, pero no de lo que le he contado. Le da miedo lo que pueda saber quien ya ha visto el devenir de este día. Esconde algo, estoy seguro.

—Necesito su ayuda, Cunningham. Hay muchas cosas que hacer y, mientras esté atado a Ravencourt, no tengo piernas para hacer nada de eso.

Vacía el vaso y se pone en pie. La bebida ha pintado dos manchas de color en sus mejillas y cuando habla, de su voz gotea el valor que da la botella.

—Me voy a tomar un permiso y reanudaré mi servicio mañana, cuando lord Ravencourt haya... —se detiene, buscando la palabra adecuada—... vuelto.

Hace una rígida reverencia antes de dirigirse hacia la puerta.

—¿Cree que lo aceptará cuando conozca su secreto? —digo bruscamente, después de que una idea caiga en mi cabeza como una piedra en un estanque. Si tengo razón y Cunningham oculta algo, podría ser lo bastante vergonzoso como para usarlo de acicate. Se para en seco junto a mi silla con las manos apretadas en un puño.

—¿Qué quiere decir? —pregunta, mirando al frente.

—Mire bajo el cojín de su asiento —digo, intentando mantener la tensión lejos de mi voz. La lógica de lo que trato de hacer está clara, lo que no significa que vaya a funcionar.

Él mira a la silla, luego a mí. Hace lo que le digo sin pronunciar palabra y descubre un pequeño sobre blanco. El triunfo les arranca una sonrisa a mis labios cuando él lo abre y se le hunden los hombros.

—¿Cómo lo sabe? —pregunta con voz quebrada.

—No sé nada, pero cuando despierte en mi próximo anfitrión me dedicaré a la tarea de descubrir su secreto. Y luego volveré a esta habitación y pondré la información en ese sobre para que usted la encuentre. En el supuesto de que esta conversación no se desarrolle como quiero, pondré el sobre allí donde puedan encontrarlo otros invitados.

Lanza un bufido, su desdén es como una bofetada.

—Quizá no sea Ravencourt, pero suena exactamente igual que él.

La idea es tan sorprendente que me calla por un momento. Hasta ahora había asumido que mi personalidad —sea cual sea esta— me acompañaba a cada nuevo anfitrión, llenándolos como los peniques llenan un bolsillo, pero ¿y si estoy equivocado?

A ninguno de mis anteriores anfitriones se le habría ocurrido chantajear a Cunningham, mucho menos tenían estómago para llevar a cabo su amenaza. De hecho, mirando atrás, a Sebastian Bell, Roger Collins, Donald Davies y ahora Ravencourt, no veo en sus conductas algo que sugiera una mente común. ¿Será que me pliego a su voluntad, en vez de ser al revés? En ese caso, debo andarme con cuidado. Una cosa es estar encerrado en esta gente y otra muy diferente abandonarse por completo a sus deseos. Mis pensamientos se ven interrumpidos por Cunningham, que prende fuego a una esquina de la carta con un mechero.

—¿Qué quiere de mí? —dice con un tono duro y frío. Deja caer en el hogar el papel ardiendo.

—De entrada, cuatro cosas —digo, contándolas con mis gruesos dedos—. Primero, necesito que busque un pozo viejo junto a la carretera que lleva al pueblo. Hay una nota metida en una grieta de la piedra. Léala, devuélvala a su sitio y regrese a mi lado con el mensaje. Hágalo pronto, pues la nota desaparecerá antes de una hora. Segundo, necesito que encuentre el disfraz de médico de la peste que le mencioné antes. En tercer lugar, quiero que disperse por todo Blackheath el nombre de Anna como si fuera confeti. Haga saber que lord Ravencourt la busca. Finalmente, necesito que se presente ante Sebastian Bell.

—¿Sebastian Bell, el doctor?

—El mismo.

—¿Por qué?

—Porque recuerdo que fui Sebastian Bell, pero no recuerdo haberlo conocido a usted. Si podemos cambiar eso, me habré demostrado que puede cambiarse algo de hoy.

—¿La muerte de Evelyn Hardcastle?

—Eso mismo.

Cunningham profiere un largo suspiro y se vuelve para mirarme. Parece menguado, como si nuestra conversación fuera un desierto que le hubiera llevado una semana cruzar.

—Si hago esas cosas, ¿puedo esperar que el contenido de esta carta se quede entre nosotros? —dice, su expresión transmite más esperanza que expectativas.

—Así será, tiene mi palabra.

Extiendo una mano sudorosa.

—Entonces parece que no tengo elección —dice, estrechándola con firmeza. A su rostro solo asoma un leve atisbo de desagrado.

Se marcha apresuradamente, quizá temiendo que lo cargue con nuevas tareas si se demora más aquí. Con su ausencia, el aire húmedo parece pegarse a mí, traspasándome la ropa y llegándome a los huesos. La biblioteca me parece demasiado poco alegre para continuar en ella, así que forcejeo para levantarme, usando el bastón para ponerme en pie. Atravieso el estudio camino del salón de Ravencourt, donde me acomodaré adelantándome a la visita de Helena Hardcastle. Si planea asesinar esta noche a Evelyn, entonces, por el Señor que se lo sacaré.

La casa está silenciosa, los hombres han salido a cazar y las mujeres beben en el solario. Han desaparecido hasta los criados, que se han perdido escaleras abajo para continuar los preparativos del baile. En su estela se ha impuesto un gran silencio, mi única compañía es la lluvia, que golpetea las ventanas reclamando paso al interior. Bell no se fijó en la lluvia, pero Ravencourt, como alguien alerta a la maldad ajena, encuentra este silencio refrescante. Es como airear un cuarto que huele a humedad. Unos pasos pesados interrumpen mi ensoñación, son lentos y decididos, como si quisieran llamar mi atención. Apenas he llegado al salón comedor, donde las cabezas disecadas de bestias masacradas mucho tiempo atrás, de pelaje apagado y espesado por el polvo, contemplan una larga mesa de roble. El lugar está vacío, pero los pasos parecen oírse a todo mi alrededor, imitando mi paso renqueante.

Me tenso, me detengo, el sudor me perla la frente.

Los pasos también se detienen.

Me seco la frente, miro nervioso a mi alrededor deseando tener a mano el abrecartas de Bell. Me siento como un hombre que arrastra un ancla, enterrado en la torpe carne de Ravencourt. No puedo ni huir ni luchar y, en el caso de poder, estaría atacando al aire. Estoy solo.

Tras un breve titubeo, vuelvo a caminar, seguido por esos pasos fantasmas. Me detengo bruscamente y ellos se paran conmigo, una risita siniestra brota de las paredes. El corazón me late con fuerza, tengo el vello de los brazos de punta cuando un escalofrío me hace correr hacia la seguridad del vestíbulo, visible a través de la puerta abierta de la sala de estar. Los pasos ya no se molestan en imitarme, están bailando, la risita parece venir de todas partes.

Para cuando llego a la puerta estoy jadeando, cegado por el sudor y moviéndome tan deprisa que me arriesgo a tropezar con mi propio bastón. Cuando entro en el vestíbulo, la risa se interrumpe de golpe y me persigue un susurro.

—Nos veremos pronto, conejito.

16

Diez minutos después, hace tiempo que el susurro se ha desvanecido, pero el terror que provocó sigue presente. No fue tanto por las palabras en sí como por el disfrute que transmitían. Esa advertencia era un adelanto de la sangre y el dolor venideros, y solo un loco no vería tras ella al lacayo.

Alzo la mano para comprobar cuánto me tiembla y, tras decidir que al menos estoy moderadamente recuperado, continúo camino de mi habitación. Apenas he dado uno o dos pasos cuando un sollozo atrae mi atención hacia un oscuro umbral al final del vestíbulo. Me quedo en la periferia durante todo un minuto, escrutando la penumbra, temiendo una trampa. No creo que el lacayo vaya a intentar algo tan pronto ni que sea capaz de simular esas lamentables bocanadas de tristeza que oigo. La compasión me empuja a dar un paso dubitativo hacia allí, y me encuentro en un estrecho pasillo adornado con los retratos de la familia Hardcastle. Generaciones marchitándose en las paredes; los actuales titulares de Blackheath son los que cuelgan más cerca de la puerta. *Lady* Helena Hardcastle está regiamente sentada junto a su marido en pie, ambos con negros cabellos y negros ojos, con altanera belleza. Junto a ellos están los retratos de los hijos, Evelyn junto a una ventana, apartando el borde de la cortina mientras mira la llegada de alguien, y Michael, por su parte, tiene una pierna descansando sobre el reposabrazos de la silla en que se sienta, hay un libro olvidado en el suelo. Parece aburrido, rebosante de inquieta energía. En la esquina de cada retrato hay una firma como una salpicadura, la de Gregory Gold, si no me equivoco. Aún tengo fresco el recuerdo del mayordomo sufriendo una paliza a manos del pintor y me sorprendo aferrando el bastón y volviendo a saborear la sangre en mi boca. Evelyn me dijo que habían traído a Gold a Blackheath para que retocara los retratos y ya veo por qué. El hombre podrá estar loco, pero tiene talento.

De un rincón brota otro sollozo.

En el pasillo no hay ventanas, solo lámparas de aceite encendidas, y está tan oscuro que debo entrecerrar los ojos para localizar a la doncella sentada en las sombras, llorando en un pañuelo empapado. El tacto requiere que me acerque en silencio, pero Ravencourt no está diseñado para ser discreto. Mi bastón araña el suelo, el sonido de mi respiración se adelanta a mi persona y anuncia mi presencia. Al verme, la doncella se pone en pie, se le cae la cofia, sus rizados cabellos rojizos caen libres.

La reconozco de inmediato. Es Lucy Harper, la doncella con la que Ted Stanwin se propasó y la mujer que me ayudó a llegar a la cocina cuando desperté siendo el mayordomo. El recuerdo de su amabilidad sigue resonando en mí, un cálido arrebato de compasión conforma las palabras de mi boca.

—Perdone, Lucy, no pretendía sobresaltarla.

—No, señor, no es… No debería… —Mira a su alrededor en busca de alguna escapatoria, liándose más con la etiqueta.

—La he oído llorar —digo, intentando forzar una sonrisa solidaria. Es algo difícil de conseguir con la boca de otro, sobre todo cuando no hay que mover tanta carne.

—Oh, señor, no debería… Fue culpa mía. Cometí un error durante el almuerzo —dice, enjugándose las últimas lágrimas.

—Ted Stanwin la trató de una forma atroz —digo, sorprendido por la alarma que noto en su voz.

—No, señor, usted no debe decir eso —dice ella, su voz se salta toda una octava—. Ted, quiero decir, el señor Stanwin, era bueno con el servicio. Siempre nos trató bien. Es que… ahora que es un caballero, no puede ser visto…

Vuelve a estar al borde de las lágrimas.

—Lo entiendo —digo apresuradamente—. No quiere que los demás huéspedes lo traten como a un sirviente.

Una sonrisa se traga su cara.

—Eso es, señor, es eso. Nunca habrían cogido a Charlie Carver de no ser por Ted, pero los otros caballeros siguen considerándolo uno de nosotros. Aunque no lord Hardcastle, él lo llama señor Stanwin y todo.

—Bueno, mientras usted esté bien —digo, sorprendido por el orgullo que noto en su voz.

—Lo estoy, señor, de verdad —dice enseguida, lo bastante envalentonada como para recoger la cofia del suelo—. Debería volver, se preguntarán dónde me he metido.

Da un paso hacia la puerta, pero es demasiado lenta para impedir que lance una pregunta a su paso.

—Lucy, ¿conoce a alguien llamada Anna? Estaba pensando que podía ser una sirvienta.

—¿Anna? —Hace una pausa para dedicar todos sus pensamientos al problema—. No, señor, no puedo decir que sí.

—¿Alguna de las doncellas se porta de forma extraña?

—No se lo va a creer, señor, pero es usted la tercera persona que me lo pregunta hoy —dice, retorciéndose con el dedo un mechón de sus cabellos rizados.

—¿La tercera?

—Sí, señor, la señora Derby estuvo en la cocina hace tan solo una hora preguntando lo mismo. Nos dio un buen susto. Una dama de alta cuna como ella vagando por el piso de abajo; nunca había oído nada así.

Aferro con fuerza el bastón. Quienquiera que sea la tal señora Derby se comporta de forma extraña y pregunta las mismas cosas que yo. Puede que haya encontrado a otro de mis rivales.

U otro anfitrión.

La idea hace que me sonroje; la familiaridad de Ravencourt con las mujeres no pasa de admitir su existencia en el mundo. La idea de convertirse en una le resulta tan ininteligible como pasarse un día respirando agua.

—¿Qué puede decirme de la señora Derby?

—Poca cosa, señor —responde Lucy—. Es una anciana de lengua afilada. Me cae bien. No sé si significa algo, pero también lo hizo un lacayo. Llegó pocos minutos después de que la señora Derby preguntara eso mismo: ¿alguno de los criados se comporta de un modo extraño?

Aprieto el pomo del bastón todavía con más fuerza y tengo que morderme la lengua para no maldecir.

—¿Un lacayo? ¿Qué aspecto tenía?

—Rubio, alto, pero… —se interrumpe, preocupada—. No lo sé, complacido consigo mismo. Debe de trabajar para algún caballero, señor, se vuelven así, adquieren aires y actitudes. Le habían roto la nariz, la tenía toda negra y púrpura, como si le hubiera pasado hace poco. Supongo que ofendería a alguien.

—¿Qué le dijo?

—No fui yo, señor, sino la señora Drudge, la cocinera. Le dijo lo mismo que le dijo a la señora Derby: que los sirvientes estábamos bien, que eran los invitados los que… —Se sonroja—. Oh, le ruego que me perdone, señor, no quería…

—No se preocupe, Lucy, encuentro tan peculiar como usted a la mayor parte de la gente de esta casa. ¿Qué han estado haciendo?

Ella sonríe, sus ojos escapan culpables hacia la puerta. Cuando vuelve a hablar, lo hace en voz tan baja como para quedar ahogada por los chirridos de la tarima.

—Verá, esta mañana la señorita Hardcastle estaba en el bosque con su dama de compañía, que es francesa, debería oírla, *quelle* esto y *quelle* eso. Alguien las atacó junto a la vieja cabaña de Charlie Carver. Parece ser que fue uno de los invitados, pero no dijeron cuál.

—¿Está segura de que fueron atacadas? —digo, recordando mi mañana como Bell y la mujer que vi huyendo por el bosque. Supuse que era Anna, pero ¿y si me equivoqué? No sería la primera asunción que me bloquea en Blackheath.

—Es lo que dijeron ellas, señor —dice, recuperando la timidez ante mi impaciencia.

—Creo que necesito tener una charla con esa doncella francesa. ¿Cómo se llama?

—Madeline Aubert, señor, pero preferiría que no dijera que se lo he contado yo. Están guardando silencio al respecto.

Madeline Aubert. Es la doncella que anoche le entregó la nota a Bell. En la confusión de los últimos acontecimientos, me había olvidado de los cortes del brazo.

—Mis labios están sellados, Lucy, gracias —digo, haciendo el gesto con una mano—. Aun así, debo hablar con ella. ¿Puede hacerle saber que la busco? No tiene que decirle por qué, pero habrá una recompensa para las dos si viene a mi salón.

Parece dubitativa, pero acepta con la suficiente presteza y se va antes de darme tiempo a colgar más promesas de su cuello.

Si Ravencourt fuera capaz, ahora mismo tendría el paso ligero al salir del pasillo. Fuera cual fuera el desinterés que pudiera sentir Evelyn hacia Ravencourt, sigue siendo mi amiga y sigo decidido a salvarla. Si alguien la amenazó esta mañana en el bosque, no es exagerado suponer que esa misma persona tendrá algún papel en su asesinato esta noche. Debo hacer todo lo que esté en mi mano por evitarlo, y espero que la tal Madeline Aubert pueda ayudarme. ¿Quién sabe si mañana a estas horas no tendré ya el nombre del asesino? Si el médico de la peste honra su oferta, podré escapar de esta casa con anfitriones de sobra. La celebración solo me dura tanto como el pasillo, mi silbido se apaga a cada paso que me alejo de la luz del vestíbulo. La presencia del lacayo ha transformado Blackheath, sus sombras y rincones pueblan mi imaginación con un centenar de horribles muertes a sus manos. Cada ruidito basta para acelerarme el sobrecargado corazón. Para cuando llego a mi salón, estoy empapado en sudor y tengo un nudo en el pecho.

Cierro la puerta detrás de mí y respiro hondo mientras tiemblo. A este paso, el lacayo no necesitará matarme, la salud me fallará antes.

El salón es una bonita habitación, con un diván y un sillón bajo un candelabro que refleja las llamas de un fuego encendido. Encima de un aparador han dispuesto licores y mezcladores, fruta cortada, cervezas y un cubo de hielo medio derretido. Junto a todo ello hay una tambaleante pila de sándwiches de rosbif con mostaza goteando por los bordes cortados. El estómago me arrastra hacia la comida, pero mi cuerpo cede debajo de mí.

Necesito descansar.

El sillón acoge mi peso con mal genio y las patas ceden bajo la tensión. La lluvia golpetea las ventanas, el cielo está herido de negro y púrpura. ¿Son las mismas gotas que cayeron ayer, las mismas nubes? ¿Cavan los conejos la misma madriguera, molestando a los mismos insectos? ¿Vuelan los pájaros en las mismas pautas, estrellándose contra las mismas ventanas? Si esto es una trampa, ¿qué tipo de presa la justifica?

—Me vendría bien una copa —musito, frotándome las sienes que me laten con fuerza.

—Aquí tienes —dice una mujer justo detrás de mí, cuando me llega la bebida por encima del hombro en una mano pequeña, de dedos huesudos y callosos.

Intento volverme, pero hay demasiado Ravencourt y demasiado poco asiento.

La mujer sacude el vaso impaciente, haciendo sonar el hielo de dentro.

—Deberías bebértela antes de que el hielo se derrita —dice ella.

—Perdona si soy reticente a aceptar una bebida de una mujer que no conozco.

Ella acerca los labios a mi oreja, su aliento es cálido en mi cuello.

—Pero sí que me conoces —susurra—. Yo estaba en el carruaje con el mayordomo. Me llamo Anna.

—¡Anna! —exclamo e intento levantarme del asiento.

Su mano es un yunque en mi hombro y me obliga a caer entre los cojines.

—No te molestes, me habré ido para cuando te levantes. Nos veremos pronto, pero necesito que dejes de buscarme.

—¿Que deje de buscarte? ¿Por qué?

—Porque no eres el único que busca —dice y se aparta un poco—. El lacayo también me busca y sabe que trabajamos juntos. Si sigues buscándome, lo llevarás hasta mí. Los dos estaremos a salvo mientras yo siga escondida, así que retira a los perros.

Noto que su presencia retrocede, sus pasos se dirigen hacia la puerta.

—Espera —grito—. ¿Sabes quién soy o por qué estamos aquí? Por favor, algo habrá que puedas contarme.

Ella hace una pausa mientras lo considera.

—El único recuerdo con el que desperté fue un nombre. Creo que es el tuyo.

Mis manos aferran el reposabrazos.

—¿Cuál es?

—Aiden Bishop. Ya he hecho lo que has pedido, así que haz tú lo que te pido. Deja de buscarme.

17

—Aiden Bishop —digo, envolviendo la lengua en las vocales—. Aiden… Bishop. Aiden. Aiden. Aiden.

He pasado la última hora probando diferentes combinaciones, entonaciones y variantes de mi nombre, esperando despertar algún recuerdo en mi recalcitrante mente. De momento, lo único que he conseguido es tener la boca seca. Es una manera frustrante de pasar el rato, pero tengo pocas alternativas. La una y media llegó y se fue, sin nota alguna por parte de Helena Hardcastle justificando su ausencia. Llamé a una doncella para que fuera a buscarla, pero se me informó de que nadie ha visto a la señora de la casa desde esta mañana. La condenada mujer ha desaparecido.

Para empeorar las cosas, no me han visitado ni Cunningham ni Madeline Aubert y, aunque no esperaba que la dama de compañía de Evelyn respondiera a mi llamada, Cunningham lleva horas desaparecido. No se me ocurre qué puede estar reteniéndolo, pero me vuelvo impaciente. Tenemos mucho que hacer y nos queda poco tiempo para hacerlo.

—Hola, Cecil —dice una voz ronca—. ¿Helena sigue aquí? Me han dicho que iba a reunirse con ella.

Ante la puerta hay una dama anciana enterrada bajo un enorme abrigo rojo, un sombrero y unas botas Wellington salpicadas de barro que le llegan casi hasta las rodillas. Tiene las mejillas rojas por el frío, el ceño congelado en el rostro.

—Me temo que no la he visto —digo—. Sigo esperándola.

—Usted también, ¿eh? Se suponía que esa condenada mujer debía reunirse conmigo esta mañana en el jardín y, en vez de eso, me ha dejado tiritando en un banco toda una hora —dice, acercándose al fuego. Lleva tantas capas de ropa que una chispa la encendería como un funeral vikingo—. Me pregunto dónde estará —dice mientras se quita los guantes y los arroja al asiento contiguo al mío—. Tampoco es que haya mucho que hacer en Blackheath. ¿Quiere una copa?

—Todavía estoy trabajándome esta —digo, agitando mi vaso en su dirección.

—Usted lo hizo mejor. Se me metió en la cabeza dar un paseo, pero cuando volví no conseguí que nadie me abriera la puerta principal. Llevo media hora llamando a las ventanas, pero no hay ni un criado a la vista. Esto es de lo más norteamericano.

Los decantadores son liberados de sus enganches, los vasos golpean la madera. El hielo tintinea contra el cristal y cruje cuando el alcohol le cae encima. Se oye un chisporroteo y un chasquido satisfactorio, seguidos de un trago y un largo suspiro de placer de la anciana.

—Esto es —dice, antes de una nueva ronda entrechocando cristales, lo que sugiere que la primera era un calentamiento—. Le dije a Helena que esta fiesta era una idea espantosa, pero no quiso saber nada, y mire ahora: Peter escondido en la casa del portero, Michael aguantando la fiesta con las uñas y Evelyn jugando a disfrazarse. Todo este asunto será un desastre, acuérdese de lo que digo.

La anciana dama recupera, copa en mano, su lugar ante el fuego. Ha encogido de forma magnífica tras desprenderse de algunas capas, revelando unas mejillas sonrosadas y, unas manitas también sonrosadas y una mata de pelo gris revuelto en la cabeza.

—¿Qué es esto? —dice, levantando una tarjeta blanca de la encimera—. ¿Iba a escribirme, Cecil?

—¿Perdón?

Me entrega la tarjeta, hay un simple mensaje escrito en ella:

Ver a Millicent Derby

A.

Obra de Anna, sin duda.

Primero los guantes quemándose y ahora presentaciones. Por extraño que resulte tener a alguien que me deja migas de pan a lo largo de todo el día, me alegra saber que tengo una amiga en este lugar, aunque eso interfiera en mi teoría de que la señora Derby es uno de mis rivales, o incluso otro anfitrión. Esta anciana es demasiado suya para que haya alguien más debajo de ella.

Entonces, ¿por qué curioseaba por la cocina haciendo preguntas sobre la doncella?

—Le pedí a Cunningham que la invitara a tomar una copa —digo hábilmente, dando un sorbo a mi *whisky*—. Debió distraerse mientras escribía el mensaje.

—Es lo que pasa cuando confías tareas importantes a las clases inferiores —dice Millicent con un resoplido, dejándose caer en un asiento cercano—. Recuerde mis palabras, Cecil, un día se encontrará con que le ha vaciado la cuenta y se habrá ido con una de sus doncellas. Mire a ese detestable Ted Stanwin. Solía arrastrarse por este lugar como una suave brisa cuando era un guardés, pero ahora parece el dueño. Qué desfachatez.

—Coincido en que Stanwin es un individuo ofensivo, pero siento debilidad por el personal de la casa. Me han tratado con una gran amabilidad. Además, se dice que bajó usted antes a las cocinas, así que no debe de considerarlos tan malos.

Ella agita el vaso hacia mí, salpicando *whisky* sobre mi objeción.

—Ah, eso, sí… —Se interrumpe para beber y ganar tiempo—. Creo que una de las doncellas robó algo de mi habitación, nada más. Siempre lo digo, nunca se sabe lo que pasa por debajo. ¿Se acuerda de mi marido?

—Vagamente —digo, admirando la elegancia con que cambia de tema. Sea lo que sea lo que hacía en la cocina, dudo que tenga algo que ver con un robo.

—Da igual —dice, sorbiendo por la nariz—. Tuvo una espantosa educación de clase baja, pero construyó cuarenta y tantos molinos sin ser más que un completo asno. Tras cincuenta años de matrimonio, no sonreí hasta el día en que lo enterré, y no he parado desde entonces.

La interrumpe un crujido en el pasillo, seguido por un chirriar de bisagras.

—Puede que sea Helena —dice Millicent, que se levanta de la silla—. Su habitación es la de al lado.

—Creí que los Hardcastle estaban en la casa del portero.

—Peter está en la casa del portero —dice, alzando una ceja—. Helena se ha quedado aquí, parece ser que insistió en ello. Nunca ha sido un matrimonio muy sólido, pero se está desintegrando rápidamente. Le aseguro, Cecil, que ha valido la pena venir solo por el escándalo.

La anciana sale al pasillo y grita el nombre de Helena para sumirse repentinamente en el silencio.

—¿Qué diablos…? —murmura, antes de volver a asomar la cabeza en mi salón—. Levántese, Cecil —dice nerviosa—. Sucede algo peculiar.

La preocupación hace que me levante y acuda al pasillo, donde la puerta del dormitorio de Helena chirría a uno y otro lado movida por la brisa. Han roto la cerradura, en el suelo hay astillas de madera.

—Ha entrado alguien —sisea Millicent, que se pone detrás de mí.

Utilizo el bastón para abrir lentamente la puerta, lo que nos permite mirar dentro.

La habitación está vacía y, a juzgar por su aspecto, lleva un tiempo así. Las cortinas siguen echadas, la luz llega de segunda mano desde las lámparas que se alinean en el pasillo. La cama con dosel está hecha, la mesa del tocador rebosa cremas faciales, polvos y cosméticos de todo tipo.

Convencida ya de que es seguro, Millicent se asoma desde detrás de mí, dirigiéndome una mirada franca que podría describirse como disculpa beligerante, antes de rodear la cama para descorrer las cortinas con esfuerzo, expulsando la oscuridad.

Lo único que se ha tocado es un escritorio castaño con persiana, cuyos cajones cuelgan abiertos. Entre los tinteros, sobres y cintas dispersas por él hay una gran caja lacada con dos huecos con forma de revólver en el almohadillado. Los revólveres en sí no están a la vista, aunque sospecho que Evelyn llevó uno al cementerio. Dijo que pertenecía a su madre.

—Bueno, al menos sabemos qué buscaban —dice Millicent, tocando la caja—. Aunque no tenga puñetero sentido. Si alguien quisiera un arma, sería igual de fácil robarla en los establos. Hay docenas de ellas. Y nadie se fijaría.

Millicent deja la caja a un lado, desentierra una agenda Moleskine y empieza a hojear las páginas, pasando los dedos por las citas y los acontecimientos, los recordatorios y las notas acumuladas dentro. El contenido sugeriría una vida ajetreada aunque vacía, de no ser por la última página arrancada.

—Qué curioso, faltan las citas de hoy —dice, y la irritación da paso a la sospecha—. ¿Por qué las arrancaría Helena?

—¿Cree que lo hizo ella?

—¿Para qué podría servirle a nadie? Recuerde lo que le digo, Helena preparaba alguna locura y no quería que nadie se enterara. Y ahora, si me disculpa, Cecil, voy a buscarla para convencerla de que no lo haga. Como siempre.

Arroja la agenda a la cama y sale del dormitorio para desaparecer por el pasillo. Apenas noto su partida. Me preocupan más las borrosas huellas digitales negras de las páginas. Mi ayuda de cámara ha estado aquí y parece que también buscaba a Helena Hardcastle.

18

El mundo se marchita al otro lado de las ventanas, oscure-
ciéndose por los bordes y ennegreciéndose por el centro. Los
cazadores empiezan a salir del bosque, atravesando el prado a
zancadas como pájaros desmesurados. Tras impacientarme en
mi salón esperando el regreso de Cunningham, me dirijo a la
biblioteca para inspeccionar la enciclopedia.

Es una decisión que ya lamento.

Pasarme el día caminando me ha drenado las fuerzas, este
cuerpo enorme se hace más y más pesado a cada segundo. Y,
para empeorar las cosas, la casa bulle de actividad, doncellas
ahuecando cojines y arreglando flores, yendo de un lado a otro
como bancos de sorprendidos peces. Me avergüenza su vigor,
me acobarda su gracia.

Para cuando llego al vestíbulo, ya está lleno de cazadores
que se sacuden la lluvia de las gorras, con lo que se forman charcos a sus pies. Están empapados y grises por el frío, el agua les
ha arrebatado la vida. Es evidente que han pasado una tarde miserable. Paso nervioso entre ellos, con la mirada baja, preguntándome si alguna de esas caras de ceño fruncido pertenecerá al
lacayo. Lucy Harper me dijo que tenía la nariz rota cuando visitó la cocina, lo cual me da cierta esperanza de que mis anfitriones estén contraatacando, por no mencionar una forma fácil
de identificarlo. Al no ver heridas, continúo andando con más
seguridad, los cazadores se apartan, lo que me permite pasar
camino de la biblioteca, donde se han descorrido las cortinas y
se ha encendido un fuego en la chimenea, hay un débil perfume
en el aire. Hay gruesas velas en platos, penachos de cálida luz

salpican las sombras, iluminando a tres mujeres reclinadas en sillas, concentradas en los libros abiertos en su regazo.

Me dirijo al estante donde debería estar la enciclopedia, palpo en la oscuridad, pero solo encuentro un espacio vacío. Cojo una vela de una mesa cercana y paso la llama por la estantería esperando que la hayan cambiado de sitio, pero no está. Expulso el aire, deshinchándome como los fuelles de algún aparato horrendo. Hasta ahora no me había dado cuenta de las esperanzas que tenía puestas en la enciclopedia, o en la idea de encontrarme cara a cara con mis futuros anfitriones. No anhelaba solo su conocimiento, sino la oportunidad de poder estudiarlos como uno podría hacerlo con sus reflejos deformados en la casa de la risa. Seguro que en esa observación encontraría alguna cualidad reiterada, un fragmento de mi verdadero yo presente en cada hombre, sin quedar mancillado por la personalidad de cada anfitrión. Sin esa oportunidad, no sé cómo podría identificar los bordes de mi ser, las líneas divisorias entre mi personalidad y la de mi anfitrión. Por lo que sé, la única diferencia que hay entre el lacayo y yo podría ser la mente que comparto.

El día me pesa, lo que me obliga a buscar una silla ante el fuego. Los leños amontonados crujen y chisporrotean, el calor resplandece y se desploma en el aire.

La respiración se me amontona en la garganta.

La enciclopedia está en el fuego, reducida a cenizas, pero conserva su forma, a un soplo de desmoronarse.

Obra del lacayo, sin duda.

Me siento como si me hubieran golpeado, que era lo que sin duda se pretendía. Vaya donde vaya, parece ir siempre un paso por delante de mí. Pero no le basta solo con ganar. Necesita que yo lo sepa. Necesita que yo me asuste. Por algún motivo, necesita que yo sufra. Me pierdo en las llamas, todavía afectado por este insolente acto de desprecio, acumulando todas mis dudas en la hoguera hasta que Cunningham me llama desde la puerta.

—¿Lord Ravencourt?

—¿Dónde diablos ha estado? —salto, dando rienda suelta a mi mal genio.

Rodea mi silla para ponerse junto al fuego y calentarse las manos. Parece que le ha pillado la tormenta y, aunque se ha cambiado de ropa, sigue teniendo el pelo revuelto por la toalla.

—Me alegra ver que el mal genio de Ravencourt sigue intacto —dice con placidez—. Me siento perdido sin mi bronca diaria.

—No se haga la víctima conmigo —digo, agitando el dedo—. Hace horas que se fue.

—Hacer bien el trabajo lleva su tiempo —dice, arrojando un objeto a mi regazo.

Lo alzo a la luz y miro a los ojos vacíos de una máscara con un pico de porcelana, y mi ira se evapora de inmediato. Cunningham mira a la mujer que nos observa con evidente curiosidad y baja la voz.

—Pertenece a un hombre llamado Philip Sutcliffe —dice Cunningham—. Uno de los criados la vio en su armario, así que me colé en su habitación cuando se fue a la cacería. También había allí un sombrero de copa y un gabán, junto con una nota prometiendo reunirse con lord Hardcastle en el baile. Pensé que podríamos interceptarlo.

Me doy una palmada en la rodilla y le sonrío como un maníaco.

—Buen trabajo, Cunningham, muy buen trabajo.

—Supuse que le alegraría. Desgraciadamente, aquí se acaban las buenas noticias. La nota que esperaba a la señorita Hardcastle en el pozo era… rara, por decir algo.

—¿Rara en qué sentido? —digo, llevándome a la cara la máscara de porcelana. La porcelana está fría, pegajosa contra mi piel, pero, aparte de eso, me viene bien.

—Estaba manchada por la lluvia, pero pude adivinar que ponía: «No te acerques a Millicent Derby», con un dibujo muy simple de un castillo debajo. Nada más.

—Es un aviso muy peculiar —digo.

—¿Aviso? Yo lo considero una amenaza —dice Cunningham.

—¿Cree que Millicent Derby intentará matar a Evelyn con sus agujas de hacer calceta? —digo, alzando una ceja.

—No la descarte porque sea vieja —dice, dando nueva vida al mortecino fuego con un atizador—. Hubo un tiempo en que la mitad de la gente que hay en esta casa estuvo bajo el poder de Millicent Derby. No había un sucio secreto en el que ella no pudiera fisgonear ni un truco sucio que no fuera a utilizar. A su lado, Ted Stanwin era un aficionado.

—¿Ha tenido tratos con ella?

—Los tiene Ravencourt y no se fía de ella —dice—. El hombre será un cabrón, pero no es idiota.

—Me alegra saberlo —digo—. ¿Se ha visto con Sebastian Bell?

—Todavía no, lo intentaré esta noche. Tampoco pude descubrir nada sobre la misteriosa Anna.

—Oh, no es necesario, ella me encontró a mí —digo, arrancando un trocito suelto de cuero del reposabrazos de la silla.

—¿De verdad? ¿Qué quiere?

—No lo dijo.

—Bueno, ¿y de qué lo conoce?

—No llegamos a eso.

—¿Es una amiga?

—Puede.

—Una reunión fructífera, entonces —dice astutamente, devolviendo el atizador a su sitio—. Hablando de lo cual, deberíamos meterlo en un baño. La cena será a las ocho, y empieza usted a oler un poco. No demos a la gente más motivos para que les caiga mal de los que ya tienen.

Se mueve para ayudarme a levantarme, pero le hago un gesto de negación.

—No, necesito que siga a Evelyn el resto de la noche —digo, forcejeando por levantarme solo de la silla. Parece que la gravedad se opone a esa idea.

—¿Con qué fin? —pregunta, frunciendo el ceño.

—Alguien planea asesinarla.

—Sí, y, por lo que sabe, ese alguien podría ser yo —dice con calma, como si dijera que no hay nada más importante que la afición al *music-hall*.

Esa idea me golpea con tanta fuerza que me desplomo en el asiento del que había medio escapado, la madera cruje bajo mi cuerpo. Ravencourt confía por completo en Cunningham, un rasgo que he asumido sin dudarlo, pese a saber que tiene un terrible secreto. Es tan sospechoso como cualquiera.

Cunningham se da un golpecito en la nariz.

—Ahora sí que piensa —dice, pasando mi brazo sobre sus hombros—. Encontraré a Bell cuando lo tenga en la bañera, pero yo creo que a usted le irá mejor seguir a Evelyn cuando sea algo parecido a capaz. Mientras tanto, me pegaré a usted para que pueda descartarme como sospechoso. Mi vida ya es bastante complicada sin tener a ocho versiones de usted siguiéndome por la casa y acusándome de asesinato.

—Parece muy versado en este tipo de cosas —digo, intentando escrutar su reacción por el rabillo del ojo.

—Bueno, no siempre fui ayuda de cámara.

—¿Y qué fue?

—No creo que esa información fuera parte de nuestro acuerdo —dice, haciendo una mueca al intentar levantarme.

—Entonces, ¿por qué no me dice lo que hacía en el dormitorio de Helena Hardcastle? —sugiero—. Se corrió la tinta cuando examinaba su agenda. Esta mañana la vi en sus manos.

Él lanza un silbido de asombro.

—Sí que ha estado ocupado. —Se le endurece el tono—. Entonces, resulta extraño que no haya oído hablar de mi escandalosa relación con los Hardcastle. Oh, no quisiera estropearle la sorpresa. Pregunte por ahí, no es precisamente un secreto, y estoy seguro de que habrá alguien que disfrutará contándosela.

—¿Entró forzando la cerradura, Cunningham? —exijo saber—. Se llevaron dos revólveres y arrancaron una página de su agenda.

—No tuve que forzar nada, me invitaron a pasar. No sé qué decirle de los revólveres, pero la agenda estaba entera cuando me fui. Yo mismo lo vi. Supongo que podría decirle lo que hacía allí y por qué no soy su hombre, pero, si tiene usted algo de cabeza, no me creería ni una palabra, así que más le vale descubrirlo por su cuenta. Así podrá estar seguro de que es la verdad.

Nos incorporamos en una nube húmeda de sudor, Cunningham se enjuga el sudor de la frente antes de entregarme mi bastón.

—Dígame, Cunningham, ¿cómo es que un hombre como usted acaba en un trabajo como este?

Eso lo detiene en seco, su rostro normalmente implacable se oscurece.

—La vida no siempre te deja elegir cómo vivirla —dice sombrío—. Vamos, tenemos que asistir a un asesinato.

19

La cena está iluminada con candelabros y bajo su titilante brillo yace un cementerio de huesos de pollo, raspas de pescado, cáscaras de langosta y grasa de cerdo. Las cortinas continúan descorridas pese a la oscuridad de fuera, lo que permite ver el bosque, azotado por la tormenta.

Me oigo comer, el machacar y el quebrar, el sorber y el tragar. La salsa que me resbala hasta la barbilla, la grasa que me mancha los labios con reluciente brillo fantasmal. La ferocidad de mi apetito es tal que jadeo entre bocados, mi servilleta se asemeja a un campo de batalla. Los demás comensales observan por el rabillo del ojo esta desagradable actuación, intentando mantener el ritmo de su conversación incluso cuando el decoro de la velada queda triturado entre mis dientes. ¿Cómo puede sentir un hombre semejante ansia? ¿Qué vacío debe querer llenar?

Michael Hardcastle se sienta a mi izquierda, aunque apenas hemos intercambiado dos palabras desde que llegué. Se ha pasado la mayor parte del tiempo en discreta conversación con Evelyn, con las cabezas próximas e inclinadas, su afecto parece infranqueable. Para ser una mujer que se sabe en peligro, parece notablemente imperturbable.

Quizá se crea protegida.

—¿Ha viajado usted a Oriente, lord Ravencourt?

Si tan solo el asiento de mi derecha fuera igualmente ajeno a mi presencia… Lo ocupa el comandante Clifford Herrington, un antiguo oficial naval que se está quedando calvo y que viste un uniforme que brilla con medallas al valor. Tras pasar una hora en su compañía, me cuesta reconciliar al hombre con los actos. Quizá sea el mentón hundido y la mirada huidiza, la sensación de disculpa inminente. Pero es más probable que sea el *whisky* escocés que chapotea detrás de sus ojos.

Herrington se ha pasado la velada repartiendo tediosas historias sin molestarse en rebajarse a la cortesía de la exageración, y ahora parece que nuestra conversación ha arribado a las costas de Asia. Le doy un sorbo al vino para disimular mi agitación y descubro que el sabor es peculiarmente picante. La mueca que hago hace que Herrington se incline hacia mí con aire de conspirador.

—Yo tuve la misma reacción —dice, golpeándome de lleno en el rostro con su aliento cálido y empapado en alcohol—. Pregunté a un criado por la cosecha. Fue como si preguntara al cristal en que lo estoy bebiendo.

Los candelabros dotan su cara de un macabro tono amarillo y sus ojos tienen un repelente brillo de borracho. Dejo en la mesa el vaso y busco alguna distracción a mi alrededor. En la mesa debe de haber unas quince personas, palabras francesas, españolas y alemanas condimentan lo que no dejan de ser conversaciones vulgares. Joyas caras tintinean contra el cristal, la cubertería repiquetea cuando los camareros se llevan los platos. El ambiente en la sala es sombrío, hay conversaciones dispersas en voz baja y urgentes, dichas a través de una docena de asientos vacíos. Es una imagen inquietante, incluso triste, y, aunque las ausencias son notables, todo el mundo parece esforzarse por evitar notarlas. No sabría decir si es por buena educación o si hay alguna explicación que se me escapa.

Busco rostros familiares a los que preguntar, pero Cunningham ha ido a ver a Bell y no hay ni rastro de Millicent Derby, del doctor Dickie ni tampoco del repulsivo Ted Stanwin. A la única otra persona a la que reconozco, además de a Evelyn y a Michael, es Daniel Coleridge, que se sienta junto a un hombre flaco en el otro extremo de la mesa, y los dos miran a los demás huéspedes desde detrás de sus vasos medio llenos de vino. A alguien no le ha gustado el apuesto rostro de Daniel y lo ha adornado con un labio partido y un ojo hinchado que mañana tendrá un aspecto espantoso, suponiendo que alguna vez llegue mañana. La lesión no parece molestarle mucho, pero a mí me preocupa. Hasta ahora, había considerado a Daniel inmune a las maquinaciones de este lugar, asumiendo que su conocimiento del futuro le permitía esquivar el infortunio. Verlo reducido a eso es como ver las cartas escaparse de la manga de un mago. Su compañero de cena da palmadas en la mesa disfrutando de uno de los chistes de Daniel, lo que atrae mi atención. Me siento como si conociera a ese hombre, pero no consigo situarlo.

Tal vez un futuro anfitrión.

Desde luego espero que no. Es un desprestigio de hombre con pelo engominado y un rostro pálido y chupado, y los modales de alguien que considera que todos los presentes son inferiores a él. Percibo astucia en su persona, y crueldad, aunque no sabría decir de dónde provienen esas impresiones.

—Tienen unos remedios tan extravagantes… —dice Clifford Herrington, alzando ligeramente la voz para reclamar mi atención. Pestañeo confundido—. Los orientales, lord Ravencourt —dice sonriendo amable.

—Por supuesto —digo—. No, me temo que nunca lo he visitado.

—Un lugar increíble. Increíble. Tiene esos hospitales…

Alzo la mano para atraer a un criado. Si no puedo ahorrarme la conversación, al menos no tengo por qué ahorrarme el vino. Una indulgencia puede dar paso a otra.

—Anoche estuve hablando con el doctor Bell sobre sus opiáceos —continúa.

Haz que se acabe…

—¿La comida es de su gusto, lord Ravencourt? —dice Michael Hardcastle, iniciando hábilmente una conversación.

Vuelvo la mirada hacia él, la gratitud me desborda.

Medio acerca un vaso de vino tinto a sus labios, la travesura brilla en sus ojos verdes. Suponen un fuerte contraste con los de Evelyn, que podrían despellejarme con la mirada. Ella viste un traje de noche azul y una tiara, los cabellos rubios recogidos en rizos, descubriendo el magnífico collar de diamantes que le rodea el cuello. Es el mismo vestido, descontando el abrigo y las botas Wellington, que llevará cuando acompañe más tarde a Sebastian Bell al cementerio.

Me limpio los labios, inclino la cabeza.

—Es excelente, lamento que no haya más gente para disfrutarla —digo, haciendo un gesto hacia los asientos vacíos dispersos alrededor de la mesa—. Estaba especialmente interesado en ver al señor Sutcliffe.

Y a su disfraz de médico de la peste, pienso para mis adentros.

—Pues tiene suerte —interrumpe Clifford Herrington—. El bueno de Sutcliffe es un buen amigo mío, quizá pueda presentarlos en el baile.

—Suponiendo que pueda acudir —dice Michael—. Mi padre y él deben de haber llegado ya al fondo del mueble bar. Madre debe de estar intentando despertarlos mientras hablamos aquí.

—¿Vendrá esta noche *lady* Hardcastle? —pregunto—. Tengo entendido que hoy no se ha dejado ver mucho.

—Volver a Blackheath ha sido muy duro para ella —dice Michael, bajando la voz como si compartiera una confidencia—. Sin duda se habrá pasado el día exorcizando algunos fantasmas antes de la fiesta. Puede estar seguro de que asistirá.

Uno de los camareros nos interrumpe al inclinarse para susurrar a Michael al oído. La expresión del joven se ensombrece de inmediato y, cuando el camarero se retira, le pasa el mensaje a su hermana, cuyo rostro se oscurece también. Los dos se miran por un momento, apretándose las manos, antes de que Michael golpetee su vaso de vino con un tenedor y se ponga en pie. Parece desenroscarse al hacerlo, por lo que ahora se le ve imposiblemente alto, llegando más allá de la apagada luz de los candelabros, obligándolo a hablar desde las sombras.

El salón guarda silencio, todos los ojos se clavan en él.

—Habría preferido que mis padres hicieran aparición y me ahorraran hacer un brindis —dice—. Es evidente que planean hacer una gran entrada en el baile, lo cual, conociendo a mis padres, será grande de verdad.

Las apagadas risas son recibidas con una tímida sonrisa.

Echo una ojeada a los invitados y voy directamente hasta la mirada divertida de Daniel. Se limpia los labios con una servilleta, moviendo los ojos hacia Michael, indicándome que preste atención.

Sabe lo que va a pasar.

—Mi padre quería agradecerles su presencia esta noche y estoy seguro de que luego lo hará en gran medida —dice Michael. Hay un temblor en su voz, un ligerísimo toque de incomodidad—. En su lugar, quisiera manifestar mi agradecimiento personal a todos y cada uno de los presentes y dar la bienvenida a mi hermana, Evelyn, de vuelta en casa tras su estancia en París.

Ella corresponde a su adoración, comparten una sonrisa que no tiene nada que ver con este salón ni con esta gente. Aun así, los vasos se levantan, se intercambian agradecimientos recíprocos a lo largo de la mesa.

Michael espera a que el alboroto desaparezca y continúa.

—Mi hermana se embarcará pronto en una nueva aventura y... —Hace una pausa, mira a la mesa—. Bueno, va a casarse con lord Cecil Ravencourt.

El silencio se nos traga, todas las miradas se vuelven hacia mí. La sorpresa se torna confusión, luego desagrado; sus rostros son un reflejo perfecto de mis propios sentimientos. Debe de haber como treinta años y un millar de comidas de diferencia entre Ravencourt y Evelyn, cuya hostilidad de esta mañana queda ahora explicada. Si de verdad lord y *lady* Hardcastle culpan a su hija de la muerte de Thomas, su castigo es exquisito. Planean robarle todos los años que le robaron a Thomas.

Miro a Evelyn, pero juguetea nerviosa con una servilleta y se muerde el labio, su anterior alegría ha desaparecido. Una gota de sudor se desliza por la frente de Michael, el vino tiembla en su vaso. No puede ni mirar a su hermana, y ella no puede mirar a ninguna otra parte. Nunca un hombre ha encontrado un mantel tan interesante como yo en este momento.

—Lord Ravencourt es un viejo amigo de la familia —dice Michael mecánicamente, continuando en medio del silencio—. No se me ocurre nadie que vaya a cuidar mejor de mi hermana.

Por fin, mira a Evelyn y se encuentra con sus brillantes ojos.

—Evie, creo que querías decir algo.

Ella asiente con la servilleta estrangulada en sus manos.

Todas las miradas están fijas en ella, nadie se mueve. Miran hasta los criados, parados junto a la pared, llevando platos sucios o botellas de vino recién abiertas. Finalmente, Evelyn alza la mirada de su regazo y se encuentra los rostros expectantes que tiene ante ella. Su mirada es salvaje, como la de un animal cogido en una trampa. Sean cuales sean las palabras que tenía preparadas, la abandonan enseguida y son sustituidas por un sollozo lastimero que la hace abandonar el salón, con Michael tras ella.

Busco a Daniel entre el rumor de cuerpos que se vuelven hacia mí. La diversión anterior ha desaparecido, su mirada está ahora clavada en la ventana. Me pregunto cuántas veces habrá visto el sonrojo asomar lentamente a mis mejillas, si recuerda siquiera cómo se siente esta vergüenza. ¿Será por eso por lo que ahora no puede mirarme? ¿Me portaré yo mejor cuando me llegue el momento?

Abandonado al final de la mesa, el instinto me pide huir con Michael y Evelyn, pero sería como desear que la luna me coja y me saque de esta silla. El silencio se arremolina a mi alrededor hasta que Clifford Herrington se levanta, la luz de las velas arranca brillos de sus medallas navales cuando alza la copa.

—Por muchos años felices —dice, aparentemente sin ironía.

Una a una, todas las copas se alzan y el brindis se repite en un cántico hueco.

Al final de la mesa, Daniel me guiña el ojo.

20

Hace mucho que el salón comedor se ha vaciado de invitados, los criados se han llevado ya la última de las bandejas cuando llega Cunningham para recogerme. Lleva esperando fuera más de una hora, pero cada vez que intentaba entrar yo le hacía una seña para echarlo atrás. Tras la humillación de la cena, habría supuesto una indignidad excesiva el que alguien viera a mi ayuda de cámara ayudándome a levantarme de la mesa. Cuando entra, lo hace con una sonrisa en el rostro. No dudo que la noticia de mi vergüenza ha recorrido la casa: el viejo gordo de Ravencourt y su novia a la fuga.

—¿Por qué no me contó lo del matrimonio de Ravencourt con Evelyn? —exijo, parándolo en seco.

—Para humillarlo —dice.

Me quedo inmóvil, las mejillas se me enrojecen cuando se enfrenta a mi mirada.

Tiene los ojos verdes, las pupilas desiguales, como tinta derramada. Veo en ellos suficiente convicción para dirigir a ejércitos y quemar iglesias. Que Dios valga a Ravencourt si este muchacho se decide alguna vez a dejar de ser su reposapiés.

—Ravencourt es un hombre vanidoso, fácil de avergonzar —continúa Cunningham con el mismo tono—. He notado que ha heredado esa cualidad y la he aprovechado.

—¿Por qué? —pregunto, aturdido por su sinceridad.

—Me hizo chantaje —dice, encogiéndose de hombros—. No creería que iba a tomarme eso bien, ¿verdad?

Lo miro pestañeando durante varios segundos antes de que la risa brote de mí. Es una gran carcajada, los pliegues de mi carne tiemblan con mi apreciación de su audacia. Lo humillé y él me ha devuelto la misma medicina, utilizando solo la paciencia para hacerlo. ¿Qué hombre no estaría encantado ante tal hazaña?

Cunningham me mira con el ceño fruncido, las cejas juntas.

—¿No está enfadado?

—Sospecho que mi enfado le importa bien poco —digo, enjugándome una lágrima del ojo—. El caso es que yo tiré la primera piedra. No puedo quejarme si me devuelven un peñasco.

Mi alegría provoca en mi acompañante una sonrisa semejante.

—Parece que al final sí que hay algunas diferencias entre lord Ravencourt y usted —dice, midiendo cada palabra.

—Y la menor no es un nombre —digo, alargando la mano—. El mío es Aiden Bishop.

Él la estrecha con firmeza, su sonrisa es más profunda.

—Encantado de conocerlo, Aiden, yo soy Charles.

—Bueno, no tengo intención de contarle a nadie su secreto, Charles, y me disculpo por amenazarlo con ello. Solo deseo salvarle la vida a Evelyn Hardcastle y escapar de Blackheath, y no me queda mucho tiempo para hacer alguna de las dos cosas. Necesito un amigo.

—Probablemente a más de uno —dice, limpiándose las gafas en la manga—. Con toda sinceridad, esta historia es tan peculiar que no estoy seguro de poder distanciarme de ella, aunque lo deseara.

—Vamos a ello, pues. Según calcula Daniel, Evelyn será asesinada en la fiesta a las once. Allí es donde debemos estar si queremos salvarla.

El salón de baile está al otro lado del vestíbulo, Cunningham me sostiene por el codo mientras caminamos hasta allí. Hay carruajes que llegan desde el pueblo y hacen cola sobre la grava de fuera. Los caballos relinchan, los lacayos les abren la puerta a sus señores disfrazados, que se agitan como canarios liberados de su jaula.

—¿Por qué obligan a Evelyn a casarse con Ravencourt? —susurro a Cunningham.

—Por dinero. Lord Hardcastle tiene ojo para las malas inversiones y no es lo bastante inteligente como para aprender de sus errores. Se rumorea que está llevando a la familia a la bancarrota. A cambio de la mano de Evelyn, lord y *lady* Hardcastle recibirán una dote bastante generosa y la promesa de comprar Blackheath por una buena suma dentro de unos años.

—Así que es eso. Los Hardcastle pasan tiempos difíciles y empeñan a su hija como si fuera una joya vieja.

Mis pensamientos acuden a la partida de ajedrez de la mañana, a la sonrisa de Evelyn cuando salí cojeando del solario. Ravencourt no está comprando una novia, está comprando un pozo sin fondo de rencor. Me pregunto si el viejo idiota entiende en lo que se está metiendo.

—¿Qué ha pasado con Sebastian Bell? —digo, recordando la tarea que le puse—. ¿Habló con él?

—Me temo que no. Cuando llegué, el pobre estaba inconsciente en el suelo de su habitación —dice, con auténtica compasión en la voz—. Vi el conejo muerto; parece que su lacayo tiene un sentido del humor muy retorcido. Pedí un médico y lo dejé allí. Su experimento tendrá que esperar a otro día.

Mi decepción se ve ahogada por la música que late tras las puertas cerradas del salón de baile, el sonido se precipita a la sala cuando un criado las abre para nosotros. Dentro debe de haber al menos cincuenta personas girando en un tenue charco de luz proyectada por una lámpara de araña cuajada de velas. Una orquesta toca con ganas en un escenario dispuesto en la pared del fondo, pero la mayor parte del salón se ha cedido a la pista de baile, donde arlequines completamente uniformados cortejan a reinas egipcias y a diablos sonrientes. Los bufones brincan burlones, descolocando pelucas empolvadas y máscaras doradas sujetadas por largas varillas. Vestidos, capas y hábitos se agitan y deslizan por la pista, la masa de cuerpos es desorientadora. El único espacio libre que se encuentra rodea a Michael Hardcastle con su deslumbrante máscara solar, cuyos rayos en punta se extienden a tanta distancia de su rostro que resulta peligroso aventurarse cerca de él.

Todo esto lo contemplamos desde un mezanine, con una pequeña escalera que desciende a la pista de baile. Mis dedos tamborilean en la barandilla siguiendo el ritmo de la música. Una parte de mí, la parte que sigue siendo Ravencourt, conoce esta canción y disfruta con ella. Ansía coger un instrumento y tocar.

—¿Ravencourt es músico? —pregunto a Cunningham.

—En su juventud. Parece ser que un violinista de talento. Se rompió el brazo montando a caballo y nunca volvió a tocar bien. Creo que aún lo añora.

—Así es —digo, sorprendido por lo profundo de su añoranza. La aparco a un lado y me concentro en lo que nos ocupa, pero no tengo ni idea de cómo vamos a localizar a Sutcliffe entre la multitud.

O al lacayo.

Una idea deprimente. No lo había pensado. Una navaja podría hacer su trabajo en el ruido y la aglomeración de cuerpos y desaparecer luego sin que nadie se diera cuenta.

Esa idea habría hecho que Bell huyera de vuelta a su habitación, pero Ravencourt es de carácter más templado. Si es aquí donde se atentará contra la vida de Evelyn, es aquí donde debo estar, pase lo que pase, por lo que bajamos las escaleras, con Charles sosteniéndome el brazo, manteniéndonos en los rincones en sombra del salón de baile.

Unos payasos me dan palmadas en la espalda y una mujer gira ante mí, máscara de mariposa en mano. Ignoro gran parte de todo ello y me abro paso hacia los sofás que hay junto a las ventanas francesas, donde podré reposar las cansadas piernas.

Hasta ahora, solo he visto a los demás invitados en pequeños grupos, con su rencor repartido por la casa. Es muy diferente a estar atrapado entre todos ellos, como lo estoy ahora, y cuanto más me interno en el tumulto, más densa parece su mezquindad. La mayor parte de los hombres parecen haberse pasado la tarde empapándose en bebida y se tambalean más que bailan, ladrando y mirando fijamente, con actitud salvaje. Las mujeres jóvenes echan atrás la cabeza y ríen a carcajadas, con el maquillaje corrido y los peinados deshaciéndose mientras pasan de un cuerpo a otro, provocando a un pequeño grupo de esposas que buscan la seguridad en el grupo, temerosas de esas criaturas jadeantes y de mirada enloquecida.

Nada como una máscara para revelar la verdadera naturaleza de alguien.

Charles, a mi lado, está cada vez más tenso, a cada paso sus dedos se hunden con más fuerza en mi brazo. Nada de esto es normal. La celebración es demasiado desesperada. Es la última fiesta antes de que caiga Gomorra.

Llegamos a un sofá, Charles me deposita en los cojines. Las camareras se mueven entre el gentío llevando bandejas con bebidas, pero resulta imposible hacerles una seña desde nuestra posición en los márgenes de la fiesta. Hay demasiado ruido para hablar, pero me señala la mesa de champán de la que se alejan los invitados cogidos del brazo. Asiento, secándome el sudor de la frente. Puede que una bebida sirva para calmarme los nervios. Cuando se aleja a por una botella, noto una brisa en la piel y me doy cuenta de que alguien ha abierto las puertas francesas, presumo que para dejar circular el aire. Fuera, la oscuridad es completa, pero hay una hilera de braseros encendidos iluminando el camino hasta un estanque rodeado de árboles.

La oscuridad se arremolina, tomando forma, solidificándose al entrar, la luz de las velas gotea sobre un rostro pálido.

Un rostro no, una máscara.

Una máscara con un pico de porcelana blanca.

Busco a Charles con la mirada, esperando que esté lo bastante cerca como para ponerle las manos encima al individuo, pero se lo lleva la multitud. Devuelvo la atención a las puertas francesas y veo al médico de la peste pasando entre los juerguistas, abriéndose paso con el hombro.

Aferro el bastón y tiro de mí para ponerme en pie. Con menos esfuerzo se han arrancado pecios al lecho oceánico, pero cojeo hacia la cascada de disfraces que amortajan a mi presa.

Sigo atisbos —el brillo de una máscara, el vuelo de una capa—, pero es como niebla en un bosque, imposible de aferrar.

Lo pierdo en alguna parte del fondo.

Doy media vuelta intentando verlo, pero alguien choca conmigo armando un estrépito. Bramo de furia y me encuentro mirando a unos ojos castaños que asoman desde una máscara de pico de porcelana. El corazón me da un vuelco y yo también, claro, pues la máscara se retira prontamente para revelar el delgado rostro juvenil que hay detrás.

—Cielos, perdone —dice—. No quería…

—Rochester, por aquí, Rochester —le grita alguien.

Nos volvemos al mismo tiempo, se nos acerca otro individuo disfrazado de médico de la peste. Detrás de él hay otro, tres más entre la multitud. Mi presa se ha multiplicado, pero ninguno de ellos puede ser mi interlocutor. Son demasiado corpulentos y bajos, demasiado altos y delgados; demasiadas copias imperfectas del auténtico. Tratan de llevarse a su amigo, pero yo agarro el brazo más cercano, cualquiera, todos son iguales.

—¿De dónde han sacado este disfraz? —pregunto.

El hombre me mira con el ceño fruncido, los ojos grises inyectados en sangre. Carecen de luz, de expresión. Pórticos vacíos sin un pensamiento coherente tras ellos. Se sacude mi mano y me clava un índice en el pecho.

—Pregunte con educación —farfulla borracho. Busca pelea y yo se la doy con el bastón. La madera sólida le golpea en la pierna, una maldición detona en sus labios cuando cae sobre una rodilla. Al intentar recuperar el equilibrio, posa la mano extendida en la pista de baile y la punta del bastón aterriza sobre ella, clavándola contra el suelo.

—Los disfraces —grito—. ¿Dónde los han encontrado?

—En el ático —dice. Su rostro es ahora tan pálido como la desechada máscara—. Hay docenas de ellos colgados de percheros.

Forcejea para soltarse, pero en el bastón descansa solo una fracción de mi peso. Añado un poco más, el dolor le perturba los rasgos.

—¿Cómo se enteraron de su existencia? —pregunto, aligerando un poco la presión de su mano.

—Anoche nos encontramos con un criado —dice, con lágrimas formándose en sus ojos—. Llevaba puesto uno, la máscara, el sombrero, todo. No teníamos disfraces, así que nos guio hasta el ático para elegir uno. Estaba ayudando a mucha gente, debía de haber allí como una docena de personas, lo juro.

Parece que el médico de la peste no desea que lo encuentren.

Durante uno o dos segundos miro cómo se retuerce, contraponiendo la veracidad de su historia al dolor de su rostro. Convencido de que ambas tienen el mismo peso, levanto el bastón, permitiendo que se aleje tambaleándose, cogiéndose la mano dolorida. Apenas ha desaparecido de mi vista cuando Michael sale de entre el gentío, me ve en la distancia y se dirige hacia mí. Está aturdido, tiene dos manchas rojas en las mejillas. Mueve frenéticamente la boca, pero sus palabras se pierden en la música y la risa.

Le indico por gestos que no lo entiendo y se acerca más.

—¿Ha visto a mi hermana? —chilla.

Niego con la cabeza, repentinamente asustado. En sus ojos veo que pasa algo, pero, antes de que pueda preguntarle, retrocede entre el torbellino de bailarines. Acalorado y mareado, oprimido por un mal presentimiento, forcejeo para llegar a mi asiento, donde me quito la pajarita y me desabotono el cuello. Figuras enmascaradas pasan por mi lado, brazos desnudos brillan por el sudor. Siento náuseas, incapaz de encontrar placer en nada de lo que veo. Me planteo unirme a la búsqueda de Evelyn cuando Cunningham vuelve con una botella de champán en un cubo plateado rebosante de hielo y dos copas de tallo largo bajo el brazo. El metal suda tanto como Cunningham. Ha pasado tanto tiempo que casi había olvidado lo que fue a hacer, y le chillo al oído:

—¿Dónde ha estado?

—Creí… ver a Sutcliffe —me chilla a su vez, la mitad de sus palabras consiguen atravesar la música—… disfraz.

Es evidente que Cunningham ha tenido mi misma experiencia. Asiento mostrando mi comprensión, nos sentamos y bebemos en silencio, manteniendo los ojos abiertos por si vemos a Evelyn, pero mi frustración va en aumento. Necesito estar de pie, registrar la casa, interrogar a los invitados, pero Ravencourt es incapaz de semejantes hazañas. Este salón está demasiado abarrotado, su cuerpo, demasiado cansado. Es un hombre calculador y observador, no de acción, y si quiero ayudar a Evelyn, deberé hacerlo con esas habilidades. Ya correré mañana, pues hoy debo observar. Necesito ver todo lo que pasa en este salón de baile, catalogar todos los detalles, para poder adelantarme a lo que suceda esta noche.

El champán me calma, pero dejo el vaso, pues no quiero embotar mis facultades. Es entonces cuando veo a Michael, subiendo los pocos escalones que llevan al mezanine sobre el salón de baile.

La orquesta ha callado, las risas y las conversaciones se apagan poco a poco cuando todas las cabezas se vuelven hacia el anfitrión.

—Disculpen la interrupción —dice Michael, agarrándose a la barandilla—. Me siento idiota por preguntarlo, pero ¿sabe alguien dónde está mi hermana?

Una ola de conversación rompe contra el gentío cuando las cabezas se vuelven para mirarse unas a otras. Solo se necesita un momento para determinar que no está en el salón de baile.

Cunningham es quien la ve primero.

Me toca el brazo y señala hacia Evelyn, que se tambalea borracha mientras sigue la hilera de braseros hacia el estanque. Ya está a cierta distancia, entrando y saliendo de la luz. En su mano brilla una pequeña pistola plateada.

—Vaya a por Michael —grito.

Cunningham se abre paso entre la multitud mientras yo me pongo en pie con esfuerzo y me dirijo hacia la ventana. Nadie más la ha visto y las conversaciones vuelven a su cauce natural, una vez superada la sorpresa inicial del anuncio. El violinista ensaya una nota, el reloj da las once de la noche.

Ya estoy junto a las puertas francesas para cuando Evelyn llega al estanque.

Se bambolea, temblando.

Entre los árboles, a apenas unos metros de ella, el médico de la peste la mira de forma pasiva, las llamas del brasero se reflejan en la máscara.

La pistola plateada lanza un destello cuando Evelyn se la lleva al estómago, el disparo corta la música y las conversaciones.

Pero, por un instante, todo parece estar bien.

Evelyn sigue en pie al borde del agua, como si admirase su reflejo. Luego se le doblan las piernas, la pistola cae de su mano y se desploma de cara contra el estanque. El médico de la peste hace una inclinación de cabeza y desaparece entre la negrura de los árboles.

Solo soy vagamente consciente de los gritos, o de la multitud a mi espalda, que pasa por mi lado en el momento en que los prometidos fuegos artificiales explotan en el aire, bañando el estanque de luces de colores. Veo a Michael corriendo en la oscuridad hacia una hermana a la que ya no puede salvar. Grita su nombre, los fuegos artificiales ahogan su voz cuando entra en las negras aguas para recoger su cuerpo. Intenta arrastrarla fuera del estanque, pero resbala y se tambalea, hasta acabar desplomándose, acunando todavía a Evelyn en sus brazos. Le besa el rostro, suplicándole que abra los ojos, pero es una esperanza inútil. La muerte ha tirado los dados y Evelyn ha pagado lo debido. Le han despojado de todo lo que tenía de valor.

Michael solloza, enterrando la cara en los húmedos cabellos de su hermana.

Es ajeno a la multitud que se forma, a los fuertes brazos que lo apartan del cuerpo inerte de su hermana y la depositan en la hierba para que el doctor Dickie pueda arrodillarse y examinarla. No se requieren sus habilidades, el agujero del estómago y la pistola plateada entre la hierba cuentan la historia con suficiente elocuencia. A pesar de ello, se demora en ella, presiona el cuello con los dedos en busca del pulso, le limpia con ternura el agua sucia del rostro.

Todavía arrodillado, hace un gesto a Michael para que se acerque y, cogiéndole la mano, inclina la cabeza para musitar entre dientes lo que parece ser una oración.

Le agradezco la reverencia.

Algunas mujeres lloran en hombros acomodaticios, pero hay algo falso en su actuación. Es como si el baile no hubiera terminado de verdad. Como si siguieran bailando y solo hubieran cambiado los pasos. Evelyn se merece algo mejor que ser un entretenimiento para gente a la que despreciaba. El doctor parece entenderlo así, cada gesto suyo, por pequeño que sea, devuelve a Evelyn una pequeña parte de su dignidad.

La oración solo lleva un minuto, y cuando acaba, cubre la cara de Evelyn con su chaqueta, como si su mirada fija fuera una ofensa mayor que la sangre que le mancha el vestido.

Cuando se pone en pie, hay una lágrima en su mejilla. Rodea a Michael con un brazo y se lleva de allí al lloroso hermano de Evelyn. A mis ojos, se alejan siendo más viejos, más lentos y más encorvados, como echándose a los hombros el peso de una gran tristeza.

En cuanto entran en la casa, los rumores empiezan a correr entre la gente. La policía está en camino, han encontrado una nota de suicidio, el espíritu de Charlie Carver se ha llevado a otro niño de los Hardcastle. Las historias saltan de una boca a la otra y para cuando llegan hasta mí, están llenas de detalles y adornos, lo bastante sólidas como para propagarse fuera de aquí y llegar a la sociedad. Busco a Cunningham, pero no lo veo. No se me ocurre qué puede estar haciendo, pero es de mirada alerta y manos voluntariosas, así que habrá encontrado algo que hacer, no como yo. El disparo me ha destrozado los nervios.

Regreso al ahora vacío salón de baile y me dejo caer en el sofá de antes, donde me siento y tiemblo con la mente acelerada.

Sé que mañana mi amiga volverá a estar viva, pero eso no cambia lo sucedido ni la desolación que siento por haberlo presenciado.

Evelyn se ha quitado la vida y yo soy el responsable. Su matrimonio con Ravencourt era un castigo, una humillación pensada para ponerla al borde del abismo, y yo participé de ello, aunque fuera de forma involuntaria. Era mi rostro lo que odiaba, mi presencia lo que la llevó hasta el borde del estanque con una pistola en la mano.

¿Y qué pasa con el médico de la peste? Me ofreció la libertad a cambio de resolver un asesinato que no parecería un asesinato, pero he visto a Evelyn pegarse un tiro tras huir de una cena sumida en la desesperación. No puede haber dudas sobre sus actos o motivos, lo que hace que me cuestione los de mi captor. ¿Sería su oferta otra forma de atormentarme, una esperanza fugaz que perseguir alocadamente?

¿Y lo del cementerio? ¿La pistola?

Si de verdad Evelyn estaba tan desalentada, ¿por qué parecía tan animada cuando acompañó a Bell al cementerio, menos de dos horas después de la cena? ¿Y qué pasa con el arma que llevaba? Era un revólver grande y negro, casi demasiado grande para su bolso de mano. La pistola con la que se ha quitado la vida era plateada. ¿Por qué cambió de arma?

No sé cuánto tiempo paso aquí sentado, pensando en todo ello, entre estos plañideros encantados, pero la policía no ha venido.

Los grupos de gente van desapareciendo y las velas se consumen, la fiesta titila y se apaga.

Lo último que veo antes de quedarme dormido en el sofá es la imagen de Michael Hardcastle, arrodillado en la hierba acunando el chorreante cuerpo de su hermana muerta.

21

Segundo día (continuación)

Me despierta el dolor, cada respiración es dolorosa. Pestañeo apartando los jirones de sueño y veo una pared blanca, sábanas blancas y una flor de sangre seca en la almohada. Descanso la mejilla en mi mano, me cae saliva desde el labio superior a los nudillos.

Conozco este momento, lo he visto a través de los ojos de Bell.

Vuelvo a estar en el mayordomo, después de que lo llevaran a la casa del portero.

Hay alguien caminando a uno y otro lado junto a la cama, una doncella, a juzgar por el vestido negro y el mandil blanco. En los brazos sostiene un libro grande, cuyas páginas pasa con rapidez. La cabeza me pesa demasiado para ver algo por encima de su cintura, así que gimo para llamar su atención.

—Oh, qué bien, estás despierto —dice, dejando de andar—. ¿Cuándo se quedará Ravencourt a solas? No lo ha anotado, pero el condenado idiota hizo que su ayuda de cámara fuera a curiosear por la cocina...

—¿Quién...? —Tengo la garganta atascada con sangre y flemas.

En el aparador hay una jarra de agua y la doncella corre a servirme un poco. Deja el libro en la encimera mientras me acerca un vaso a los labios. Muevo una fracción la cabeza, intentando verle la cara, pero enseguida el mundo empieza a darme vueltas.

—No deberías hablar —dice, usando el mandil para secarme una gota de agua fugitiva de la barbilla.

Hace una pausa.

—O sea, puedes hablar, pero solo cuando estés listo.

Otra pausa.

—La verdad es que necesito que contestes a mi pregunta sobre Ravencourt antes de que haga que me maten.

—¿Quién es usted? —digo con la voz rota.

—¿Con cuánta fuerza te pegó ese mono...? Un momento... —Baja el rostro hasta ponerlo a mi altura, sus ojos castaños buscan algo. Tiene mofletes y es pálida con mechones de revuelto pelo rubio que se escapan de la cofia. Me doy cuenta con un sobresalto que es la doncella que vieron Bell y Evelyn, la que cuidaba del mayordomo.

—¿Cuántos anfitriones has tenido? —pregunta.

—Yo no...

—¿Cuántos anfitriones? —insiste, sentándose en el borde de la cama—. ¿En cuántos cuerpos has estado?

—Eres Anna —digo, retorciendo el cuello para poder verla mejor. El dolor prende fuego a mis huesos. Ella me empuja con mucha delicadeza para que vuelva a tumbarme en el colchón.

—Sí, soy Anna —dice con paciencia—. ¿Cuántos anfitriones?

Lágrimas de alegría me pican en los ojos, el afecto me inunda como agua caliente. Aunque no puedo recordar a esta mujer, noto los años de amistad entre nosotros, una confianza que bordea el instinto. Más que eso, me abruma la sencilla alegría de esta reunión. Ahora me doy cuenta de que la echaba de menos, por extraño que resulte decir eso acerca de alguien a quien no recuerdo.

En los ojos de Anna se forman lágrimas de respuesta al ver la emoción en mi rostro y me abraza ligeramente.

—Yo también te he echado de menos —dice, dando voz a mi sentimiento.

Permanecemos así un rato, antes de que ella se aclare la garganta y se seque las lágrimas.

—Bueno, ya vale —dice, sorbiendo—. Llorar en brazos del otro no nos ayudará. Necesito que me hables de tus anfitriones o no haremos más que llorar.

—Yo…, yo… —Lucho por hablar a través del bulto de mi garganta—. Desperté siendo Bell, luego el mayordomo, luego Donald Davies, otra vez el mayordomo, Ravencourt y ahora…

—Otra vez el mayordomo —dice pensativa—. A la tercera va la vencida, ¿no?

Me acaricia un mechón de pelo revuelto y se inclina más hacia mí.

—Asumo que aún no nos han presentado o, al menos, no te han presentado a mí. Soy Anna y tú Aiden Bishop, ¿o ya hemos pasado por esta parte? No paras de llegar en desorden, nunca sé dónde estamos.

—¿Has conocido a mis otros yoes?

—Vienen y van —dice, mirando a la puerta cuando se oyen voces en alguna parte de la casa—. Normalmente pidiendo algún favor.

—Y tus anfitriones, ¿son…?

—No tengo otros anfitriones, solo estoy yo. No tengo visitas de un médico de la peste ni otros días. Mañana no recordaré nada de esto, lo cual es una suerte teniendo en cuenta cómo va el día de hoy.

—Pero ¿sabes lo que está pasando, lo del suicidio de Evelyn?

—Es un asesinato, y despierto sabiéndolo —dice, alisándome las sábanas—. No recuerdo cómo me llamo, pero sí cómo te llamas tú, y sé que no habrá escapatoria hasta que llevemos al lago a las once el nombre del asesino y pruebas de su culpabilidad. Creo que son las reglas. Palabras grabadas en mi cerebro para que no las olvide.

—Yo no recordaba nada al despertar —respondo, intentando comprender por qué nuestros tormentos son diferentes—. Aparte de tu nombre. El médico de la peste tuvo que contármelo todo.

—Pues claro, eres su proyecto especial —dice, colocándome la almohada—. Le importa un pedo de rata lo que haga yo. Ni pío le he sacado en todo el día. Pero a ti no te deja en paz. Me extraña que no esté al acecho bajo esta cama.

—Dijo que solo podría escapar uno de nosotros.

—Sí, y resulta puñeteramente evidente que quiere que seas tú —dice, con una ira que desaparece de su voz tan rápidamente como ha aparecido. Niega con la cabeza—. Perdona, no debo cargarte con esto, pero tengo la sensación de que prepara algo, y no me gusta.

—Sé lo que quieres decir. Pero si solo puede escapar uno de nosotros…

—¿Por qué nos ayudamos? —me interrumpe—. Porque tienes un plan para sacarnos a los dos.

—¿Lo tengo?

—Bueno, dijiste que sí.

Su confianza titubea por primera vez y un ceño de preocupación aparece en su rostro, pero, antes de que pueda abundar en el tema, en el pasillo se oyen chirridos, pasos que suben las escaleras. Parece que toda la casa se estremece con el ascenso.

—Es un instante —dice, cogiendo el libro de la repisa.

Solo ahora me doy cuenta de que es el cuaderno de campo de un pintor, con las tapas de cuero marrón recogiendo hojas de papel sueltas, sujetas de cualquier manera con un cordel. Esconde el libro bajo la cama, sacando una escopeta en su lugar. Apoya la culata contra el hombro y se dirige hacia la puerta, abriendo solo una rendija para oír mejor la conmoción de fuera.

—Oh, diablos —dice Anna, cerrando la puerta con el pie—. Es el doctor con tu sedante. Deprisa, ¿cuándo se quedará Ravencourt a solas? Necesito decirle que deje de buscarme.

—¿Por qué? ¿Quién…?

—No hay tiempo, Aiden —dice, devolviendo la escopeta a su sitio debajo de la cama, fuera de la vista—. La próxima vez que despiertes estaré aquí y podremos tener una conversación como es debido, te lo prometo, pero ahora dime lo de Ravencourt, con todos los detalles que puedas recordar.

Está inclinada sobre mí, con ojos suplicantes y cogiéndome la mano.

—Estará en su salón a la una y cuarto. Le das un *whisky*, habláis y entonces aparece Millicent Derby. Le dejas una nota presentándola.

Ella cierra los ojos con fuerza, repitiendo una y otra vez sin voz la hora y el nombre, grabándolos en su memoria. Solo ahora que sus rasgos se suavizan por la concentración me doy cuenta de lo joven que es: diría que no más de diecinueve años, aunque el trabajo duro le haya echado algunos años encima.

—Una cosa más —dice con un siseo, cogiéndome las mejillas con las manos, con la cara tan pegada a la mía que veo las motas ámbar de sus ojos castaños—. Si me ves ahí fuera, simula no conocerme. Ni te me acerques si puedes evitarlo. Hay un lacayo… Ya te hablaré luego de él, o antes. El caso es que resulta peligroso para los dos que nos vean juntos. Si tenemos que decirnos algo, tendrá que ser aquí.

Me besa en la frente con rapidez y dedica una última mirada a la habitación para asegurarse de que todo esté en orden.

Los pasos han llegado ya al pasillo, dos voces entremezcladas se adelantan a ellos. Reconozco la de Dickie, pero no la otra. Es grave y habla con tono urgente, aunque no consigo distinguir lo que dice.

—¿Quién viene con Dickie? —pregunto.

—Probablemente lord Hardcastle. Lleva viniendo toda la mañana para ver cómo estás.

Eso tiene sentido. Evelyn dijo que el mayordomo fue asistente de lord Hardcastle durante la guerra. Esa cercanía es el motivo por el que Gregory Gold está atado en la habitación de enfrente.

—¿Las cosas son siempre así? —pregunto—. ¿Las explicaciones llegan antes que las preguntas?

—No lo sé —dice. Se levanta y se alisa el mandil—. Llevo dos horas en esto y *todo* lo que he recibido son órdenes.

El doctor Dickie abre la puerta. Su bigote es tan ridículo como la primera vez que lo vi. Su mirada se pasea de Anna hasta mí y de vuelta a Anna mientras intenta unir los bordes rotos de nuestra conversación cortada en seco. No ofrece respuestas mientras deposita en el aparador el maletín negro de médico y se para a mi lado.

—Veo que está despierto —dice, meciéndose adelante y atrás sobre los tacones, con los dedos insertados en los bolsillos para relojes del chaleco.

—Déjenos, muchacha —le dice a Anna, que hace una reverencia antes de salir del cuarto, dirigiéndome una mirada apresurada al salir.

—¿Cómo se encuentra? Espero que no peor tras el viaje en carricoche.

—No muy mal... —empiezo a decir, pero aparta las sábanas y me alza el brazo para tomarme el pulso. Incluso este suave gesto basta para provocarme espasmos de dolor. El resto de mi reacción queda mutilado por una mueca.

—Algo dolorido, *hummm* —dice, bajando otra vez mi brazo—. No me sorprende, dada la paliza recibida. ¿Alguna idea de lo que quería el amigo Gregory Gold?

—No. Debió de confundirme con otro, señor.

Lo de «señor» no es cosa mía, es un viejo hábito del mayordomo, y me sorprende lo fácilmente que ha acudido a mi lengua.

La astuta mirada del doctor pone mi explicación bajo la luz y le hace una docena de agujeros. La tensa sonrisa que me dirige es de complicidad, tan tranquilizadora como un pelín amenazadora. El aparentemente benigno doctor Dickie sabe más de lo que fuera que pasó en ese pasillo.

Se oye un chasquido cuando abre su maletín, y saca de él una botellita marrón y una jeringuilla hipodérmica. Sin apartar los ojos de mí, clava la aguja en el sello de cera de la botellita y llena la hipodérmica con un líquido transparente.

Mi mano se agarra a las sábanas.

—Estoy bien, doctor, de verdad —digo.

—Sí, eso es lo que me preocupa —dice, hundiendo la aguja en mi cuello antes de que tenga oportunidad de discutirlo.

Un líquido cálido me inunda las venas y me ahoga los pensamientos. El doctor se derrite, los colores aparecen y se desvanecen en la oscuridad.

—Duerma, Roger —dice—. Yo me ocuparé del señor Gold.

22

Quinto día

Abro unos ojos nuevos al toser una bocanada de humo de cigarro y me encuentro casi completamente vestido tumbado sobre una tarima de madera, con una mano victoriosa posada en una cama sin deshacer. Tengo los pantalones bajados hasta los tobillos y agarro una botella de *brandy* pegada al estómago. Es evidente que anoche intenté desvestirme, pero que semejante tarea estaba fuera del alcance de mi nuevo anfitrión, cuyo aliento apesta como un viejo posavasos de cerveza.

Profiero un gemido mientras trepo por el costado de la cama, desatando una palpitante migraña que casi me devuelve al suelo.

Estoy en una habitación similar a la que le dieron a Bell, los rescoldos del fuego de anoche me guiñan el ojo desde la chimenea. Las cortinas están descorridas, el cielo rebosa con la primera luz de la mañana.

Evelyn está en el bosque, tienes que encontrarla.

Me subo los pantalones hasta la cintura y me tambaleo en dirección al espejo para inspeccionar mejor al idiota en que habito ahora.

Casi corro hasta allí.

Tras pasar tanto tiempo encadenado a Ravencourt, este nuevo individuo parece ingrávido, una hoja arrastrada por la brisa. No es muy sorprendente cuando lo veo en el cristal. Es bajo y diminuto, avanzada la veintena, largos cabellos castaños y ojos azules inyectados en sangre sobre una barba bien recortada. Pruebo su sonrisa y descubro una hilera de dientes blancos algo desiguales.

Es una cara de truhán.

Mis posesiones están en una pila en la mesita de noche, en lo alto de la cual hay una invitación dirigida a Jonathan Derby. Al menos sé a quién maldecir por la resaca. Repaso los objetos con la yema del dedo y descubro una navaja de bolsillo, una petaca muy usada, un reloj de pulsera que da las 8:43 y tres viales marrones con tapones de corcho y sin etiqueta. Le quito el corcho a uno, huelo el líquido que contiene y se me revuelve el estómago ante el olor dulzón que emana de él.

Debe de ser el láudano que vendía Bell.

Comprendo que sea tan popular. Solo olerlo me ha llenado la mente de brillantes luces.

Hay una jarra de agua fría junto a una pequeña pileta en una esquina y, tras desnudarme, me lavo el sudor y la suciedad de la noche anterior, desenterrando a la persona que hay debajo. Desgraciadamente, mis intentos de ahogar la resaca solo la diluyen y el dolor me llega a todos los huesos y músculos del cuerpo.

Es una mañana inclemente, así que me pongo la ropa más gruesa que encuentro: *tweed* para cazas y un pesado abrigo negro que arrastro por el suelo al salir de la habitación.

Pese a lo temprano de la hora, hay una pareja borracha peleándose en lo alto de las escaleras. Llevan puesta la ropa de la noche anterior, aún se agarran a sus copas, las acusaciones pasan a uno y otro lado en un tono cada vez más elevado y, cuando paso por su lado, doy bastante margen al agitar de sus brazos. Su discusión me persigue hasta el vestíbulo, que está patas arriba por las correrías de la noche anterior. De la lámpara de araña cuelgan pajaritas, el suelo de mármol está cubierto de hojas y de pedazos de un decantador roto. Hay dos doncellas limpiándolo, haciendo que me pregunte qué aspecto tendría antes de que empezaran su labor.

Intento preguntarles dónde está la cabaña de Charlie Carver, pero son silenciosas como ovejas y se limitan a bajar la mirada y a negar con la cabeza en respuesta a mis preguntas.

Su silencio es exasperante.

Si los cotilleos de Lucy Harper no se alejaban mucho de la realidad, atacarán a Evelyn cuando esté con su dama de compañía en algún lugar cerca de la cabaña. Si puedo descubrir quién la pone en peligro, quizá pueda salvarle la vida al mismo tiempo que escapo de esta casa, aunque no tengo ni idea de cómo lo haré para liberar también a Anna. Ha dejado a un lado sus propios planes para poder ayudarme, cree que tengo un plan que nos liberará a los dos. De momento, no veo que sea otra cosa aparte de una promesa vacía y, a juzgar por su ceño fruncido cuando hablamos en la casa del portero, ella también empieza a sospecharlo.

La única esperanza que me queda es que mis futuros anfitriones sean mucho más listos que los anteriores.

Seguir preguntando a las doncellas solo las sume todavía más en su silencio, lo que me obliga a mirar a mi alrededor en busca de ayuda. Las habitaciones a ambos lados del vestíbulo están mortalmente silenciosas, la casa sigue pendiente de la noche anterior y, al no ver otra opción, paso por encima de los cristales rotos y bajo a la cocina.

El pasillo que lleva ahí es más siniestro de lo que recuerdo, el entrechocar de platos y el olor a carne asada me producen náuseas. Los criados me miran al pasar, apartan la mirada en cuanto abro la boca para hacer una pregunta. Es evidente que piensan que yo no debería estar aquí y es igual de evidente que no saben cómo librarse de mí. Este es su sitio, un río de conversaciones despreocupadas y cotilleos entre risas que fluye bajo la casa. Lo mancillo con mi presencia.

La agitación me restriega de arriba abajo, la sangre me late en los oídos. Me siento cansado y sensible, noto el aire como de papel de lija.

—¿Puedo ayudarlo? —dice una voz detrás de mí.

Son palabras que se han enrollado y arrojado contra mi espalda.

Me vuelvo para encontrarme con la cocinera, la señora Drudge, que me mira fijamente con sus grandes manos apoyadas en sus grandes caderas. A través de sus ojos, ella me parece algo que podría hacer un niño con arcilla, una cabeza pequeña en un cuerpo informe, rasgos modelados en su cabeza por pulgares torpes. Es severa, no hay ni rastro de la mujer que dentro de un par de horas le dará al mayordomo un bollito caliente.

—Busco a Evelyn Hardcastle —digo, afrontando su feroz mirada—. Salió a dar un paseo por el bosque con Madeline Aubert, su dama de compañía.

—¿Y a usted en qué le incumbe eso?

El tono es tan brusco que casi me echo atrás. Me agarro las manos e intento controlar mi creciente genio. Los criados alargan el cuello al pasar, desesperados por un poco de teatro, pero aterrorizados por el actor principal.

—Alguien quiere hacerle daño —digo a través de los dientes apretados—. Si pudiera indicarme dónde está la vieja cabaña de Charlie Carver, podría llegar a tiempo de avisarla.

—¿Era eso lo que hacía anoche con Madeline? ¿Avisarla? ¿Fue así como se le rompió la blusa, por eso estaba llorando?

En la frente le late una vena, la indignación bulle en cada palabra. Da un paso adelante y me clava un dedo en el pecho mientras habla.

—Sé lo que… —dice.

Una furia encendida explota en mi interior. La abofeteo sin pensar y la empujo, avanzando hacia ella con una ira demoníaca.

—¡Dígame dónde está! —grito, la saliva escapa de mi boca.

La señora Drudge me fulmina con la mirada mientras aprieta los ensangrentados labios.

Mis manos se cierran formando puños.

Vete de aquí.

Vete de aquí ya.

Hago acopio de voluntad y le doy la espalda a la señora Drudge para salir por el pasillo, repentinamente silencioso. Los criados se apartan de un salto cuando paso junto a ellos, pero mi ira no puede entender nada salvo a sí misma.

Al torcer una esquina me derrumbo contra una pared y respiro hondo. Me tiemblan las manos, se despeja la niebla de mi mente. Derby estuvo completamente fuera de mi control durante esos pocos y aterradores segundos. Era su veneno lo que brotaba de mi boca, su bilis corre por mis venas. Todavía la noto. Aceite en la piel, agujas en los huesos, un ansia de hacer algo terrible. Pase lo que pase hoy, necesito atar bien corto mi mal genio o esta criatura volverá a liberarse y el cielo sabe lo que haré.

Y esa es la parte más aterradora.

Mis anfitriones pueden rebelarse.

23

El barro se pega a mis botas mientras corro en la oscuridad de los árboles, la desesperación tira de mí como si me llevara de una correa. Tras mi fracaso en obtener información de la cocina, he salido al bosque con la esperanza de toparme con Evelyn en uno de los senderos marcados. Cuento con que la aventura tenga éxito allí donde fracasó el cálculo. Y, aunque no sea así, necesito poner cierta distancia entre Derby y las tentaciones de Blackheath.

No he ido muy lejos cuando los banderines me llevan hasta un riachuelo, agua que corre alrededor de una gran roca. Veo una botella de vino rota medio hundida en el cieno, junto a un grueso gabán negro, de cuyo bolsillo se ha caído la brújula plateada de Bell. La recojo del cieno y le doy vueltas en la mano tal como hice la primera mañana, recorriendo con los dedos las iniciales SB grabadas en el anverso de la tapa. Las iniciales de Sebastian Bell. Qué idiota me sentí cuando Daniel me señaló eso. En el suelo hay media docena de colillas de cigarrillo, lo cual sugiere que Bell estuvo aquí un rato, probablemente esperando a alguien. Debió de ser aquí adonde vino al recibir la nota en la mesa, aunque no se me ocurre qué pudo empujarlo a salir a una hora semejante al frío y a la lluvia. Registro su abrigo abandonado sin encontrar ninguna pista, los bolsillos no me dan nada aparte de una solitaria llave plateada, probablemente la de su baúl.

Temiendo perder más tiempo con mi anfitrión anterior, me guardo la llave y la brújula en un bolsillo y salgo en busca del siguiente banderín, alerta a cualquier posible aparición del lacayo. Este sería el lugar perfecto para que atacase.

Solo Dios sabe cuánto camino queda antes de llegar finalmente a las ruinas de lo que debe de ser la antigua cabaña de Charlie Carver. El fuego la ha vaciado, consumiendo la mayor parte del tejado y dejando solo cuatro ennegrecidas paredes. Los restos crujen bajo mis pies cuando entro, sobresaltando a algunos conejos, que huyen al bosque con la piel manchada de ceniza húmeda. En una esquina se ve el esqueleto de una vieja cama, en el suelo se ve una pata solitaria de una mesa, los restos de una vida interrumpida. Evelyn me contó que la cabaña se prendió fuego el día en que la policía ahorcó a Carver.

Más bien lord y *lady* Hardcastle arrojaron sus recuerdos a la pira y le prendieron fuego personalmente.

¿Quién podría culparlos? Carver le robó la vida a su hijo junto a un lago. Resulta apropiado que se libraran de él con fuego.

Una valla podrida marca el lugar donde estuvo el jardín en la parte de atrás de la cabaña, la mayoría de los listones se han caído tras años de abandono. Grandes cantidades de flores de color púrpura y amarillo crecen silvestres en todas direcciones, moras rojas cuelgan de tallos que envuelven los postes de la valla.

Cuando me arrodillo a atarme un zapato, una doncella aparece entre los árboles.

Espero no volver a ver un terror semejante.

El color abandona su rostro, la cesta se le cae al suelo y derrama setas en todas direcciones.

—¿Es usted Madeline? —empiezo a decir, pero ya retrocede en busca de ayuda a su alrededor—. No he venido a hacerle daño, solo quiero…

Se va antes de que pueda decir otra palabra, corriendo hacia el bosque. Me tambaleo tras ella, enganchándome en los hierbajos, medio cayéndome sobre la valla.

Al incorporarme, la veo corriendo entre los árboles, atisbos de un vestido negro moviéndose mucho más rápido de lo que había supuesto. La llamo, pero mi voz es como un látigo en su espalda que la hace avanzar. Aun así, soy más rápido y más fuerte y, aunque no deseo asustar a la chica, no puedo perderla de vista por temor a lo que le pasará a Evelyn.

—¡Anna! —llama Bell en alguna parte cerca de aquí.

—¡Socorro! —responde Madeline a su vez, asustada y llorando.

Ya la tengo muy cerca. Alargo la mano con la esperanza de tirar de ella, pero mis dedos solo rozan la tela de su vestido y, desequilibrado, pierdo terreno.

Ella se agacha para evitar una rama, trastabillando un poco. Agarro su vestido, haciéndola gritar otra vez, antes de que un disparo silbe junto a mi cara y estalle en un árbol detrás de mí. La sorpresa me hace soltar a Madeline, que se tambalea hacia Evelyn en el momento en que sale del bosque. Empuña el revólver negro que llevará al cementerio, pero ni de lejos es tan aterrador como la furia en su rostro. Un paso en falso y me matará de un tiro, estoy seguro.

—No es lo que… Puedo explicarlo —digo entre jadeos, apoyando las manos en las rodillas.

—Los hombres como usted siempre pueden —dice Evelyn, poniendo detrás de ella a la aterrorizada chica con un barrido de su brazo.

Madeline solloza, todo su cuerpo se estremece con violencia. Dios me valga, pero Derby disfruta con esto. El miedo lo excita. Ha hecho esto antes.

—Todo esto…, por favor…, es un malentendido —digo jadeante, dando un suplicante paso.

—Quédese ahí, Jonathan —dice Evelyn con ferocidad, aferrando el revólver con ambas manos—. Apártese de esta chica, apártese de todas ellas.

—Yo no pretendía…

—Su madre es amiga de la familia; es la única razón por la que lo dejo irse —interrumpe Evelyn—. Pero si vuelvo a verlo cerca de otra mujer, o me entero de ello, juro que le pego un tiro.

Se quita el abrigo y rodea con él los agitados hombros de Madeline, sin dejar de apuntarme con el arma.

—Hoy no te separarás de mi lado —susurra a la aterrorizada doncella—. Me ocuparé de que no te pase nada.

Se alejan a trompicones entre los árboles y me dejan solo en el bosque. Alzo la cabeza hacia el cielo y aspiro el frío aire, esperando que la lluvia en mi rostro enfríe mi frustración. Vine aquí para impedir que alguien atacase a Evelyn y descubrir de paso a un asesino. En vez de eso, he causado aquello que intentaba impedir. Estoy persiguiendo mi propia cola y aterrorizando de paso a una mujer inocente. Puede que Daniel tuviera razón, puede que el futuro sea una promesa que no se puede romper.

—Vuelve a perder el tiempo —dice el médico de la peste detrás de mí.

Apenas es una sombra al otro lado del claro. Como siempre, parece haber elegido el lugar ideal. Lo bastante lejos como para estar fuera de mi alcance, pero lo bastante cerca como para que hablemos con relativa facilidad.

—Creí que estaba ayudando —digo amargamente, todavía afectado por lo sucedido.

—Aún puede —dice—. Sebastian Bell está perdido en el bosque.

Por supuesto, no estoy aquí por Evelyn, estoy aquí por Bell. Estoy aquí para asegurarme de que el bucle vuelva a empezar. El destino me lleva de la mano.

Saco la brújula del bolsillo, la contemplo mientras pienso en la incertidumbre que sentí al seguir la aguja temblorosa aquella primera mañana. Es casi seguro que, sin esto, Bell seguirá perdido.

La arrojo al barro a los pies del médico de la peste.

—Así es como cambio las cosas —digo y me alejo—. Sálvelo usted.

—Malinterpreta mi objetivo aquí —dice, con un tono tan cortante que me detiene en seco—. Si deja que Sebastian Bell se pierda en el bosque, nunca conocerá a Evelyn Hardcastle, nunca entablará esa amistad que tanto valora usted. Abandónelo y no le importará salvarla.

—¿Está diciendo que la olvidaré? —pregunto, alarmado.

—Estoy diciendo que debería tener cuidado con los nudos que desata. Si abandona a Bell, también estará abandonando a Evelyn. Sería una crueldad sin objeto, y nada de lo que he visto hasta ahora de usted sugiere que sea un hombre cruel.

Puede que lo imagine, pero por primera vez noto cierta calidez en su tono. Lo suficiente como para desequilibrarme, así que me giro para volver a enfrentarme a él.

—Necesito ver cómo cambia este día —digo y noto desesperación en mi voz—. Necesito ver que puede cambiarse.

—Su frustración es comprensible, pero ¿de qué sirve mover los muebles si al hacerlo se quema la casa?

Se inclina para recoger la brújula del suelo y limpia con los dedos el barro de la superficie. Por la forma en que se queja y por la pesadez de sus extremidades sugiere que bajo el disfraz hay un hombre mayor. Satisfecho con su trabajo, me tira la brújula, y la condenada cosa casi se me escapa de las manos por lo húmeda que está su superficie.

—Coja esto y resuelva el asesinato de Evelyn.

—Se suicidó, lo vi con mis propios ojos.

—Si cree que es tan simple, está mucho más rezagado de lo que pensaba.

—Y usted es mucho más cruel de lo que creía —gruño—. Si sabe lo que está pasando, ¿por qué no lo impide? ¿A qué vienen estos juegos? Ahorque al asesino antes de que le haga daño.

—Una idea interesante, solo que no sé quién es el asesino.

—¿Cómo es eso posible? —digo, incrédulo—. Sabe qué paso voy a dar antes de que se me ocurra darlo. ¿Cómo puede ser ciego al hecho más importante de toda la casa?

—Porque no me corresponde saberlo. Yo lo observo a usted, y usted observa a Evelyn Hardcastle. Cada uno tiene su papel.

—Entonces podría culpar a cualquiera del crimen —grito, alzando los brazos al cielo—. Fue Helena Hardcastle. ¡Ya está, ya lo tiene! ¡Libéreme!

—Olvida que necesito pruebas. No solo su palabra.

—Y si la salvo, ¿qué pasa, entonces?

—No creo que sea posible, y creo que intentarlo perjudicará su investigación, pero aun así mantengo mi oferta. Evelyn fue asesinada anoche y todas las noches anteriores. Y, en el supuesto de que pudiera salvarla esta noche, no cambiaría nada. Deme el nombre de la persona que mata o que planea matar a Evelyn Hardcastle y lo liberaré.

Por segunda vez desde que llegué a Blackheath me encuentro mirando una brújula y meditando las instrucciones de alguien en quien no confío. Hacer lo que me pide el médico de la peste es rendirme ante un día decidido a matar a Evelyn, pero no parece que haya manera de cambiar las cosas sin empeorarlo. En el supuesto que esté diciendo la verdad, o salvo a mi primer anfitrión o abandono a Evelyn.

—Duda de mis intenciones —dice, sondeando mis dudas.

—Claro que dudo de sus intenciones. Lleva una máscara y habla con acertijos, y ni por un momento creo que me trajera aquí solo para resolver un misterio. Me oculta algo.

—¿Y cree que quitarme el disfraz lo revelaría? —dice burlón—. Una cara no deja de ser otro tipo de máscara, y eso lo sabe mejor que muchos; pero tiene razón, oculto algo. Por si eso lo hace sentirse mejor, no se lo escondo a usted. Si consiguiera quitarme la máscara de algún modo, yo solo sería sustituido, mientras que su tarea seguiría siendo la misma. Le dejaré decidir si vale la pena el esfuerzo. En cuanto a su presencia en Blackheath, quizá aplaque sus dudas saber cómo se llama el hombre que lo trajo aquí.

—¿Y cómo se llama?

—Aiden Bishop. A diferencia de sus rivales, usted vino voluntariamente a Blackheath. Todo lo que está pasando hoy se lo ha buscado usted mismo.

Su voz sugiere pena, pero la inexpresiva máscara blanca hace que la afirmación resulte siniestra, una parodia de tristeza.

—Esto no puede ser cierto —digo testarudo—. ¿Por qué iba a venir aquí por mi propia voluntad? ¿Por qué se haría nadie esto?

—Su vida previa a Blackheath no me incumbe, señor Bishop, resuelva el asesinato de Evelyn Hardcastle y tendrá todas las respuestas que busca. Mientras tanto, Bell necesita su ayuda. —Señala detrás de mí—. Está por ahí.

Sin decir otra palabra, se retira dentro del bosque y la penumbra se lo traga por completo. Tengo la mente bloqueada por un centenar de preguntas, pero ninguna de ellas me servirá de algo en este bosque, así que las aparto a un lado y salgo en busca de Bell. Lo encuentro encogido y tembloroso por el esfuerzo. Se paraliza cuando me acerco, al oír las ramitas que se rompen bajo mis pies.

Su apocamiento me repugna.

Madeline podía estar equivocada, pero al menos tuvo el buen sentido de huir.

Rodeo a mi antiguo yo, manteniendo mi rostro fuera de su vista. Podría intentar explicarle lo que pasa, pero los conejos asustados son malos aliados, y más cuando están convencidos de que eres un asesino.

Lo único que necesito de Bell es que sobreviva.

Doy dos pasos más y estoy detrás de él, y me acerco lo bastante como para susurrarle al oído. El sudor corre por su cuerpo, el olor me golpea el rostro como un trapo sucio. No puedo decir más sin que me den arcadas.

—Al este —digo, y dejo caer la brújula en su bolsillo.

Retrocedo y me interno entre los árboles, hacia la cabaña quemada de Carver. Bell estará perdido cerca de una hora, lo que me da tiempo de sobra para seguir los banderines hasta la casa sin tropezarme con él.

Pese a mis esfuerzos, todo está pasando tal como lo recordaba.

24

La forma amenazadora de Blackheath aparece entre los árboles. He llegado por la parte de atrás, que está más necesitada de reparaciones que la fachada. Hay varias ventanas rotas, el enladrillado se desmorona. Una balaustrada de piedra se desprendió de la azotea para incrustarse en la hierba y ahora está cubierta de musgo. Es evidente que los Hardcastle solo repararon las partes de la casa que verían los invitados; no es de extrañar, teniendo en cuenta la penuria de sus finanzas.

Al igual que aquella primera mañana me quedé merodeando en la linde del bosque, ahora me encuentro cruzando el jardín con similares presentimientos. Si vine aquí de forma voluntaria, debía de tener alguna razón, pero se me escapa por mucho que me esfuerce en recordarla.

Me gustaría pensar que soy un buen hombre que vino a ayudar, pero, de ser ese el caso, lo estoy estropeando todo. Esta noche, como todas las noches, Evelyn se matará y, si las acciones de esta mañana son una muestra, mis intentos de apartarla del desastre solo nos apresuran hacia él. Por lo que sé, mis torpes intentos de salvar a Evelyn podrían ser hasta la razón por la que acabará en ese estanque empuñando una pistola plateada. Estoy tan sumido en estos pensamientos que no veo a Millicent hasta que estoy casi encima de ella. La anciana está tiritando en un banco de hierro, protegiéndose contra el viento con los brazos. Tres abrigos informes la envuelven por completo, sus ojos asoman por encima de una bufanda que se ha subido hasta taparse la boca. Está azul por el frío y lleva un sombrero bien calado sobre las orejas.

Al oír mis pasos se vuelve para verme y la sorpresa asoma a su rostro arrugado.

—¡Por Júpiter, tienes un aspecto terrible! —dice, bajándose la bufanda de la boca.

—Que tú también tengas buenos días, Millicent —digo, sorprendido por la repentina calidez que despierta en mí su presencia.

—¿Millicent? —dice, frunciendo los labios—. Qué moderno es eso por tu parte, querido. Prefiero «madre», si no te importa. No quisiera que la gente piense que te recogí en la calle. Aunque a veces me pregunto si no me habría ido mejor así.

Me quedo boquiabierto. No había relacionado antes a Jonathan Derby con Millicent Derby, probablemente porque me resulta más fácil imaginar que lo trajo a este mundo alguna plaga bíblica.

—Perdona, madre —digo. Me meto las manos en los bolsillos y me siento a su lado.

Ella enarca una ceja hacia mí y esos astutos ojos grises se iluminan divertidos.

—Una disculpa y una aparición antes del mediodía. ¿Te encuentras bien?

—Debe de ser el aire del campo —digo—. ¿Y tú, qué haces fuera en esta desagradable mañana?

Ella gruñe, se abraza con más fuerza todavía.

—Se supone que había quedado con Helena para dar un paseo, pero no le he visto el pelo a esa mujer. Se habrá equivocado de hora, como siempre. Sé que esta tarde ha quedado con Cecil Ravencourt, así que probablemente habrá ido a verlo.

—Ravencourt sigue dormido —digo.

Millicent me mira inquisitiva.

—Me lo ha dicho Cunningham, su ayuda de cámara —miento.

—¿Lo conoces?

—Vagamente.

—Pues yo no lo frecuentaría mucho —dice con un chasquido de la lengua—. Sé lo mucho que disfrutas de dudosas compañías, pero, por lo que me dijo Cecil, esta es inapropiada hasta para tus bajos estándares.

Eso despierta mi interés. Me cae bien el ayuda de cámara, pero solo aceptó ayudarme cuando amenacé con chantajearlo con revelar un secreto que oculta. Hasta que no sepa qué oculta, no podré depender de él, y Millicent puede ser la clave para descubrirlo.

—¿Y eso? —pregunto con tono casual.

—Oh, no sé —dice, agitando hacia mí su etérea mano—. Ya conoces a Cecil, tiene secretos escondidos en cada pliegue de la piel. Si podemos dar crédito a los rumores, solo contrató a Cunningham porque se lo pidió Helena. Pero ha descubierto algo desagradable del chico y está pensando si lo despide.

—¿Desagradable?

—Bueno, es lo que dijo Cecil, pero no pude sacarle nada más. El condenado tiene una trampa para osos por boca, pero ya sabes lo poco que le gustan los escándalos. Dado el origen de Cunningham, debe de ser algo terriblemente salaz para preocuparlo. Ojalá supiera lo que es.

—¿El origen de Cunningham? —pregunto—. Creo que me he perdido algo.

—El chico se crio en Blackheath. Es hijo de la cocinera, o eso se dice, al menos.

—¿Y no es cierto?

La anciana lanza una carcajada y me mira con astucia.

—Se dice que el honorable lord Peter Hardcastle solía ir de vez en cuando a Londres a divertirse. Pues, en una ocasión, la diversión lo siguió hasta Blackheath con un niño en brazos que afirmaba que era de él. Peter estuvo a punto de enviar al niño a un hospicio, pero Helena intervino y exigió que se lo quedaran.

—¿Por qué hizo eso?

—Conociendo a Helena, su intención debía de ser insultarlo. —Millicent sorbe por la nariz y aparta la cara del cortante viento—. Nunca estuvo muy orgullosa de su marido y debió divertirle invitar a su vergüenza a la casa. El pobre Peter ha debido irse llorando a la cama los últimos treinta y tres años. El caso es que le dieron el niño a la señora Drudge, la cocinera, para que lo criara, y Helena se aseguró de que todo el mundo supiese quién era el padre.

—¿Y Cunningham sabe algo de esto?

—No veo cómo no va a saberlo. Es uno de esos secretos que la gente se grita —dice la anciana mientras saca un pañuelo de la manga para secarse la nariz—. En cualquier caso, puedes preguntárselo tú, ya que sois tan amigos. ¿Damos un paseo? No le veo mucho sentido a congelarnos en este banco mientras esperamos a una mujer que no vendrá.

Se levanta antes de que tenga la posibilidad de responder, pisando fuerte con las botas y echándose el aliento en las manos enguantadas. Sí que hace un día desagradable, con el cielo gris escupiendo lluvia y revolviéndose para adquirir la furia de una tormenta.

—¿Y por qué estás aquí fuera? —pregunto. Nuestros pies crujen por el sendero de grava que rodea la casa—. ¿No podíais veros dentro con *lady* Hardcastle?

—Demasiada gente a la que prefiero no ver.

¿Qué hacía esta mañana en la cocina?

—A propósito de ver a gente, tengo entendido que esta mañana estuviste en la cocina.

—¿Quién te ha dicho eso? —dice, conteniéndose.

—Pues…

—Ni me he acercado a la cocina —continúa, sin esperar una respuesta—. Son lugares sucios. No te quitas el olor en semanas.

Parece sinceramente molesta por la idea, lo que significa que es probable que no lo haya hecho todavía. Un momento después, me da un codazo de buena manera y su voz es repentinamente alegre.

—¿Has oído lo de Donald Davies? Parece ser que anoche cogió un automóvil y se fue a Londres. Lo vio el jefe de los establos y dice que se presentó en medio de la lluvia, vestido con todos los colores que hay bajo el sol.

Eso me da que pensar. Ya debería haber vuelto a Donald Davies, como hice con el mayordomo. Fue mi tercer anfitrión, y Anna me dijo que estaba obligado a vivir un día entero en cada uno de ellos, tanto si me gustaba como si no. No debía de ser más de media mañana cuando lo dejé dormido en la carretera. ¿Por qué no he vuelto a verlo, entonces?

Lo dejaste solo e indefenso.

Siento una punzada de culpa. Por lo que sé, ha podido encontrarlo el lacayo.

—¿Me estás escuchando? —dice Millicent, molesta—. He dicho que Donald Davies se fue en un automóvil. Esa familia está loca, hasta el último de ellos. Y esta es una opinión médica.

—Has estado hablando con Dickie —digo con aire ausente, pensando todavía en Davies.

—Más bien me ha hablado —dice ella, burlona—. Durante treinta minutos que pasé intentando apartar la mirada de ese bigote. Me sorprende que pueda atravesarlo el sonido.

Eso me hace reír.

—¿Te gusta alguien de Blackheath, madre?

—No que yo recuerde, pero es la envidia lo que me produce sospechas. La sociedad es un baile, cariño, y yo ya estoy demasiado vieja para participar de él. Hablando del baile, por ahí viene el organillero.

Sigo su mirada para ver que Daniel se nos acerca en dirección contraria. Pese al frío que hace, viste un jersey de *cricket* y pantalones de lino, el mismo atuendo que llevará cuando se encuentre por primera vez con Bell en el vestíbulo. Miro el reloj, no faltará mucho para esa reunión.

—Señor Coleridge —llama Millicent con forzada amabilidad.

—Señora Derby —dice él, poniéndose a nuestro lado—. ¿Ha roto algún corazón esta mañana?

—Hoy en día ni se estremecen, señor Coleridge. Una pena. —Hay algo de precaución en su tono, como si cruzase un puente que está segura de que se romperá—. ¿Qué vergonzoso asunto lo empuja a salir en esta terrible mañana?

—Tengo que pedirle un favor a su hijo, y le aseguro que es completamente legítimo.

—Vaya, qué decepción.

—Para usted y para mí. —Me mira por primera vez—. ¿Tiene un minuto, Derby?

Hacemos un aparte y Millicent se esfuerza por parecer desinteresada mientras nos dirige miradas especulativas por encima de la bufanda.

—¿Qué pasa? —pregunto.

—Voy a por el lacayo —dice. Su apuesto rostro está atrapado en alguna parte entre el miedo y la excitación.

—¿Cómo? —digo, inmediatamente arrebatado por la idea.

—Sabemos que estará en el comedor atormentando a Ravencourt alrededor de la una. Propongo cogerlo allí.

El recuerdo de aquellos pasos fantasmales y esa risa maligna basta para erizarme la piel y la idea de ponerle por fin las manos encima a ese diablo hace que la sangre me hierva en las venas. La ferocidad de este sentimiento no dista mucho de lo que sintió Derby en el bosque, cuando dábamos caza a la doncella, y eso me pone inmediatamente en guardia. No puedo ceder ni un centímetro ante este anfitrión.

—¿Cuál es el plan? —digo, atemperando mi entusiasmo—. Yo estaba solo en esa habitación, no puedo ni adivinar dónde se escondía.

—Tampoco yo, hasta que anoche hablé en la cena con un viejo amigo de los Hardcastle —dice mientras me aparto un poco más de Millicent, que se las ha arreglado para acercarse a nuestra conversación—. Resulta que hay toda una serie de túneles secretos bajo el entarimado. Allí es donde se escondía el lacayo, y también allí será donde acabemos con él.

—¿Cómo?

—Mi nuevo amigo dice que hay entradas en la biblioteca, la sala de estar y la galería. Sugiero que cada uno vigile una entrada y lo cojamos en cuanto salga.

—Suena ideal —digo, luchando por contener la creciente excitación de Derby—. Yo me ocuparé de la biblioteca, tú de la sala de estar. ¿Quién estará en la galería?

—Pídeselo a Anna —dice—, pero ninguno es lo bastante fuerte como para enfrentarse solo al lacayo. ¿Por qué no vigiláis los dos la biblioteca y yo recluto a alguno de los otros anfitriones para que me ayude con la sala de estar y la galería?

—Magnífico —digo, sonriente.

De no controlar a Derby, ya estaría corriendo hacia los túneles con una linterna y un cuchillo de cocina.

—Bien —dice, dirigiéndome una sonrisa tan afectuosa que resulta imposible imaginarse fracasando—. Ponte en posición unos minutos antes de la una. Con suerte, esto se habrá acabado para la hora de la cena.

Se vuelve para irse, pero lo agarro del brazo.

—¿Le has dicho a Anna que encontrarás el modo de que escapemos los dos si nos ayuda? —pregunto.

Él me mira con firmeza y yo retiro enseguida la mano.

—Sí —dice.

—Es mentira, ¿verdad? —afirmo—. Solo uno de nosotros puede escapar de Blackheath.

—Considerémoslo una mentira en potencia, ¿te parece? No he perdido la esperanza de poder cumplir con nuestra parte del trato.

—Eres mi último anfitrión, ¿cuántas esperanzas tienes?

—No muchas —dice, suavizando el semblante—. Sé que le tienes cariño. Créeme, no he olvidado cómo era eso, pero la necesitamos de nuestro lado. No escaparemos de esta casa si nos pasamos el día mirando por encima del hombro por si nos atacan el lacayo y Anna.

—Tengo que decirle la verdad —digo, espantado por su cruel indiferencia ante mi amiga.

Él se envara.

—Hazlo y la convertirás en una enemiga —dice con un siseo, mirando a su alrededor para asegurarse de que no nos oyen—. Y en ese momento cualquier esperanza de poder ayudarla de verdad se hará humo.

Hincha los carrillos, se revuelve el pelo y me sonríe. La agitación lo abandona como el aire un globo pinchado.

—Haz lo que consideres correcto. Pero espera al menos a que hayamos cogido al lacayo. —Mira el reloj—. Solo te pido tres horas más.

Nuestras miradas se encuentran, la mía es dubitativa y la suya, atractiva. No puedo evitar someterme.

—Muy bien —digo.

—No lo lamentarás —responde.

Me aprieta el hombro, saluda alegre a Millicent y se pone en marcha de vuelta a Blackheath, como un hombre poseído por un objetivo.

Me vuelvo para encontrar a Millicent contemplándome con los labios fruncidos.

—Tienes unos amigos horribles —dice.

—Soy una persona horrible —respondo, sosteniéndole la mirada hasta que por fin niega con la cabeza y reanuda la marcha, aminorándola lo bastante como para que me ponga a su altura. Llegamos a un largo invernadero. La mayoría de los cristales están agrietados, las plantas del interior han crecido tanto que se agolpan contra el cristal. Millicent mira al interior, pero el follaje es demasiado denso. Me hace un gesto para que la siga y nos dirigimos hacia el otro extremo, donde encontramos las puertas cerradas con una cadena y un candado nuevos.

—Lástima —dice, tirando de ellos fútilmente—. Cuando era más joven me gustaba venir aquí.

—¿Has estado antes en Blackheath?

—Solía pasar los veranos aquí, como todos. Cecil Ravencourt, los gemelos Curtis, Peter Hardcastle y Helena… se conocieron aquí. Cuando me casé, traía a tu hermano y a tu hermana. Prácticamente se criaron con Evelyn, Michael y Thomas.

Me coge del brazo mientras seguimos paseando.

—Oh, cómo me gustaban esos veranos. Helena siempre estaba terriblemente celosa de tu hermana, porque Evelyn siempre fue del montón. Michael tampoco era mucho mejor, con esa cara aplastada que tiene. Thomas era el único con cierta belleza y acabó en ese lago, lo cual me parece que es como si el destino golpeara a esa mujer por partida doble, pero es lo que hay. No había ni uno de ellos que estuviera a tu altura, mi apuesto muchacho —dice, cogiéndome una mejilla.

—Evelyn acabó mejorando —protesto—. La verdad es que resulta bastante guapa.

—¿De verdad? —dice Millicent, incrédula—. Debió de florecer en París, pero no sabría decirlo. La chica lleva evitándome toda la mañana. De tal madre, tal hija, supongo. Eso explica el interés de Cecil. Es el hombre más superficial que conozco, lo cual es mucho tras vivir cincuenta años con tu padre.

—Los Hardcastle la odian, ¿sabes? A Evelyn, quiero decir.

—¿Quién te ha llenado la cabeza con esas tonterías? —dice Millicent, agarrándose a mi brazo mientras sacude el pie, intentando librarse del barro que se le ha pegado a la bota—. Michael la adora. La visita en París casi todos los meses y, por lo que tengo entendido, apenas se han separado desde que ella ha vuelto. Y Peter no la odia, le es indiferente. Es solo Helena, y no está muy bien desde que murió Thomas. Sigue viniendo aquí, ¿sabes? Todos los años, en el aniversario de su muerte, da un paseo alrededor del lago, y a veces hasta habla con él. Yo misma la he oído.

El sendero nos ha traído hasta el estanque. Aquí es donde Evelyn se quitará la vida esta noche y, como todo en Blackheath, su belleza depende de la distancia. Desde el salón de baile, el estanque es una imagen magnífica, un gran espejo que refleja todo el drama de la casa. Pero aquí y ahora no es más que una charca sucia, con piedras agrietadas y el musgo cubriendo su superficie como una alfombra.

¿Por qué se quitó aquí la vida? ¿Por qué no en su dormitorio o en el vestíbulo?

—¿Estás bien, querido? —pregunta Millicent—. Pareces algo pálido.

—Pensaba que es una pena que hayan descuidado este sitio —digo, llevando una sonrisa a mi cara.

—Oh, cierto, ¿qué podían hacer? —dice, ajustándose la bufanda—. Tras el asesinato no podían vivir aquí, y nadie quiere comprar ya estas casas enormes, y menos con la historia de Blackheath. En mi opinión, deberían habérsela dejado al bosque.

Es una idea sentimental, pero nada se demora mucho tiempo en la mente de Jonathan Derby y pronto me distraigo con los preparativos para la fiesta de la noche, que veo a través de las ventanas del salón de baile que tenemos delante. Criados y trabajadores friegan los suelos y pintan las paredes mientras las doncellas hacen equilibrios en escaleras de mano al usar largos plumeros. Al fondo del salón, músicos de aspecto aburrido arrancan semicorcheas de la superficie de sus pulidos instrumentos al tiempo que Evelyn Hardcastle señala y gesticula, ordenando las cosas desde el centro del salón. Se mueve de un grupo a otro, tocando brazos y desplegando amabilidad, haciéndome añorar la tarde que pasamos juntos.

Busco a Madeline Aubert y la encuentro riendo con Lucy Harper, la doncella con la que Stanwin se sobrepasó y con la que habló Ravencourt, moviendo entre las dos un diván hasta el escenario. Que esas dos mujeres maltratadas se hayan encontrado me provoca cierta satisfacción, aunque en absoluto alivia mi culpabilidad por lo sucedido esta mañana.

—La última vez te dije que no volvería a arreglar otra de tus indiscreciones —dice Millicent cortante, con todo el cuerpo rígido.

Está mirando cómo observo a las doncellas. El desprecio y el amor se arremolinan en sus ojos, la forma de los secretos de Derby es visible en la niebla. Lo que antes solo entendí vagamente ahora está completamente claro. Derby es un violador, y de más de una vez. Todas están en la mirada de Millicent, todas las mujeres a las que ha atacado, todas las vidas que ha destruido. Carga con todas ellas. Sean cuales sean las tinieblas que acechan dentro de Jonathan Derby, Millicent las arropa por las noches.

—Contigo siempre son las más débiles, ¿verdad? Siempre son...

Se calla de golpe, con la boca abierta como si las siguientes palabras se hubieran evaporado de sus labios.

—Tengo que irme —dice de repente, apretándome la mano—. Se me ha ocurrido algo muy extraño. Te veré en la cena, querido.

Sin pronunciar otra palabra, Millicent se vuelve por donde hemos venido y desaparece al doblar la esquina de la casa. Perplejo, vuelvo a mirar al salón de baile, intentando ver lo mismo que vio ella, pero todo el mundo se ha movido, exceptuando a la orquesta. Es entonces cuando veo la pieza de ajedrez en la repisa de la ventana. Si no me equivoco, es la misma pieza tallada a mano que encontré en el baúl de Bell, manchada de pintura blanca y mirándome a través de unos ojos torpemente blanqueados. En la suciedad del cristal que tiene detrás hay escrito un mensaje.

Detrás de ti.

Y, claro está, Anna me hace señas desde la linde del bosque, con el pequeño cuerpo amortajado en un abrigo gris. Me guardo la pieza de ajedrez y miro a izquierda y derecha para asegurarme de que estamos solos antes de seguirla entre los árboles, fuera de la vista de Blackheath. Parece llevar un rato esperándome y baila de un pie al otro para mantenerse en calor. A juzgar por las mejillas azuladas, no le está sirviendo de nada. No es de extrañar, dado su atuendo. Está envuelta en capas de gris, con un abrigo harapiento y un gorro de lana que parece de gasa. Es ropa heredada una y otra vez y tan remendada que ha desaparecido el material original.

—¿No tendrás una manzana o algo así? —dice sin más preámbulo—. Me muero de hambre.

—Tengo una petaca —digo y se la entrego.

—Supongo que tendré que conformarme —dice, la coge y la desenrosca.

—Creí que era demasiado peligroso vernos fuera de la casa del portero.

—¿Quién te ha dicho eso? —pregunta, haciendo una mueca al probar el contenido de la petaca.

—Tú.

—Te lo diré.

—¿Qué?

—Te diré que no es seguro que nos veamos, pero aún no te lo he dicho. No puedo habértelo dicho, ya que solo llevo despierta unas horas y he pasado la mayor parte de ese tiempo evitando que el lacayo os convierta en alfileteros a ti y a tus futuros anfitriones. Y, de paso, me he perdido el desayuno.

Pestañeo al mirarla, luchando por ordenar un día que me llega desordenado. No es la primera vez que echo de menos la agudeza mental de Ravencourt. Trabajar con las limitaciones del intelecto de Jonathan Derby es como revolver picatostes en una sopa espesa.

Anna frunce el ceño al ver mi confusión.

—¿Aún no sabes lo del lacayo? Nunca sé dónde estamos.

Le cuento rápidamente lo del conejo muerto de Bell y los pasos fantasmales que persiguieron a Ravencourt en el comedor, y el semblante se le oscurece con cada nuevo detalle.

—Ese cabrón —escupe cuando he acabado. Camina de un lado a otro, con las manos apretadas y los hombros echados hacia delante—. Verás como le ponga las manos encima —dice, dirigiendo una mirada asesina a la casa.

—No tendrás que esperar mucho. Daniel cree que se esconde en unos túneles secretos. Tienen varias entradas, pero nosotros vigilaremos la de la biblioteca. Quiere que estemos allí antes de la una.

—También podríamos rebanarnos el cuello y ahorrarle al lacayo la molestia de matarnos —dice, con un tono franco y nada impresionado. Me mira como si hubiera perdido la cabeza.

—¿Qué pasa?

—El lacayo no es idiota. Si sabemos dónde está es porque se supone que debemos saberlo. Ha ido un paso por delante de nosotros desde que empezó esto. No me sorprendería nada que estuviera al acecho, esperando a hacernos tropezar con nuestro propio ingenio.

—Tenemos que hacer algo —protesto.

—Lo haremos, pero ¿de qué sirve hacer una estupidez cuando podemos hacer algo inteligente? —dice con paciencia—. Escúchame, Aiden, sé que estás desesperado, pero tenemos un acuerdo. Yo te mantengo con vida para que puedas encontrar al asesino de Evelyn y luego podamos salir de aquí los dos. Y esta soy yo, haciendo mi parte. Ahora, prométeme que no irás a por el lacayo.

Su argumentación es lógica, pero no tiene peso contra mi miedo. Si hay alguna posibilidad de acabar con ese loco antes de que me encuentre, pienso aprovecharla, sea cual sea el riesgo. Prefiero morir de pie que acobardado en una esquina.

—Te lo prometo —digo, añadiendo otra mentira al montón.

Afortunadamente, Anna tiene demasiado frío para notar la falsedad en mi voz. Pese a haber bebido de mi petaca, tirita tanto que el color le ha abandonado el rostro. Se aprieta contra mí en un intento de protegerse del viento. Huelo el jabón en su piel, lo que me obliga a apartar la mirada. No quiero que note la lujuria de Derby retorciéndose en mi interior.

Al sentir mi incomodidad, inclina la cabeza buscando mi cara gacha.

—Tus otros anfitriones son mejores, te lo prometo —dice—. Tienes que dominarte. No cedas ante él.

—¿Cómo puedo hacer eso si no sé dónde empiezan ellos y dónde yo?

—Si tú no estuvieras aquí, Derby ya habría intentado aprovecharse de mí. Por eso sé quién eres. No te limitas a recordarlo, lo haces y sigues haciéndolo.

Aun así, ella retrocede un paso en el viento, liberándome de mi incomodidad.

—No deberías salir con este tiempo —digo. Me quito la bufanda y se la pongo alrededor del cuello—. Acabarás pillando un resfriado.

—Y si tú sigues así, la gente empezará a tomar a Jonathan Derby por un ser humano —dice ella, metiéndose los extremos de la bufanda dentro del abrigo.

—Eso díselo a Evelyn Hardcastle. Esta mañana casi me pega un tiro.

—Haberle devuelto el disparo —dice Anna, con toda normalidad—. Habríamos podido resolver su asesinato allí mismo.

—No sé si lo dices de broma o no.

—Pues claro —dice, echándose el aliento en las manos—. Si fuera tan simple, hace siglos que habríamos salido de aquí. La verdad es que no sé si intentar salvarle la vida es un plan mejor.

—¿Crees que debería dejarla morir?

—Creo que estamos dedicando mucho tiempo a no hacer lo que nos han pedido que hagamos.

—No podemos proteger a Evelyn sin saber quién la quiere muerta. Una cosa nos dará la otra.

—Espero que tengas razón —dice ella, dubitativa.

Busco alguna frase hecha que la anime, pero sus dudas se han abierto paso bajo mi piel y empiezan a escocerme. Le dije que salvarle la vida a Evelyn nos entregaría al asesino, pero era una evasiva. No tengo ningún plan. Ya ni siquiera sé si puedo salvar a Evelyn. Me muevo siguiendo el mandato de un sentimiento ciego y cediendo terreno al lacayo mientras lo hago. Anna se merece algo mejor, pero no tengo ni idea de cómo dárselo sin abandonar a Evelyn y, por algún motivo, la mera idea de abandonarla me resulta insoportable.

En el sendero sucede algo, nos llegan voces arrastradas por el viento entre los árboles. Anna me coge del brazo y me adentra aún más en el bosque.

—Por muy divertido que haya sido esto, vine a pedirte un favor.

—Cuando quieras. ¿Qué puedo hacer?

—¿Qué hora es? —dice y saca del bolsillo el cuaderno del pintor. Es el mismo que le vi en la casa del portero, de hojas arrugadas y tapas agujereadas. Lo sujeta de modo que no pueda ver su interior, pero, a juzgar por la forma en que pasa las páginas, debe decir algo importante.

Miro el reloj.

—Son las diez y ocho de la mañana —digo, picado por la curiosidad—. ¿Qué hay en ese cuaderno?

—Notas, información, todo lo que he conseguido averiguar sobre tus ocho anfitriones y lo que hacen —dice con aire ausente, pasando los dedos por las páginas—. Y no me pidas verlo porque no puedes. No podemos arriesgarnos a que le des la vuelta al día con lo que descubras.

—No iba a hacerlo —protesto, apartando deprisa la mirada.

—Bien, las diez y ocho. Perfecto. Dentro de un momento pondré una piedra en la hierba. Necesito que te quedes junto a ella cuando Evelyn se mate. No podrás apartarte de ella, Aiden, ni un centímetro, ¿entendido?

—¿Qué significa esto, Anna?

—Llámalo Plan B.

Me da un beso en la mejilla, labios fríos contra carne entumecida, mientras devuelve el cuaderno a su bolsillo.

Apenas da un paso cuando chasquea los dedos y se vuelve hacia mí, con dos tabletas blancas en la palma de la mano.

—Cógelas para luego. Las saqué del maletín del doctor Dickie cuando fue a ver al mayordomo.

—¿Qué son?

—Píldoras para el dolor de cabeza. Te las cambio por la pieza de ajedrez.

—¿Esta cosa tan fea? —digo y le entrego el alfil tallado a mano—. ¿Para qué la quieres?

Me sonríe mientras observa cómo envuelvo las pastillas en un pañuelo azul.

—Porque me la diste tú —dice, sujetándola protectora en la mano—. Fue la primera promesa que me hiciste. Esta cosa tan fea es el motivo por el que dejé de tener miedo a este lugar. Es el motivo por el que dejé de tenerte miedo.

—¿A mí? ¿Por qué ibas a tenerme miedo? —digo, sinceramente dolido por la idea de que algo pueda interponerse entre nosotros.

—Oh, Aiden —dice ella, negando con la cabeza—. Si hacemos esto bien, todo el mundo en esta casa te tendrá mucho miedo.

Se va con esas palabras, pasando por entre los árboles hasta la hierba que rodea el estanque. Quizá sea su juventud, o su personalidad, o alguna extraña mezcla de todos los ingredientes miserables que nos rodean, pero no veo en ella ni una onza de duda. Sea cual sea su plan, parece extraordinariamente confiada en él. Puede que incluso de manera peligrosa.

Desde mi posición entre los árboles, la veo coger una gran piedra blanca del macizo de flores y dar dos pasos antes de dejarla caer en la hierba. Pone el brazo en ángulo recto con relación a su cuerpo y calcula la distancia hasta las puertas francesas del salón de baile y entonces, aparentemente satisfecha de su trabajo, se sacude el barro de las manos, se las mete en los bolsillos y se aleja.

Por algún motivo, me incomoda ese pequeño despliegue. Yo vine aquí de forma voluntaria y Anna no. El médico de la peste la trajo a Blackheath por alguna razón y no tengo ni idea de cuál puede ser.

Sea quien sea Anna realmente, la seguiré a ciegas.

25

La puerta del dormitorio está cerrada, no se oye ruido dentro. Esperaba poder pillar a Helena Hardcastle antes de que empezara su día, pero parece que la señora de la casa no es de las ociosas. Vuelvo a mover la manija y pego el oído a la madera. Mis esfuerzos son en vano y solo consigo miradas curiosas de algunos invitados de paso. No está.

Me alejo cuando se me ocurre algo: aún no han forzado la habitación. Ravencourt encontrará la puerta rota a primera hora de la tarde, así que eso pasará pronto.

Siento curiosidad por saber quién será el responsable y por qué está tan desesperado por entrar. Al principio sospechaba de Evelyn porque tenía uno de los dos revólveres que robaron del escritorio de Helena, pero esta mañana en el bosque casi me mata con él. Ya está en su poder, no necesita entrar.

A no ser que quiera algo más.

La única otra cosa que faltaba era la página de la agenda de Helena. Millicent pensó que la había arrancado la propia Helena para ocultar algo sospechoso, pero en las demás páginas había huellas de Cunningham. Este se negó a explicarse y negó ser el responsable del robo, pero si pudiera sorprenderlo embistiendo la puerta, no tendría más remedio que descubrirse.

Una vez decidido, me dirijo hacia las sombras al final del pasillo y empiezo la vigilancia.

Cinco minutos después, Derby está imposiblemente aburrido. No puedo estarme quieto y camino de un lado a otro. No puedo calmarlo.

Sin saber qué hacer, sigo el olor del desayuno hasta la sala de estar, pensando en llevarme de vuelta al pasillo una bandeja de comida y una silla. Con suerte, eso aplacará a mi anfitrión durante media hora, tras lo cual tendré que buscarme algún otro entretenimiento.

Encuentro la sala amortajada en adormilada conversación. La mayoría de los invitados apenas han salido de la cama y apestan a la noche anterior, a sudor y humo de cigarro cuajados en su piel, con el alcohol envolviendo cada aliento. Hablan en voz baja y se mueven despacio, seres de porcelana llenos de grietas.

Cojo un plato del aparador y apilo en él huevos y riñones, hago una pausa para comer una salchicha y limpiarme con la manga la grasa de los labios. Estoy tan absorto que tardo un poco en darme cuenta de que todo el mundo se ha callado.

En la puerta hay un hombre corpulento, su mirada salta de una cara a la otra y el alivio asoma en aquellos a los que pasa de largo. Ese nerviosismo no está injustificado. Es un hombre de aspecto brutal con barba pelirroja y mejillas hundidas, una nariz tan destrozada que parece un huevo frito. Un traje viejo y ajado se esfuerza por contener su anchura y gotas de lluvia brillan en sus hombros, sobre los que podrías servir un bufet.

Su mirada aterriza en mí como un peñasco en el regazo.

—El señor Stanwin desea verlo —dice con voz ronca, llena de consonantes melladas.

—¿Para qué? —pregunto.

—Supongo que se lo dirá él.

—Bien, dígale al señor Stanwin que lo lamento, pero me temo que ahora mismo estoy muy ocupado.

—O va andando o lo llevo a cuestas —dice con un retumbar grave.

El mal genio de Derby burbujea con ganas, pero sería inútil montar una escena. No puedo vencer a este hombre; a lo máximo que puedo aspirar ahora es a tener una reunión rápida con Stanwin para luego volver a mi tarea. Además, siento curiosidad por saber para qué quiere verme.

Deposito el plato de comida en el aparador y me dispongo a seguir al matón de Stanwin fuera de la sala. El corpulento individuo me invita a caminar delante de él y me guía escalera arriba, diciéndome que tuerza a la derecha una vez arriba, hacia el ala este cerrada. Aparto la cortina y una brisa húmeda me toca el rostro mientras entro en el largo pasillo que se extiende ante mí. Las puertas cuelgan de las bisagras y muestran habitaciones señoriales cubiertas de polvo y camas con dosel desplomadas sobre sí mismas. El aire me araña la garganta cuando lo respiro.

—¿Por qué no espera en esa habitación de ahí como un buen caballero mientras le digo al señor Stanwin que ha llegado? —sugiere mi escolta, que señala con la barbilla una habitación de mi izquierda.

Hago lo que dice y entro en un cuarto de niños cuyo alegre papel pintado amarillo cuelga flácido de las paredes. Juegos y juguetes de madera cubren el suelo, un destartalado caballito de balancín yace junto a la puerta. En un juego de ajedrez infantil hay una partida empezada, las blancas diezmadas por las negras.

En cuanto pongo el pie dentro oigo a Evelyn chillar en la habitación contigua. Por primera vez, Derby y yo nos movemos a la vez y doblamos la esquina a toda velocidad para encontrar la puerta bloqueada por el matón pelirrojo.

—El señor Stanwin sigue ocupado, colega —dice, balanceándose adelante y atrás para mantenerse en calor.

—Busco a Evelyn Hardcastle. La he oído gritar —digo sin aliento.

—Puede que sea así, pero no me parece que pueda hacer mucho al respecto, ¿verdad?

Miro por encima de su hombro a la habitación que tiene detrás, esperando ver a Evelyn. Parece una especie de sala de recepción, pero está vacía. Los muebles están cubiertos por sábanas amarillentas, moho negro crece en las costuras. Las ventanas están tapadas con periódicos viejos, las paredes son poco más que tablas podridas. En la pared del fondo hay otra puerta, pero está cerrada. Deben de estar allí.

Devuelvo la mirada al hombre, que me sonríe y deja a la vista una hilera de dientes mellados y amarillos.

—¿Algo más? —dice.

—Necesito asegurarme de que está bien.

Intento pasar por su lado, pero es un intento estúpido. Tiene tres veces mi peso y es la mitad más alto. Y, lo que es más, sabe usar su fuerza. Planta una mano plana en mi estómago y me empuja hacia atrás, apenas muestra un pestañeo de emoción en el rostro.

—No se moleste —dice—. Me pagan para estar aquí y asegurarme de que los buenos caballeros como usted no se causan una desgracia vagando por lugares por donde se supone que no deben estar.

Solo son palabras, carbón en la estufa. Me hierve la sangre. Intento rodearlo y creo estúpidamente haberlo conseguido cuando tiran de mí hacia atrás y me arroja de vuelta al pasillo.

Me pongo en pie con un rugido.

Él no se ha movido. No se ha quedado sin aliento. No le importa.

—Sus padres le dieron de todo menos sentido común, ¿verdad? —dice. Lo insulso de su comentario me golpea como un cubo de agua fría—. El señor Stanwin no le está haciendo daño, si eso es lo que lo preocupa. Espere unos minutos y podrá preguntárselo usted mismo cuando salga.

Nos miramos a los ojos por un momento, antes de rehacer el camino hasta el cuarto de los niños. Tiene razón, no voy a pasar por encima de él, pero no puedo esperar a que Evelyn salga. No le dirá nada a Jonathan Derby después de lo de esta mañana, y lo que esté pasando tras esa puerta puede ser el motivo por el que esta noche se quitará la vida.

Corro a la pared y pego el oído a los tablones. Si no me equivoco, Evelyn está hablando con Stanwin en la habitación contigua y solo unos pocos maderos podridos nos separan. No tardo en captar el rumor de sus voces, demasiado débil para distinguir algo. Uso mi navaja para arrancar el papel pintado de la pared y hundo la hoja entre los maderos sueltos para arrancarlos. Están tan húmedos que se sueltan sin ofrecer resistencia y la madera se desintegra en mis manos.

—… dígale a esa que será mejor que no juegue conmigo, o acabaré con las dos —dice Stanwin. Su voz traspasa el aislamiento de la pared.

—Dígaselo usted mismo, yo no soy su chica de los recados —dice Evelyn con frialdad.

—Hará lo que a mí me dé la gana mientras yo pague las facturas.

—No me gusta su tono, señor Stanwin —dice Evelyn.

—Y a mí no me gusta que me tomen por tonto, señorita Hardcastle —dice, casi escupiendo su nombre—. Olvida que trabajé aquí durante casi quince años. Conozco todos los rincones de este lugar y a todos los que están en él. No me confunda con uno de esos cabrones estrechos de miras de los que suele rodearse.

Su odio es viscoso, tiene textura. Podría arrancarlo del aire y embotellarlo.

—¿Y qué pasa con la carta? —dice Evelyn bajando la voz, abrumada por el ultraje.

—La conservaré, para que no olvide nuestro acuerdo.

—¿Es consciente de que es usted un ser vil?

Stanwin despeja el insulto del aire con una carcajada.

—Al menos soy sincero —dice—. ¿Cuántas personas en esta casa pueden afirmar eso mismo? Ya puede irse. No olvide transmitir mi mensaje.

Oigo cómo se abre la puerta de la habitación de Stanwin e instantes después Evelyn pasa furiosa ante la puerta del cuarto de los niños. Estoy tentado a seguirla, pero no sacaría mucho en claro de otro enfrentamiento. Además, Evelyn mencionó algo de una carta en poder de Stanwin. Parece querer recuperarla, lo que significa que necesito verla. ¿Quién sabe? Puede que Stanwin y Derby sean amigos.

—Jonathan Derby lo espera en el cuarto de los niños —le dice el individuo corpulento a Stanwin.

—Bien —dice Stanwin y abre unos cajones—. Deje que me cambie para la cacería y vayamos a tener unas palabras con ese repugnante mariquita.

O puede que no.

26

Estoy sentado con los pies apoyados en la mesa, junto al tablero de ajedrez. Descanso la barbilla en la palma de la mano mientras miro la partida e intento descifrar alguna estrategia de la distribución de las piezas. Resulta ser una tarea imposible. Derby es demasiado inconstante para el estudio. Su atención siempre se dispersa hacia la ventana, el polvo suspendido en el aire o los ruidos del pasillo. Nunca está tranquilo.

Daniel me previno de que cada anfitrión piensa de manera diferente, pero solo ahora comprendo todas las implicaciones de lo que quería decir. Bell era un cobarde y Ravencourt implacable, pero los dos tenían la mente centrada. Eso no sucede con Derby. Los pensamientos acuden a su mente zumbando como moscardas, y se quedan solo el tiempo suficiente para distraerlo pero no para asentarse.

Un sonido atrae mi atención hacia la puerta. Ted Stanwin sacude una cerilla mientras me observa por encima de la pipa. Es más grande de lo que recordaba, un hombre que se desperdiga a los lados como una cuña de mantequilla derretida.

—Nunca lo consideré aficionado al ajedrez, Jonathan — dice, y empujo al viejo caballo de balancín hacia adelante y hacia atrás para que golpee el suelo.

—Estoy aprendiendo —digo.

—Bien por usted, los hombres deben intentar mejorarse.

Su mirada se demora en mí antes de moverse hasta la ventana. Aunque Stanwin no ha hecho o dicho nada amenazador, Derby le tiene miedo. Mi pulso lo manifiesta en código morse.

Miro hacia la puerta, dispuesto a huir corriendo, pero el individuo corpulento está recostado en la pared del pasillo con los brazos cruzados. Me saluda inclinando la cabeza, un gesto amistoso como el de dos hombres que comparten una celda.

—Su madre anda un poco retrasada en los pagos —dice Stanwin, presionando la frente contra la ventana—. Espero que todo vaya bien.

—Muy bien —digo.

—No me gustaría que eso cambiara.

Me remuevo en el asiento para atraer su atención.

—¿Me está amenazando, señor Stanwin?

Se aparta de la ventana y sonríe al hombre del pasillo y luego a mí.

—Por supuesto que no, Jonathan, estoy amenazando a su madre. No se pensará que he venido hasta aquí por un cabrito de mierda como usted, ¿eh?

Da una bocanada a la pipa y coge una muñeca que arroja con gesto casual hacia el tablero de ajedrez, dispersando las piezas por toda la habitación. La rabia se apodera de mí y me arroja contra él, pero él detiene mi puño en el aire y me hace dar la vuelta mientras uno de sus enormes brazos me aplasta la garganta.

Noto su aliento en el cuello, huele a podrido, como la carne pasada.

—Hable con su madre, Jonathan —dice con desdén, apretándome la tráquea con fuerza suficiente para que manchas negras naden en los bordes de mi visión—. O tendré que hacerle una visita.

Deja que asimile sus palabras y entonces me suelta.

Caigo de rodillas, me agarro el cuello y boqueo en busca de aire.

—Con ese genio acabará sufriendo una desgracia —dice, moviendo la pipa hacia mí—. Yo en su lugar lo tendría más controlado. Pero no se preocupe, aquí mi amigo es muy bueno ayudando a la gente a aprender cosas nuevas.

Lo miro fijamente desde el suelo, pero ya se marcha. Una vez en el pasillo, le hace un gesto a su compañero, que entra en la habitación. Este me mira sin emoción mientras se quita la chaqueta.

—En pie, chaval —dice—. Cuanto antes empecemos, antes se acabará.

De algún modo, parece más grande que cuando estaba ante la puerta. Su pecho es un escudo, sus brazos tensan las costuras de su camisa blanca. El terror se apodera de mí cuando se me acerca, mis dedos buscan a ciegas algún arma y encuentran el pesado tablero de ajedrez de la mesa.

Se lo arrojo sin pensar.

El tiempo parece detenerse mientras el tablero gira en el aire, el vuelo de un objeto imposible, a cuya superficie se aferra mi futuro como si fuera a perder la vida. Resulta evidente que el destino me tiene cariño, porque le golpea la cara con un nauseabundo crujido, lo que hace que se tambalee hacia atrás y choque contra la pared emitiendo un grito ahogado.

Me pongo en pie mientras la sangre brota entre sus dedos y corro por el pasillo perseguido por la furiosa voz de Stanwin. Un vistazo hacia atrás me revela a Stanwin asomando por la sala de recepción, con el semblante rojo por la rabia. Bajo corriendo las escaleras y sigo el borboteo de voces hasta la sala de estar, que ahora está llena de invitados de ojos rojos escudriñando sus desayunos. El doctor Dickie se ríe con Michael Hardcastle y Clifford Herrington, el oficial naval que conocí en la cena, mientras Cunningham amontona comida en la bandeja de plata que le dará la bienvenida a Ravencourt cuando despierte.

La interrupción repentina de las conversaciones me dice que Stanwin se acerca, así que me cuelo en el estudio y me escondo detrás de la puerta. Estoy medio histérico, el corazón me late lo bastante fuerte como para romperme las costillas. Quiero reír y llorar a la vez, coger un arma y lanzarme gritando contra Stanwin. Necesito toda mi concentración para seguir en pie, pero si no lo hago perderé a este anfitrión y otro día precioso.

Por la rendija entre la puerta y el marco observo cómo Stanwin coge a la gente por el hombro para darles la vuelta en busca de mi rostro. Los hombres se apartan a su paso, los poderosos murmuran vagas disculpas cuando se les acerca. Sea cual sea su poder sobre esta gente, es lo bastante completo como para que nadie se moleste con la forma en que los maltrata. Podría matarme a golpes en medio de la alfombra y no dirían ni una sola palabra. No encontraré ayuda entre ellos.

Algo frío me toca los dedos y, al bajar la vista, descubro que mi mano se ha cerrado alrededor de una pesada caja de cigarros que hay en una repisa.

Derby se está armando.

Le dedico un siseo y la dejo para concentrarme en la sala de estar, gritando casi por la sorpresa.

Stanwin está a pocos pasos de distancia y viene hacia el estudio.

Busco lugares donde esconderme, pero no hay ninguno y no puedo refugiarme en la biblioteca sin pasar ante la puerta que está a punto de cruzar. Estoy atrapado.

Cojo la caja de cigarros, respiro hondo y me preparo para golpearlo en cuanto entre.

No aparece nadie.

Vuelvo a la rendija y miro a la sala de estar.

No lo veo por ninguna parte.

Estoy temblando, inseguro. Derby no está hecho para la indecisión, carece de paciencia, y, antes de darme cuenta, estoy asomándome por la puerta para ver mejor.

Veo a Stanwin de inmediato.

Me da la espalda mientras habla con el doctor Dickie. Estoy demasiado lejos para oír su conversación, pero basta para hacer que el buen doctor salga de la sala, presuntamente para atender al herido guardaespaldas de Stanwin.

Tiene sedantes.

La idea se manifiesta completamente formada.

Una voz llama a Stanwin desde una mesa cercana y desaparece de mi vista por un momento. Dejo la caja de cigarros y salgo al pasillo, dando un rodeo para llegar al vestíbulo sin ser visto.

Alcanzo al doctor Dickie cuando sale de su habitación, maletín médico en mano. Sonríe al verme y su ridículo bigote salta en su cara unos cinco centímetros.

—Ah, joven señor Jonathan —dice alegre cuando lo alcanzo—. ¿Va todo bien? Parece algo hinchado.

—Estoy bien —digo, apresurándome para mantener su paso—. Bueno, no mucho. Necesito un favor.

Sus ojos se estrechan y de su voz desaparece el tono alegre.

—¿Qué ha hecho esta vez?

—El hombre que va a ver…, necesito que lo sede.

—¿Sedarlo? ¿Por qué diablos voy a sedarlo?

—Porque le va a hacer daño a mi madre.

—¿A Millicent? —Se para en seco y me coge por el brazo con una fuerza sorprendente—. ¿A qué viene esto, Jonathan?

—Le debe dinero a Stanwin.

Su expresión se desmorona, su mano en mi brazo se afloja. Sin su jovialidad, parece un viejo cansado, con las arrugas más marcadas, la melancolía menos oscura. Por un momento me siento un poco culpable por lo que le hago, pero luego recuerdo su mirada mientras sedaba al mayordomo y dejo de tener dudas.

—Así que tiene a la querida Millicent en su poder, ¿eh? —dice con un suspiro—. Supongo que no debería sorprenderme, ese villano tiene algo sobre todos nosotros. Aun así, creí…

Continúa andando, pero más despacio que antes. Estamos en lo alto de la escalera que desciende hacia el vestíbulo, ahora inundado de frío. La puerta principal está abierta y un grupo de ancianos sale a dar un paseo, llevándose sus risas.

No veo a Stanwin por ninguna parte.

—Así que ese hombre amenazó a su madre y usted lo atacó, ¿eh? —dice Dickie, que evidentemente ha tomado una decisión. Me mira fijamente y me da una palmada en la espalda—. Parece que al final sí que ha heredado algo de su padre. Pero ¿en qué ayudará sedar a ese rufián?

—Necesito una oportunidad para hablar con madre antes de que él llegue hasta ella.

A todos los defectos de Derby hay que añadir que es un mentiroso consumado; los engaños hacen cola en su lengua de forma ordenada. El doctor Dickie guarda silencio mientras da vueltas a la historia y termina de darle forma cuando entramos en la abandonada ala este.

—Tengo lo que hace falta, debería dejar a ese fulano fuera de combate lo que queda de tarde —dice, chasqueando los dedos—. Usted espere aquí, le haré una señal cuando esté listo.

Echa atrás los hombros, hincha el pecho y entra a zancadas en la habitación de Stanwin; el viejo soldado ha recibido una última misión.

El pasillo está demasiado expuesto y, una vez que Dickie desaparece de la vista, cruzo la puerta más cercana. Mi reflejo en un espejo roto me devuelve la mirada. Ayer no podía imaginar algo peor que estar atrapado dentro de Ravencourt, pero Derby es un tormento muy diferente: un granuja inquieto y malévolo escurriéndose entre tragedias provocadas por él mismo. No puedo esperar a liberarme de él.

Diez minutos después, la tarima cruje fuera.

—Jonathan —susurra el doctor Dickie—. Jonathan, ¿dónde está?

—Aquí —digo y asomo la cabeza.

Había pasado de largo y se sobresalta al oír mi voz.

—Cuidado, joven, el corazón —dice, llevándose una mano al pecho—. Cerbero está dormido y lo estará la mayor parte del día. Voy a comunicarle mi diagnóstico al señor Stanwin. Le sugiero que use su tiempo para esconderse donde no pueda encontrarlo. Quizá Argentina. Le deseo buena suerte.

Se pone firme y me saluda de forma marcial. Se lo devuelvo, con lo que me gano una palmada en el hombro antes de que se aleje por el pasillo, silbando fuera de tono.

Sospecho que le he alegrado el día, pero no pienso esconderme. Stanwin estará distraído con Dickie al menos durante unos minutos, lo que me da una oportunidad de registrar sus pertenencias en busca de la carta de Evelyn.

Atravieso la recepción previamente vigilada por el guardaespaldas de Stanwin y abro la puerta de la habitación del chantajista. Es un lugar desolado: una alfombra que apenas cubre la tarima, una cama de hierro pegada a la pared, copos de pintura blanca descascarillada que se aferran testarudamente al óxido. Las únicas comodidades son un fuego hambriento que escupe ceniza y una pequeña mesita de noche con dos libros de hojas dobladas. Como prometió, el hombre de Stanwin duerme en la cama, ofreciendo al mundo un aspecto de monstruosa marioneta con los hilos cortados. Tiene la cara vendada, ronca sonoramente y se le crispan los dedos. Supongo que soñará con mi cuello.

Mantengo un oído alerta por si Stanwin regresa mientras abro el aparador y busco en los bolsillos de sus chaquetas y pantalones, pero solo encuentro pelusas y bolas de naftalina. El baúl está igualmente desprovisto de objetos personales, como si el hombre fuera inmune a sentimientos de todo tipo.

Miro el reloj, frustrado.

Ya he estado aquí más tiempo de lo seguro, pero Derby no se rinde fácilmente. Mi anfitrión conoce el engaño. Conoce a los hombres como Stanwin y los secretos que guardan. De haber querido, el chantajista podría haber tenido la habitación más lujosa de la casa, pero prefirió aislarse en una ruina. Es paranoico y listo. Sean cuales sean sus secretos, no los llevará encima, no mientras esté rodeado por enemigos. Están aquí. Escondidos y vigilados.

Me fijo en la chimenea y su anémico fuego. Resulta raro, dado lo fría que es la habitación. Me arrodillo y meto la mano en el tiro, palpando hasta encontrar un pequeño saliente. Mis dedos se cierran en un libro. Lo retiro y veo que es un pequeño diario negro, cuya cubierta evidencia las marcas de toda una vida de abusos. Stanwin mantenía el fuego flojo para no quemar su trofeo.

Hojeo las castigadas páginas y descubro que es una especie de contabilidad con una lista de fechas que se remontan hasta diecinueve años atrás junto con entradas escritas en símbolos extraños.

Debe de ser algún código.

La carta de Evelyn está guardada entre las dos últimas páginas.

Querida Evelyn:
El señor Stanwin me ha informado de tu situación y comprendo tu preocupación. Desde luego, la conducta de tu madre es preocupante y haces bien en mantenerte alerta contra cualquier plan que pueda estar maquinando. Estoy dispuesta a ayudarte, pero temo que no baste con la intervención del señor Stanwin. Necesito alguna prueba de tus intenciones en este asunto. En los ecos de sociedad se te suele ver llevando un anillo con un pequeño castillo grabado. Envíamelo y sabré que tus intenciones son serias.
Un saludo cariñoso,

Felicity Maddox

Parece que la inteligente Evelyn no aceptó su destino tan fácilmente como creí. Trajo a alguien llamado Felicity Maddox para que la ayudara, y lo del pequeño castillo coincide con el que también está dibujado en la nota. Puede que sea una firma, lo que sugiere que el mensaje de «Aléjate de Millicent Derby» también era de Felicity.

El guardaespaldas ronca.

Al no poder sacar más información de la carta, la devuelvo al cuaderno y me guardo ambos en un bolsillo.

—Gracias al cielo por las mentes retorcidas —musito mientras salgo por la puerta.

—Tú lo has dicho —dice alguien detrás de mí.

El dolor estalla en mi cabeza cuando golpeo el suelo.

27

Segundo día (continuación)

Toso sangre, gotas rojas salpican la almohada. Vuelvo a estar en el mayordomo. Mi cuerpo dolorido grita cuando alzo la cabeza de golpe. El médico de la peste se sienta en la silla de Anna con una pierna cabalgando la otra y el sombrero de copa en el regazo. Lo tamborilea con los dedos y se detiene cuando nota que me agito.

—Bienvenido otra vez, señor Bishop —dice, con la voz amortiguada por la máscara.

Lo miro distraído. La tos remite mientras ordeno la pauta del día. La primera vez que me encontré en este cuerpo era por la mañana. Le abrí la puerta a Bell y fui atacado por Gold tras subir las escaleras en busca de respuestas. La segunda vez no pasaría más de quince minutos después. Estaba siendo transportado a la casa del portero en el carruaje con Anna. Debía de ser mediodía cuando desperté y nos presentamos como es debido, pero, a juzgar por la luz que se ve por la ventana, ahora debe de ser primera hora de la tarde. Tiene sentido. Anna me dijo que pasábamos un día entero en cada uno de los anfitriones, pero nunca pensé que pudiera vivir uno tan fragmentado.

Parece una broma cruel.

Me prometieron ocho anfitriones para resolver este misterio, y me los han dado, solo que Bell era un cobarde, al mayordomo le dieron un paliza que lo dejó medio muerto, Donald Davies huyó, Ravencourt apenas podía moverse y Derby no puede retener una sola idea.

Es como si me hubieran pedido cavar un agujero con una pala hecha de gorriones.

El médico de la peste se mueve en su asiento y se inclina hacia mí. La ropa le huele a humedad, a ese olor de ático viejo, de algo mal ventilado y olvidado hace mucho tiempo.

—Nuestra última conversación tuvo un final abrupto —dice—. Así que he pensado que podría informarme sobre sus progresos. ¿Ha descubierto…?

—¿Por qué tenía que ser este cuerpo? —lo interrumpo, haciendo una mueca cuando un latigazo de dolor me recorre el costado—. ¿Por qué me atrapa en estos cuerpos? Ravencourt no podía caminar dos pasos sin cansarse, el mayordomo está incapacitado y Derby es un monstruo. Si de verdad quiere que escape de Blackheath, ¿por qué me da tan malas cartas? Debe de haber alternativas mejores.

—Quizá más capaces, pero todos estos hombres tienen alguna conexión con el asesinato de Evelyn —dice—. Y eso los hacer ser los mejor situados para ayudarlo a resolverlo.

—¿Son sospechosos?

—Testigos sería una descripción más apropiada.

Un bostezo hace que me estremezca; empiezo a perder energía. El doctor debe de haberme administrado otro sedante. Me siento como si me estrujaran fuera de este cuerpo por los pies.

—¿Y quién decide el orden? —digo—. ¿Por qué desperté primero como Bell y hoy como Derby? ¿Hay algún modo de que pueda predecir quién seré luego?

Él se recuesta, junta los dedos e inclina la cabeza. Es un silencio prolongado, en el que revalúa y reajusta lo que pregunto. No sé si está complacido o molesto por lo que descubre.

—¿Por qué me hace estas preguntas? —dice por fin.

—Por curiosidad —digo, y cuando no responde, añado—: Y espero poder sacar alguna ventaja en las respuestas.

Él profiere un gruñido de aprobación.

—Me alegra ver que por fin se toma esto en serio —dice—. Muy bien. En circunstancias normales, llegaría a sus anfitriones en el orden en que fueran despertándose a lo largo del día. Por suerte para usted, he estado alterando eso.

—¿Alterando?

—Usted y yo hemos pasado muchas veces por este mismo baile, más de las que puedo recordar. Le he impuesto en un bucle tras otro la tarea de resolver el asesinato de Evelyn Hardcastle, y siempre ha acabado en fracaso. Al principio pensé que la culpa era exclusivamente suya, pero he acabado dándome cuenta de que el orden de los anfitriones tiene un papel en eso. Por ejemplo, Donald Davies se despierta a las tres y diecinueve, por lo que debería ser el primer anfitrión. No funciona porque su vida es muy agradable. Tiene buenos amigos en la casa, familia. Se pasa el bucle intentando volver a esas cosas en vez de escapar de ellas. Por ese motivo cambié el primer anfitrión para que fuera Sebastian Bell, que tiene menos raíces —dice, alzando la pernera del pantalón para rascarse el tobillo—. En cambio, lord Ravencourt no se mueve hasta las diez y media, lo que significa que no debería visitarlo hasta que el bucle estuviera muy avanzado, un período donde lo esencial es la prisa, no el intelecto. —Noto el orgullo en su voz, lo que siente un relojero cuando da un paso atrás para admirar el mecanismo que ha construido—. He ido experimentando en cada bucle, tomando nuevas decisiones para cada anfitrión, hasta llegar al orden que está viviendo ahora —dice, abriendo las manos de forma magnánima—. En mi opinión, esta es la secuencia que le proporciona la mejor oportunidad de resolver el misterio.

—¿Y por qué no he vuelto a Donald Davies mientras que no paro de regresar al mayordomo?

—Porque lo hizo andar por esa carretera interminable al pueblo durante casi ocho horas y está agotado —replica, con cierto toque de reproche en el tono—. En este momento está durmiendo profundamente y seguirá así hasta… —Se mira el reloj— las nueve y treinta y ocho. Hasta entonces, seguirá saltando entre el mayordomo y los demás anfitriones.

Una madera cruje en el pasillo. Me planteo llamar a Anna, una idea que debe de ser evidente en mi rostro, porque el médico de la peste hace un chasquido con la lengua.

—Vamos, ¿tan torpe me considera? —dice—. Anna se fue hace poco para ver a lord Ravencourt. Créame, conozco las rutinas de esta casa como un director conoce las de los actores de su obra. De haber alguna posibilidad de que nos interrumpieran, no estaría aquí.

Tengo la sensación de ser una molestia para él, un niño descarriado que vuelve a estar en el despacho del director. Apenas digno de una regañina. Un bostezo me estremece de forma prolongada y potente. Se me nubla el cerebro.

—Aún nos quedan algunos minutos para hablar antes de que vuelva a dormirse —dice el médico de la peste, cogiéndose las manos enguantadas. El cuero rechina—. Si tiene más preguntas que hacerme, este es el momento.

—¿Por qué está Anna en Blackheath? —digo rápidamente—. Mencionó que yo elegí venir, pero que mis rivales no. Eso significa que la trajo contra su voluntad. ¿Por qué?

—Cualquier pregunta aparte de esa. Entrar voluntariamente en Blackheath ofrece ciertas ventajas. Pero también tiene desventajas, cosas que sus rivales comprenden de forma instintiva pero que usted no. Yo estoy aquí para rellenar esos huecos, ni más ni menos. Bueno, ¿cómo va la investigación sobre el asesinato de Evelyn Hardcastle?

—Solo es una chica —digo cansinamente, forcejeando por mantener los ojos abiertos. Las drogas tiran de mí con cálidas manos—. ¿Por qué su muerte vale todo esto?

—Yo podría hacerle la misma pregunta. Se está esforzando al máximo para salvar a la señorita Hardcastle, aunque todo indica que es imposible. ¿Por qué?

—No puedo verla morir sin hacer nada por impedirlo.

—Eso es muy noble por su parte —dice e inclina la cabeza a un lado—. Entonces, deje que le conteste del mismo modo. El asesinato de la señorita Hardcastle nunca llegó a resolverse, y no creo que algo semejante deba seguir siendo así. ¿Le satisface eso?

—Todos los días asesinan a gente. Arreglar ese error no puede ser el único motivo de todo esto.

—Un argumento excelente —dice y da una palmada de apreciación—. Pero ¿quién dice que no hay centenares de personas como usted buscando justicia para esas almas?

—¿Las hay?

—Lo dudo, pero es una idea bonita, ¿no cree?

Soy consciente de lo que me cuesta escuchar, del peso de mis párpados, de la forma en que la habitación se desintegra a mi alrededor.

—Me temo que no nos queda mucho tiempo —dice el médico de la peste—. Debo…

—Espere… Necesito… ¿Por qué…? —Mis palabras son de fango, espesas en mi boca—. Me preguntó… Preguntó… qué recordaba…

Se oye un gran rumor de telas cuando el médico de la peste se pone en pie. Coge un vaso del aparador y me arroja el contenido a la cara. El agua está helada, mi cuerpo se convulsiona como un látigo, lo que me devuelve la conciencia.

—Mis disculpas, esto ha sido muy irregular —dice, mirando el caso vacío, claramente sorprendido por sus actos—. Normalmente, en este momento lo dejo dormir, pero… Bueno, estoy intrigado. —Deja el vaso despacio—. ¿Qué quería preguntarme? Por favor, elija con cuidado sus palabras, son importantes.

El agua me escuece en los ojos y gotea de mis labios, la humedad se propaga a través de mi camisón de algodón.

—La primera vez que nos vimos me preguntó lo que recordaba cuando desperté como Bell. ¿Por qué importa eso?

—Cada vez que fracasa, le quitamos los recuerdos y volvemos a empezar el bucle, pero siempre encuentra el modo de aferrarse a algo importante, a una pista, si lo prefiere —dice, secándome con un pañuelo el agua de la frente—. Esta vez fue el nombre de Anna.

—Me dijo que era una lástima.

—Lo es.

—¿Por qué?

—Al igual que el orden de los anfitriones, lo que elige recordar suele tener un impacto significativo en la forma en que se desarrolla el bucle. Si hubiera recordado al lacayo, se habría planteado darle caza. Al menos eso habría sido útil. En su lugar, se ha atado a Anna, uno de sus rivales.

—Es mi amiga.

—Nadie tiene amigos en Blackheath, señor Bishop, y si aún no ha aprendido eso, me temo que no hay esperanza para usted.

—¿Podemos… —El sedante vuelve a tirar de mí— … podemos escapar los dos?

—No —dice. Dobla el pañuelo húmedo y lo devuelve a su bolsillo—. Una respuesta a cambio de una salida, así es como funciona. A las once de la noche, uno de ustedes irá al lago y me dará el nombre del asesino, y a esa persona se le permitirá marchar. Tendrá que elegir quién será.

Se saca el reloj de oro del bolsillo del pecho para ver la hora.

—El tiempo vuela y tengo que cumplir con el horario —dice. Coge el bastón de donde lo había dejado, junto a la puerta—. Normalmente procuro mantenerme imparcial en estos asuntos, pero hay algo que debe saber antes de que tropiece con su propia nobleza: del último bucle, Anna recuerda más de lo que le dice.

Su mano enguantada me alza la barbilla, su rostro está tan cerca del mío que oigo su respiración a través de la máscara. Tiene los ojos azules. Ojos azules viejos y tristes.

—Lo traicionará.

Abro la boca para protestar, pero la lengua me pesa demasiado para poder moverla y lo último que veo es al médico de la peste desaparecer tras la puerta, como una gran sombra que arrastra al mundo tras él.

28

Quinto día (continuación)

La vida me late en los párpados.

Parpadeo una, dos veces, pero me duele mantener los ojos abiertos. Mi cabeza es un huevo cascado. De mi garganta se escapa un ruido. Está entre el quejido y el gimoteo, como el gorgoteo grave de una criatura cogida en una trampa. Intento incorporarme, pero el dolor es como un océano cuyas olas rompen contra mi cráneo. No tengo fuerzas para levantarlo.

El tiempo pasa, no sé cuánto. No es ese tipo de tiempo. Contemplo cómo mi estómago se eleva y desciende y, cuando estoy seguro de que podrá hacerlo sin mi ayuda, me arrastro hasta ponerme en una posición sentada, apoyado contra la pared derruida. Para mi consternación, vuelvo a estar en Jonathan Derby, tirado en el suelo del cuarto de los niños. Por todas partes hay pedazos de un jarrón roto, incluso en mi cabeza. Alguien debió de golpearme por detrás cuando salí de la habitación de Stanwin y me arrastró hasta aquí para que no me viera nadie.

La carta, idiota.

Mi mano acude al bolsillo en busca de la carta de Felicity y del libro de cuentas que le robé a Stanwin, pero no los tengo, ni tampoco la llave del baúl de Bell. Solo me quedan las dos pastillas para la jaqueca que me dio Anna, todavía envueltas en el pañuelo azul.

Te traicionará.

¿Será esto obra suya? La advertencia del médico de la peste no pudo ser más clara, pero ¿podría un enemigo despertar semejante sentimiento de calidez, de amistad? Puede que Anna recuerde nuestro último bucle más de lo que admite, pero si esa información estaba destinada a convertirnos en enemigos, ¿por qué iba a cargar con su nombre de una vida a otra, sabiendo que le daría caza como un perro a un palo en llamas? No, si hay traición en el aire, se deberá a las promesas huecas que he hecho, y eso puede corregirse. Necesito encontrar la forma correcta de decirle la verdad a Anna.

Me trago las pastillas en seco, me agarro a la pared para levantarme y me tambaleo mientras vuelvo a la habitación de Stanwin.

El guardaespaldas sigue inconsciente en la cama y la luz se apaga al otro lado de la ventana. Consulto mi reloj para descubrir que son las seis de la tarde, lo que significa que los cazadores, Stanwin incluido, estarán volviendo a casa. Por lo que sé, bien podrían estar cruzando ahora mismo el césped.

Tengo que irme antes de que vuelva el chantajista.

Sigo atontado pese a las pastillas y el mundo se escurre detrás de mí mientras voy chocando con todo por el ala este, hasta que aparto la cortina para llegar al rellano que hay sobre el vestíbulo. Cada paso es una batalla para llegar hasta la puerta del doctor Dickie, donde casi vomito en el suelo. La habitación es idéntica a todas las de este pasillo, con una cama con dosel pegada a la pared y una bañera y un lavabo tras un biombo frente a ella. A diferencia de Bell, Dickie se ha puesto cómodo. Por todo el lugar se ven fotos de sus nietos y hay un crucifijo colgado de una pared. Incluso ha puesto una pequeña alfombra, supongo que para mantener los pies lejos de la fría madera por la mañana.

Esta familiaridad consigo mismo me resulta milagrosa, y me sorprendo mirando las posesiones de Dickie, olvidando momentáneamente mis heridas. Cojo la foto de sus nietos y me pregunto por primera vez si yo también tendré una familia esperándome fuera de Blackheath; padres o hijos, o amigos que me echan de menos.

Me sobresalto por unos pasos en el pasillo y dejo caer el retrato familiar en la mesita de noche; el cristal se agrieta por accidente. Los pasos pasan de largo sin incidentes, pero el peligro me ha despertado y me muevo con más rapidez.

El maletín médico de Dickie está bajo la cama y lo vuelco sobre la colcha, derramando botellas, tijeras, jeringuillas y vendajes. Lo último que sale es una Biblia del rey Jacobo, que rebota en el suelo y se abre. Al igual que la del dormitorio de Sebastian Bell, tiene palabras y párrafos subrayados con tinta roja.

Es un código.

Una sonrisa de lobo se pinta en la cara de Derby al reconocer a otro truhán. Puestos a conjeturar, yo diría que Dickie es un socio silencioso de Bell en el negocio de vender drogas. No es de extrañar que estuviera tan preocupado por el bienestar del buen doctor; lo inquietaba lo que pudiera decir.

Lanzo un bufido. Un secreto más en una casa llena de ellos, y no es el que busco hoy.

Cojo las vendas y la tintura de yodo del montón de la cama y los llevo al lavabo para empezar mi cirugía.

No es una operación delicada.

Cada vez que arranco un pedazo, brota sangre entre mis dedos, me corre por la cara y me gotea de la barbilla hasta el lavabo. Lágrimas de dolor me nublan la visión. El mundo es un borrón punzante durante los casi treinta minutos que me lleva quitarme la corona. El único consuelo es que a Jonathan Derby esto debe de dolerle casi tanto como a mí.

Cuando estoy seguro de haberme quitado todas las esquirlas, empiezo a vendarme la cabeza y me sujeto el vendaje con un imperdible antes de inspeccionar mi trabajo en el espejo.

El vendaje tiene buena pinta. La mía es terrible.

Tengo el rostro empalidecido, los ojos hundidos. Me he manchado la camisa de sangre, lo que me obliga a quedarme en chaleco. Soy un hombre destrozado que se deshace por las costuras. Siento que me desmorono.

—¡¿Qué demonios es esto?! —grita el doctor Dickie desde la puerta.

Está recién llegado de la cacería, empapado y tiritando, con el semblante tan gris como las cenizas del hogar. Hasta tiene el bigote caído. Sigo su mirada de incredulidad por la habitación, viendo la devastación a través de sus ojos. La foto de sus nietos está rota y manchada de sangre, la Biblia, despreciada, el maletín médico, tirado en el suelo, su contenido, disperso en la cama. El lavabo está lleno de agua con sangre, mi camisa en la bañera. No creo que su consulta tenga peor aspecto tras una amputación.

Al verme en chaleco, con la venda soltándose de mi frente, la sorpresa de su rostro se troca en ira.

—¿Qué ha hecho, Jonathan? —pregunta con una voz cada vez más iracunda.

—Perdone, no sabía a qué otro sitio ir —digo, asustado—. Después de que se marchara usted, registré la habitación de Stanwin en busca de algo que ayudase a madre y encontré un cuaderno.

—¿Un cuaderno? —dice con un tono estrangulado—. ¿Se llevó algo de él? ¡Debe devolverlo, Jonathan! —chilla al notar mi titubeo.

—No puedo, me atacaron. Alguien rompió un jarrón en mi cabeza y lo robó. Yo sangraba y el guardaespaldas estaba a punto de despertarse, así que vine aquí.

Un silencio terrible se traga el final de la historia mientras el doctor Dickie pone en pie la foto de sus nietos y lo devuelve todo despacio a su maletín médico antes de volver a ponerlo bajo la cama.

—Es culpa mía —murmura—. Sabía que no era usted de fiar, pero mi afecto por su madre…

—Yo no quería… —empiezo a decir.

—Me utilizó para robar a Ted Stanwin —dice con calma, agarrándose a los bordes del aparador—, un hombre que puede arruinarme con un chasquido de los dedos.

—Lo siento.

Se vuelve repentinamente, su ira es sofocante.

—¡Le quita valor a esas palabras, Jonathan! Las dijo cuando tapamos ese asunto en Enderleigh House, y también en Little Hampton. ¿Se acuerda? Y ahora quiere que vuelva a tragarme esa disculpa vacía. —Pone mi camisa contra mi pecho. Tiene las mejillas encarnadas. Las lágrimas asoman a sus ojos—. ¿A cuántas mujeres ha forzado? ¿Lo recuerda, acaso? ¿Cuántas veces ha llorado en el regazo de su madre, suplicándole que lo arreglase, prometiendo no volver a hacerlo y sabiendo perfectamente que lo haría? Y aquí está otra vez, haciéndole lo mismo al condenadamente estúpido doctor Dickie. Bueno, pues se acabó, ya no lo aguanto más. Ha sido usted una lacra para este mundo desde que lo traje a él.

Doy un paso implorante hacia él, pero saca una pistola plateada de un bolsillo, dejando que cuelgue a un costado. Ni siquiera me mira.

—Váyase, Jonathan, o por Dios que lo mataré yo mismo.

Salgo de espaldas de la habitación, sin perder de vista la pistola, y cierro la puerta cuando alcanzo el pasillo.

El corazón me late con fuerza.

La pistola del doctor Dickie es la misma que usará Evelyn esta noche para quitarse la vida. Está empuñando el arma del crimen.

29

Me resulta imposible decir cuánto tiempo he pasado mirando a Jonathan Derby en el espejo de mi habitación. Busco al hombre de su interior, alguna indicación de mi verdadero rostro.

Quiero que Derby vea a su verdugo.

El *whisky* me caldea la garganta. La botella que me llevé de la sala de estar está ya medio vacía. La necesitaba para que dejaran de temblarme las manos mientras me anudaba la pajarita. La declaración del doctor Dickie confirmó lo que ya sabía: Derby es un monstruo, y el dinero de su madre hace desaparecer sus crímenes. La justicia no espera a este hombre, ni juicio ni castigo alguno. Si quiero que pague por lo que ha hecho, tendré que llevarlo yo mismo al cadalso.

Pero antes tenemos que salvarle la vida a Evelyn Hardcastle.

Mi mirada se ve atraída por la pistola plateada del doctor Dickie, que reposa indefensa en un sillón como una mosca golpeada en el aire. Me fue fácil robarla, tanto como enviar a un criado con una urgencia inventada para que el doctor saliera de su habitación y yo pudiera entrar luego y llevármela de su mesita de noche. Hace demasiado que permito que este día me dicte sus normas, pero eso se acabó. Si alguien desea matar a Evelyn con esta pistola, tendrán que venir primero a por mí. ¡Y me da igual el acertijo del médico de la peste! No me fío de él y no permaneceré ocioso mientras esos horrores sucedan ante mí. Es hora de que Jonathan Derby haga algo bueno en este mundo.

Me meto la pistola en el bolsillo de la chaqueta, tomo un último trago de *whisky* y salgo al pasillo, donde los demás invitados ya bajan las escaleras para ir a la cena. A diferencia de sus modales, su gusto es impecable. Vestidos de noche descubren espaldas desnudas y piel pálida adornada con brillantes joyas. La apatía de antes ha desaparecido, su encanto es extravagante. Han cobrado vida al llegar la noche.

Como siempre, me mantengo alerta por si veo algún indicio del lacayo entre las caras que pasan. Su visita se está haciendo esperar demasiado y, cuanto más avanza el día, más seguro estoy de que va a pasar algo terrible. Al menos será una pelea justa. Derby tiene muy pocas cualidades loables, pero su ira lo vuelve un contrincante difícil. Apenas he conseguido tenerlo a raya, así que no me imagino cómo sería verlo atacar, rebosando odio.

Michael Hardcastle espera en el vestíbulo con una sonrisa pintada en el rostro, saludando a los que bajan las escaleras como si estuviera genuinamente contento de ver hasta el último de esos individuos despreciables. Tenía la intención de preguntarle acerca de la misteriosa Felicity Maddox y por la nota del pozo, pero tendrá que esperar hasta luego. Nos separa una inexpugnable pared de tafetán y corbatas de pajarita.

La música de un piano me arrastra entre la multitud hasta la larga galería, donde los invitados se mezclan con las bebidas mientras los criados preparan el salón comedor al otro lado de las puertas. Cojo un *whisky* de una de las bandejas que pasan y busco a Millicent. Esperaba poder despedirme de ella, pero no la veo por ninguna parte. De hecho, la única persona a la que reconozco es a Sebastian Bell, que cruza el vestíbulo camino de su habitación.

Paro a una doncella y le pregunto por Helena Hardcastle, esperando que la señora de la casa esté cerca, pero no ha llegado. Eso significa que lleva desaparecida todo el día. Su ausencia ha pasado a ser una desaparición. No puede ser una coincidencia que no se vea por ninguna parte a *lady* Hardcastle el día de la muerte de su hija, aunque no sabría decir si es sospechosa o víctima. Acabaré descubriéndolo, de un modo u otro.

Tengo la copa vacía, la cabeza nublada. Estoy rodeado de risas y conversaciones, de amigos y de amantes. El buen humor acicatea la amargura de Derby. Noto su desagrado, su desprecio. Odia a esta gente, a este mundo. Se odia a sí mismo. Los criados pasan por mi lado llevando bandejas de plata; la última comida de Evelyn llega en procesión.

¿Por qué no tiene miedo?

Oigo sus risas desde donde estoy. Se relaciona con los invitados como si tuviera toda la vida por delante, pero cuando Ravencourt le dijo esta mañana que corría peligro, quedó claro que ella sabía que algo iba mal.

Me deshago de la copa y me dirijo hacia el vestíbulo y el pasillo que lleva a la habitación de Evelyn. Si hay alguna explicación, quizá la encuentre allí.

Las lámparas se han bajado hasta ser débiles llamas. Todo es silencioso y opresivo, un rincón olvidado del mundo. Estoy a medio pasillo cuando noto que una mancha de rojo emerge de las sombras.

Una librea de lacayo.

Bloquea el paso.

Me quedo paralizado. Miro detrás de mí e intento calcular si puedo llegar al vestíbulo antes de que me alcance. Las probabilidades son escasas. Ni siquiera estoy seguro de que las piernas vayan a hacerme caso cuando les ordene que se muevan.

—Perdone, señor —dice una voz alegre. El lacayo da un paso más y se muestra como un chico bajo y delgado, de no más de trece años, con granos y una sonrisa nerviosa—. Disculpe —añade al cabo de un momento, y me doy cuenta de que estoy en su camino.

Lo dejo pasar tras farfullar una disculpa y lanzo un fuerte resoplido. El lacayo ha hecho que le tenga tanto miedo que la mera idea de su presencia basta para paralizar incluso a Derby, un hombre que le daría un puñetazo al sol porque lo ha quemado. ¿Sería esta su intención? ¿El motivo por el que se burló de Bell y de Ravencourt en vez de matarlos? Como esto siga así, podrá acabar con mis anfitriones sin que estos muestren un ápice de resistencia.

Me estoy ganando el apodo de «conejo» que me dio.

Continúo con cuidado hasta la habitación de Evelyn, que encuentro cerrada. Llamo sin obtener respuesta alguna y, puesto que no deseo irme sin algo a cambio de mis esfuerzos, retrocedo un paso para atravesarla con el hombro. Entonces me doy cuenta de que la puerta de la habitación de Helena está exactamente en el mismo sitio que la puerta del salón de Ravencourt. Meto la cabeza en ambos cuartos y descubro que sus dimensiones son idénticas. Eso sugiere que la habitación de Evelyn fue una vez un salón. Si es así, debe de haber una puerta que la conecte con la de Helena, lo cual resulta muy útil, puesto que la cerradura está rota desde esta mañana. La conjetura es acertada: la puerta que comunica los cuartos está escondida tras un tapiz muy adornado que cuelga de la pared. Afortunadamente, no está cerrada y puedo entrar en el cuarto de Evelyn.

Dada la mala relación con sus padres, medio esperaba encontrarla durmiendo en el cuarto de las escobas, pero el dormitorio es bastante cómodo, aunque modesto. Hay una cama con dosel en el centro, una bañera y un cuenco tras una cortina con riel. Resulta evidente que hace tiempo que no se deja entrar a la doncella, porque el agua de la bañera está fría y sucia, hay toallas mojadas tiradas en el suelo, un collar arrojado de forma descuidada en un tocador junto a una pila de pañuelos arrugados, todos manchados de maquillaje. Las cortinas están corridas, el hogar de Evelyn, lleno de leña. Hay cuatro lámparas de aceite en las esquinas de la habitación, pellizcando la penumbra entre su titilante luz y la de la chimenea.

Tiemblo de placer, la excitación que siente Derby ante esta intrusión es un cálido rubor que asciende por mi cuerpo. Noto a mi espíritu intentando apartarse de mi anfitrión, y es todo lo que puedo hacer para no perderme mientras repaso las posesiones de Evelyn, buscando algo que pueda llevarla esta noche al estanque. Es muy desordenada: la ropa descartada está metida donde sea que quepa, las joyas de vestir se amontonan en los cajones, junto con chales y bufandas viejas. No hay ningún sistema, ni un orden, ni indicio de que permita a una doncella acercarse a sus cosas. Sean cuales sean sus secretos, no los esconde solo de mí.

Me sorprendo acariciando una blusa de seda, frunciendo el ceño ante mi mano antes de darme cuenta de que no he sido yo quien buscaba esto, sino que ha sido él.

Ha sido Derby.

Aparto la mano con un grito y cierro el armario de golpe.

Noto su anhelo. Quiere ponerme de rodillas, que acaricie sus pertenencias, que aspire su aroma. Es una bestia y tuvo el control durante un segundo.

Me enjugo el sudor del deseo de la frente y respiro hondo para rehacerme antes de continuar la búsqueda. Limito mi concentración a un punto, controlando mis pensamientos, sin permitir una abertura por la que pueda colarse. Aun así, la investigación es infructuosa. Prácticamente, lo único que tiene interés es un viejo álbum de recortes con curiosidades sobre la vida de Evelyn: viejas cartas entre Michael y ella, fotos de su infancia, algunas poesías y pensamientos de su adolescencia. Todo ello se combina para presentar el retrato de una mujer muy solitaria que amaba desesperadamente a su hermano y que lo añora muchísimo.

Cierro el libro, lo pongo debajo de la cama, donde lo encontré, y abandono la habitación tan discretamente como llegué, arrastrando en mi interior a un enfurecido Derby.

30

Me siento en un rincón oscuro del vestíbulo tras colocar mi sillón para que tenga una visión clara de la puerta de la habitación de Evelyn. Ya ha empezado la cena, pero Evelyn morirá dentro de tres horas y pienso seguir todos sus pasos hasta el estanque.

Normalmente, semejante paciencia estaría fuera del alcance de mi anfitrión, pero he descubierto que le gusta fumar, algo muy útil porque me aturde, embotando al cáncer de Derby en mis pensamientos. Una ventaja agradable, aunque inesperada, de este hábito heredado.

—Estarán preparados cuando los necesite —dice Cunningham, que aparece entre la niebla y se acuclilla junto a mi silla. En su rostro hay una sonrisa complacida que no comprendo.

—¿Quién estará preparado? —digo, mirándolo.

Su sonrisa desaparece, sustituida por la vergüenza, mientras se pone en pie.

—Disculpe, señor Derby, creí que era otra persona —dice apresuradamente.

—Sí, *soy* otra persona, Cunningham, soy yo, Aiden, pero sigo sin tener ni la menor idea de lo que dice.

—Me pidió que reuniese a algunas personas —dice.

—No, yo no.

Nuestra confusión debe de ser un reflejo de la del otro, porque la cara de Cunningham se contorsiona del mismo modo que mi cerebro.

—Lo siento, él dijo que usted lo entendería —dice Cunningham.

—¿Quién lo dijo?

Un sonido desvía mi atención hacia el vestíbulo y, al volverme en mi asiento, veo a Evelyn huyendo a través del mármol, llorando con las manos en el rostro.

—Tome esto, tengo que irme —dice Cunningham, que me pone un trozo de papel en la mano con la frase «todos ellos» escrita en él.

—¡Espere! No sé qué significa esto —le grito, pero es demasiado tarde, ya se ha marchado.

Iría tras él, pero Michael ha seguido a Evelyn hasta el vestíbulo, y estoy aquí por eso. Estos son los momentos perdidos que convertirán a la valiente y cariñosa Evelyn que conocí siendo Bell en la heredera suicida que se quitará la vida junto al estanque.

—Evie, Evie, no te vayas, dime lo que puedo hacer —dice Michael, cogiéndola por el codo.

Ella niega con la cabeza, sus lágrimas brillan a la luz de las velas como los diamantes que relucen en su pelo.

—Yo solo… —Se le ahoga la voz—. Necesito…

Vuelve a negar con la cabeza, se aparta de él y pasa corriendo ante mí camino de su habitación. Entra en ella tras tantear con la llave en la cerradura y cierra de un portazo. Michael mira desanimado cómo se aleja y coge una copa de oporto de la bandeja que llevaba Madeline al comedor.

La vacía de un trago, un rubor aparece en sus mejillas.

Le quita la bandeja a la doncella y le hace señas hacia la habitación de Evelyn.

—No se preocupe por esto, atienda a su señora —ordena.

Es un gran gesto, algo menoscabado por la confusión subsiguiente cuando intenta dilucidar qué hace con las treinta copas de jerez, oporto y *brandy* que acaba de heredar.

Desde mi asiento veo a Madeline llamar a la puerta de Evelyn, la pobre doncella se altera progresivamente a medida que no contesta a sus llamadas. Acaba volviendo al vestíbulo, donde Michael sigue buscando dónde dejar la bandeja.

—Me temo que la señorita está... —Madeline hace un gesto de desesperación.

—No pasa nada, Madeline —dice Michael con tono cansado—. Ha sido un día difícil. ¿Por qué no la deja sola un rato? Estoy seguro de que la llamará si la necesita.

Madeline se resiste, insegura, vuelve a mirar hacia la habitación de Evelyn, pero, tras un breve titubeo, hace lo que le pide y desaparece por la escalera del servicio camino de la cocina. Michael busca a derecha e izquierda un lugar donde depositar la bandeja y me ve observándolo.

—Debo de parecer un condenado idiota —dice, sonrojándose.

—Más bien un camarero inepto —respondo con brusquedad—. ¿Debo suponer que la cena no salió según lo previsto?

—Es por el asunto con Ravencourt —dice y deposita la bandeja de forma bastante precaria en los acolchados reposabrazos de una silla cercana—. ¿Le sobra algún cigarrillo?

Emerjo de la niebla para darle uno y lo enciendo en sus dedos.

—¿De verdad tiene que casarse con él? —pregunto.

—Estamos casi arruinados, viejo amigo —dice con un suspiro, dando una larga calada—. Padre ha comprado todas las minas vacías y todas las plantaciones víctimas de las plagas que hay en el imperio. Calculo uno o dos años para que las arcas estén completamente vacías.

—Pero creía que Evelyn no se trataba con sus padres. ¿Por qué aceptó seguir adelante con esto?

—Por mí —dice, negando con la cabeza—. Mis padres amenazaron con dejarme sin dinero si no les obedecía. Estaría halagado si no me sintiera tan condenadamente culpable.

—Debe de haber otro modo.

—Padre ha estrujado todos los peniques que podía de los pocos bancos que aún se sienten impresionados por su título. Si no conseguimos ese dinero, pues... La verdad es que no sé lo que pasará, pero acabaremos siendo pobres, y estoy bastante seguro de que seremos muy malos pobres.

—Como la mayoría de la gente.

—Bueno, al menos tienen práctica —dice, arrojando la ceniza en el suelo de mármol—. ¿Por qué lleva la cabeza vendada?

Me la toco de forma consciente, pues había olvidado que la llevaba así.

—Tuve un mal encuentro con Stanwin. Lo oí discutir con Evelyn sobre alguien llamado Felicity Maddox e intenté intervenir.

—¿Felicity? —pregunta. El reconocimiento asoma a su rostro.

—¿Reconoce el nombre?

Hace una pausa y da una larga calada al cigarrillo antes de exhalar despacio.

—Es una vieja amiga de mi hermana. No entiendo por qué discutirían sobre ella. Hace años que Evelyn no la ve.

—Está en Blackheath. Le dejó una nota a Evelyn en el pozo.

—¿Está seguro? —pregunta escéptico—. No está en la lista de invitados y Evelyn no me ha dicho nada.

Nos interrumpe un ruido en la puerta. Es el doctor Dickie, que se me acerca apresurado. Posa una mano en mi hombro y acerca la boca a mi oído.

—Es su madre —susurra—. Tiene que venir conmigo.

Lo que haya pasado debe de ser lo bastante terrible como para que haya enterrado la antipatía que me tiene.

Me disculpo con Michael y corro tras el doctor, con el temor creciendo a cada paso, hasta que me hace entrar en la habitación de Millicent.

La ventana está abierta, una brisa fría azota la llama de las velas que iluminan el cuarto. Necesito unos segundos para acostumbrarme a la penumbra, pero por fin la veo. Millicent está tumbada de costado en la cama, con los ojos cerrados y el pecho inmóvil, como si se hubiera metido bajo las sábanas para un sueñecito rápido. Había empezado a vestirse para la cena y se había peinado los cabellos grises normalmente revueltos apartándolos de su rostro.

—Lo siento, Jonathan, sé lo mucho que se querían.

Me embarga la pena. No consigo dejar de sentirla por mucho que me diga que esta mujer no es mi madre.

Las lágrimas acuden repentinas y silenciosas. Me siento temblando en la silla de madera que hay junto a la cama, le cojo la mano todavía caliente.

—Fue un ataque al corazón —dice el doctor Dickie con dolor en la voz—. Debió de suceder de repente.

Está al otro lado de la cama, la emoción tan visible en su rostro como en el mío. Se enjuga una lágrima y cierra la ventana, bloqueando la fría brisa. Las velas se enderezan, la luz de la habitación se solidifica en un brillo cálido y dorado.

—¿Puedo prevenirla? —digo, pensando en las cosas que puedo arreglar mañana.

Él parece desconcertado por un segundo, pero es evidente que achaca la pregunta a la pena y me contesta con un tono amable.

—No —dice, negando con la cabeza—. No podría haberla prevenido…

—¿Y si…?

—Le llegó su hora, Jonathan —dice con voz queda.

Asiento, es lo único que consigo hacer. El doctor se queda un poco más, envolviéndome en palabras que ni oigo ni siento. Mi pena es un pozo sin fondo. Lo único que puedo hacer es dejarme caer y rezar por tocar fondo. Pero cuanto más ahondo, más consciente soy de que no lloro solo por Millicent Derby. Abajo hay algo más, algo más profundo que la pena de mi anfitrión, algo que pertenece a Aiden Bishop. Algo crudo y desesperado, triste y furioso, que late en el núcleo de mi ser. Me lo ha revelado la pena de Derby, pero, por mucho que lo intento, no consigo sacarlo de la oscuridad.

Déjalo enterrado.

¿Qué es?

Una parte de ti, ahora déjala en paz.

Una llamada en la puerta me distrae. Miro el reloj y me doy cuenta de que ha pasado una hora. No hay ni rastro del doctor. Ha debido de irse sin que me diera cuenta.

Evelyn asoma la cabeza dentro de la habitación. Está pálida, con las mejillas rojas por el frío. Sigue llevando el vestido azul para el baile, aunque está más arrugado que antes. La tiara asoma de un bolsillo de su abrigo *beige* y las botas Wellington dejan en el suelo un rastro de hojas y barro. Debe de haber vuelto del paseo por el cementerio con Bell.

—Evelyn…

Pretendía decir más, pero me ahogo en mi pena.

Evelyn reúne los fragmentos de la escena, chasquea la lengua y entra en la habitación; se dirige hacia una botella de *whisky* que hay en el aparador. El vaso apenas me toca los labios cuando ella lo inclina hacia arriba, obligándome a beber el contenido de un trago. Me ahogo y aparto el vaso, con el *whisky* chorreándome por la barbilla.

—¿Por qué me ha…?

—Bueno, difícilmente podrá ayudarme en su estado actual.

—¿Ayudarla?

Me estudia, dándome la vuelta mentalmente.

Luego me ofrece un pañuelo.

—Séquese la barbilla, tiene un aspecto atroz. Me temo que la pena no casa mucho con ese rostro arrogante.

—¿Cómo…?

—Es una historia muy larga —dice—. Y me temo que tenemos poco tiempo.

Estoy aturdido, lucho por asimilarlo todo, deseando la claridad mental de Ravencourt. Han pasado tantas cosas, tanto, que no consigo entender. Ya me sentía como si mirase a las pistas con una lupa borrosa y ahora Evelyn está aquí, cubriendo la cara de Millicent con una sábana, con el gesto reposado de un día de verano. Por mucho que lo intente, no consigo seguirle el ritmo a todo.

Resulta evidente que la rabieta durante la cena acerca de su compromiso era simulada, porque no se vislumbra en ella ni rastro de esa tristeza demoledora.

—Así que no soy la única que muere esta noche —dice, acariciándole el pelo a la anciana—. Qué asunto más miserable.

El vaso se me cae de la mano por la sorpresa.

—¿Sabe lo de…?

—¿El estanque? Sí. Curioso asunto, ¿verdad?

Habla con un tono soñador, como si describiera algo que oyó una vez y solo lo recordara a medias. Sospecharía que ha perdido la cabeza si no fuera por el tono cortante de sus palabras.

—Parece haberse tomado muy bien la noticia —digo con precaución.

—Debería haberme visto esta mañana. Estaba tan enfadada que agujereaba las paredes a patadas.

Evelyn pasa la mano por el borde del tocador, abre el joyero de Millicent, toca el cepillo con mango de perlas. Describiría el gesto de codicioso si no pareciera contener una medida semejante de reverencia.

—¿Quién la quiere muerta, Evelyn? —pregunto, enervado por ese curioso despliegue.

—No lo sé —dice—. Cuando desperté habían empujado una carta bajo la puerta. Las instrucciones eran muy específicas.

—¿Y no sabe quién se la envió?

—El agente Rashton tiene una teoría, pero se la reserva.

—¿Rashton?

—¿No es su amigo? Me dijo que usted lo estaba ayudando a investigar.

La duda y el desagrado tiñen cada palabra, pero estoy demasiado intrigado para tomármelas de forma personal. ¿Será el tal Rashton otro anfitrión? Puede que el mismo hombre que le pidió a Cunningham que entregara el mensaje de «todos ellos» y que reuniera a algunas personas. En cualquier caso, parece habérme metido en su plan. Cosa muy distinta es si puedo confiar en él.

—¿Cuándo se le acercó Rashton? —pregunto.

—Señor Derby —dice con firmeza—. Nada me gustaría más que sentarme a responder todas sus preguntas, pero no tenemos tiempo para eso. Me esperan en el estanque dentro de diez minutos y no puedo llegar tarde. De hecho, por eso estoy aquí. Necesito la pistola plateada que le quitó al doctor.

—No puede pensar en continuar con esto —digo, saltando alarmado de la silla.

—Según tengo entendido, sus amigos están a punto de desenmascarar a mi presunto asesino. Solo necesitan un poco más de tiempo. Si no acudo, el asesino sabrá que ha pasado algo, y no puedo arriesgarme a eso.

Me pongo a su lado en dos pasos, tengo el pulso acelerado.

—¿Está diciendo que saben quién está detrás de todo esto? —digo con excitación—. ¿Le han dado alguna indicación de quién puede ser?

Evelyn alza a la luz uno de los camafeos de Millicent Derby; una cara de marfil sobre encaje azul. Le tiembla la mano. Es el primer indicio de miedo que veo en ella.

—No, pero espero saberlo pronto. Confío en sus amigos para que me salven antes de que me vea forzada a hacer algo… definitivo.

—¿Definitivo?

—La nota era muy específica: o me quito la vida ante el estanque a las once de la noche o alguien que me importa muchísimo morirá en mi lugar.

—¿Felicity? —pregunto—. Sé que recogió una nota suya en el pozo y que le pidió ayuda con su madre. Michael dice que es una vieja amiga. ¿Es ella quien corre peligro? ¿La retiene alguien contra su voluntad?

Eso explicaría por qué he sido incapaz de encontrarla.

El joyero se cierra de golpe. Evelyn se vuelve para mirarme, tiene las manos planas contra el tocador.

—No quisiera parecer impaciente, pero ¿no tenía que estar usted en otra parte? Me pidieron que le recordara lo de una roca que necesita vigilarse. ¿Tiene eso algún sentido para usted?

Asiento al recordar el favor que me pidió Anna por la tarde. Debo estar allí cuando Evelyn se suicide. No debo moverme. Ni un centímetro, dijo.

—En ese caso, he terminado mi trabajo aquí y tengo que irme —dice Evelyn—. ¿Dónde está la pistola plateada?

Incluso en sus pequeños dedos parece algo sin importancia, más adorno que arma, una forma vergonzosa de acabar con una vida. Me pregunto si no se tratará de eso, si no habrá alguna reprimenda silenciosa en el instrumento de su muerte, como la hay en el método. Evelyn no solo está siendo asesinada, sino avergonzada, dominada.

Tenían que arrebatarle todas las decisiones.

—Qué manera más bonita de morir —dice Evelyn, mirando la pistola—. Por favor, no llegue tarde, señor Derby. Sospecho que mi vida depende de ello.

Le dirige una última mirada al joyero y se va.

31

Me abrazo para protegerme del frío sobre la piedra cuidadosamente colocada por Anna, aterrorizado ante la idea de dar aunque solo sea un pasito a la izquierda, donde al menos llega el calor de uno de los braseros. No sé qué hago aquí, pero si es parte de un plan para salvar a Evelyn, me quedaré en este lugar hasta que se me hiele la sangre en las venas.

Miro hacia los árboles y vislumbro al médico de la peste en su lugar habitual, medio oculto en la penumbra. No mira al estanque, como creí cuando presencié este momento a través de los ojos de Ravencourt, sino a algo situado más a su derecha. El ángulo de la cabeza sugiere que habla con alguien, pero estoy demasiado lejos para ver con quién. En todo caso, es una señal esperanzadora. Evelyn insinuó que tenía aliados entre mis anfitriones y, seguramente, en esos arbustos debe de haber alguien esperando para acudir en su ayuda.

Evelyn llega a las once en punto, con la pistola de plata colgando de su mano. Sigue la línea de los braseros, yendo de la sombra a la llama, arrastrando por la hierba su vestido de baile azul. Ansío arrancarle la pistola de la mano, pero en alguna parte que no veo trabaja una mano invisible, tirando de palancas que nunca podría comprender. Estoy seguro de que alguien gritará en cualquier momento y que uno de mis futuros anfitriones saldrá corriendo de la oscuridad para decirle a Evelyn que se ha acabado todo y que han capturado al asesino. Ella soltará la pistola y sollozará agradecida mientras Daniel cuenta su plan para que Anna y yo escapemos.

Por primera vez desde que empezó esto, me siento parte de algo más grande.

Animado por esto, planto los pies en el suelo, sobre mi piedra. Evelyn se detiene en la orilla del agua y mira a su alrededor. Por un instante creo que verá al médico de la peste, pero aparta la mirada antes de llegar a él. Vacila, bamboleándose ligeramente como si siguiera el ritmo de alguna música que solo ella puede oír. Las llamas del brasero se reflejan en los diamantes de su collar, es fuego líquido que se derrama desde su cuello. Está temblando, la desesperación asoma a su rostro.

Algo va mal.

Miro hacia el salón de baile y encuentro a Ravencourt ante la ventana, mirando nostálgico a su amiga. Sus labios forman palabras, pero llegan demasiado tarde para que sirvan de algo.

—Dios me valga —susurra Evelyn a la noche.

Tiene las mejillas surcadas por lágrimas. Vuelve la pistola hacia su estómago y aprieta el gatillo.

El disparo es tan sonoro que conmueve al mundo, ahogando mi grito de angustia.

En la sala de baile, la fiesta contiene el aliento.

Caras sorprendidas se vuelven hacia el estanque, sus ojos buscan a Evelyn. Ella se aferra el estómago, brota sangre de entre sus dedos. Parece confusa, como si le hubieran entregado algo equivocado, pero, antes de que pueda encontrarle algún sentido, se dobla sobre sí misma y cae al agua.

Los fuegos artificiales explotan en el cielo nocturno mientras los invitados salen por las puertas francesas, señalando sin aliento. Alguien corre hacia mí, oigo sus pisadas golpeando la tierra. Me vuelvo a tiempo de encajar todo su peso sobre mi pecho y me tira al suelo.

Intento ponerme en pie, pero solo consigo arañarme la cara con sus dedos y recibir un rodillazo en el estómago. El mal genio de Derby, que ya pugnaba por liberarse, se apodera de mí. Profiero un grito de rabia y golpeo la forma en la oscuridad, aferrándome a sus ropas incluso mientras intentan liberarse.

Aúllo de frustración cuando me levantan del suelo y mi contrincante es igualmente apartado, los criados nos sujetan a ambos. La luz de las linternas se derrama sobre nosotros, mostrando a un enfurecido Michael Hardcastle que forcejea desesperado para soltarse de los fuertes brazos de Cunningham, que lo mantienen apartado del cuerpo de Evelyn, que yace en el suelo.

Lo miro asombrado.

Ha cambiado.

La revelación me arrebata todo deseo de lucha, mi cuerpo se afloja en los brazos del criado mientras miro al estanque.

Cuando vi todo esto con los ojos de Ravencourt, Michael se aferraba a su hermana, incapaz de moverla, y cubrió el cuerpo empapado en sangre con la chaqueta de Dickie.

El criado me suelta y caigo de rodillas a tiempo de ver cómo Cunningham se lleva a un sollozante Michael Hardcastle. Miro a uno y otro lado, decidido a empaparme todo lo posible de este milagro. En el estanque, el doctor Dickie se arrodilla junto al cuerpo de Evelyn mientras discute algo con otro hombre, que parece estar al cargo. Ravencourt se ha retirado a un sofá en el salón de baile y se apoya en el bastón, sumido en sus pensamientos. La orquesta es arengada por invitados borrachos que, ajenos al horror de fuera, quieren que siga tocando, mientras los criados esperan ociosos, persignándose cuando se acercan al cuerpo bajo la chaqueta.

Solo el cielo sabe cuánto tiempo he estado sentado en la oscuridad, mirando cómo tenía lugar todo esto. Lo suficiente como para que el hombre de la gabardina haga que todo el mundo vuelva a la casa. Lo suficiente para que se lleven el cuerpo inerte de Evelyn. Lo suficiente para que sienta frío y para que esté entumecido.

Lo suficiente para que el lacayo me encuentre.

Aparece doblando la esquina más alejada de la casa, con un saquito colgando de la cintura, con sangre goteando de las manos. Saca un cuchillo y empieza a pasar la hoja a uno y otro lado por el borde de un brasero. No sé si lo está afilando o solo calentándolo, pero sospecho que eso es irrelevante. Quiere que yo lo vea, que oiga el perturbador chirrido del metal contra el metal.

Me observa, espera mi reacción y, ahora que lo veo, me pregunto cómo podría nadie confundirlo con un criado. Aunque viste la librea roja y blanca de un lacayo, carece de su tradicional servilismo. Es alto y delgado, de movimientos lánguidos, pelo trigueño y cara de lágrima, con unos ojos oscuros sobre su sonrisa que serían encantadores de no estar tan vacíos. Y luego está la nariz rota. Púrpura e hinchada, distorsionándole los rasgos. A la luz del fuego parece una criatura disfrazada de ser humano, y se le cae la máscara.

El lacayo alza el cuchillo para inspeccionar mejor su obra. Una vez satisfecho, lo usa para cortar el saquito que cuelga de su cinturón y lo arroja a mis pies.

Golpea el suelo con sonoridad. Está cerrado por un cordón y la tela está empapada en sangre. Quiere que yo lo abra, pero no tengo ninguna intención de satisfacerlo.

Me pongo en pie, me quito la chaqueta y me aflojo el cuello de la camisa.

En el fondo de mi mente oigo gritar a Anna, pidiéndome que huya. Tiene razón; debería tener miedo, y lo tendría si este fuera cualquier otro anfitrión. Es una trampa evidente, pero estoy harto de temer a ese hombre.

Es el momento de luchar, aunque solo sea para convencerme de que puedo hacerlo.

Nos miramos durante un momento, entre la lluvia que cae y el viento que nos azota. Como era de esperar, es el lacayo quien fuerza la situación al dar media vuelta y echar a correr hacia la oscuridad del bosque.

Yo cargo tras él, bramando como un lunático.

Al entrar en el bosque, los árboles se apiñan a mi alrededor, las ramas me arañan la cara, el follaje se espesa.

Las piernas se me cansan, pero sigo corriendo hasta que me doy cuenta de que ya no lo oigo.

Me paro en seco y me vuelvo entre jadeos.

Lo tengo encima en segundos, tapándome la boca para apagar mi grito cuando su cuchillo entra en mi costado y me destroza las costillas. La sangre borbotea en mi garganta. Me ceden las rodillas, pero los fuertes brazos con que me rodea impiden que me desplome. Respira de forma superficial, con impaciencia. No es el sonido del cansancio, sino el de la excitación y la anticipación.

Enciende una cerilla, un puntito de luz que sostiene ante mi cara. Está arrodillado ante mí, me taladra con sus implacables ojos negros.

—Conejo valiente —dice y me corta el cuello.

32

Sexto día

—¡Despierte! ¡Despierte, Aiden!

Alguien golpea a mi puerta.

—Tiene que despertar, Aiden. ¡Aiden!

Me trago el cansancio y pestañeo a lo que me rodea. Estoy en una silla, pegajoso por el sudor, con la ropa torcida y tirante alrededor del cuerpo. Es de noche, una vela se apaga en una mesa cercana. Tengo una manta a cuadros sobre el regazo, manos de anciano posadas en un libro gastado. Venas hinchadas en una carne arrugada, manchas hepáticas y de tinta seca. Flexiono los dedos, rígidos por la edad.

—¡Aiden, por favor! —dice la voz del pasillo.

Me levanto de la silla y me dirijo hacia la puerta, viejos dolores se agitan por todo mi cuerpo como enjambres de avispas molestas.

Las bisagras están sueltas, el borde inferior de la puerta araña el suelo descubriendo al otro lado la figura larguirucha de Gregory Gold desplomada contra el marco. Su aspecto se parece al que tendrá cuando ataque al mayordomo, además del esmoquin desgarrado y lleno de barro y la respiración trabajosa.

Agarra la pieza de ajedrez que me dio Anna, y eso, junto con el uso de mi verdadero nombre, basta para convencerme de que es otro de mis anfitriones. Normalmente agradecería una reunión así, pero está en un estado terrible, agitado y desaliñado, como un hombre que se ha visto arrastrado al infierno en un viaje de ida y vuelta.

Al verme, me coge por los hombros. Tiene los ojos negros inyectados en sangre, y pestañean hacia uno y otro lado.

—No salga del carruaje —dice, la saliva cuelga de sus labios—. Haga lo que haga, no salga del carruaje.

Su miedo es una enfermedad cuya infección se propaga por mí.

—¿Qué le ha pasado? —pregunto, con voz temblorosa.

—Él… él nunca para…

—¿Nunca para qué?

Gold niega con la cabeza, golpeándose las sienes. Las lágrimas le corren por las mejillas y no sé cómo consolarlo.

—¿Nunca para qué, Gold? —vuelvo a preguntar.

—De cortar —dice, subiéndose la manga para descubrir los cortes de debajo. Son como las heridas de cuchillo con las que despertó Bell aquella primera mañana—. Tú no querrás, no, pero la entregarás, lo dirás, se lo dirás todo, no querrás, pero lo dirás —balbucea—. Hay dos de ellos. Dos. Parecen el mismo, pero son dos.

Me doy cuenta de que ha perdido la cabeza. Al hombre no le queda ni una onza de cordura. Alargo la mano para hacerlo entrar en la habitación, pero él se asusta y retrocede hasta chocar con la pared, y solo queda su voz.

—No salga del carruaje —me dice con un siseo, corriendo pasillo abajo.

Doy un paso tras él, pero está demasiado oscuro para ver algo y el pasillo está vacío para cuando vuelvo con una vela.

33

Segundo día (continuación)

El cuerpo del mayordomo, el dolor del mayordomo atiborrado de sedantes. Es como volver a casa.

Apenas he despertado y ya me estoy volviendo a dormir.

Está oscureciendo. Un hombre camina a uno y otro lado de la pequeña habitación. Lleva una escopeta.

No es el médico de la peste. No es Gold.

Oye que me agito y se vuelve hacia mí. Está oculto por las sombras, no lo distingo.

Abro la boca, pero de ella no salen palabras.

Cierro los ojos y vuelvo a dormirme.

34

Sexto día (continuación)

—Padre.

Me sobresalto al encontrarme con la cara pecosa de un joven de pelo rojo y ojos azules a solo unos centímetros de la mía. Vuelvo a ser viejo y a estar sentado con una manta a cuadros en el regazo. El chico está inclinado noventa grados, con las manos agarradas a la espalda, como si no se fiara de ellas.

Mi ceño fruncido lo hace retroceder un paso.

—Me pidió que lo despertara a las nueve cincuenta —dice a modo de disculpa.

Huele a *whisky,* a tabaco y a miedo. Se acumula en él, manchando de amarillo el blanco de sus ojos. Son recelosos y atormentados, como un animal que espera a que le disparen.

Hay luz al otro lado de la ventana, hace mucho que se apagó la vela y el fuego se redujo a cenizas. Un vago recuerdo de ser el mayordomo demuestra que me dormí tras la visita de Gold, pero no recuerdo haberlo hecho. El horror ante lo que soportó Gold —ante lo que yo deberé soportar pronto— me mantuvo despierto hasta altas horas.

No salga del carruaje.

Era un aviso y una súplica. Quiere que cambie el día y, aunque eso resulte excitante, también es preocupante. Sé que puede hacerse, lo he visto, pero si yo puedo ser lo bastante listo como para cambiar las cosas, también lo es el lacayo. Por lo que sé, podríamos estar corriendo en círculos deshaciendo el trabajo del otro. Ya no se trata de encontrar la respuesta

240

correcta, sino de aguantar lo suficiente para entregársela al médico de la peste.

Tengo que hablar con el artista a la primera oportunidad.

Me remuevo en el asiento y aparto la manta a cuadros, lo que provoca un ligerísimo estremecimiento en el chico. Se tensa y me mira de lado para ver si lo he notado. Pobre muchacho, le han quitado la valentía a golpes y ahora lo patean por ser un cobarde. Siento poca simpatía por mi anfitrión, cuyo desagrado por su hijo es absoluto. Encuentra exasperante la mansedumbre del chico, su silencio, una afrenta. Es un fracaso, un fracaso imperdonable.

El único que he tenido.

Sacudo la cabeza, intentando despojarme de las lamentaciones de este hombre. Los recuerdos de Bell, Ravencourt y Derby eran objetos en la niebla, pero el desorden de esta vida me rodea disperso. No dejo de tropezar con él.

Pese a la sugerencia de enfermedad que implica la manta, solo me levanto con cierta rigidez, estirándome hasta alcanzar una altura respetable. Mi hijo ha retrocedido hasta un rincón, envolviéndose en las sombras. Aunque la distancia no es mucha, es excesiva para mi anfitrión, cuyos ojos le fallan a la mitad de esa distancia. Busco unas gafas, sabiendo que es inútil. Este hombre considera que la edad es una debilidad, consecuencia de una voluntad débil. No tendrá gafas, ni bastón ni ayuda de ningún tipo. Estoy solo. Siento que mi hijo sopesa mi estado de ánimo, observando mi rostro como quien observa las nubes buscando la cercanía de una tormenta.

—Escúpelo —digo con un gruñido, alterado por su reticencia.

—Esperaba poder ser excusado de la cacería de esta tarde —dice. Deposita las palabras a mis pies, son dos conejos muertos para un lobo hambriento.

Me molesta hasta esta simple petición. ¿Qué joven no quiere ir de cacería? ¿Qué joven se arrastra y esconde y camina de puntillas por el borde de la existencia en vez de pisotearla y dominarla? Mi primer impulso es negárselo, hacerlo sufrir por la temeridad de ser quien es, pero refreno el deseo. Los dos seremos más felices sin la compañía del otro.

—Muy bien —digo, haciendo un gesto para que se vaya.

—Gracias, padre —dice, escapando de la habitación antes de que cambie de idea.

En su ausencia, mi respiración se relaja, mis manos se aflojan. La ira aparta los brazos de mi pecho, dejándome libre para investigar la habitación en busca de algún reflejo de su dueño. En la mesita de noche hay tres libros gruesos, todos centrados en nebulosos aspectos de la ley. La invitación al baile sirve de marcapáginas y está dirigida a Edward y Rebecca Dance. Ese nombre basta para que me derrumbe. Recuerdo la cara de Rebecca, su olor. La sensación de estar junto a ella. Mis dedos buscan el relicario de mi cuello, que contiene su retrato. La pena de Dance es un dolor discreto, de una lágrima al día. El único lujo que se permite.

—Dance —murmuro.

Un nombre peculiar para un hombre tan poco alegre.

Una llamada perfora el silencio, la manija gira y la puerta se abre segundos después. El individuo que entra es alto y arrastra los pies mientras se rasca la cabeza canosa, dispersando caspa en todas direcciones. Viste un traje azul bajo las patillas blancas y los ojos inyectados en sangre, y parecería temible si no fuera por lo cómodamente que lleva su desaliño.

Hace una pausa a medio rascarse y pestañea desconcertado.

—¿Esta es su habitación, Edward? —pregunta el desconocido.

—Bueno, desperté aquí —digo con precaución.

—Maldición, no recuerdo dónde me metieron.

—¿Dónde durmió anoche?

—En el solario —dice, rascándose una axila—. Herrington apostó a que no podía acabarme una botella de oporto en menos de quince minutos, y eso es lo último que recuerdo hasta que ese canalla de Gold me despertó esta mañana, desvariando y balbuceando como un lunático.

La mención a Gold me recuerda su caótico aviso de anoche y las heridas de su brazo. «No salga del carruaje», dijo. ¿Implicará eso que me iré en algún momento? ¿Que haré algún viaje? Ya sé que no puedo llegar al pueblo, así que no es probable.

—¿Qué le dijo Gold? —pregunto—. ¿Sabe adónde iba, cuáles eran sus planes?

—No me quedé a cenar con el hombre, Dance —dice con desdén—. Lo calé enseguida y le hice saber en términos muy claros que le tenía echado el ojo. —Mira a su alrededor—. ¿No dejé aquí una botella? Necesito algo que apacigüe esta condenada jaqueca.

Apenas abro la boca para responder cuando se pone a registrar los cajones, dejándolos abiertos mientras dirige su asalto al armario. Tras palpar los bolsillos de mis trajes, se vuelve y examina la habitación como si acabara de oír rugir a un león entre los arbustos.

Otra llamada, otra cara. Esta pertenece al comandante Clifford Herrington, el aburrido oficial naval que se sentó junto a Ravencourt durante la cena.

—Vamos ya —dice, mirando su reloj—. El bueno de Hardcastle nos espera.

Libre de la maldición del alcohol fuerte, camina recto y con autoridad.

—¿Alguna idea acerca de lo que quiere de nosotros? —pregunto.

—Ninguna, pero espero que nos lo diga cuando nos tenga delante —responde enérgico.

—Necesito mi *whisky* escocés para andar —dice mi acompañante.

—Seguramente habrá en la casa del portero, Sutcliffe —dice Herrington, sin molestarse en ocultar su impaciencia—. Además, ya conoce a Hardcastle. Últimamente está muy serio, será mejor no presentarnos borrachos ante él.

Mi conexión con Dance es tan fuerte que la simple mención de Hardcastle me hace resoplar de indignación. La presencia de mi anfitrión en Blackheath es una obligación, una visita fugaz que durará solo lo necesario para concluir sus asuntos con la familia. Yo, en cambio, me muero de ganas de preguntar al señor de la casa por su esposa desaparecida, y mi entusiasmo por el encuentro choca con la agitación de Dance.

El desastrado Sutcliffe, pinchado otra vez por el impaciente oficial naval, alza una mano y suplica un minuto más antes de que sus dedos desesperados vuelvan a palpar mis estantes. Olfatea el aire y se inclina hacia la cama para levantar el colchón y descubrir entre los muelles una botella de *whisky* robada.

—Usted delante, Herrington, viejo muchacho —dice magnánimo, desenroscando el tapón y dando un trago largo.

Herrington sacude la cabeza y nos hace gestos para que salgamos al pasillo, donde Sutcliffe se pone a contar a pleno pulmón un chiste escandaloso mientras su amigo intenta acallarlo sin éxito. Los dos son unos bufones, y su buen humor posee una arrogancia que me hace rechinar los dientes. Mi anfitrión no consiente excesos de ningún tipo y estará encantado de adelantarse y perderlos de vista, pero no quiero recorrer solo estos pasillos. A modo de compromiso, los sigo a dos pasos de distancia, lo bastante lejos como para unirme a su conversación, pero lo bastante cerca como para que el lacayo se lo piense en caso de que estuviera al acecho en los alrededores.

Al final de las escaleras se nos une alguien llamado Christopher Pettigrew, que resulta ser el individuo untuoso con el que hablaba Daniel en la cena. Es un hombre delgado, nacido para ser desdeñoso, con el pelo oscuro y grasiento peinado a un lado. Es tan ladino y astuto como recuerdo. Su mirada pasa por mis bolsillos antes de detenerse en mi cara. Hace dos noches me pregunté si no sería un futuro anfitrión, pero en ese caso he debido de entregarme sin mesura a sus vicios, puesto que ya está atontado por el alcohol y bebe encantado de la botella que comparten sus amigos. Nunca me la acercan, por lo que nunca tengo que rechazarla. Resulta evidente que Edward Dance destaca entre esta chusma, y estoy feliz de que sea así. Son un grupo extraño; amigos, pero de una forma desesperada, como tres hombres atrapados en la misma isla. Afortunadamente, su buen humor va desapareciendo a medida que nos alejamos de la casa, sus risas, arrastradas por el viento y la lluvia, la botella, guardada en un cálido bolsillo junto con la mano fría que la sujeta.

—¿A alguien más le ha ladrado esta mañana el caniche de Ravencourt? —pregunta el untuoso Pettigrew, que en este momento es poco más que unos ojos engañosos sobre una bufanda—. ¿Cómo se llamaba?

Chasquea los dedos intentando invocar el recuerdo.

—Charles Cunningham —digo distante, escuchando a medias.

Estoy seguro de haber visto más adelante a alguien siguiéndonos entre los árboles. Solo un fogonazo, lo suficiente para dudarlo, de no ser porque parecía llevar una librea de lacayo. Me llevo la mano al cuello y, por un instante, vuelvo a sentir su cuchillo. Me estremezco y miro a los árboles con los ojos entrecerrados, intentando sacar algo útil de la espantosa visión de Dance, pero, si era mi enemigo, ya no está.

—Ese, el puñetero Charles Cunningham —dice Pettigrew.

—¿Preguntaba por el asesinato de Thomas Hardcastle? —dice Herrington, con el rostro resueltamente vuelto hacia el viento, sin duda un hábito de su pasado en la Marina—. Tengo entendido que esta mañana fue a visitar a Stanwin y que lo interrogó al respecto.

—Maldito impertinente —dice Pettigrew—. ¿Y qué me dice usted, Dance? ¿Fue a olfatear?

—No que yo sepa —digo, sin dejar de mirar al bosque.

Estamos pasando junto al lugar donde creí ver al lacayo, pero ahora me doy cuenta de que la mancha de color es un marcador rojo clavado en un árbol. Mi imaginación pinta monstruos en el bosque.

—¿Qué quería Cunningham? —digo, concentrando reticente mi atención en mis compañeros.

—No era él —dice Pettigrew—. Preguntaba en nombre de Ravencourt. Parece ser que ese banquero viejo y gordo está interesado en el asesinato de Thomas Hardcastle.

Eso me detiene en seco. Entre las tareas que impuse a Cunningham cuando yo era Ravencourt no estaba indagar sobre el asesinato de Thomas Hardcastle. Cunningham está utilizando el nombre de Ravencourt para lo que sea que esté haciendo, en su propio interés. Puede que esto sea parte del secreto que tanto desea que no revele, el secreto que todavía tiene que llegar al sobre bajo la silla de la biblioteca.

—¿Qué clase de preguntas? —digo, con el interés acrecentado por primera vez.

—No paraba de preguntarme por el segundo asesino, el que Stanwin afirma haber herido con la escopeta antes de que escapara —dice Herrington, que inclina una petaca sobre los labios—. Quería saber si había rumores sobre quién pudo ser, alguna descripción.

—¿Y los había? —pregunto.

—Nunca oí nada —dice Herrington—. Y no se lo habría dicho de oírlos. Lo eché con cajas destempladas.

—No me extraña que Cecil se lo encargase a Cunningham —añade Sutcliffe, rascándose las patillas—. Es uña y carne con todas las sirvientas y los jardineros que alguna vez cobraron un penique en Blackheath. Debe de saber más cosas de este lugar que nosotros.

—¿Cómo es eso? —pregunto.

—Vivía aquí cuando se cometió el asesinato —dice Sutcliffe, mirándome por encima del hombro—. Entonces solo era un niño, claro, un poco mayor que Evelyn, creo recordar. Se rumorea que era el bastardo de Peter. Helena se lo entregó a la cocinera para que lo criara o algo así. Nunca conseguí saber a quién pretendía castigar. —Habla con un tono pensativo, un sonido un tanto extraño para provenir de esta criatura informe y desgreñada—. Una cosita guapa, esa cocinera. Perdió a su marido en la guerra —musita—. Los Hardcastle pagaron la educación del chico, hasta le consiguieron un trabajo con Ravencourt cuando tuvo edad.

—¿Qué busca Ravencourt en un asesinato de hace diecinueve años? —pregunta Pettigrew.

—Diligencia debida —dice Herrington con brusquedad, rodeando un cagajón de caballo—. Ravencourt está comprando un Hardcastle, así que quiere saber con qué equipaje le llega.

La conversación se pierde rápidamente en trivialidades, pero yo sigo pensando en Cunningham. Anoche puso en la mano de Derby una nota en la que había escrito «todos ellos» y me dijo que estaba reuniendo a algunos invitados porque se lo había pedido un futuro anfitrión. Eso sugeriría que puedo confiar en él, pero tiene objetivos propios en Blackheath. Sé que es hijo ilegítimo de Peter Hardcastle y que hace preguntas sobre el asesinato de su hermanastro. En algún lugar entre esas dos cosas hay un secreto que está tan desesperado por ocultar que permite que lo chantajeen con él.

Aprieto los dientes. Por una vez sería refrescante encontrar en este lugar a alguien que sea justo lo que aparenta ser.

Pasamos ante el sendero empedrado que lleva a los establos y continuamos hacia el sur por el interminable camino al pueblo, hasta que llegamos a la casa del portero. Llenamos uno a uno el estrecho pasillo, colgamos los abrigos y nos sacudimos la lluvia de la ropa mientras nos quejamos de las condiciones del exterior.

—Por aquí, amigos —dice una voz detrás de una puerta a nuestra derecha.

Seguimos la voz hasta una sala de estar en penumbra, iluminada por un fuego de chimenea, ante el cual está lord Peter Hardcastle sentado en un sillón junto a la ventana. Tiene una pierna cruzada sobre la otra y un libro abierto en el regazo. Es algo más viejo de lo que sugiere su retrato, aunque sigue siendo de pecho amplio y está en forma. Unas cejas negras se deslizan la una hacia la otra formando una V que apunta hacia una nariz larga y una boca sombría de comisuras curvadas hacia abajo. Insinúa cierto espectro de ajada belleza, pero su reserva de esplendor está casi agotada.

—¿Por qué demonios tenemos que reunirnos aquí? —pregunta Pettigrew con un gruñido, dejándose caer en una silla—. Tiene algo perfectamente... —Hace un gesto en dirección a Blackheath—. Bueno, ahí atrás tiene algo que se parece a una casa.

—Esa condenada casa ha sido una maldición para esta familia desde que yo era crío —dice Peter Hardcastle, escanciando bebida en cinco vasos—. No pondré un pie en ella mientras no sea absolutamente necesario.

—Quizá debió pensarlo antes de organizar la fiesta con peor gusto de toda la historia —dice Pettigrew—. ¿De verdad pretende anunciar el compromiso de Evelyn en el aniversario del asesinato de su hijo?

—¿Creen que algo de esto ha sido idea mía? —pregunta Hardcastle, que deja la botella con un golpe y mira fijamente a Pettigrew—. ¿De verdad cree que quiero estar aquí?

—Calma, Peter —dice Sutcliffe, tranquilizador, tambaleándose para dar una palmada con torpeza en el hombro de su amigo—. Christopher está gruñón porque, bueno, es Christopher.

—Por supuesto —dice Hardcastle, cuyas mejillas rojas sugieren cualquier cosa menos comprensión—. Es que... Helena está actuando de forma condenadamente rara, y ahora todo esto. Está siendo muy difícil.

Vuelve a llenar los vasos mientras un silencio incómodo lo amordaza todo menos la lluvia golpeando las ventanas.

Yo, personalmente, disfruto con la paz y con el sillón.

Mis compañeros caminaron con rapidez y supuso un esfuerzo mantenerme a su altura. Necesito recuperar el aliento, y el orgullo me dicta que nadie note que lo hago. En vez de contribuir a la conversación, miro la habitación en la que estoy, pero hay poca cosa digna de escrutinio. Es larga y estrecha, con los muebles apilados contra las paredes como escombros en la orilla de un río. La alfombra está gastada, el papel pintado de flores es chabacano. Los años se perciben en el aire, como si los dueños anteriores se hubieran sentado aquí hasta desmoronarse hechos polvo. Ni de lejos es tan incómoda como el ala este, donde se ha aislado Stanwin, pero sigue siendo un lugar extraño donde encontrar al señor de la casa.

No tenía motivos para preguntar si lord Hardcastle jugará algún papel en el asesinato de su hija, pero su elección de alojamiento sugiere que no quiere dejarse ver. La pregunta es: ¿qué está haciendo con este anonimato?

Hardcastle deposita las bebidas frente a nosotros antes de volver a su asiento. Hace rodar el vaso entre las palmas de las manos mientras ordena sus pensamientos. Demuestra una torpeza adorable en sus gestos que me recuerda enseguida a Michael.

A mi izquierda, Sutcliffe —que ya tiene a medias su escocés con soda— desentierra un documento de la chaqueta y me lo entrega, indicando que debo pasárselo a Hardcastle. Es un contrato matrimonial redactado por la firma Dance, Pettigrew & Sutcliffe. Resulta evidente que el lúgubre Philip Sutcliffe, el untuoso Christopher Pettigrew y yo mismo somos socios. Aun así, estoy seguro de que Hardcastle no nos ha traído aquí para hablar de las nupcias de Evelyn. Está demasiado distraído para eso, demasiado inquieto. Además, ¿por qué solicitar la presencia de Herrington cuando solo necesitas a tus abogados?

Hardcastle coge el contrato de mi mano y confirma mis sospechas dedicándole apenas una mirada casual antes de dejarlo en la mesa.

—Lo hemos redactado Dance y yo en persona —dice Sutcliffe, que se levanta para coger otra bebida—. Cuando Ravencourt y Evelyn estampen su firma en él, volverá a ser un hombre rico. Ravencourt entregará una buena cantidad a la firma, y el resto pendiente en fideicomiso hasta después de la ceremonia. En un par de años también se quedará Blackheath. No es un mal trabajo, por así decirlo.

—¿Dónde está el viejo Ravencourt? —pregunta Pettigrew, mirando a la puerta—. ¿No debería estar aquí para esto?

—Helena ha ido a por él —dice Hardcastle mientras coge una caja de madera del dintel encima de la chimenea y la abre para descubrir varias hileras de gruesos cigarros que provocan infantiles murmullos de admiración en los reunidos. Declino uno y observo a Hardcastle mientras los ofrece. Su sonrisa esconde una alegría terrible, el placer que siente con este despliegue es la base para otros asuntos.

Quiere algo.

—¿Cómo está Helena? —pregunto, saboreando mi bebida. Es agua. Dance no se permite ni el placer del alcohol—. Todo esto debe de ser muy duro para ella.

—Eso espero, lo de volver fue su condenada idea —bufa Hardcastle, cogiendo un puro y cerrando la caja—. Verá, uno se esfuerza, la apoya, pero nada, apenas la he visto desde que llegamos. No consigo sacarle dos palabras, a esa mujer. Si yo fuera uno de esos que creen en espíritus, diría que está poseída.

Las cerillas se pasan de mano en mano, cada hombre se entrega a su propio ritual para encender su puro. Pettigrew le pasa la cerilla adelante y atrás, Herrington le da ligeros toques y Sutcliffe le da vueltas de forma teatral, mientras que Hardcastle se limita a encenderlo mientras clava en mí una mirada de exasperación.

Una chispa de afecto se agita en mí, resto de alguna emoción más fuerte reducida a rescoldos.

Hardcastle expulsa una larga bocanada de humo amarillo y vuelve a su sillón.

—Caballeros, los he invitado a venir hoy porque todos tenemos algo en común —dice de forma rígida, ensayada—. Todos somos chantajeados por Ted Stanwin, pero tengo una forma de liberarnos, si quieren escucharme.

Nos mira atentamente, espera alguna reacción.

Pettigrew y Herrington guardan silencio, pero el vulgar Sutcliffe se atraganta al beber de su copa.

—Continúe, Peter —dice Pettigrew.

—Tengo algo sobre Stanwin que podemos intercambiar por nuestra libertad.

La habitación se inmoviliza. Pettigrew se sienta en el borde de su asiento, sostiene el puro olvidado en las manos.

—¿Y por qué no lo ha utilizado ya? —pregunta.

—Porque estamos juntos en esto —dice Hardcastle.

—Más bien porque es condenadamente arriesgado —interrumpe un acalorado Sutcliffe—. Ya sabe lo que pasa cuando uno de nosotros actúa contra Stanwin: difunde lo que tiene sobre nosotros, lo que nos hace caer a todos. Como le pasó a la gente de Myerson.

—Nos está dejando secos —dice Hardcastle con vehemencia.

—Lo está dejando seco *a usted*, Peter —dice Sutcliffe, clavando en la mesa un grueso dedo—. Está a punto de sacarle a Ravencourt un montón de dinero y no quiere que Stanwin le ponga las manos encima.

—Ese diablo lleva casi veinte años con la mano metida en mi cartera —exclama Hardcastle, sonrojándose un poco—. ¿Cuánto tiempo más se supone que debo aguantar? —Clava la mirada en Pettigrew—. Vamos, Christopher, seguro que usted me escucha. Stanwin es el motivo… —Nubarrones de vergüenza asoman a su semblante gris—. Bueno, puede que Elspeth no se hubiera ido si…

Pettigrew le da un sorbo a su bebida, sin ofrecer réplica o asentimiento alguno. Solo yo veo el calor que asoma a su cuello o la forma en que sus dedos aprietan el vaso con tanta fuerza que la piel tras las uñas se ha vuelto blanca.

Hardcastle se apresura a centrar su atención en mí.

—Podemos apartar la mano de Stanwin de nuestro cuello, pero debemos enfrentarnos a él todos juntos —dice, golpeándose la palma de la mano con el puño—. Solo nos escuchará si demostramos estar dispuestos a actuar contra él.

Sutcliffe toma aire.

—Eso es…

—Calle, Philip —interrumpe Herrington, sin que sus ojos abandonen a Hardcastle—. ¿Qué tiene sobre Stanwin?

Hardcastle dirige una mirada de sospecha a la puerta antes de bajar la voz.

—Tiene una hija escondida en alguna parte —dice—. La mantiene oculta por temor a que la utilicen contra él, pero Daniel Coleridge afirma haber descubierto su nombre.

—¿El apostador? —dice Pettigrew—. ¿Cómo es que está metido en esto?

—No me pareció prudente preguntárselo, viejo amigo —dice Hardcastle, agitando su bebida—. Hay hombres que se pasean por lugares oscuros que los demás no deberíamos hollar.

—Se dice que paga a la mitad de los criados de Londres por información sobre sus señores —dice Herrington, frunciendo el labio—. No me extrañaría que pasara lo mismo en Blackheath, y Stanwin trabajó aquí lo suficiente como para que se le escapara algún secreto. Puede que haya algo de verdad en eso.

Oírlos hablar de Daniel me produce un extraño cosquilleo de excitación. Hace tiempo que sé que es mi último anfitrión, pero ha estado actuando en un futuro tan lejano que nunca me he sentido muy conectado a él. Ver que nuestras investigaciones convergen de este modo es como atisbar en el horizonte algo que se ha buscado desde hace mucho. Por fin hay un camino que nos une.

Hardcastle está en pie, calentándose las manos al calor del fuego. Las llamas lo iluminan y resulta evidente que los años le han quitado más que le han dado. La inseguridad es una grieta que lo atraviesa por el centro, socavando cualquier insinuación de solidez o fuerza. A este hombre lo han partido en dos y lo han recompuesto mal, y, si tuviera que adivinar, diría que justo en su centro hay un agujero con forma de niño.

—¿Qué quiere Coleridge de nosotros? —pregunto.

Hardcastle me mira con ojos inexpresivos y que no ven.

—¿Perdón? —dice.

—Ha dicho que Daniel Coleridge tiene algo sobre Stanwin, lo que significa que a cambio quiere algo de nosotros. Supongo que por eso nos ha reunido aquí.

—Cierto —dice Hardcastle, tocándose un botón suelto de la chaqueta—. Quiere un favor.

—¿Solo uno? —pregunta Pettigrew.

—De cada uno, con la promesa de que lo honraremos cuando nos lo pida, sin importar el que sea.

Se intercambian miradas, la duda pasa de cara en cara. Me siento como un espía en el campo enemigo. No estoy seguro de lo que pretende Daniel, pero es evidente que estoy aquí para inclinar la balanza a su favor. A *mi* favor. Sea cual sea ese favor, espero que nos ayude a liberarnos a Anna y a mí de este terrible lugar.

—Yo acepto —digo de forma grandilocuente—. Hace mucho que Stanwin merece recibir su merecido.

—Coincido —dice Pettigrew, apartando el humo de su cara—. Hace demasiado tiempo que siento su mano en mi cuello. ¿Qué dice usted, Clifford?

—Estoy de acuerdo —responde el viejo marinero.

Todas las caras se vuelven hacia Sutcliffe, cuyos ojos no paran de darle vueltas a la habitación.

—Estamos cambiando un diablo por otro —acaba diciendo el desastrado abogado.

—Quizá —dice Hardcastle—, pero he leído a Dante, Philip, y no todos los infiernos son iguales. Bueno, ¿qué me dice?

Asiente a regañadientes con la mirada fija en el vaso.

—Bien —dice Hardcastle—. Me reuniré con Coleridge y nos enfrentaremos a Stanwin antes de la cena. Si todo va bien, esto habrá acabado antes de que anunciemos la boda.

—Y de ese modo pasaremos de un bolsillo a otro —dice Pettigrew, acabándose la bebida—. Resulta espléndido ser un caballero.

35

Una vez tomada la decisión, Sutcliffe, Pettigrew y Herrington salen envueltos en una nube alargada de humo de puro mientras Peter Hardcastle se acerca al gramófono del aparador. Limpia el polvo de un disco con un pañuelo, baja la aguja y acciona un interruptor. Brahms brama por el acampanado tubo de bronce.

Hago un gesto a los demás para que sigan sin mí y cierro la puerta al pasillo. Peter se ha sentado junto al fuego y ha abierto una ventana a sus pensamientos. Aún no ha notado que me he quedado atrás y da la sensación de que nos separa una gran sima, aunque en realidad solo estamos a uno o dos pasos de distancia.

La reticencia de Dance a este asunto es paralizadora. Al ser un hombre que odia que lo interrumpan, es igualmente receloso a la hora de molestar a los demás, y la naturaleza personal de las preguntas que debo hacer solo complica el problema. Estoy empantanado en los modos de mi anfitrión. Esto no habría sido problema hace dos días, pero cada anfitrión es más fuerte que el anterior, y luchar contra Dance es como intentar caminar en un vendaval.

El decoro me permite una tos educada, y Hardcastle se vuelve para encontrarme junto a la puerta.

—Ah, Dance, viejo amigo —dice—. ¿Ha olvidado algo?

—Esperaba que pudiéramos hablar en privado.

—¿Hay algún problema con el contrato? —pregunta con cautela—. Debo admitir que me preocupaba que la dipsomanía de Sutcliffe pudiera…

—No es Sutcliffe, es Evelyn.

—Evelyn —repite; el cansancio sustituye a la cautela—. Sí, claro. Venga, siéntese junto al fuego. Esta condenada casa ya tiene bastantes corrientes de aire sin necesidad de invitar al frío.

Me da tiempo a acomodarme mientras se remanga la pernera del pantalón, agitando un pie ante las llamas. Sean cuales sean sus defectos, es meticuloso en sus modales.

—Bueno —dice al cabo de un momento, cuando juzga que ya se han seguido adecuadamente las normas de la etiqueta—. ¿Qué pasa con Evelyn? Supongo que no querrá seguir adelante con la boda.

Al no encontrar una forma fácil de presentar la situación, decido limitarme a exponerla.

—Me temo que es algo más serio —digo—. Alguien está decidido a asesinar a su hija.

—¿Asesinar? —Frunce el ceño, sonríe un poco, espera a que concluya el resto de la broma. Desarmado por mi sinceridad, se inclina hacia adelante, con la confusión arrugándole el rostro—. ¿Lo dice en serio? —pregunta mientras se coge las manos.

—Así es.

—¿Sabe quién, o por qué?

—Solo el cómo. La empujan a suicidarse o matarán a alguien a quien ama. La información se comunicó por carta.

—¿Por carta? —El tono es burlón—. Me parece dudoso. Será algún juego. Ya sabe cómo son esas chicas.

—No es un juego, Peter —digo con seriedad, y le arranco la duda del rostro.

—¿Puedo preguntar cómo obtuvo esta información?

—Del mismo modo en que consigo toda mi información: escuchando.

Lanza un suspiro, se pellizca la nariz, sopesa los datos y al hombre que se los trae.

—¿Cree que alguien quiere sabotear el trato con Ravencourt? —pregunta.

—No me lo había planteado —digo, sorprendido por la respuesta. Esperaba que se preocupase por el bienestar de su hija, quizá que se animase a trazar planes con los que garantizar su seguridad. Pero Evelyn es algo secundario. Lo único que teme perder es su fortuna—. ¿Se le ocurre alguien cuyos intereses se verían beneficiados por la muerte de Evelyn? —digo mientras lucho por contener mi repentino desagrado por este hombre.

—Uno hace enemigos, viejas familias que estarían encantadas de vernos en la ruina, pero ninguna de ellas recurriría a esto. Lo suyo son las murmuraciones, los cotilleos en las fiestas, los comentarios maliciosos en *The Times*, ya sabe cómo es eso.

Tamborilea frustrado en el brazo del sillón.

—Maldición, Dance, ¿está seguro de esto? Resulta tan extravagante...

—Estoy seguro, y, a decir verdad, mis sospechas recaen algo más cerca de casa.

—¿Uno de los criados? —pregunta. Ha bajado la voz y mira de reojo la puerta.

—Helena.

El nombre de su esposa es un golpe para él.

—Helena. Usted debe estar... Quiero decir... Amigo mío...

El rostro se le congestiona, las palabras bullen y se derraman de su boca. Yo siento un calor similar en mis mejillas. Este tipo de preguntas son veneno para Dance.

—Evelyn insinuó que la relación estaba rota —digo con rapidez, aposentando las palabras como piedras en un pantano.

Hardcastle se ha acercado a la ventana, donde se ha detenido dándome la espalda. Es evidente que la educación no permite el enfrentamiento, pero veo cómo le tiembla el cuerpo y se agarra las manos en la espalda.

—No niego que Helena no siente un gran afecto por Evelyn, pero sin ella estaremos arruinados en un par de años —dice, y mide cada palabra mientras forcejea para mantener su ira bajo control—. No pondría nuestro futuro en peligro.

No ha dicho que no sea capaz de hacerlo.

—Pero…

—Maldición, Dance, ¿cuál es su interés en esta calumnia? —grita a mi reflejo en el cristal para no tener que gritarme a mí.

Es el momento. Dance conoce a Peter Hardcastle lo bastante bien como para saber que está a punto de acabársele la paciencia. Mi siguiente frase decidirá si se abre a mí o me señala la puerta. Tengo que elegir las palabras con cuidado, lo que significa que tengo que tocar lo que más le importa. O le digo que intento salvarle la vida a su hija o…

—Lo siento, Peter —digo en un tono conciliador—. Pero si alguien quiere sabotear el trato con Ravencourt, tengo que impedírselo, como amigo suyo y como asesor legal.

Se desmorona.

—Claro que tiene —dice mientras me mira por encima del hombro—. Perdone, viejo amigo, es que… todo esto sobre asesinatos…, bueno, despierta viejos recuerdos…, compréndalo. Por supuesto, si cree que Evelyn corre peligro, haré lo que esté en mi mano por ayudar, pero se equivoca si cree que Helena haría daño a Evelyn. Su relación es difícil, pero se quieren. Estoy seguro de ello.

Me permito un pequeño suspiro de alivio. Combatir a Dance es agotador, pero por fin estoy a punto de obtener algunas respuestas.

—Su hija contactó con alguien llamado Felicity Maddox y afirmaba que le preocupaba la conducta de Helena —continúo; he cedido a la necesidad de mi anfitrión de presentar los hechos en su correcto orden—. No está en la lista de invitados, pero creo que Felicity ha venido a la casa a ayudar, y existe la posibilidad de que ahora esté siendo retenida como garantía por si Evelyn no sigue adelante con el suicidio. Michael me dijo que es una amiga de la infancia de su hija, pero no recordaba más sobre ella. ¿Recuerda usted a esta chica? ¿La ha visto por la casa, quizá? Tengo motivos para pensar que esta mañana era libre.

Hardcastle parece desorientado.

—No, aunque debo admitir que no he hablado mucho con Evelyn desde su regreso. Las circunstancias de su llegada, el matrimonio... han levantado una barrera entre nosotros. Pero es curioso que Michael no haya podido contarle más. Han sido inseparables desde su vuelta, y sé que cuando Evelyn estaba en París la visitaba y le escribía con frecuencia. Si alguien debería conocer a la tal Felicity, es él.

—Volveré a hablar con él, pero la carta tenía razón, ¿verdad? ¿Ha estado actuando Helena de forma extraña?

El disco se atasca en el gramófono, el solo de violín se ha elevado para verse precipitado a tierra una y otra vez, como una cometa en manos de un niño demasiado entusiasta.

Peter lo mira y frunce el ceño, esperando que su molestia baste para arreglarlo. Derrotado, se acerca al gramófono, levanta la aguja, sopla para quitarle el polvo al disco y lo sostiene a la luz.

—Está rayado —dice mientras niega con la cabeza.

Cambia el disco y una música nueva alza el vuelo.

—Hábleme de Helena —lo pincho—. Fue idea suya anunciar el compromiso en el aniversario de la muerte de Thomas y dar la fiesta en Blackheath, ¿no es así?

—Nunca perdonó a Evelyn que aquella tarde abandonase a Thomas —dice mientras mira cómo gira el disco—. Confieso que creí que los años embotarían su dolor, pero... —Abre los brazos— todo esto es tan... —Respira hondo y se recompone—. Admito que Helena quiere avergonzar a Evelyn. Considera el matrimonio un castigo, pero es un buen matrimonio, si te fijas en los detalles. Ravencourt no le pondrá un dedo encima. Él mismo me lo ha dicho. «Soy demasiado viejo para eso», fue lo que dijo. Ella podrá llevar sus casas, tendrá una buena asignación, hará la vida que quiera, siempre que no lo avergüence. Y él, a cambio, tendrá... Bueno, ya conoce los rumores sobre sus ayudas de cámara. Muchachos bien parecidos que van y vienen a todas horas. Todo son habladurías, pero el matrimonio acabará con eso. —Hace una pausa, su mirada es desafiante—. ¿Lo entiende, Dance? ¿Por qué iba Helena a arreglar todo esto si pretendía matar a Evelyn? No lo haría, no podría. En el fondo, quiere a Evelyn. Admito que no mucho, pero lo suficiente. Necesita sentir que Evelyn ha sido castigada como es debido para luego empezar a compensárselo. Ya lo verá. Helena cambiará, y Evelyn se dará cuenta de que este matrimonio es una bendición aunque no lo parezca. Créame, le ladra al árbol equivocado.

—Sigo necesitando hablar con su esposa, Peter.

—Tengo la agenda en el cajón: incluye todas sus citas de la jornada. —Se ríe con tristeza—. Hoy en día nuestro matrimonio consiste en solapar citas, pero le dirá dónde encontrarla.

Me apresuro al cajón, incapaz de contener la excitación.

Alguien de la casa, puede que la propia Helena, arrancó esas citas de su agenda para ocultar sus actividades. El que lo hizo olvidó, o no sabía, que su marido tenía una copia de ellas, y ahora está en mis manos. Vamos a descubrir, aquí y ahora, por qué se tomaron esa molestia.

El cajón está rígido, hinchado por la humedad. Se abre a regañadientes y descubre una agenda de piel sujeta con un cordel. Paso las páginas hasta encontrar las citas de Helena, y el entusiasmo me abandona de inmediato. Conozco la mayoría de ellas. Helena se reunió con Cunningham a las siete y media, aunque no se anota para qué. Después tenía que ver a Evelyn a las ocho y cuarto y a Millicent Derby a las nueve, pero no se presentó a ninguna. Tiene una cita con el jefe de los establos a las once y media, que es dentro de una hora, y luego se la espera en el salón de Ravencourt a primera hora de la tarde.

No irá.

Mi dedo recorre el programa mientras busco algo sospechoso. Ya conocía las de Evelyn y Ravencourt, y Millicent es una vieja amiga, así que es comprensible, pero ¿qué es tan urgente como para necesitar ver al hijo bastardo de su marido a primera hora de la mañana?

Se negó a decírmelo cuando se lo pregunté, pero es la única persona que ha visto hoy a Helena Hardcastle, lo que significa que no puedo seguir tolerando sus evasivas.

Tengo que sacarle la verdad.

Pero antes tengo que visitar los establos.

Por primera vez, sé dónde va a estar la elusiva señora de la casa.

—¿Sabe por qué se vio Helena con Charles Cunningham esta mañana? —pregunto a Peter mientras devuelvo la agenda al cajón.

—Probablemente querría saludarlo —dice mientras se sirve otra copa—. Siempre quiso al chico.

—¿Es Charles Cunningham el motivo por el que Stanwin lo chantajea? —pregunto—. ¿Sabe que es de usted?

—Vamos, Dance —dice, y me mira fijamente.

Le devuelvo la mirada. También mi anfitrión. Dance envía disculpas a mi lengua, urgiéndome a huir de la habitación. Es un puñetero incordio. Cada vez que abro la boca para hablar primero, tengo que esforzarme por dejar a un lado el bochorno de otro.

—Me conoce, Peter, así que sabe cuánto me cuesta preguntar algo así. Debo tener a mi disposición todas las piezas de este desagradable asunto.

Él se lo plantea y vuelve a la ventana con su copa. No es que haya mucho que ver. Los árboles han crecido tan cerca de la casa que las ramas presionan contra el cristal. A juzgar por la actitud de Peter, los invitaría a entrar si pudiera.

—No me hacen chantaje por la paternidad de Charles Cunningham. Ese pequeño escándalo ya apareció en todas las páginas de sociedad. Helena se aseguró de ello. No hay dinero en eso.

—Entonces, ¿qué sabe Stanwin?

—Necesito su palabra de que no saldrá de aquí.

—Por supuesto —digo, con el pulso acelerado.

—Bueno. —Le da un sorbo fortificante a su copa—. Antes de que Thomas fuera asesinado, Helena tuvo un asunto con Charlie Carver.

—¿El hombre que asesinó a Thomas? —exclamo a la vez que me siento un poco más erguido en la silla.

—A esto lo llamarían «cornudo consentidor», ¿no? —dice, muy rígido ante la ventana—. En mi caso es una metáfora inusualmente apropiada. Me quitó a mi hijo y dejó en su lugar al suyo.

—¿Su hijo?

—Cunningham no es mi hijo ilegítimo, Dance, sino de mi esposa. Su padre fue Charlie Carver.

—¡Ese sinvergüenza! —exclamo, y pierdo temporalmente el control de Dance, cuyo ultraje iguala a mi sorpresa—. ¿Cómo infiernos pudo pasar eso?

—Carver y Helena se querían —dice con pesar—. Nuestro matrimonio nunca fue… Yo tenía el título, la familia de Helena, el dinero. Fue algo conveniente, necesario incluso, pero no había cariño. Carver y Helena se criaron juntos, su padre era el guardabosques de las tierras de la familia. Ella me ocultó la relación, pero cuando nos casamos se trajo a Carver a Blackheath. Lamento decir que mis indiscreciones llegaron a sus oídos, nuestro matrimonio se tambaleó y un año o así más tarde ella acabó en la cama de Carver, y se quedó embarazada poco después.

—Pero no lo crio como si fuera de usted.

—No. Durante el embarazo me hizo creer que era mío, pero no estaba segura de quién sería su verdadero padre, mientras yo continuaba… Bueno, las necesidades de un hombre son…, ¿me entiende?

—Creo que sí —digo con frialdad, y recuerdo el amor y el respeto que definieron el matrimonio de Dance durante tanto tiempo.

—El caso es que yo estaba de caza cuando nació Cunningham, así que hizo que la comadrona se lo llevara de la casa para que lo criaran en el pueblo. Cuando volví, me dijeron que el niño había muerto en el parto, pero seis meses después, cuando estuvo segura de que no se parecía demasiado a Carver, el niño apareció ante nuestra puerta, en brazos de una moza con la que tuve la desgracia de pasar un tiempo en Londres y que estuvo encantada de aceptar el dinero de mi esposa y afirmar que era mío. Helena se hizo la víctima, insistiendo en que acogiéramos al niño, y yo, para mi vergüenza, acepté. Se lo entregamos a la señora Drudge, la cocinera, que lo crio como si fuera suyo. Lo crea o no, tras esto conseguimos tener algunos años tranquilos. Evelyn, Thomas y Michael nacieron poco después, y durante un tiempo fuimos una familia feliz.

Mientras contaba esta historia he buscado en su rostro algo de emoción, pero ha sido un recital desabrido de hechos. Una vez más, me sorprendo ante la inmadurez de este hombre. Hace una hora creí que la muerte de Thomas había reducido sus sentimientos a cenizas, pero ahora me planteo si no será que ese terreno siempre ha sido infecundo. Nada crece en este hombre aparte de la avaricia.

—¿Cómo descubrió la verdad? —pregunto.

—Por pura casualidad —dice, y posa las manos en la pared a ambos lados de la ventana—. Salí a dar un paseo y me encontré con Carver y Helena discutiendo el futuro del niño. Ella lo admitió todo.

—¿Y por qué no se divorció de ella?

—¿Y que todo el mundo conociera mi vergüenza? —dice, espantado—. Los hijos bastardos son moneda corriente hoy en día, pero imagine las habladurías si la gente supiera que a lord Peter Hardcastle le habían puesto los cuernos con un vulgar jardinero. No, Dance, de eso nada.

—¿Qué pasó cuando lo supo?

—Despedí a Carver, le di un día para que abandonara estas tierras.

—¿Fue el mismo día en que mató a Thomas?

—Exacto, así que nuestro encuentro lo sumió en una rabia asesina y… y…

Tiene los ojos nublados, enrojecidos por la bebida. Lleva toda la mañana vaciando y rellenando la copa.

—Stanwin se presentó ante Helena unos meses después extendiendo la mano. Verá, Dance, no estoy siendo chantajeado de forma directa, sino a través de Helena, y de paso está en juego mi reputación. Yo me limito a pagar.

—¿Y qué hay de Michael, Evelyn y Cunningham? —pregunto—. ¿Saben algo de esto?

—No que yo sepa. Ya es bastante difícil guardar un secreto sin ponerlo en boca de niños.

—¿Y cómo se enteró Stanwin?

—Llevo diecinueve años preguntándome eso mismo y hoy no estoy más cerca de la respuesta. Quizá era amigo de Carver, y los criados hablan. Si no es así, no tengo ni idea. Solo sé que yo estaría arruinado si eso saliera a la luz. Ravencourt es muy sensible al escándalo y no se casaría con una familia que sale en la primera página de los periódicos. —Me señala con un dedo y me habla en tono cruel y de borracho—. Mantenga a Evelyn con vida y le daré lo que me pida, ¿me oye? No permitiré que esa zorra me cueste la fortuna, Dance. No lo permitiré.

36

Peter Hardcastle se ha sumido en un enfurruñamiento de borracho y agarra su vaso como temiendo que alguien se lo quite. Considero que ya no me es útil, cojo una manzana del frutero y salgo de la habitación tras una disculpa hueca, y cierro la puerta de la sala para subir las escaleras sin que me vea. Necesito hablar con Gold y prefiero hacerlo sin tener que vadear una tormenta de preguntas.

En lo alto de la escalera me recibe una corriente de aire que se retuerce y riza al pasar por las agrietadas ventanas y bajo las puertas para agitar a las hojas que cubren el suelo. Recuerdo cuando recorrí este pasillo en busca del mayordomo con Evelyn a mi lado. Me resulta extraño pensar en ellos aquí, y más extraño aún recordar que Bell y yo somos el mismo hombre. Su cobardía me incomoda, pero ahora hay la suficiente distancia entre nosotros como para distanciarla de mí. Es como una historia vergonzosa que pude oír en una fiesta. La vergüenza de otro.

Dance desprecia a los hombres como Bell, pero yo no soy quién para juzgar. No tengo ni idea de quién soy fuera de Blackheath, ni de cómo pienso cuando no estoy metido en la mente de otro. Por lo que sé, puedo ser exactamente igual que Bell…, ¿y tan malo sería eso? Le envidio la compasión, como envidio la inteligencia de Ravencourt y la capacidad de Dance para ver las cosas como son de verdad. Si pudiera llevarme alguna de esas cualidades al salir de Blackheath, me sentiría orgulloso de ellas.

Me aseguro de estar solo en el pasillo y entro en la habitación donde tiene a Gregory Gold colgado del techo por las muñecas. Está murmurando, retorciéndose de dolor, intentando alejarse de alguna pesadilla incansable. La compasión me empuja a soltarlo, pero Anna no lo habría dejado atado sin una muy buena razón.

Aun así, sigo necesitando hablar con él, de modo que lo sacudo primero con suavidad y luego con más firmeza.

Nada.

Lo abofeteo y luego le salpico con agua de una jarra cercana, pero no se mueve. Esto es horrible. El sedante del doctor Dickie sigue afectándolo y por mucho que se remueva sigue sin poder liberarse de él. Se me revuelve el estómago, noto un escalofrío en los huesos. Hasta ahora, los horrores de mi futuro eran algo vago, insustancial, formas oscuras acechando en la niebla. Pero este soy yo, es mi destino. Me pongo de puntillas para bajarle las mangas y descubrir los cortes en los brazos que me enseñó anoche.

—No bajes del carruaje —murmuro mientras recuerdo su aviso.

—Apártese de él —dice Anna detrás de mí—. Y dese la vuelta muy despacio. No lo diré dos veces.

Hago lo que me pide.

Está en la puerta y me apunta con una escopeta. Tiene una expresión feroz y el pelo rubio se le derrama desde la cofia. Apunta con firmeza, tiene el dedo en el gatillo. Un movimiento en falso y seguro que me mata para proteger a Gold. Con todo lo que tengo en contra, el mero hecho de saber que alguien se preocupa tanto por mí basta para caldear hasta el frío corazón de Dance.

—Soy yo, Anna —digo—. Soy Aiden.

—¿Aiden?

Baja un poco la escopeta mientras se acerca, y se para a la distancia de un aliento para examinar mis recién adquiridas arrugas.

—El libro dice que serías viejo —comenta mientras coge el arma con una mano—. No dice que tendrías una cara como una lápida.

Hace un gesto con la cabeza hacia Gold.

—¿Admirabas los cortes? El doctor cree que se los hizo él. El pobre se ha hecho trizas los brazos.

—¿Por qué? —pregunto horrorizado, e intento imaginar alguna circunstancia en la que podría usar un cuchillo contra mí mismo.

—Tú lo sabes mejor que yo —dice mientras sorbe por la nariz—. Hablemos donde haga calor.

La sigo hasta la habitación al otro lado del pasillo, donde el mayordomo duerme tranquilamente entre blancas sábanas de algodón. La luz entra por una ventana y en la chimenea chisporrotea un pequeño fuego. Sangre seca mancha la almohada, pero, aparte de eso, es una escena serena, cariñosa e íntima.

—¿Ha despertado ya? —digo mientras señalo al mayordomo con la cabeza.

—Un momento, en el carruaje. Hace poco que hemos llegado. Pobre, apenas respira. ¿Qué hay con Dance? ¿Cómo es? —pregunta Anna, y esconde la escopeta bajo la cama.

—Muy serio y odia a su hijo. Aparte de eso, está bien. Cualquier cosa es mejor que Jonathan Derby —digo mientras me sirvo un vaso de agua de la jarra de la mesa.

—Lo conocí esta mañana —dice ella, distante—. Imagino que no es agradable estar atrapado en esa cabeza.

No lo fue.

—Le dijiste que tenías hambre —digo mientras le lanzo la manzana que cogí de la salita—, así que te he traído esto. No sé si ya has tenido oportunidad de comer.

—No la he tenido —dice mientras la limpia con el mandil—. Gracias.

Camino hasta la ventana y limpio con la manga la suciedad de una parte. Da al camino, donde me sorprendo al ver al médico de la peste señalando a la casa del portero. Daniel está a su lado, están conversando.

La escena me incomoda. Hasta ahora, mi interlocutor ha tenido mucho cuidado de mantener las distancias conmigo. La cercanía que noto ahora entre ellos parece una colaboración, como si en cierto modo me hubiera rendido ante Blackheath, aceptando la muerte de Evelyn y la afirmación de que solo uno de nosotros podrá irse. Nada está más lejos de la verdad. El saber que puedo cambiar este día me ha dado fe para seguir luchando…, así que ¿de qué diablos hablarán ahí abajo?

—¿Qué ves? —dice Anna.

—El médico de la peste hablando con Daniel.

—Aún no lo he visto —dice, y da un bocado a la manzana—. ¿Y qué demonios es un médico de la peste?

Le guiño un ojo.

—Verte de forma desordenada se vuelve problemático.

—Al menos solo hay una de mí. Háblame de ese médico tuyo.

Le cuento rápidamente mi historia con el médico de la peste; empiezo por nuestro encuentro en el estudio cuando yo era Sebastian Bell, sigo por cómo detuvo mi coche cuando intentaba escapar y por su regañina cuando perseguía a Madeline Aubert por el bosque siendo Jonathan Derby. Lo cual me parece que fue hace toda una vida.

—Parece que has hecho un amigo —dice ella mientras mastica de forma ruidosa.

—Me utiliza. Aunque no sé para qué.

—Quizá lo sepa Daniel, parecen muy amigos —dice, y se une a mí junto a la ventana—. ¿Alguna idea de lo que hablan? ¿Has resuelto ya el asesinato de Evelyn y se te ha olvidado contármelo?

—Si hacemos esto bien, no habrá asesinato que resolver —digo, con la atención fija en la escena de abajo.

—¿Así que sigues queriendo salvarla, aunque el médico de la peste te dijo que era casi imposible?

—Por norma ignoro la mitad de todo lo que me dice —comento, distante—. Considéralo sano escepticismo ante cualquier conocimiento que se transmite a través de una máscara. Además, sé que se puede cambiar este día. Lo he visto.

—Por el amor de Dios, Aiden —dice furiosa.

—¿Qué pasa? —pregunto sorprendido.

—¡Esto, todo esto! —dice, y abre los brazos exasperada—. Teníamos un trato. Yo me quedaba en este cuartito para mantener a salvo a estos dos y tú usabas tus ocho vidas para resolver ese asesinato.

—Es lo que estoy haciendo —digo, confundido por su indignación.

—No, no lo es —dice—. Andas por ahí intentando salvar a la persona cuya muerte es nuestra mejor posibilidad de escapar.

—Es mi amiga, Anna.

—Es amiga *de Bell* —me contradice Anna—. Humilló a Ravencourt y casi mata a Derby. Por lo que he visto, hay más calidez en un largo invierno que en esa mujer.

—Tenía sus motivos.

Es una mala respuesta, para desviar la pregunta en vez de responderla. Anna tiene razón. Hace tiempo que Evelyn no es mi amiga y, aunque el recuerdo de su amabilidad sigue presente en mí, no es lo que me mueve a actuar. Es otra cosa, algo más profundo, algo que intenta liberarse. La idea de dejar que la maten me pone malo. No a Dance ni a cualquier otro anfitrión, sino *a mí*. A Aiden Bishop.

Desgraciadamente, Anna se está enfureciendo y no me da oportunidad de ahondar en esta revelación.

—Sus razones me dan igual, las que me importan son las tuyas —dice a la vez que me señala—. Puede que tú no lo notes, pero en el fondo de mi ser sé cuánto tiempo llevo en este lugar. Y son *décadas*, Aiden, estoy segura. Necesito irme, tengo que irme, y esta es mi mejor oportunidad, contigo. Tú tienes ocho vidas y acabarás yéndote. Yo tengo esta vez y luego lo olvido. Sin ti, estoy atrapada aquí, y ¿qué pasará si no te acuerdas de mí la próxima vez que despiertes como Bell?

—No te dejaré aquí, Anna —insisto, afectado por la desesperación que noto en su voz.

—Entonces resuelve ese condenado crimen como te ha pedido el médico de la peste, ¡y créele cuando te dice que Evelyn no se puede salvar!

—¡No puedo fiarme de él! —digo; pierdo el control y le doy la espalda.

—¿Por qué no? Todo lo que ha dicho ha pasado. Es...

—Dice que me traicionarás —grito.

—¿Qué?

—Dijo que me traicionarías —repito, afectado por la admisión. Hasta hoy nunca he dado voz a la acusación y he preferido desecharla en el silencio de mis pensamientos. Decirla en voz alta la convierte en una posibilidad real, y me preocupa. Anna tiene razón: todo lo demás que ha dicho el médico de la peste ha resultado ser cierto. Y, por muy fuerte que sea mi conexión con esta mujer, no estoy completamente seguro de que no se volverá contra mí.

Ella retrocede como alcanzada por un rayo y niega con la cabeza.

—Yo nunca... Aiden, yo nunca haría eso, te lo juro.

—Dijo que recordabas el último bucle más de lo que admites. ¿Es eso cierto? ¿Hay algo que no me cuentas?

Ella titubea.

—¿Es verdad, Anna? —pregunto.

—No —dice con énfasis—. Intenta dividirnos, Aiden. No sé por qué, pero no puedes hacerle caso.

—Es lo que digo —replico—. Si el médico de la peste dice la verdad sobre Evelyn, dice la verdad sobre ti. No creo que sea así. Creo que quiere algo, algo que desconocemos, y creo que nos utiliza para conseguirlo.

—Y, aunque sea así, no entiendo por qué insistes en salvar a Evelyn —dice Anna, que aún está asimilando lo que le he contado.

—Porque alguien la va a matar —digo inseguro—. Y no quieren hacerlo por sí mismos, quieren forzarla a que lo haga ella misma, y se asegurarán de que todo el mundo lo vea. Es una crueldad, y la están disfrutando, y yo no… No importa si nos cae bien o no, o si el médico de la peste tiene razón, pero no se puede matar a alguien y hacerlo de forma que lo vea todo el mundo. Es inocente y podemos impedirlo. Debemos impedirlo.

Me detengo, sin aliento, tambaleándome al borde de un recuerdo provocado por las preguntas de Anna. Es como si se hubiera descorrido la cortina y el hombre que fui resultara casi visible por la abertura. Culpa y pena, esas son las claves, estoy seguro. Son lo que me trajeron a Blackheath, lo que me empuja a salvar a Evelyn. Pero ese no es el objetivo que me trajo aquí, no lo es.

—Había alguien más —digo despacio, y me aferro a los confines de ese recuerdo—. Creo que una mujer. Ese es el motivo por el que vine aquí, pero no pude salvarla.

—¿Cómo se llama? —dice Anna a la vez que me coge las arrugadas y viejas manos y me mira a los ojos.

—No lo recuerdo —digo. La cabeza me late por la concentración.

—¿Era yo?

—No lo sé.

El recuerdo se me escapa. Tengo lágrimas en las mejillas, un dolor en el pecho. Me siento como si hubiera perdido a alguien, pero no sé a quién. Miro a los grandes ojos castaños de Anna.

—Se me ha ido —digo débilmente.

—Lo lamento, Aiden.

—No tienes por qué —digo, y siento que recupero las fuerzas—. Vamos a salir de Blackheath, te lo prometo, pero será a mi manera. Haré que funcione. Tienes que confiar en mí, Anna.

Espero una objeción, pero me despista con una sonrisa.

—¿Por dónde empezamos, entonces?

—Voy a buscar a Helena Hardcastle —digo, y me seco la cara con un pañuelo—. ¿Tienes alguna pista sobre el lacayo?

Anoche mató a Derby, y no creo que tarde mucho en tocarle a Dance.

—La verdad es que he estado trazando un plan.

Mira debajo de la cama y saca el cuaderno del pintor, que abre y deposita en mi regazo. Es el libro que la ha estado guiando todo el día, pero no veo en él la intrincada telaraña de causa y efecto que esperaba. Su contenido me parece un galimatías.

—Creía que no me estaba permitido ver esto —digo, e inclino la cabeza para leer boca abajo la desmañada escritura—. Me siento honrado.

—No te lo creas. Solo te dejo ver la parte que necesitas.

Tiene redondeadas alertas e indicaciones garabateadas con mano errática sobre los acontecimientos del día, retazos de conversación escritos de forma discontinua en la página, todo sin un contexto que los explique. Reconozco algunos de los momentos, incluyendo un dibujo apresurado de la paliza al mayordomo a manos de Gold, pero la mayoría carece de sentido.

Es solo tras ser asaltado por este caos cuando empiezo a distinguir los intentos de Anna de darles orden. Con un lápiz, ha escrito con diligencia notas para sí misma junto a las entradas. Ha hecho conjeturas, anotado horas, transcrito conversaciones y las ha confrontado con las del libro, remarcando la información útil contenida en ellas.

—Dudo que puedas hacer mucho con esto —dice Anna, y observa mis esfuerzos—. Me lo dio uno de tus anfitriones. Es como si estuviera escrito en otro idioma. Gran parte no tiene sentido, pero he estado añadiendo cosas, utilizándolo para seguir el rastro de tus idas y venidas. Es todo lo que sé de ti. Todos los anfitriones, todo lo que han hecho. Es la única manera de seguirte el ritmo, pero no está completo. Hay agujeros. Por eso necesito que me digas cuál es el mejor momento para ver a Bell.

—¿A Bell? ¿Por qué?

—Ese lacayo me busca, así que vamos a decirle dónde estaré —dice mientras escribe una nota en una hoja suelta de papel—. Reuniremos a algunos anfitriones y lo estaré esperando cuando saque el cuchillo.

—¿Y cómo vamos a atraparlo? —digo.

—Con esto. —Me entrega la nota—. Si me cuentas cómo fue el día de Bell, puedo dejárselo en alguna parte donde lo encuentre. En cuanto lo mencione en la cocina, se sabrá en toda la casa en una hora. Seguro que el lacayo se entera.

> *No te vayas de Blackheath. Más vidas aparte de la tuya dependen de ti. Reúnete conmigo en el mausoleo del cementerio familiar a las 22:20 y te lo explicaré todo.*
>
> *Te quiere, Anna*

Me veo transportado a aquella noche, cuando Evelyn y Bell entraron en el húmedo cementerio, revólver en mano, para encontrar solo sombras y una brújula rota cubierta de sangre. Como profecía no es muy tranquilizadora, pero tampoco definitiva. Es otra pieza del futuro que se desprende del todo, y hasta que no llegue a eso no tendré ni idea de lo que significa. Anna espera mi reacción, pero mi incomodidad no es suficiente motivo para objetar al plan.

—Has visto cómo acaba esto. ¿Funciona? —pregunta mientras se tira nerviosa de la manga.

—No lo sé, pero es el mejor plan que tenemos —digo—. Vamos a necesitar ayuda, y se te están acabando los anfitriones.

—No te preocupes, la encontraré.

Saco una pluma del bolsillo y añado otra frase al mensaje, algo que ahorre al pobre Bell mucha frustración.

> *Ah, y no te olvides los guantes, se están quemando.*

37

Oigo los caballos antes de verlos, docenas de cascos galopando sobre el empedrado delante de mí. No muy atrás llega su olor, un aroma a moho mezclado con una peste a estiércol, una fuerte combinación que ni siquiera el viento consigue alterar. Solo tras ser asaltado por su impresión veo a los animales en sí, una treintena que son conducidos fuera de los establos por el camino principal hacia el pueblo, con los carruajes enganchados a los lomos.

Los mozos de los establos los guían a pie, uniformados con gorras de plato, camisa blanca y pantalones grises, algo que los hace tan indistinguibles entre sí como los caballos a su cuidado.

Observo sus cascos con nerviosismo. En un fogonazo de memoria, recuerdo haber sido arrojado del caballo cuando era niño, los cascos de los caballos golpeándome el pecho, mis huesos rompiéndose…

No permitas que Dance te domine.

Me libero de los recuerdos de mi anfitrión y bajo la mano, que se ha movido instintivamente hacia la cicatriz de mi pecho.

Está empeorando.

La personalidad de Bell apenas salió a la luz, pero, entre la lujuria de Derby y los modales y traumas infantiles de Dance, me está costando no desviarme de mi camino.

Unos cuantos caballos en medio de la masa mordisquean a los que tienen al lado y una oleada de agitación se transmite por esa marea de músculos marrones. Suficiente para que dé un mal paso fuera del camino hasta un montón de estiércol.

Me estoy limpiando la porquería cuando uno de los mozos del establo se separa de la manada.

—¿Puedo ayudarlo en algo, señor Dance? —pregunta mientras se toca la gorra.

—¿Me conoce? —digo, sorprendido por este reconocimiento.

—Perdone, señor, me llamo Oswald, señor. Le ensillé el corcel que montó ayer. Está muy bien ver a un caballero montar a caballo, señor. Ya no quedan muchos que sepan montar así.

Sonríe y muestra dos hileras agujereadas de dientes marrones por el tabaco.

—Claro, claro —digo mientras los caballos lo golpean en la espalda al pasar—. El caso, Oswald, es que buscaba a *lady* Hardcastle. Se supone que debe reunirse con Alf Miller, el jefe de los establos.

—No sé qué decirle de la señora, señor, pero Alf se le acaba de escapar. Se marchó con alguien hace diez minutos. Creo que iba al lago, porque tomó el sendero que cruza el prado. Está a la derecha nada más pasar el arco, señor. Seguro que lo alcanza si se da prisa.

—Gracias, Oswald.

—Por supuesto, señor.

Vuelve a tocarse la gorra y se une a la manada.

Sigo hasta los establos manteniéndome al borde del camino, las piedras sueltas me retrasan de forma considerable. En mis otros anfitriones me limitaba a apartarme cuando pisaba una, pero las viejas piernas de Dance no son lo bastante ágiles para eso y cada vez que una se mueve bajo mi peso me tuerce los tobillos y las rodillas y amenaza con derribarme.

Cruzo irritado el arco para encontrar avena, heno y fruta pisoteada cubriendo el patio y a un chico haciendo lo que puede por barrer los restos hacia los rincones. Probablemente tendría más suerte si no midiera la mitad que la escoba. Me mira con timidez mientras intenta saludarme con la gorra, consiguiendo solo que se la lleve el viento. La última vez que lo veo está persiguiéndola por el patio como si dentro fueran todos sus sueños.

El sendero que recorre el prado es poco más que una vereda embarrada salpicada de charcos, y para cuando he recorrido la mitad ya tengo los pantalones sucios. Las ramitas crujen, la lluvia gotea de las plantas. Tengo la sensación de que me vigilan y, aunque no hay nada que sugiera que hay algo más que mis nervios, juraría que siento una presencia entre los árboles, dos ojos que me siguen los pasos. Espero estar equivocado porque, si el lacayo apareciera de pronto, soy demasiado débil y demasiado lento para correr. El resto de mi vida durará lo que tarde en elegir un modo de matarme.

Al no ver señales del jefe de los establos o de *lady* Hardcastle, renuncio por completo a mi buena presencia y me salpico barro en la espalda al iniciar un preocupado trote.

El sendero no tarda en apartarse del prado para entrar en el bosque, y la sensación de ser vigilado aumenta a medida que me alejo de los establos. Las zarzas se agarran a mis ropas mientras me abro paso, hasta que por fin oigo un murmullo de voces que se acercan y el lamer del agua contra la orilla. Me inunda el alivio y me doy cuenta de que he estado conteniendo el aliento todo este tiempo. Dos pasos más y me los encuentro cara a cara, solo que no es *lady* Hardcastle quien acompaña al jefe de los establos, sino Cunningham, el ayuda de cámara de Ravencourt. Viste un grueso abrigo y la larga bufanda púrpura que luchaba por aflojarse cuando interrumpió la conversación entre Ravencourt y Daniel.

El banquero debe de estar dormido en la biblioteca. La alarma en sus rostros indica que hablaban de algo más que de simples cotilleos.

Cunningham es el primero en recuperarse y sonríe amable.

—Señor Dance, qué agradable sorpresa —dice—. ¿Cómo por aquí en esta inclemente mañana?

—Busco a Helena Hardcastle —digo mientras paseo la mirada de Cunningham al jefe de los establos—. Tenía entendido que estaba dando un paseo con el señor Miller.

—No, señor —dice Miller, que le da vueltas a la gorra entre las manos—. Debía reunirse conmigo en mi cabaña, señor. Allí voy ahora.

—Entonces estamos los tres en la misma situación —dice Cunningham—. Yo también esperaba poder encontrarla. Podríamos ir juntos. Mi asunto no ocupará mucho tiempo, pero estaré encantado de esperar, si es necesario.

—¿Y qué asunto es ese? —pregunto mientras empezamos a caminar de vuelta a los establos—. Tengo entendido que se ha visto con *lady* Hardcastle antes del desayuno.

Lo directo de mi pregunta altera momentáneamente su buen humor y un fogonazo de irritación asoma a su cara.

—Recados para lord Hardcastle —dice—. Ya sabe cómo son esas cosas. Un problema lleva a otro.

—Pero ¿ha visto hoy a la señora de la casa?

—Así es, a primera hora.

—¿Y cómo estaba?

Se encoge de hombros y frunce el ceño.

—No sabría decirle. Nuestra charla fue breve. ¿Puedo preguntarle adónde quiere ir a parar con estas preguntas, señor Dance? Me siento como si me enfrentara a usted en los tribunales.

—Nadie más ha visto hoy a *lady* Hardcastle. Me resulta extraño.

—Quizá no quiera que la incordien con preguntas —dice, molesto.

Llegamos de muy mal humor a la cabaña, con el señor Miller muy incómodo al invitarnos a pasar. Está tan limpia y ordenada como la última vez que estuve aquí, pero es demasiado pequeña para tres hombres y sus secretos.

Cojo la silla junto a la mesa mientras Cunningham inspecciona la librería y el jefe de los establos se inquieta, haciendo lo que puede por limpiar una cabaña de por sí limpia.

Esperamos diez minutos, pero *lady* Hardcastle no aparece. Es Cunningham quien rompe el silencio.

—Bueno, parece que la señora tiene otros planes —dice mientras mira su reloj—. Será mejor que me vaya, me esperan en la biblioteca. Que tengan buenos días, señor Dance, señor Miller —dice, e inclina la cabeza antes de abrir la puerta y marcharse.

Miller me mira nervioso.

—¿Y usted, señor Dance? ¿Va a esperar más tiempo?

Ignoro lo que pregunta y me uno a él ante la chimenea.

—¿De qué hablaba con Cunningham? —pregunto.

Mira a la ventana, como si la respuesta llegara por mensajero. Chasqueo los dedos ante su cara, atrayendo hacia mí su acuosa mirada.

—En este momento, es simple curiosidad, señor Miller —digo, con una voz baja que gotea desagradables posibilidades—. Dentro de un minuto estaré irritado. Dígame de qué hablaban.

—Quería que alguien le enseñara el lugar —dice mientras saca el labio inferior y muestra la carne rosada del interior—. Quería ver el lago.

Sean cuales sean las habilidades que tiene Miller en este mundo, la de mentir no es una de ellas. Su rostro anciano es un amasijo de arrugas y carne colgante, material más que suficiente para que sus emociones monten un escenario. Cada ceño es una tragedia, cada sonrisa, una farsa. Una mentira, al estar a medio camino de ambas cosas, basta para desmoronar toda la actuación.

Poso la mano en su hombro, bajo la cara hasta la suya y veo cómo sus ojos evaden los míos.

—Como bien sabe usted, Charles Cunningham creció en esta finca, señor Miller. No necesita un guía turístico. Dígame, ¿de qué estaban hablando?

Él niega con la cabeza.

—Prometí…

—Yo también puedo hacer promesas, Miller, pero no le gustará la mía.

Mis dedos le presionan la clavícula con fuerza suficiente para arrancarle una mueca de dolor.

—Preguntaba por el niño asesinado —dice, reticente.

—¿Thomas Hardcastle?

—No, señor, el otro.

—¿Qué otro?

—Keith Parker, el chico de los establos.

—¿Qué chico de los establos? ¿De qué está hablando, hombre?

—Nadie lo recuerda, señor, no era lo bastante importante —dice, y aprieta los dientes—. Era uno de los míos. Un chico encantador, de catorce años. Desapareció cosa de una semana antes de que muriera el señorito Thomas. Vinieron un par de alguaciles a echar un vistazo por el bosque, pero no encontraron su cuerpo, así que dijeron que se había escapado de casa. Señor, yo le digo que no se escapó. Quería a su madre, le gustaba su trabajo. Nunca se habría ido. Lo dije en su momento, pero nadie me escuchó.

—¿Llegaron a encontrarlo?

—No, señor, nunca.

—¿Y fue eso lo que le dijo a Cunningham?

—Sí, señor.

—¿Fue eso todo lo que le dijo?

Sus ojos miran a izquierda y derecha.

—Hay más, ¿verdad?

—No, señor.

—No me mienta, Miller —digo con frialdad, con el vello del cuello erizado.

A Dance no le gusta la gente que intenta engañarlo, considera que eso sugiere ingenuidad o estupidez. Para siquiera intentarlo, los mentirosos deben creerse más listos que la persona a la que mienten, una asunción que encuentra grotescamente insultante.

—No miento, señor —protesta el pobre jefe de los establos, con una vena latiéndole en la frente.

—¡Sí que miente! ¡Cuénteme lo que sabe! —exijo.

—No puedo.

—Dígamelo o lo arruinaré, señor Miller —digo, y doy rienda suelta a mi anfitrión—. Le quitaré todo lo que tiene, cada retal de ropa y cada penique que haya ahorrado.

Las palabras de Dance brotan de mi boca goteando veneno. Así es como lleva su bufete, acogotando a sus contrincantes con amenazas e intimidación. A su manera, Dance es tan canalla como Derby.

—Desenterraré cada…

—La historia es mentira —farfulla Miller.

Tiene el rostro ceniciento, los ojos atormentados.

—¿Qué significa eso? ¡Suéltelo ya!

—Dicen que Charlie Carver mató al señorito Thomas, señor.

—¿Y qué?

—Que no pudo hacerlo, señor. Charlie y yo éramos muy amigos. Esa mañana, Charlie había tenido una discusión con lord Hardcastle y lo habían despedido, así que decidió cobrarse una compensación.

—¿Una compensación?

—Unas botellas de *brandy*, señor, directas del estudio de lord Hardcastle. Entró en él y se las llevó.

—Así que robó unas botellas de *brandy*. ¿Cómo prueba eso su inocencia?

—Vino a verme una vez después de que yo ayudara a la señorita Evelyn a que saliera en su poni. Dijo que quería un último trago con un amigo. No podía decirle que no, ¿verdad? Nos bebimos las botellas entre los dos, Charlie y yo, pero, cosa de media hora antes del asesinato, me dijo que debía irme.

—¿Irse? ¿Por qué?

—Dijo que alguien iba a visitarlo.

—¿Quién?

—No lo sé, señor, no lo dijo. Solo…

Titubea, palpa el borde de la respuesta en busca de la grieta por la que está seguro que caerá.

—¿Qué? —exijo.

El pobre idiota se retuerce las manos, arruga la alfombra con el pie izquierdo.

—Dijo que todo estaba arreglado, señor, que iban a ayudarlo a conseguir un buen puesto en otro lugar. Pensé que quizá…

—Sí.

—Por la forma en que hablaba, señor… Pensé…

—Escúpalo, Miller, por el amor de Dios.

—*Lady* Hardcastle, señor —dice, y encuentra mi mirada por primera vez—. Pensé que quizá fuera a reunirse con *lady* Helena Hardcastle. Siempre fueron muy amigos.

Mi mano cae de su hombro.

—Pero ¿no la vio llegar?

—Yo…

—Usted no se fue, ¿verdad? —digo, y veo la culpa en su rostro—. Quiso ver quién venía, así que se escondió en un lugar cercano.

—Solo un momento, señor, solo para ver, para asegurarme de que estaba bien.

—¿Por qué no lo contó entonces? —digo mientras frunzo el ceño.

—Me dijeron que no lo hiciera, señor.

—¿Quién?

Alza la mirada hacia mí y mastica el silencio para que sea una súplica desesperada.

—¿Quién, maldición? —persisto.

—Pues *lady* Hardcastle, señor. Eso fue lo que me… Bueno, ella no habría dejado que Charlie matara a su hijo, ¿no? Y, de ser así, no me habría dicho que guardara silencio. No tendría sentido, ¿verdad? Tiene que ser inocente.

—¿Y ha guardado el secreto todos estos años?

—Tenía miedo, señor. Mucho miedo, señor.

—¿De Helena Hardcastle?

—Del cuchillo, señor. El que usaron para matar a Thomas. Lo encontraron en la cabaña de Carver, escondido bajo el entarimado. Eso fue lo que acabó con él, señor.

—¿Por qué tiene miedo del cuchillo, Miller?

—Porque era mío, señor. Un cuchillo de herradura. Desapareció de mi cabaña unos días antes del asesinato. Eso y una bonita sábana de mi cama. Pensé que podían, bueno, echarme la culpa. Como si yo lo hubiera hecho con Carver, señor.

Los siguientes minutos son un borrón, con mis pensamientos muy lejos de allí. Soy vagamente consciente de haberle prometido a Miller que guardaría su secreto, del mismo modo en que soy vagamente consciente de salir de su cabaña, con la lluvia calándome camino de la casa.

Michael Hardcastle dijo que, la mañana en que mataron a Thomas, alguien había estado con Charlie, alguien al que Stanwin había herido con una escopeta antes de que escaparan. ¿Pudo ser *lady* Hardcastle esa persona? En ese caso, habría necesitado que le curaran las heridas de forma discreta.

¿El doctor Dickie?

Los Hardcastle daban una fiesta el fin de semana en que asesinaron a Thomas y, según Evelyn, han invitado a este baile a las mismas personas. Dickie está hoy en la casa, así que probablemente también lo estuvo hace diecinueve años.

No hablará, es leal como un perro.

—Se dedica a vender drogas bajo cuerda con Bell —digo, y recuerdo la Biblia con anotaciones que encontré en su habitación cuando fui Derby—. Eso será suficiente para obligarlo a que me diga la verdad.

Mi excitación aumenta. Si Dickie me confirma que *lady* Hardcastle recibió un tiro en el hombro, pasará a ser sospechosa en la muerte de Thomas. Pero ¿por qué infiernos iba a quitarle la vida a su propio hijo o a permitir que Carver —un hombre al que amaba, según lord Hardcastle— cargase con la culpa por ella?

Esto es lo más parecido al regocijo que siente Dance, ya que el viejo abogado se ha pasado la vida buscando los hechos como un sabueso con el olor a sangre en el morro, y hasta que Blackheath se alza en el horizonte no consigo ser consciente de lo que me rodea. A esta distancia, con estos ojos débiles, la casa es un manchón, no se le ven las grietas, y la contemplo como debió de ser antaño, cuando una joven Millicent Derby veraneaba aquí con Ravencourt y los Hardcastle, cuando los niños jugaban sin miedo en el bosque y sus padres disfrutaban con las fiestas y la música, riendo y cantando.

Debió de ser glorioso.

Comprendo que Helena Hardcastle añore esos días e incluso que intente recuperarlos dando otra fiesta. Lo comprendo, pero solo un idiota creería que ese es el motivo por el que está pasando esto. Blackheath no puede restaurarse. El asesinato de Thomas Hardcastle lo minó para siempre, haciendo que solo pudiera ser una ruina, pero, a pesar de ello, ha invitado a los mismos invitados a la misma fiesta, diecinueve años justos después. Se ha desenterrado el pasado y se lo ha disfrazado, pero ¿con qué fin?

Si Miller tiene razón y Charlie Carver no mató a Thomas Hardcastle, es muy posible que fuera Helena Hardcastle, la tejedora de esta terrible telaraña en la que estamos todos atrapados y la mujer que cada vez estoy más convencido de que está en el centro de todo.

Es muy posible que planee matar a Evelyn esta noche, y yo aún no tengo ni idea de cómo encontrarla, y mucho menos de cómo impedírselo.

38

Hay unos pocos caballeros fumando fuera de Blackheath, intercambiando historias sobre el desenfreno de anoche. Sus saludos alegres me siguen por las escaleras, pero paso sin hacer comentarios. Me duelen las piernas, los riñones me piden una estancia en la bañera, pero no tengo tiempo. Dentro de media hora empezará la cacería y no puedo perdérmela. Tengo demasiadas preguntas y la mayoría de las respuestas llevarán escopeta.

Cojo un decantador de *whisky* escocés de la sala de estar y me retiro a mi habitación para tomarme un par de copas a palo seco y amortiguar el dolor. Noto las objeciones de Dance, su desagrado, no solo porque yo reconozca la molestia, sino mi necesidad de apagarla. Mi anfitrión desprecia lo que le está pasando, considera la edad algo maligno, una enfermedad y una erosión.

Me quito la ropa embarrada y, al darme cuenta de que no sé cuál es el aspecto de Dance, me acerco al espejo. Lo de ponerme un cuerpo nuevo cada día se ha convertido ya en algo vulgar, y solo la esperanza de captar algún atisbo del auténtico Aiden Bishop me impele a seguir buscando. Dance se acerca al final de la setentena, tan arrugado y gris por dentro como por fuera. Está casi calvo y su cara es un río de arrugas que se derrama desde el cráneo, mantenido en su sitio solo por una gran nariz romana. A ambos lados de ella hay un bigotito gris y negro y unos ojos sin vida que no revelan nada del hombre del interior, salvo, quizá, que puede que no haya un hombre dentro. Dance parece estar obsesionado con el anonimato, ya que sus ropas —aunque de buena calidad— son de diferentes tonos de gris y solo los pañuelos y las pajaritas ofrecen algo de color.

Incluso en este caso, las opciones son de rojo o azul oscuro, por lo que da la impresión de ser un hombre camuflado en su propia vida. Su traje de *tweed* para la caza le viene algo justo por el vientre, pero servirá. Me tomo otra copa de escocés para calentarme la garganta y cruzo el pasillo hasta la habitación del doctor Dickie y llamo a la puerta.

Unos pasos se acercan a ella por el otro lado y Dickie la abre de par en par. Va vestido para la cacería.

—No trabajo tanto en mi clínica —gruñe—. Le aviso que esta mañana ya he atendido unas heridas de cuchillo, una pérdida de memoria y una paliza severa, así que, sea cual sea su dolencia, más le vale que sea interesante. Y, a ser posible, por encima de la cintura.

—Trafica con drogas a través de Sebastian Bell —digo bruscamente; la sonrisa desaparece de su rostro—. Él las vende, usted se las suministra.

Pálido como una sábana, tiene que sujetarse agarrando el marco de la puerta.

Al ver su debilidad, aprovecho mi ventaja.

—Ted Stanwin pagaría muy bien por esta información, pero no necesito a Stanwin. Necesito saber si usted curó a Helena Hardcastle, o a cualquier otro, de una herida de escopeta el día en que asesinaron a Thomas Hardcastle.

—La policía me hizo esa misma pregunta entonces y respondí con sinceridad. —Carraspea y se afloja el cuello—. No, no curé a nadie.

Lo miro con el ceño fruncido y doy media vuelta.

—Voy a ver a Stanwin.

—Maldición, hombre, le estoy diciendo la verdad —afirma mientras me coge por el brazo.

Nos miramos a los ojos. Los suyos son viejos y apagados y están iluminados por el miedo. Lo que sea que encuentre en los míos hace que me suelte.

—Helena Hardcastle quiere a sus hijos más que a la vida, y Thomas era al que más quería —insiste—. No pudo hacerle daño, no habría sido capaz. Le juro, por mi honor de caballero, que aquel día nadie acudió a mí con una herida y que no tengo ni la menor idea de a quién disparó Stanwin.

Sostengo por un segundo su mirada suplicante y busco algún pestañeo de engaño, pero dice la verdad, estoy seguro. Decepcionado, dejo marchar al doctor y vuelvo al vestíbulo, donde se están reuniendo los demás caballeros, fumando y charlando, impacientes por que empiece la cacería. Estaba seguro de que Dickie confirmaría la participación de Helena y, de ese modo, me daría un punto de partida para investigar la muerte de Evelyn.

Necesito tener una idea más clara de lo que le pasó a Thomas, y sé con quién tengo que hablar.

Entro en la sala de estar buscando a Ted Stanwin y encuentro a Philip Sutcliffe vestido de *tweed* verde, atacando las teclas del pianoforte con gran entusiasmo y muy poca habilidad. La cuasi música me transporta de vuelta a mi primera mañana en la casa, un recuerdo que vivió Sebastian Bell, que ahora está solo e incómodo en un rincón del fondo, con una bebida de la que no conoce ni el nombre. Mi compasión por él se ve compensada por la irritación de Dance, ya que el viejo abogado tiene poca paciencia por cualquier tipo de ignorancia. Si tuviera oportunidad, él se lo contaría todo a Bell, y a paseo con las consecuencias, y debo admitir que la idea resulta tentadora.

¿Por qué no debería saber Bell que esta mañana vio a una doncella llamada Madeline Aubert y no a Anna? ¿O que no murió ninguna de las dos, por lo que su sentimiento de culpa es innecesario? Podría explicarle el bucle y que el asesinato de Evelyn es la clave para escapar, de modo que impediría que perdiera el día, como Donald Davies intentando huir. Le diría que Cunningham es hijo de Charlie Carver y que parece estar intentando demostrar que Carver no mató a Thomas Hardcastle. Cuando llegue el momento, será con esta información con la que chantajeará a Cunningham, porque Ravencourt aborrece el escándalo, y es casi seguro que, de saberlo, se desharía de su ayuda de cámara. Le diría que buscase a la misteriosa Felicity Maddox y, sobre todo, a Helena Hardcastle, porque todos los caminos llevan a la desaparecida señora de la casa.

No funcionaría.

—Lo sé —musito con pesar.

Lo primero que pensaría Bell es que me he escapado de un manicomio, y para cuando por fin se diera cuenta de que es cierto, su investigación habría cambiado el día por completo. Por mucho que quiera ayudarlo, estoy demasiado cerca de la respuesta como para arriesgarme a deshacer este bucle.

Bell tendrá que hacer esto solo.

Un brazo me coge del codo y Christopher Pettigrew aparece a mi lado con un plato en la mano. Nunca he estado tan cerca de él y, de no ser por los impecables modales de Dance, el desagrado sería evidente en mi cara. De cerca parece algo que acaba de ser desenterrado.

—Pronto nos libraremos de él —dice Pettigrew mientras señala con la cabeza a Ted Stanwin, que en ese momento coge fiambre de la mesa, y yo estudio a los demás invitados con los ojos entrecerrados. Su desagrado resulta evidente.

Hasta este momento, lo había tomado por un simple matón, pero ahora me doy cuenta de que es más que eso. Su negocio es el chantaje, lo que significa que conoce todos los secretos y vergüenzas ocultas, todos los posibles escándalos y perversiones que envuelven esta casa. Y, lo que es peor, sabe quién se libró de qué. Desprecia a todos los que están en Blackheath, incluido él mismo por proteger sus secretos, así que se pasa todo el día peleándose con los demás para poder sentirse mejor.

Alguien me empuja al pasar. Es un confuso Charles Cunningham, que viene de la biblioteca con la carta de Ravencourt en la mano, mientras la doncella Lucy Harper se lleva los platos, ajena a lo que se cuece a su alrededor. Noto una punzada de dolor al darme cuenta de que se parece un poco a mi fallecida esposa Rebecca. En sus años de juventud, claro. Hay una semejanza en sus gestos, una delicadeza al moverse, como si…

Rebecca no fue tu esposa.

—Maldición, Dance —digo mientras me libro de él.

—Perdone, no le he oído bien, amigo —dice Pettigrew, y frunce el ceño.

Abro la boca para responder, sonrojado por la vergüenza, pero me distraigo con la pobre Lucy Harper cuando intenta pasar junto a Stanwin para coger un plato vacío. Es más guapa de lo que recordaba, pecosa y con ojos azules, e intenta recogerse el pelo rojo bajo la cofia.

—Discúlpeme, Ted —dice ella.

—¿Ted? —dice furioso mientras la agarra por la muñeca y aprieta lo bastante fuerte como para provocarle una mueca de dolor—. ¿Con quién diablos te crees que estás hablando, Lucy? Para ti soy el señor Stanwin. Ya no estoy abajo con las ratas.

—Suéltela, Ted —dice Daniel Coleridge desde la puerta.

Aturdida y asustada, nos mira en busca de ayuda.

A diferencia de Sebastian Bell, Dance es un agudo observador de la naturaleza humana y, al ver cómo se desarrolla esta escena ante mí, me sorprende algo extraño. La primera vez que presencié este momento, solo me fijé en el miedo de Lucy al ser maltratada, pero no solo está asustada, sino sorprendida. Incluso molesta. Y, de forma extraña, también lo está Stanwin.

—Suéltela, Ted —dice Daniel Coleridge desde la puerta.

El resto del enfrentamiento se desarrolla como lo recuerdo: Stanwin se echa atrás y Daniel se lleva a Bell al estudio para reunirse con Michael mientras me dirige un asentimiento con la cabeza al pasar ante mí.

—¿Vamos? —pregunta Pettigrew—. Sospecho que ya se ha acabado la diversión.

Siento la tentación de ir en busca de Stanwin, pero no siento deseos de subir esos escalones y llegar hasta el ala oeste cuando sé con seguridad que estará en la cacería. Decido que es mejor esperar a que venga.

Nos abrimos paso a través de la escandalizada multitud, cruzamos el vestíbulo y salimos al camino de coches, donde ya nos espera Sutcliffe junto a Herrington y un par de hombres que no reconozco. Nubes negras se amontonan unas encima de las otras, preñadas de una tormenta que ya he visto azotar a Blackheath media docena de veces. Los cazadores se amontonan formando una manada, agarrándose las gorras y las chaquetas cuando el viento tira de ellas con mil manos ladronas. Solo los perros parecen impacientes y tiran de las correas y ladran a la oscuridad. Va a ser una tarde miserable, y saber que me voy a encaminar a ella solo empeora las cosas.

—¿Qué hay? —dice Sutcliffe cuando nos acercamos. Los hombros de su chaqueta están salpicados de caspa.

Herrington asiente al vernos mientras intenta quitarse algo desagradable de los zapatos.

—¿Han visto a Daniel Coleridge enfrentarse a Stanwin? Parece que al final apoyamos al caballo vencedor.

—Veremos —dice Sutcliffe siniestramente—. Por cierto, ¿dónde está Daniel?

Miro a mi alrededor, pero no se ve a Daniel por ninguna parte y la única réplica que puedo ofrecer es un encogimiento de hombros.

Los guardabosques reparten escopetas a quienes no se han traído la suya, yo incluido. La mía ha sido limpiada y engrasada y los cañones abiertos para mostrar los dos cartuchos alojados en los cilindros. Los demás parecen tener experiencia con armas de fuego y comprueban enseguida la mirilla apuntando a objetivos imaginarios en el cielo, pero Dance no comparte su entusiasmo por la empresa, lo que me deja algo desorientado. Al verme manipular la escopeta durante algunos minutos, el impaciente guardabosques me enseña a acunarla en el antebrazo, me entrega una caja de cartuchos y pasa al siguiente hombre.

Debo admitir que me siento mejor con el arma. Llevo todo el día sintiendo que me vigilan y, cuando esté rodeado por el bosque, me alegrará llevarla. No tengo ninguna duda de que el lacayo espera a poder pillarme solo, y que me condenen si le facilito las cosas. Michael Hardcastle aparece salido de la nada, echándose el aliento en las manos.

—Siento el retraso, caballeros. Mi padre envía sus disculpas, pero le ha surgido algo. Me pidió que continuáramos sin él.

—¿Y qué debemos hacer si vemos a la muerta de la que hablaba Bell? —pregunta Pettigrew con sarcasmo.

Michael lo mira con el ceño fruncido.

—Un poco de caridad cristiana, por favor. El doctor lo está pasando muy mal.

—Cinco botellas por lo menos —dice Sutcliffe, y provoca risotadas en todos menos en Michael. Pero alza las manos al aire al ver la mirada fulminante del joven—. Oh, vamos, Michael, ya vio en qué estado estaba anoche. No puede pensar que llegaremos a encontrar algo. No falta nadie, el hombre desvaría.

—Bell no se inventaría algo así. Le he visto el brazo, alguien se lo hizo trizas.

—Se cortaría con la botella —bufa, y se frota las manos para darse calor.

El guardabosques nos interrumpe y le entrega a Michael un revólver negro. Descontando un largo arañazo en el cañón, es idéntico al que esta noche llevará Evelyn al cementerio, uno de los dos que se cogieron del dormitorio de Helena Hardcastle.

—Ya está engrasada, señor —dice el guardabosques. Se toca la gorra y se va.

Michael guarda el arma en la cartuchera de su cintura y reanuda la conversación, ajeno a mi interés.

—No sé por qué todo el mundo se toma esto tan mal —continúa—. Hace días que se preparó esta cacería, solo vamos en una dirección diferente a la prevista. Si vemos algo, estupendo. Si no, no habremos perdido nada tranquilizando al doctor.

Algunos me dirigen miradas expectantes, ya que Dance suele ser el voto decisivo en estos asuntos. El ladrido de los perros me ahorra tener que decir algo. Los guardabosques les han aflojado las correas y ahora tiran de nuestra compañía por el césped en dirección al bosque.

Me vuelvo para mirar a Blackheath y busco a Bell. Está enmarcado por la ventana del estudio, con el cuerpo medio oscurecido por las cortinas de terciopelo rojo. En esta luz, y a esta distancia, hay algo espectral en él, aunque supongo que, en este caso, la encantada es la casa.

Los demás cazadores ya están entrando en el bosque, y para cuando los alcanzo, el grupo ya se ha roto en pequeños equipos. Necesito hablar con Stanwin sobre Helena, pero se mueve con rapidez, manteniéndose apartado de nosotros. Me cuesta no perderlo de vista, ni pensar en hablar con él, por lo que acabo rindiéndome y decido acorralarlo cuando paremos a descansar.

Temiendo encontrarme con el lacayo, me uno a Sutcliffe y Pettigrew, que aún discuten las implicaciones del acuerdo de Daniel con lord Hardcastle. Su buen humor no dura mucho. El bosque es agobiante y, al cabo de una hora, ha reducido cualquier frase a un susurro, y veinte minutos después ha acabado con cualquier posible conversación. Se han callado hasta los perros, que olfatean el suelo y tiran de sus correas adentrándonos más aún en la lobreguez. La escopeta supone un peso consolador en mis brazos y me aferro a ella con ferocidad. Me canso enseguida, pero no me permito quedar muy atrás del grupo.

—Disfruta del momento, viejo —dice Daniel Coleridge detrás de mí.

—¿Perdón? —digo, al salir con torpeza de mi ensimismamiento.

—Dance es uno de los mejores anfitriones —dice Daniel mientras se acerca—. Mente clara, actitud tranquila, cuerpo lo bastante capaz.

—Este cuerpo bastante capaz se siente como si hubiera recorrido mil millas, no diez —digo, y noto el cansancio en mi voz.

—Michael ha dispuesto que la partida de caza se dividiera. Los mayores podrán tomarse un descanso mientras los más jóvenes se adelantan. No te preocupes, pronto tendrás ocasión de descansar las piernas.

Entre nosotros surgen densos arbustos, lo que nos fuerza a continuar la conversación a ciegas, como dos amantes en un laberinto.

—Es un maldito incordio estar cansado todo el tiempo —digo, y atisbo retazos de él a través de las hojas—. Espero impaciente la juventud de Coleridge.

—Que esta apuesta cara suya no te engañe —musita—. El alma de Coleridge es negra como la pez. Tenerlo controlado resulta agotador. Recuerda lo que te digo: cuando tengas este cuerpo, recordarás a Dance con mucho cariño, así que disfrútalo mientras puedas.

Los arbustos desaparecen, lo que permite que Daniel camine a mi lado. Tiene el ojo morado y camina con una ligera cojera, acompañando cada paso con una mueca de dolor. Recuerdo que vi esas lesiones en la cena, pero la suave luz de las velas hacía que parecieran menos graves. Mi cara debe de evidenciar mi sorpresa, porque me sonríe débilmente.

—No es tan grave como parece —dice.

—¿Qué te ha pasado?

—Di caza al lacayo por los pasajes secretos.

—¿Fuiste sin mí? —digo, muy sorprendido por su imprudencia.

Cuando planeamos acorralar al lacayo bajo la casa, resultó evidente que se necesitaban seis personas para tener éxito, dos vigilando cada una de las tres salidas. En cuanto Anna se negó a ayudar y dejaron inconsciente a Derby, supuse que Daniel renunciaría a seguir adelante. Es evidente que Derby no era el último de mis anfitriones testarudos.

—No tenía elección, amigo. Creía tenerlo. Resultó que me equivocaba. Por suerte, conseguí librarme de él antes de que sacara el cuchillo.

La ira burbujea en cada palabra. Solo puedo imaginarme cómo debe de ser estar tan preocupado por el futuro que eres ciego al presente.

—¿Has encontrado ya la forma de liberar a Anna? —pregunto.

Daniel lanza un gemido de dolor y se sube la escopeta por el brazo. Apenas es capaz de mantenerse erguido, incluso cojeando a mi paso lento.

—No, y no creo que la encuentre. Lo siento. Por muy duro que sea oírlo, solo podrá irse uno de nosotros, y cuanto más nos acerquemos a las once, más probable resulta que Anna nos traicione. A partir de ahora, solo podremos fiarnos de nosotros.

Te traicionará.

¿Es este el momento que se ocultaba tras el aviso del médico de la peste? La amistad es fácil cuando todos obtenemos beneficio de ella, pero ahora… ¿Cómo reaccionará al saber que Daniel renuncia a ella?

¿Cómo reaccionarías tú?

Daniel nota mis dudas y posa una mano consoladora en mi hombro. De pronto me doy cuenta de que Dance admira a este hombre. Encuentra estimulante que tenga las cosas tan claras, su fijación tiene su reflejo en una cualidad que mi anfitrión valora mucho en sí misma. Quizá sea por eso por lo que Daniel se ha acercado a contarme esto a mí en vez de a los otros anfitriones. Uno es el reflejo del otro.

—No se lo has dicho, ¿verdad? —dice ansioso—. Lo de que nuestra oferta era falsa.

—Estaba distraído.

—Sé que es difícil, pero debes guardarte todo esto —dice Daniel; me muestra su confianza como uno haría con un niño al que se confía un secreto—. Necesitamos la ayuda de Anna para poder vencer al lacayo. Y no la tendremos si sabe que no podemos cumplir con nuestra parte del trato.

Oigo pasos detrás de mí y me vuelvo para ver a Michael avanzando hacia nosotros, con su habitual sonrisa reemplazada por un ceño fruncido.

—Cielos —dice Daniel—. Ni que alguien hubiera pegado a su perro. ¿Qué demonios va mal?

—Esta condenada búsqueda —dice irritado—. Belly vio que aquí asesinaban a una mujer, pero no consigo que nadie se lo tome en serio. No pido gran cosa, solo que miren a su alrededor mientras caminan, que derriben una pila de hojas, esas cosas.

Daniel tose y le devuelve a Michael una mirada avergonzada.

—Vaya por Dios —dice Michael, que frunce el ceño—. Es una mala noticia, ¿verdad?

—En realidad son buenas —se apresura a decir Daniel—. No hay muerta. Fue un malentendido.

—Un malentendido —repite Michael despacio—. ¿Cómo infiernos pudo ser un malentendido?

—Derby estaba en el bosque —dice Daniel—. Asustó a una doncella, las cosas se calentaron y Evelyn le disparó. Bell lo confundió con un asesinato.

—¡Maldito Derby! —Michael se vuelve bruscamente hacia la casa—. No lo consentiré. Que se vaya al infierno bajo el techo de otro.

—No fue culpa suya —lo interrumpe Daniel—. Al menos, no esta vez. Por mucho que cueste creerlo, esta vez Derby solo quería ayudar. Y se llevó la peor parte.

Michael se detiene y mira a Daniel con sospecha.

—¿Está seguro? —pregunta.

—Lo estoy —dice Daniel mientras rodea con un brazo los tensos hombros de su amigo—. Fue un terrible malentendido. Nadie tiene la culpa.

—Con Derby será la primera vez.

Michael lanza un suspiro de pesar mientras la furia se evapora de su rostro. No es de extrañar, es un hombre de emociones fugaces, de cólera rápida, que se divierte fácilmente y se aburre con la misma facilidad. Imagino por un momento cómo sería habitar esa mente. La frialdad de Dance tiene sus desventajas, pero sin duda es preferible al temperamento de rayuela de Michael.

—Llevo toda la mañana diciendo a la gente que aquí hay un cadáver y que debería avergonzarlos estar tan alegres —dice azorado—. Como si este fin de semana no fuera ya lo bastante miserable.

—Ayudaba a un amigo. —Daniel le ofrece una sonrisa paternal—. No tiene nada de lo que avergonzarte.

La amabilidad de Daniel me deja atónito, y más que un poco complacido. Aunque admiro su dedicación para escapar de Blackheath, me alarma lo implacable que es en el intento. La sospecha ya es mi primera emoción, y cada vez me atenaza más el miedo. Me sería muy fácil considerar enemigo a todo el mundo, y tratarlo del mismo modo, así que me anima ver que Daniel todavía es capaz de imponerse a estos pensamientos.

Mientras Daniel y Michael caminan uno al lado del otro, aprovecho la oportunidad para preguntar al joven.

—No he podido evitar fijarme en su revólver —digo mientras apunto a su cartuchera—. Es de su madre, ¿verdad?

—¿Ah, sí? —Parece sinceramente sorprendido—. No sabía que madre tuviera un arma. Me lo dio Evelyn esta mañana.

—¿Y por qué le dio un revólver? —pregunto.

Michael se sonroja por la vergüenza.

—Porque no me gusta mucho cazar —dice, y da una patada a unas hojas que hay a su paso—. Tanta sangre y violencia hacen que me sienta condenadamente extraño. Ni siquiera se suponía que fuera a venir, pero no he tenido mucha elección entre la búsqueda y la ausencia de padre. Estaba muy preocupado por venir, pero Evelyn es muy lista. Me dio esto —da una palmada al revólver— y dijo que era imposible darle a nada con él, pero que quedaría muy elegante al intentarlo.

Daniel trata de contener una carcajada y le arranca una sonrisa bonachona a Michael.

—¿Dónde están sus padres, Michael? —pregunto, e ignoro la broma—. Creí que ellos daban la fiesta, pero parece que solo usted lleva la carga.

Se rasca la nuca, parece melancólico.

—Padre se ha encerrado en la casa del portero, tío Edward. Está taciturno, como siempre.

¿Tío?

Retazos de la memoria de Dance salen a la superficie, fugaces atisbos de la amistad de toda una vida con Peter Hardcastle que me convierten en miembro honorario de la familia. Hace tiempo que se apagó lo que tuvimos una vez, pero me sorprende el afecto que aún siento por este muchacho. Lo he conocido toda su vida. Estoy orgulloso de él. Más que de mi propio hijo.

—En cuanto a madre —continúa Michael, ajeno a mi momentánea confusión—, la verdad es que se comporta de forma extraña desde que vinimos aquí. Esperaba que usted pudiera hablar con ella en privado. Creo que me evita.

—Y a mí —replico—. No he conseguido verla en todo el día.

Él hace una pausa, como si tomara una decisión sobre algo. Baja la voz y me habla con tono confidencial.

—Me preocupa que haga alguna locura.

—¿Alguna locura?

—Es como si fuera otra persona —dice, preocupado—. Un momento está feliz y, al otro, furiosa. Es imposible seguirla, y la manera en que nos mira…, es como si no nos reconociera.

¿Otro rival?

El médico de la peste dijo que éramos tres: el lacayo, Anna y yo. No entiendo qué podría conseguir mintiendo. Distraigo una mirada hacia Daniel, para calibrar si sabe algo más sobre esto, pero toda su atención está centrada en Michael.

—¿Cuándo empezó a comportarse así? —pregunto, quitándole importancia.

—No sabría decirle. Una eternidad.

—Pero ¿cuándo se dio cuenta por primera vez?

Se muerde el labio mientras da vueltas a sus recuerdos.

—¡La ropa! —dice de pronto—. Debe de ser eso. ¿Le he contado lo de la ropa? —Mira a Daniel, que niega inexpresivo con la cabeza—. Venga, he debido de hacerlo. ¿No fue hace cerca de un año?

Daniel vuelve a negar con la cabeza.

—Madre vino a Blackheath en su morboso peregrinaje anual, pero cuando volvió a Londres fue a mi piso en Mayfair y empezó a desvariar sobre encontrar unas ropas —dice Michael; cuenta la historia como si esperara que Daniel interviniera en cualquier momento—. Solo decía eso, que había encontrado la ropa, y si yo sabía algo de ella.

—¿De quién era la ropa? —digo, siguiéndole la corriente.

Me excité al oír lo del cambio de personalidad de Helena, pero, si tuvo lugar hace un año, es improbable que sea otro rival. Y aunque haya algo extraño en ella, no sé cómo puede ayudarme una colada a descifrar lo que es.

—Que me condenen si lo sé —dice mientras alza las manos—. No conseguí sacarle nada coherente. Al final conseguí calmarla, pero no paraba de hablar de la ropa. No paraba de decir que lo sabría todo el mundo.

—¿Saber qué? —pregunto.

—No lo dijo, y se fue poco después, pero estaba muy decidida.

Nuestro grupo disminuye en número a medida que los perros atraen a los cazadores en diferentes direcciones, y Herrington, Sutcliffe y Pettigrew nos esperan un poco más adelante. Es evidente que se han quedado atrás esperando indicaciones y, tras despedirse, Michael corre hacia ellos para indicarles el camino.

—¿Qué conclusión sacas de eso? —pregunto a Daniel.

—Todavía ninguna —dice vagamente.

Está preocupado, sigue a Michael con la mirada. Continuamos en silencio hasta llegar a un pueblo abandonado en el fondo de un barranco. Ocho casas de piedra dispuestas alrededor de un polvoriento cruce, con techos de paja podrida y vigas de madera derribadas. Aún hay ecos de antiguas vidas: un cubo entre los cascotes, un yunque volcado al borde del camino. Habrá quien lo encuentre encantador, pero yo solo veo reliquias de antiguas penurias felizmente abandonadas.

—Ya era hora —murmura Daniel mientras mira al pueblo.

En su rostro hay una mirada que no consigo identificar unida a un tono que es a la vez impaciente, excitado y un poco asustado. Me pone la piel de gallina. Aquí va a pasar algo importante, pero por mi vida que no sé qué puede ser. Michael indica a Sutcliffe y a Pettigrew una de las viejas casas de piedra, mientras que Stanwin se apoya en un árbol, con sus pensamientos lejos de aquí.

—Prepárate —dice Daniel, enigmático, y desaparece entre los árboles antes de que pueda preguntarle.

Cualquier otro anfitrión lo habría seguido, pero yo estoy agotado. Necesito sentarme en alguna parte.

Me acomodo en una pared derribada y descanso mientras los demás hablan y se me cierran los párpados. La edad se enrosca a mi alrededor, clava los colmillos en mi cuello, chupándome las fuerzas cuando más las necesito. Es una sensación desagradable, quizá peor que la carga del volumen de Ravencourt. Al menos la sorpresa inicial de ser Ravencourt se me acabó pasando, lo que me permitió acostumbrarme a sus limitaciones físicas. No pasa lo mismo con Dance, que todavía se considera un joven vigoroso y solo es consciente de sus años cuando ve sus manos arrugadas. Incluso ahora lo noto frunciendo el ceño por mi decisión de sentarme, por rendirme al cansancio.

Me pellizco el brazo y lucho por mantenerme despierto, irritado ante la forma en que se desvanecen mis energías.

Hace que me pregunte lo viejo que soy fuera de Blackheath. No es algo en lo que me haya permitido pensar antes, al ser mi tiempo ya bastante breve sin refocilarme en meditaciones inútiles, pero ahora mismo rezo por tener juventud, fuerza, buena salud y una mente clara. Y escapar de todo esto para encontrarme permanentemente atrapado en...

39

Segundo día (continuación)

Despierto bruscamente y sorprendo al médico de la peste cuando mira un reloj de oro de bolsillo. La vela que sostiene pinta su máscara de un enfermizo color amarillo. Vuelvo a estar en el mayordomo, envuelto en sábanas de algodón.

—Justo a tiempo —dice el médico de la peste mientras cierra el reloj.

Parece que atardece, la habitación es presa de una penumbra apenas derrotada por la vela. La escopeta de Anna está sobre la cama, a mi lado.

—¿Qué ha pasado? —digo con voz ronca.

—Dance dormita contra la pared. —Se ríe, pone la vela en el suelo y se deja caer en la silla junto a la cama. Es demasiado pequeña para él y su abrigo devora por completo la madera.

—No, me refiero a la escopeta. ¿Por qué la tengo?

—Se la dejó uno de sus anfitriones. No se moleste en llamar a Anna —dice, pues nota que miro a la puerta—. No está en la casa del portero. He venido a avisarlo de que su rival casi ha resuelto el asesinato. Espero que esta noche se reúna conmigo en el lago. A partir de ahora deberá moverse más deprisa.

Intento enderezarme, pero el dolor de las costillas pone freno inmediato a mis esfuerzos.

—¿Por qué le intereso tanto? —pregunto, y dejo que la agonía se aposente en los puntos habituales.

—¿Perdón?

—¿Por qué sigue viniendo a darme estas charlas? Sé que no lo hace con Anna, y apuesto a que tampoco ve mucho al lacayo.

—¿Cómo se llama?

—¿Por qué eso…?

—Conteste a la pregunta —dice mientras golpea el suelo con el bastón.

—Edward Da…, no, Derby. Yo… —Pierdo el hilo un momento—. Aiden… algo.

—Se está perdiendo en ellos, señor Bishop —dice mientras se cruza de brazos y se recuesta en la silla—. Hace tiempo que le pasa. Por eso solo le permitimos ocho anfitriones. Uno más y su personalidad no podría imponerse a la de ellos.

Tiene razón. Los anfitriones son cada vez más fuertes y yo cada vez más débil. Ha estado pasando de forma progresiva, insidiosa. Como si me quedara dormido en la playa y ahora me encontrase atrapado en el mar.

—¿Qué puedo hacer? —digo, y siento una oleada de pánico.

—Aguantar —dice a la vez que se encoge de hombros—. Es todo lo que puede hacer. Hay una voz en su mente, ya debe de haberla oído. ¿Una seca y ligeramente distante? Calmada cuando es presa del pánico, valiente cuando tiene miedo.

—La he oído.

—Es lo que queda del Aiden Bishop original, el hombre que entró por primera vez en Blackheath. Ahora es poco más que un fragmento, un pedacito de su personalidad que sigue aferrada a usted entre bucle y bucle, pero escuche a esa voz si siente que se pierde. Es su faro. Todo lo que queda del hombre que fue una vez.

Se pone en pie con gran crujir de ropas, la luz se agita con el aire. Se agacha para coger la vela del suelo y se dirige a la puerta.

—Espere —digo.

Se detiene dándome la espalda. La luz de la vela forma un cálido halo alrededor de su cuerpo.

—¿Cuántas veces hemos hecho todo esto? —pregunto.

—Sospecho que miles. Más de las que puedo contar.

—¿Y por qué sigo fracasando?

Lanza un suspiro y me mira por encima del hombro. Hay cierto cansancio en su aspecto, como si cada bucle fuera un sedimento que lo presiona.

—Es una pregunta que me he hecho de vez en cuando —dice. La cera fundida se derrama por los costados y le mancha el guante—. La suerte ha jugado un papel, tropezar cuando pisaba con firmeza podría haberlo salvado. Pero sobre todo creo que es por su naturaleza.

—¿Mi naturaleza? ¿Cree que estoy destinado a fracasar?

—¿Destinado? No. Eso sería una excusa, y Blackheath no tolera excusas. Nada de lo que aquí sucede es inevitable, por mucho que parezca lo contrario. Los acontecimientos se suceden de la misma manera un día tras otro, porque sus compañeros invitados siguen tomando las mismas decisiones un día tras otro. Deciden irse de caza, deciden traicionarse unos a otros; uno de ellos bebe demasiado y se salta un desayuno, con lo que se pierde un encuentro que le habría cambiado la vida para siempre. No ven otra forma de hacer las cosas, por lo que nunca cambian. Usted es diferente, señor Bishop. Lo he visto bucle tras bucle reaccionar ante la amabilidad y la crueldad, actos aleatorios de casualidad. Usted toma diferentes decisiones, pero repite los mismos errores en instantes cruciales. Es como si una parte de usted se viera perpetuamente arrastrada hacia el pozo.

—¿Está diciendo que tengo que convertirme en otra persona para poder escapar?

—Estoy diciendo que todos los hombres viven en una jaula que se han construido ellos mismos. El Aiden Bishop que entró por primera vez en Blackheath —suspira, como si el recuerdo le afectara— quería unas cosas y tenía una forma de conseguirlas que era… inflexible. Ese hombre nunca habría podido escapar de Blackheath. El Aiden Bishop que tengo ante mí es diferente. Creo que está más cerca que nunca de conseguirlo, pero también lo pensé antes y me equivoqué. La verdad es que aún no se le ha puesto a prueba, pero se le pondrá, y si usted ha cambiado, pero cambiado de verdad, entonces, quién sabe, puede que haya esperanza para usted.

Se agacha bajo el quicio y sale al pasillo con la vela.

—Le quedan cuatro anfitriones después de Edward Dance, incluyendo lo que quede de los días del mayordomo y de Donald Davies. Sea cauto, señor Bishop, el lacayo no descansará hasta que hayan muerto todos, y no sé si puede permitirse perder a uno solo de ellos.

Tras decir esto, cierra la puerta.

40

Sexto día (continuación)

Los años de Dance me caen encima como un millar de pequeñas pesas. Michael y Stanwin hablan detrás de mí mientras Sutcliffe y Pettigrew ríen escandalosamente con copas en la mano.

Rebecca se me aparece con una bandeja de plata y un último vaso de *brandy* para que alguien lo coja.

—Rebecca —digo con cariño, y casi alargo una mano para tocarle la mejilla a mi esposa.

—No, señor, soy Lucy, señor, Lucy Harper —dice la doncella, preocupada—. Siento despertarlo, temí que fuera a caerse de la pared.

Parpadeo para alejar el recuerdo de la esposa muerta de Dance, maldiciéndome por idiota. Qué error más ridículo. Afortunadamente, recordar la amabilidad de Lucy para con el mayordomo atempera mi irritación por ser sorprendido en semejante desliz sentimental.

—¿Quiere una copa, señor? —pregunta—. ¿Algo para entrar en calor?

Miro más allá de ella para ver a Madeline Aubert, la dama de compañía de Evelyn, poniendo en un cesto vasos sucios y botellas de *brandy* medio vacías. Las dos deben de haber cargado con todo eso desde Blackheath y han debido llegar mientras yo dormía. Parece que la cabezada ha sido más larga de lo que sospechaba, puesto que ya se están preparando para irse.

—Creo que ya estoy bastante inestable —digo.

Sus ojos miran un momento por encima de mi hombro, hacia Ted Stanwin, cuya mano agarra a Michael Hardcastle por el hombro. La incertidumbre se escribe con mayúsculas en el rostro de Lucy, y no es de extrañar dada la forma en que la trató durante el almuerzo.

—No se preocupe, Lucy, ya se lo llevo yo —digo mientras me levanto y cojo el vaso de *brandy* de la bandeja—. De todos modos, tengo que hablar con él.

—Gracias, señor —dice con una gran sonrisa, y se va antes de que yo cambie de idea.

Stanwin y Michael están callados cuando llego hasta ellos, pero oigo todo lo que no se ha dicho y la desazón que ocupa su lugar.

—Michael, ¿puedo tener unas palabras en privado con el señor Stanwin? —pregunto.

—Por supuesto —dice Michael, e inclina la cabeza y se retira.

Le doy la copa a Stanwin e ignoro la sospecha con la que mira el contenido.

—Es raro que usted se rebaje a venir a hablar conmigo, Dance —dice Stanwin mientras me sopesa como haría un boxeador a su contrincante en el *ring*.

—He pensado que podríamos ayudarnos mutuamente —digo.

—Siempre me interesa hacer nuevos amigos.

—Necesito saber lo que vio la mañana del asesinato de Thomas Hardcastle.

—Es una vieja historia —dice mientras recorre el borde del vaso con la yema del dedo.

—Pero seguramente digna de ser oída de boca del que lo vivió.

Mira por encima de mi hombro para ver alejarse a Madeline y Lucy con el cesto. Tengo la sensación de que busca algo con lo que distraerse. Algo en Dance lo pone nervioso.

—Supongo que no hay ningún daño en ello —dice con un gruñido, y vuelve a centrar su atención en mí—. Entonces yo era el guardabosques de Blackheath. Estaba haciendo la ronda por el lago, como cada mañana, cuando vi a Carver apuñalar al niño con otro demonio que me daba la espalda. Le disparé, pero escapó por el bosque mientras yo luchaba con Carver.

—¿Y por eso lord y *lady* Hardcastle le dieron una plantación?

—Así es, pero yo no la pedí —dice, y sorbe de su vaso.

—Alf Miller, el jefe de los establos, dice que esa mañana Helena Hardcastle estaba con Carver pocos minutos antes del ataque. ¿Qué dice de eso?

—Que es un borracho y un maldito mentiroso —dice Stanwin sin perder comba.

Busco en él algún temblor, algún indicio de incomodidad, pero es un mentiroso consumado. Sus titubeos desaparecen ahora que sabe lo que quiero. Noto que la balanza se inclina hacia él y que su confianza aumenta.

He juzgado mal la situación.

Creí poder avasallarlo como hice con el jefe de los establos y con Dickie, pero su nerviosismo no era un indicio de miedo, sino la inquietud de un hombre que encuentra una sola pregunta en su montón de respuestas.

—Dígame, señor Dance —dice, y se inclina lo bastante para susurrarme al oído—. ¿Quién es la madre de su hijo? Sé que no lo es su querida y difunta Rebecca. No se equivoque, tengo algunas ideas, pero si me lo dijera a las claras me ahorraría el coste de tener que confirmarlas. Puede que hasta lo descuente luego de su pago mensual. Por los servicios prestados.

La sangre se me hiela en las venas. Este secreto está en lo más profundo del ser de Dance. Es su mayor vergüenza, su única debilidad, y Stanwin ha cerrado el puño a su alrededor.

No podría responderle ni aunque quisiera.

Stanwin se aparta de mí y, con un giro de muñeca, arroja a los arbustos el *brandy* sin beber.

—La próxima vez que venga a negociar, procure tener algo…

Detrás de mí se oye la explosión de una escopeta.

Algo me salpica la cara, el cuerpo de Stanwin da un salto hacia atrás antes de golpear el suelo en un mutilado montón. Me pitan los oídos y, al tocarme la mejilla, encuentro sangre en mis dedos.

Sangre de Stanwin.

Alguien chilla, otros se sobresaltan y gritan.

No se mueve nadie, y luego lo hace alguien.

Clifford Herrington y Michael corren hacia el cuerpo mientras gritan que alguien vaya a por el doctor Dickie, pero resulta evidente que el chantajista está muerto. Tiene el pecho abierto, la malicia que lo movía ha abandonado el nido. Un ojo bueno me mira de forma acusadora. Quiero decirle que no ha sido culpa mía, que no lo he hecho yo. De pronto, eso parece ser la cosa más importante del mundo.

Es el shock.

Los arbustos se agitan y aparece Daniel, sale humo del cañón de su escopeta. Mira al cuerpo con tan poca emoción que casi lo creería inocente del crimen.

—¿Qué ha hecho, Coleridge? —grita Michael mientras le busca el pulso a Stanwin.

—Lo que le prometí a su padre que haría —dice sin emoción—. Asegurarme de que Ted Stanwin no vuelva a chantajear a nadie.

—¡Lo ha asesinado!

—Sí —dice Daniel mientras enfrenta su desconcertada mirada—. Así es.

Daniel busca en un bolsillo y me entrega un pañuelo de seda.

—Límpiese, anciano —dice.

Lo cojo sin pensar, incluso agradeciéndoselo. Estoy aturdido, desconcertado. Nada de esto me parece real. Me limpio la sangre de la cara y miro la mancha carmesí del pañuelo, como si pudiera explicarme lo que está pasando. Yo hablaba con Stanwin y luego ha muerto y no entiendo cómo ha podido pasar. ¿No debería suceder algo más? Una persecución, miedo, algún tipo de aviso. No podemos limitarnos a morir. Me parece una estafa. Cuesta tanto, se pide demasiado.

—Estamos arruinados —gime Sutcliffe, y se derrumba contra un árbol—. Stanwin siempre dijo que, si le pasaba algo, nuestros secretos serían de dominio público.

—¿Eso es lo que lo preocupa? —aúlla Herrington, que se vuelve para mirarlo—. ¡Coleridge ha asesinado a un hombre delante de nosotros!

—Un hombre al que todos odiábamos —replica Sutcliffe—. No finjas que no pensabas lo mismo. ¡No lo finjáis ninguno de vosotros! Stanwin nos desangraba en vida y nos va a destruir en la muerte.

—No, no lo hará —dice Daniel mientras apoya la escopeta en el hombro.

Es el único que conserva la calma, el único que no se comporta como si fuera otra persona. Nada de esto le afecta.

—Todo lo que tenía sobre nosotros… —dice Pettigrew.

—Está escrito en un libro que ahora es de mi propiedad —lo interrumpe Daniel mientras saca un cigarrillo de su pitillera plateada.

Ni siquiera le tiembla la mano. Mi mano. ¿En qué infiernos me ha convertido Blackheath?

—Encargué a alguien que lo robara por mí —continúa diciendo con tono casual a la vez que enciende el cigarrillo—. Sus secretos son mis secretos y nunca verán la luz del día. Bueno, creo que cada uno de ustedes me debe una promesa. Es esta: no le mencionarán esto a nadie en lo que queda de día. ¿Entendido? Si alguien pregunta, Stanwin se quedó atrás cuando salimos. No dijo el porqué, y esa fue la última vez que lo vimos.

Caras inexpresivas se encuentran unas a otras, todas demasiado aturdidas para hablar. No sé si están horrorizados por lo que han presenciado o si están abrumados por su buena suerte.

Por otro lado, a mí ya se me está pasando la impresión, por fin asimilo el horror de los actos de Daniel. Hace media hora lo alababa por mostrar cierta amabilidad hacia Michael y ahora estoy cubierto con la sangre de otro hombre, y me doy cuenta de lo mucho que he subestimado su desesperación.

Mi desesperación. Estoy viendo mi futuro y me produce arcadas.

—Necesito oír cómo lo dicen, caballeros —insiste Daniel mientras expulsa el humo por la comisura de la boca—. Díganme que entienden lo que ha sucedido aquí.

Las garantías llegan en un revoltijo, apagado pero sincero. Solo Michael parece alterado.

Daniel lo mira a los ojos y habla con frialdad.

—Y no lo olviden, tengo todos sus secretos en mi poder. —Deja que eso se asimile—. Y ahora creo que deberíamos volver antes de que alguien venga a buscarnos.

La sugerencia es acogida con un murmullo de acuerdo y todos desaparecen otra vez en el bosque. Daniel me hace una seña para que me rezague y espera a que no nos oigan para hablar.

—Ayúdame a registrarle los bolsillos —dice mientras se arremanga—. Los demás caballeros pasarán pronto por aquí y no quiero que nos vean con el cuerpo.

—¿Qué has hecho, Daniel? —digo en un siseo.

—Mañana estará vivo —dice, y hace un gesto de desdén—. Solo he derribado un espantapájaros.

—Se supone que debemos resolver un asesinato, no cometer uno.

—Dale a un niño un tren eléctrico y enseguida querrá descarrilarlo. El acto no dice nada de su carácter ni lo juzgamos por ello.

—¿Crees que esto es un juego? —salto, y señalo al cuerpo de Stanwin.

—Un rompecabezas con piezas desechables. Resuélvelo y podremos irnos a casa. —Me mira con el ceño fruncido, como si fuera un desconocido que le pidiera indicaciones para llegar a un sitio que no existe—. No entiendo tu preocupación.

—Si resolvemos el asesinato de Evelyn de la manera que sugieres, ¡no nos mereceremos volver a casa! No ves que nos traicionan las máscaras que llevamos. Descubren cómo somos.

—Estás balbuceando —dice mientras registra los bolsillos de Stanwin.

—¿No te das cuenta de que el momento en que nos comportamos de verdad como nosotros mismos es cuando creemos que no nos ve nadie? Da igual que Stanwin esté vivo mañana, tú lo has matado hoy. Has matado a un hombre a sangre fría, y eso te manchará el alma el resto de tu vida. No sé por qué estamos aquí, Daniel, ni por qué nos pasa esto, pero deberíamos probar que esto es una injusticia, no hacernos dignos de ella.

—Estás equivocado —dice, y el desdén asoma a su voz—. Podemos maltratar a esta gente tanto como a su sombra en la pared. No entiendo qué quieres de mí.

—Que nos acojamos a un estándar más elevado —digo, y subo el tono de voz—. ¡Que seamos mejores personas que nuestros anfitriones! Asesinar a Stanwin será la solución de Daniel Coleridge, pero no debería ser la tuya. Eres un buen hombre, no pierdas eso de vista.

—Un buen hombre —se burla—. Evitar actos desagradables no hace que un hombre sea bueno. Mira dónde estamos, lo que se nos ha hecho. Tenemos que hacer todo lo que es necesario para escapar de este lugar, aunque nuestra naturaleza nos pida lo contrario. Sé que esto te repugna, que no tienes estómago para hacerlo. Yo era igual, pero ya no me queda tiempo para ir de puntillas con mi ética. Puedo acabar con esto esta noche y pienso hacerlo, así que no me valores por lo mucho que me aferro a mi bondad, sino por lo que estoy dispuesto a sacrificar para que tú puedas aferrarte a la tuya. Si fracaso, siempre podrás intentarlo de otro modo.

—¿Y cómo vivirás contigo cuando hayas acabado? —exijo saber.

—Miraré a la cara a mi familia y sabré que lo que he perdido aquí no era tan importante como mi recompensa por dejarlo.

—No puedes pensar eso.

—Lo pienso, y tú también lo pensarás cuando pases unos días más en este sitio. Y ahora, por favor, ayúdame a registrarlo antes de que los cazadores nos encuentren aquí. No tengo intención de malgastar mi noche contestando a las preguntas de un policía.

Discutir con él es inútil, ha echado la persiana detrás de los ojos. Suspiro y me acerco al cuerpo.

—¿Qué estoy buscando? —pregunto.

—Respuestas, como siempre —dice, y desabrocha la chaqueta ensangrentada del chantajista—. Stanwin tomaba nota de todas las mentiras de Blackheath, incluyendo la última pieza de nuestro rompecabezas: el motivo del asesinato de Evelyn. Cada retazo de conocimiento que obtenía lo anotaba en clave en un cuaderno, y para poder leerlo se necesita otro cuaderno con las claves. Tengo el primero, y Stanwin siempre llevaba encima el segundo.

Ese fue el cuaderno que robó Derby de la habitación de Stanwin.

—¿Se lo quitaste tú a Derby? Fui golpeado en la cabeza casi nada más encontrarlo.

—Por supuesto que no. Coleridge había encargado a alguien que consiguiera el cuaderno antes de que yo asumiera el control sobre él. Hasta que me dieron el libro no supe que estuviera interesado en el negocio de chantaje de Stanwin. Si te sirve de consuelo, me planteé avisarte.

—¿Y por qué no lo hiciste?

Se encoge de hombros.

—Derby es un perro rabioso; me pareció mejor para todos dejarlo dormir un par de horas. Bueno, vamos, que se nos acaba el tiempo.

Me arrodillo junto al cuerpo, temblando. Esta no es manera de morir, ni siquiera para un hombre como Stanwin. Tiene el pecho hecho picadillo y la sangre ha empapado sus ropas. Se filtra alrededor de mis dedos cuando busco en los bolsillos de su pantalón.

Lo registro despacio, apenas capaz de mirar.

Daniel no tiene esos escrúpulos y le registra la camisa y la chaqueta; parece ajeno a la carne desgarrada que asoma a través de ellos. Para cuando hemos acabado, tenemos una pitillera, una navaja de bolsillo y un mechero, pero ningún libro de claves.

Nos miramos.

—Hay que darle la vuelta —dice Daniel, dando voz a mis pensamientos.

Stanwin era un hombre grande y ponerlo boca abajo requiere mucho esfuerzo. Vale la pena. Estoy mucho más cómodo registrando un cuerpo que no me está mirando. Daniel pasa las manos por las perneras del pantalón mientras yo levanto la chaqueta y localizo un bulto en el forro rodeado por caprichosas puntadas.

Me avergüenzo al sentir una oleada de excitación. Lo último que quiero es justificar los métodos de Daniel, pero estamos a punto de descubrir algo, y cada vez estoy más eufórico.

Utilizo la navaja del muerto para cortar las puntadas y el libro de claves se desliza hasta mi mano. En cuanto ha salido, me doy cuenta de que ahí hay algo más. Busco dentro y saco un pequeño camafeo de plata, sin la cadena. Dentro hay un retrato y, aunque es antiguo y está cuarteado, se nota que es de una niña de unos siete u ocho años, con el pelo rojo.

Se lo enseño a Daniel, pero está demasiado ocupado pasando las páginas del libro de claves como para prestarme atención.

—Es este —dice excitado—. Esta es nuestra salida.

—Desde luego, eso espero. Hemos pagado un precio muy elevado por ella.

El hombre que alza la mirada del libro es diferente al que empezó a leerlo. No es el Daniel de Bell, ni el de Ravencourt.

Ni siquiera el de hace unos instantes, que argumentaba lo necesarios que eran sus actos. Este es un hombre victorioso, con un pie ya al otro lado de la puerta.

—No estoy orgulloso de lo que he hecho —dice—. Pero debes comprender que no podríamos haberlo conseguido de otro modo.

Puede que no esté orgulloso, pero tampoco avergonzado. Resulta evidente, y recuerdo el aviso del médico de la peste.

El Aiden Bishop que entró por primera vez en Blackheath quería unas cosas y tenía una forma de conseguirlas que era... inflexible. Ese hombre nunca habría podido escapar de Blackheath.

En su desesperación, Daniel está cometiendo los mismos errores de siempre, justo aquellos contra los que me previno el médico de la peste. Pase lo que pase, no puedo convertirme en eso.

—¿Listo para irnos? —dice Daniel.

—¿Sabes cómo volver a casa? —digo mientras estudio el bosque y me doy cuenta de que no tengo ni idea de cómo hemos llegado aquí.

—Queda al este.

—¿Y por dónde es eso?

Se mete la mano en un bolsillo y saca la brújula de Bell.

—Se la cogí prestada esta mañana —dice y la pone plana en la palma de su mano—. Es curioso cómo se repiten las cosas, ¿verdad?

41

Llegamos a la casa de forma inesperada, con los árboles cediendo el paso al embarrado césped y las ventanas ardiendo luminosas por las velas. Debo admitir que me alegro de verla. Pese a llevar la escopeta, me he pasado todo el viaje mirando por encima del hombro por si veía al lacayo. Si el libro de claves es tan valioso como cree Daniel, debo suponer que también lo busca nuestro enemigo.

Pronto vendrá a por nosotros.

En las ventanas del primer piso se ven siluetas desplazándose a uno y otro lado. Los cazadores suben fatigosamente las escaleras para entrar en la luz dorada del vestíbulo, donde se quitan y deshacen de gorras y cazadora mientras el agua sucia forma charcos en el mármol. Una doncella se mueve entre nosotros con una bandeja de jerez, de la que Daniel coge dos vasos y me entrega uno.

Choca mi vaso con el suyo y arroja la bebida por su garganta cuando Michael aparece a nuestro lado. Al igual que todos nosotros, parece recién salido del arca de Noé, con los cabellos negros pegados a su pálido rostro por la lluvia. Miro su reloj y descubro que son las seis.

—He enviado a dos criados de confianza a recoger a Stanwin —susurra, y coge un jerez de la bandeja—. Les dije que me tropecé con su cuerpo al volver de la cacería y les di instrucciones para que lo dejaran en uno de los cobertizos del jardín. Allí no lo encontrará nadie y no llamaré a la policía antes de mañana a primera hora. Lo siento, pero no dejaré que se pudra en el bosque más tiempo del necesario.

Aferra el vaso medio vacío de jerez, y, aunque la bebida le ha coloreado un poco las mejillas, ni de lejos ha sido suficiente.

La multitud empieza a irse del vestíbulo. Han aparecido dos doncellas con cubos de agua jabonosa y esperan a un lado con fregonas y el ceño fruncido, con el que intentan avergonzarnos para que nos vayamos y poder hacer su trabajo. Michael se frota los ojos y nos mira francamente por primera vez.

—Honraré la promesa de mi padre —dice—. Pero no me gusta.

—Michael —dice Daniel mientras alarga una mano, pero Michael se aparta.

—No, por favor —dice, es palpable que se siente traicionado—. Hablaremos otro día, pero hoy no, esta noche no.

Nos da la espalda y sube las escaleras camino de su habitación.

—No te preocupes por él —dice Daniel—. Cree que actué movido por la avaricia. No entiende lo importante que es esto. La respuesta está en el cuaderno, ¡lo sé!

Está excitado, como un niño con una catapulta nueva.

—Ya casi lo hemos conseguido, Dance —dice—. Casi somos libres.

—¿Y qué pasara luego? ¿Te *irás* andando de aquí? ¿Me iré *yo?* No podemos escapar los dos, somos el mismo hombre.

—No lo sé. Supongo que Aiden Bishop volverá a despertarse, con todos sus recuerdos intactos. Espero que no nos recuerde a ninguno de los dos. Que seamos como una pesadilla que es mejor olvidar. —Se mira el reloj—. Pero no pensemos ahora en eso. Anna lo ha arreglado todo para verse esta noche con Bell en el cementerio. Si tiene razón, el lacayo se enterará y se presentará también. Nos necesita para que la ayudemos a capturarlo. Eso nos da cuatro horas para descifrar con este libro todo lo que necesitamos. ¿Por qué no subes a cambiarte y vienes a mi habitación? Lo haremos juntos.

—Iré enseguida.

Su atolondramiento es un raro incentivo. Esta noche nos enfrentaremos al lacayo y le daremos su respuesta al médico de la peste. En otras partes de la casa, mis anfitriones estarán poniendo a punto sus planes para salvarle la vida a Evelyn, lo que significa que solo tengo que pensar en el modo de salvar también a Anna. No puedo creer que me haya estado mintiendo todo este tiempo y no me imagino saliendo de este lugar sin ella a mi lado, no después de todo lo que ha hecho por ayudarme.

La tarima tiene eco cuando vuelvo a mi habitación, la casa refunfuña bajo el peso de los retornados. Todo el mundo estará preparándose para la cena.

Les envidio su velada, pues a mí me espera una negra empresa.

Muy negra, el lacayo no se rendirá fácilmente.

—Ya estás ahí —digo, y miro a mi alrededor para asegurarme de que nadie me oye—. ¿Es cierto que eres lo que queda del Aiden Bishop original?

El silencio acoge mi pregunta y siento que, en algún lugar de mi interior, Dance se ríe de mí. Solo puedo imaginar lo que diría el estirado abogado de un hombre que habla solo de esta manera.

Descontando la escasa luz del hogar, mi habitación está a oscuras, ya que los criados han olvidado encender las velas de cara a mi regreso. Noto un cosquilleo de sospecha y me llevo la escopeta al hombro. Un guardabosques quiso cogerla cuando volvimos, pero lo rechacé, argumentando que pertenecía a mi colección personal.

Enciendo la linterna que hay junto a la puerta y veo a Anna esperando en un rincón, con los brazos a los costados y una expresión inescrutable.

—Anna —digo, sorprendido, y bajo la escopeta—. ¿Qué es…?

La madera cruje detrás de mí, el dolor estalla en mi costado. Unas manos ásperas tiran de mí hacia atrás, me tapan la boca. Me vuelvo y me veo cara a cara con el lacayo. En sus labios hay una sonrisa, sus ojos me arañan la cara como si cavaran en busca de algo enterrado detrás.

Esos ojos.

Intento gritar, pero me cierra la mandíbula.

Alza el cuchillo. Desliza la punta muy despacio por mi pecho antes de hundirla en mi estómago. El dolor de cada golpe eclipsa al del anterior hasta que todo es dolor. Nunca he tenido tanto frío, nunca he sentido tanto silencio.

Se me doblan las piernas, sus brazos sostienen mi peso y me bajan despacio hasta el suelo. No aparta su mirada de la mía, sus ojos se empapan en la vida que se escapa de los míos.

Abro la boca para gritar, pero de ella no brota ningún sonido.

—Corre, conejo —dice, su rostro pegado al mío—. Corre.

42

Segundo día (continuación)

Grito mientras me incorporo en la cama del mayordomo para ser empujado de vuelta a ella por el lacayo.

—¿Es él? —dice, y mira por encima del hombro a Anna, que está junto a la ventana.

—Sí —dice, con un temblor en la voz.

La hoja me entra por un costado, mi sangre se derrama en las sábanas y se lleva mi vida con ella.

43

Séptimo día

Grito en la agobiante oscuridad. Tengo la espalda apoyada en una pared, las rodillas encogidas bajo la barbilla. Me cojo instintivamente el lugar donde apuñalaron al mayordomo, maldiciendo mi estupidez. El médico de la peste dijo la verdad. Anna me ha traicionado.

Estoy mareado, mi mente se revuelve buscando una explicación razonable, pero yo mismo la he visto hacerlo. Me ha estado mintiendo todo el tiempo.

No es la única culpable de eso.

—Cállate —digo furioso.

Tengo el corazón acelerado, respiro mal, necesito calmarme o no le serviré a nadie. Me tomo un minuto e intento pensar en cualquier cosa menos en Anna, pero resulta sorprendentemente difícil. No me había dado cuenta de lo a menudo que mi mente acude a ella en el silencio.

Era seguridad y consuelo.

Era mi amiga.

Cambio de postura e intento averiguar dónde he despertado y si corro algún peligro inmediato. A simple vista, no lo parece. Mis hombros tocan la pared a ambos lados, un rayo de luz atraviesa una grieta junto a mi oreja derecha, a mi izquierda hay cajas de cartón cubiertas de polvo y botellas junto a los pies.

Muevo la muñeca hasta la luz y descubro que son las diez y trece de la mañana. Bell ni siquiera ha llegado a la casa.

—Todavía es temprano —me digo, aliviado—. Todavía hay tiempo.

Tengo los labios secos y la lengua agrietada, el aire está tan cargado de rocío que me siento como si me hubieran metido un paño sucio en la garganta. Me vendría bien una bebida, algo frío, cualquier cosa con hielo. Parece que hace mucho tiempo que no despierto bajo sábanas de algodón, con los tormentos del día haciendo paciente cola al otro lado de un baño caliente.

No supe ver lo bien que estaba.

Mi anfitrión ha debido de pasarse la noche durmiendo en esta postura porque cada movimiento es agónico. A Dios gracias, el panel de mi derecha está suelto y lo abro sin demasiados esfuerzos. Los ojos me lloran cuando quedan expuestos a la dura luminosidad de la habitación que hay más allá.

Estoy en un largo pasillo que se prolonga a lo largo de toda la casa. Hay telarañas colgando del techo, las paredes son de madera oscura, el suelo está cubierto por docenas de muebles viejos con una gruesa capa de polvo y casi ahuecados por la carcoma.

Me sacudo el polvo y me pongo en pie, con lo que doy algo de vida a mis extremidades de hierro. Parece que mi anfitrión ha pasado la noche en un armario bajo un pequeño tramo de escaleras que conduce a un escenario. Veo allí unas partituras amarillentas abiertas ante un polvoriento chelo y, al mirarlas, me siento como si me hubiera quedado dormido en el transcurso de alguna gran calamidad y que el Juicio Final se hubiera celebrado mientras yo estaba dentro de ese armario.

¿Qué infiernos hacía yo ahí dentro?

Me tambaleo dolorido hasta una de las ventanas que revisten el pasillo. Está cubierta de porquería, pero limpio una parte con la manga para ver abajo los jardines de Blackheath. Estoy en el último piso de la casa.

Movido por la costumbre, busco en mis bolsillos alguna pista acerca de mi identidad, pero me doy cuenta de que no la necesito. Soy Jim Rashton. Tengo veintisiete años, soy agente de policía y mis padres, Margaret y Henry, se enorgullecen de ello cada vez que se lo cuentan a alguien. Tengo una hermana, un perro y estoy enamorado de una mujer llamada Grace Davies, razón por la que estoy en esta fiesta.

La barrera que solía haber entre mi anfitrión y yo está derribada casi por completo. Apenas distingo la vida de Rashton de la mía. Desgraciadamente, el recuerdo de cómo llegué a parar al armario queda borroso por la botella de *whisky* escocés que Rashton se bebió anoche. Recuerdo haber contado chistes viejos, reírme y bailar, desmadrarme durante una velada que no tenía más objetivo que el placer.

¿Estaría allí el lacayo? ¿Será esto cosa suya?

Lucho por recordarlo, pero la noche anterior es un borrón. Los nervios hacen que mi mano busque instintivamente la pitillera de cuero que llevo en el bolsillo, pero solo me queda un cigarrillo. Estoy tentado de encenderlo para calmarme los nervios, pero, dadas las circunstancias, me conviene estar inquieto, sobre todo si tengo que abrirme paso luchando. El lacayo me siguió de Dance al mayordomo, por lo que dudo que Rashton sea un puerto seguro.

Convertiré a la precaución en mi mejor aliada.

Busco a mi alrededor algún arma y encuentro una estatua en bronce de Atlas. Avanzo despacio sosteniéndola por encima de la cabeza, cruzando paredes de armarios y gigantescas telarañas de sillas entrelazadas hasta llegar a un ajado telón negro que cubre todo un lado de la sala. Hay árboles de cartón apoyados contra las paredes, percheros para la ropa rebosantes de disfraces. Entre ellos, seis o siete trajes de médicos de la peste, cuyos sombreros y máscaras están amontonados en una caja del suelo. Parece que la familia solía montar aquí obras de teatro.

La tarima cruje, el telón se agita. Hay alguien moviéndose detrás.

Me tenso. Alzo a Atlas por encima de la cabeza y…

Anna atraviesa el telón, con las mejillas enrojecidas.

—Oh, gracias a Dios —dice al verme.

Está sin aliento, círculos oscuros rodean sus ojos castaños inyectados en sangre. Lleva el cabello rubio suelto y revuelto, la cofia arrugada en la mano. En su mandil sobresale el cuaderno de dibujo con la crónica de cada uno de mis anfitriones.

—Eres Rashton, ¿verdad? Vamos, solo tenemos media hora para salvar a los demás —dice, acercándose a mí para cogerme la mano.

Retrocedo, con la estatua todavía alzada, pero lo rápida que ha sido su presentación me ha dejado desorientado, igual que la ausencia de culpabilidad en su voz.

—No iré a ninguna parte contigo —digo, y agarro a Atlas con más fuerza.

En su rostro se pinta la confusión, seguida de una creciente comprensión.

—¿Es por lo que les pasó a Dance y al mayordomo? No sé nada de eso, ni de nada, la verdad. No llevo mucho rato despierta. Solo sé que estás en ocho personas diferentes y que un lacayo las está matando, y que debemos salvar a las que quedan.

—¿Esperas que confíe en ti? —digo, asombrado—. Distrajiste a Dance para que el lacayo lo matara. Estabas en la habitación cuando mató al mayordomo. Lo has estado ayudando. ¡Te he visto!

Ella niega con la cabeza.

—No seas idiota —exclama—. Aún no he hecho nada de eso y, cuando lo haga, no será para traicionarte. Si quisiera verte muerto, acabaría con tus anfitriones antes de que despertaran. Ni me verías y, desde luego, no colaboraría con un hombre que seguro que me traiciona en cuanto acabemos.

—¿Qué haces aquí, entonces? —exijo saber.

—No lo sé, aún no he vivido esta parte —replica—. Tú, otro tú, quiero decir, me estabas esperando cuando desperté. Me diste un libro que decía que buscase a Derby en el bosque y que luego viniera aquí a salvarte. Ese ha sido mi día. Es todo lo que sé.

—No me basta —digo, cortante—. Yo no he hecho nada de eso, así que no sé si me estás diciendo la verdad.

Dejo la estatua y paso junto a ella camino del telón negro por el que ha aparecido.

—No puedo confiar en ti, Anna.

—¿Por qué no? —dice, y coge mi mano—. Yo estoy confiando en ti.

—Eso no…

—¿Recuerdas algo de los bucles anteriores?

—Solo tu nombre —digo mientras miro a sus dedos entrelazados con los míos. Mi resistencia se desmorona ya. Deseo tanto creerla…

—Pero ¿no recuerdas cómo acabó alguno de ellos?

—No —digo impaciente—. ¿Por qué me preguntas eso?

—Porque yo sí. El motivo por el que recuerdo tu nombre es porque recuerdo haberte llamado en la casa del portero. Acordamos vernos allí. Llegabas tarde y yo estaba preocupada. Me alegré tanto al verte… Pero entonces vi tu expresión.

Sus ojos encuentran los míos. Sus pupilas son grandes, oscuras y valientes. Carentes de culpa. No pueden…

Todos en esta casa llevan una máscara.

—Me mataste allí mismo —dice mientras me toca la mejilla y me estudia la cara que aún no he visto—. Cuando me buscaste esta mañana, yo estaba tan asustada que casi echo a correr, pero tú estabas tan mal…, tan asustado. Todas tus vidas se te habían venido encima. No distinguías una de otra, ni siquiera sabías quién eras. Pusiste este libro en mis manos y dijiste que lo sentías. No parabas de repetirlo. Me dijiste que ya no eras ese hombre y que nunca saldríamos de aquí cometiendo una y otra vez los mismos errores. Fue lo último que dijiste.

Los recuerdos se agitan despacio y son tan lejanos que me siento como un hombre que intenta cruzar un río para coger una mariposa entre sus dedos.

Presiona la pieza de ajedrez contra la palma de mi mano y dobla mis dedos a su alrededor.

—Puede que esto te ayude —dice—. En el bucle anterior usamos estas piezas para identificarnos. Un alfil para ti, Aiden Bishop, y un caballo para mí. El protector, como ahora.

Recuerdo la culpa y el pesar. Recuerdo el arrepentimiento. No son imágenes, ni siquiera un recuerdo. No importa. Noto la verdad en lo que dice, como sentí la fuerza de nuestra amistad la primera vez que nos vimos y el dolor de la pena que me trajo a Blackheath. Tiene razón, yo la maté.

—¿Lo recuerdas ahora? —dice.

Asiento, avergonzado y con el estómago revuelto. No quería hacerle daño, eso lo sé. Estábamos trabajando juntos como hoy, pero algo cambió... Me desesperé. Vi que perdía mi escapatoria y tuve pánico. Me prometí que encontraría un modo de sacarla una vez fuera. Envolví mi traición en nobles intenciones e hice algo horrible.

Me estremezco, me invade una oleada de asco.

—No sé a qué bucle pertenecerá ese recuerdo —dice Anna—. Pero creo que me aferraré a él como un recordatorio. Un recordatorio de que no debo volver a confiar en ti.

—Lo siento, Anna. Yo... dejé que se me olvidara lo que hice. En vez de eso, me aferré a tu nombre. Como una promesa a mí mismo, y a ti, de que la próxima vez lo haría mejor.

—Y estás manteniendo esa promesa —dice, conciliadora.

Ojalá fuera cierto, pero sé que no lo es. He visto mi futuro. He hablado con él, lo he ayudado en sus planes. Daniel está cometiendo los mismos errores que cometí en el bucle anterior. La desesperación lo ha hecho implacable y, si no lo detengo, volverá a sacrificar a Anna.

—¿Por qué no me dijiste la verdad la primera vez que nos vimos? —digo, todavía avergonzado.

—Porque ya lo sabías —dice, y arruga la frente—. Desde mi punto de vista, nos vimos por primera vez hace dos horas y ya lo sabías todo sobre mí.

—La primera vez que te vi, yo era Cecil Ravencourt —respondo.

—Entonces debimos de vernos en el medio, porque aún no sé quién es ese. Pero no importa. Los de esos bucles no éramos nosotros. Fueran quienes fueran, tomaron diferentes decisiones, cometieron diferentes errores. Estoy eligiendo confiar en ti, Aiden, y necesito que tú confíes en mí, porque este lugar es…, ya sabes cómo funciona. Lo que sea que creas que hacía yo cuando te mató el lacayo, eso no era todo. No era la verdad.

Parecería muy confiada si no fuera por el latido nervioso de su cuello, la forma en que mueve el pie. Noto su mano temblorosa en mi mejilla, la tensión en su voz. Bajo esa bravata sigue teniendo miedo, al hombre que fui, al hombre que quizá siga acechando en mi interior.

No puedo ni imaginar el valor que ha necesitado para venir aquí.

—No sé cómo sacarnos a los dos de aquí, Anna.

—Lo sé.

—Pero te sacaré, no me iré sin ti. Te lo prometo.

—También lo sé.

Y entonces me abofetea.

—Esto es por matarme —dice mientras se pone de puntillas para darme un beso donde me ha pegado—. Y ahora vamos a asegurarnos de que el lacayo no mata a más versiones tuyas.

44

La madera cruje, la estrecha y sinuosa escalera se oscurece a medida que descendemos, hasta que finalmente nos hundimos en la oscuridad.

—¿Sabes por qué estaba en ese armario? —pregunto a Anna, que se ha adelantado y se mueve lo bastante deprisa como para que no le alcance el cielo al desplomarse.

—Ni idea, pero te ha salvado la vida —dice mientras me mira por encima del hombro—. El cuaderno dice que el lacayo iría a estas horas a por Rashton. Lo habría encontrado si anoche hubiera dormido en su habitación.

—Quizá deberíamos *dejar* que me encontrase —digo, y siento una oleada de excitación—. Vamos, tengo una idea.

Me adelanto a Anna y bajo los escalones de dos en dos.

Si el lacayo iba a ir esa mañana a por Rashton, hay una posibilidad de que ande acechando por los pasillos. Esperará encontrar a un hombre dormido en su cama, lo que significa que, para variar, tengo ventaja sobre él. Con un poco de suerte, podré poner fin a esto aquí y ahora.

Los escalones acaban bruscamente ante una pared encalada. Anna sigue a medio camino y me grita para que aminore el paso. Rashton es un agente de policía de talento considerable —como él mismo admite libremente— y no es ajeno a encontrar objetos ocultos. Mis dedos localizan expertamente un cierre escondido que me permite salir al oscuro pasillo del otro lado. Las velas parpadean en sus apliques, a mi izquierda está el solario vacío. He salido a la planta baja. La puerta por la que he llegado vuelve a desaparecer en la pared. El lacayo está a menos de veinte metros de distancia. Está de rodillas, abriendo con una ganzúa la puerta de la que instintivamente sé que es mi habitación.

—Me buscabas, cabrón —escupo, y corro hacia él antes de que coja el cuchillo.

Se pone en pie más deprisa de lo que podría haber imaginado. Retrocede de un salto y propina una patada que me alcanza en el pecho, lo que me deja sin aire. Aterrizo con torpeza mientras me agarro las costillas, pero él no se mueve. Me espera y se seca con el dorso de la mano la saliva de la comisura de la boca.

—Conejo valiente —dice, sonriente—. Voy a destriparte despacio.

Me incorporo y me sacudo el polvo. Alzo los puños y asumo una pose de boxeador, pero repentinamente soy consciente de lo mucho que me pesan los brazos. Esta noche en el armario no me ha hecho ningún favor, y mi confianza merma por segundos. Esta vez me acerco a él despacio, fintando a izquierda y derecha, buscando una abertura que nunca llega. Un golpe me alcanza en el mentón y me echa la cabeza hacia atrás. Ni siquiera veo el segundo golpe, que me da de lleno en el estómago, ni el tercero, que me derriba al suelo.

Estoy desorientado, mareado, boqueando para respirar mientras el lacayo se me acerca, me arrastra por el pelo y busca su cuchillo.

—¡Eh! —grita Anna.

Es una pequeña distracción, pero basta. Me libero del agarre del lacayo, le doy una patada en la rodilla y embisto su cara con el hombro, con lo que le rompo la nariz. La sangre me salpica la camisa. Se tambalea hacia atrás por el pasillo, coge un busto y me lo arroja con una mano, lo que me obliga a apartarme de un salto mientras él huye doblando la esquina.

Quiero ir tras él, pero no tengo fuerzas. Estoy apoyado en la pared y me dejo resbalar por ella hasta que estoy sentado en el suelo, agarrándome las doloridas costillas. Estoy alterado y enervado. Era demasiado rápido y fuerte. Estoy seguro de que habría muerto si la pelea hubiera durado algo más.

—¡Maldito idiota! —chilla Anna, y me mira con fijeza—. Casi te haces matar.

—¿Te ha visto? —digo, y escupo la sangre que tengo en la boca.

—No creo —dice mientras alarga una mano para ayudarme a levantarme—. No salí de las sombras, y dudo que viera mucho después de que le rompieras la nariz.

—Perdona, Anna. De verdad que pensé que podríamos con él.

—Más te valdría —dice, y me sorprende con un fuerte abrazo; le tiembla el cuerpo—. Debes tener cuidado, Aiden. Gracias a ese cabrón, apenas te quedan anfitriones. Si cometes un error, nos quedaremos aquí atrapados.

Siento esa revelación como un golpe.

—Solo me quedan tres anfitriones —repito, aturdido.

Sebastian Bell se desmayó al ver el conejo muerto en la caja. El mayordomo, Dance y Derby fueron asesinados y Ravencourt se quedó dormido en el salón de baile tras ver suicidarse a Evelyn. Eso me deja a Rashton, Davies y Gregory Gold. Con tanto día dividido y tanto salto atrás y adelante, había perdido la cuenta.

Debí darme cuenta enseguida.

Daniel afirmó ser el último de mis anfitriones, pero eso no puede ser cierto. Siento que me cubre la cálida manta de la vergüenza. No puedo creer que me engañara tan fácilmente. De forma tan voluntaria.

No todo fue culpa tuya.

El médico de la peste me avisó de que Anna me traicionaría. ¿Por qué hizo eso cuando era Daniel quien me estaba mintiendo? ¿Y por qué me dijo que solo son tres las personas que intentan escapar de la casa, cuando en realidad son cuatro? Se ha esforzado mucho por ocultar la falsedad de Daniel.

—He estado tan ciego… —digo, inútilmente.

—¿Qué pasa? —dice Anna, se aparta y me mira preocupada.

Dudo, mi mente se pone en marcha mientras la vergüenza cede paso al frío cálculo. Las mentiras de Daniel eran elaboradas, pero sigo a oscuras en cuanto a su finalidad. Entiendo que hubiera querido ganarse mi confianza si su objetivo hubiera sido aprovecharse de mi investigación, pero no es el caso. Apenas me preguntó por ella. Más bien al contrario: me dio ventaja al decirme que sería Evelyn quien moriría en el baile y me previno contra el lacayo.

Ya no puedo considerarlo un amigo, pero tampoco estoy seguro de que sea un enemigo. Necesito saber en qué lado está, y la mejor manera de hacerlo es manteniendo la ilusión de la ignorancia hasta que revele sus verdaderas intenciones.

Y tengo que empezar con Anna.

Dios me valga si se le escapa algo con Derby, o con Dance. La primera reacción de ambos a un problema es correr hacia él, aunque esté envuelto en espinas.

Anna me observa, espera una respuesta.

—Sé algo —digo mientras enfrento su mirada—. Algo importante para los dos, pero no puedo decirte qué es.

—Te preocupa que cambie el día —dice, como si fuera lo más evidente del mundo—. No te preocupes, este libro está lleno de cosas que no puedo contarte. —Sonríe, y su preocupación se disipa—. Confío en ti, Aiden. No estaría aquí si no fuera así.

Alarga una mano y me ayuda a levantarme del suelo.

—No podemos quedarnos en este pasillo. Solo sigo con vida porque no sabe quién soy. Como nos vea juntos, no viviré lo suficiente para ayudarte. —Se alisa el mandil, se endereza la cofia y baja la barbilla lo suficiente para parecer tímida—. Yo iré delante. Reúnete conmigo ante la habitación de Bell dentro de diez minutos y mantente ojo avizor. El lacayo volverá en tu busca una vez que se haya curado.

Estoy de acuerdo, pero no tengo ninguna intención de esperar en este pasillo con corrientes de aire. Las huellas de Helena Hardcastle están en todo lo que ha sucedido hoy. Necesito hablar con ella, y esta podría ser mi última oportunidad.

La busco en la sala de estar, con las costillas y el orgullo todavía doloridos, pero solo encuentro a unos pocos madrugadores cotilleando sobre la forma en que el matón de Stanwin se llevó a Derby. Por supuesto, el plato de huevos y riñones sigue en la mesa, donde lo dejó. Sigue caliente, así que no debió de irse hace mucho. Les hago un gesto con la cabeza y voy al dormitorio de Helena, pero solo el silencio responde cuando llamo a su puerta. Al quedarme sin tiempo, la abro de una patada y rompo la cerradura.

Resuelto el misterio de quién entró a la fuerza.

Las cortinas están echadas, las revueltas sábanas de la cama con dosel se han deslizado del colchón al suelo. La habitación tiene una atmósfera sucia de sueños interrumpidos y de sudor de pesadillas sin limpiar por el aire fresco. El armario está abierto, la mesa del tocador, cubierta de polvos derramados de una caja de latón, los cosméticos, abiertos y apartados, indicios de que *lady* Hardcastle se arregló con cierta prisa. Pongo la mano en la cama y la encuentro fría. Hace tiempo que se ha ido.

El escritorio con cortinilla está abierto como cuando visité la habitación con Millicent Derby, la página de hoy, arrancada de la agenda, y el estuche lacado, vaciado de los dos revólveres que debía contener. Evelyn debió de llevárselos esta mañana muy temprano, probablemente tras recibir la nota que la empuja a suicidarse. No debió de tener problemas para entrar por la puerta que comunica sus cuartos después de que su madre se fuera.

Pero si pretendía matarse con el revólver, ¿por qué acabó utilizando la pistola plateada que Derby le robó al doctor Dickie? ¿Y por qué se llevó los dos revólveres del estuche? Sé que le entregó uno a Michael para que lo utilizara en la cacería, pero no consigo imaginar lo que pensaría al descubrir que su vida corría peligro, y también la de su amigo o amiga.

Mis ojos se detienen en la agenda y en la página arrancada. ¿Será también obra de Evelyn, o lo es de algún otro? Millicent sospechaba de Helena Hardcastle.

Paso un dedo por el borde roto y me permito preocuparme.

He visto las citas de Helena en la agenda de lord Hardcastle, así que sé que en la página que falta están las citas con Cunningham, Evelyn, Millicent Derby, el jefe de los establos y Ravencourt. La única que sé con seguridad que tuvo lugar es la de Cunningham. Lo admitió ante Dance, y en las páginas se ve la huella de sus dedos manchados de tinta.

Cierro la agenda agitado. Aún hay mucho que no entiendo y se me acaba el tiempo.

Las ideas me carcomen mientras subo arriba para encontrarme con Anna, que camina a un lado y a otro ante la habitación de Bell a la vez que examina el cuaderno de dibujo. Se oyen voces apagadas al otro lado de la puerta. Daniel debe de estar hablando con Bell, lo que significa que el mayordomo está en la cocina con la señora Drudge. Enseguida se pondrá en marcha.

—¿Has visto a Gold? Ya debería de estar aquí —dice Anna mientras mira hacia las sombras, quizá esperando poder tallarlo en la oscuridad con el filo de su mirada.

—No lo he visto —digo, y miro nervioso a mi alrededor—. ¿Qué hacemos aquí?

—El lacayo matará esta mañana a Gold y al mayordomo si no los ponemos a salvo, donde pueda protegerlos.

—Como la casa del portero.

—Exacto. Pero no puede parecer que los estamos protegiendo. Si no, el lacayo sabrá quién soy y también me matará. Si cree que solo soy una doncella cuidándolos y que están demasiado heridos para ser una amenaza, los dejará en paz por un tiempo, que es lo que queremos. Según el cuaderno, parece que todavía tienen un papel en todo esto, siempre y cuando podamos mantenerlos con vida.

—¿Y para qué me necesitas?

—Que me condenen si lo sé. No estoy muy segura de lo que se supone que estoy haciendo. El cuaderno dice que debo traerte aquí a esta hora, pero —Suspira y niega con la cabeza— esa es la única instrucción clara, lo demás es un galimatías. Ya te he dicho que no estabas precisamente lúcido cuando me lo diste. Me he pasado la mayor parte de la última hora intentando descifrarlo, sabiendo que morirías si lo entendía mal o llegaba demasiado tarde.

Me estremezco, alterado por este breve atisbo a mi futuro. El cuaderno debe de habérselo dado Gregory Gold, mi último anfitrión. Aún lo recuerdo desvariando sobre el carruaje ante la puerta de Dance. Recuerdo que pensé en lo lastimoso, lo escalofriante que era. Esos ojos negros, desoladores y perdidos.

No estoy impaciente por que llegue mañana.

Cruzo los brazos y me recuesto en la pared al lado de ella. Nuestros hombros se tocan. Saber que has matado a alguien en una vida anterior tiende a reducir los posibles caminos del afecto.

—Estás haciendo este trabajo mejor que yo —digo—. La primera vez que alguien me entregó el futuro, acabé persiguiendo a una doncella llamada Madeline Aubert por medio bosque creyendo que le estaba salvando la vida. Casi mato del susto a la pobre chica.

—Este día debería venir con instrucciones —dice taciturna.

—Tú haz lo que te salga de forma natural.

—No sé si huir y escondernos nos serviría de algo —dice, con una frustración que se desinfla con el sonido de pasos en la escalera.

Desaparecemos sin decir palabra, Anna a la vuelta de la esquina y yo en una habitación abierta. La curiosidad me impele a no cerrar la puerta del todo, por lo que veo al mayordomo cojeando por el pasillo hacia nosotros. Su cuerpo quemado parece más maltrecho en movimiento. Es como si hubieran hecho una bola con él y lo hubieran tirado, como una colección de ángulos agudos bajo un pijama y una andrajosa bata marrón.

Pensaba que, tras revivir tantos momentos desde aquella primera mañana, ya estaría acostumbrado, pero noto la frustración y el miedo del mayordomo cuando corre a enfrentarse a Bell por ese nuevo cuerpo en el que está atrapado.

Gregory Gold sale de otra habitación y el mayordomo está demasiado preocupado para darse cuenta. A esta distancia, mientras me da la espalda, el pintor parece extrañamente informe, menos que un hombre, más bien una sombra alargada en la pared. Lleva un atizador en la mano y, sin previo aviso, lo utiliza para pegar al mayordomo.

Recuerdo este ataque, este dolor.

La compasión, un sentimiento enfermizo de impotencia, se apodera de mí cuando el atizador hace saltar la sangre y salpica las paredes.

Estoy con el mayordomo mientras se encoge en el suelo, suplicando piedad y buscando una ayuda que no llega.

Y es entonces cuando la razón se lava las manos conmigo.

Cojo un jarrón del aparador y salgo al pasillo. Corro hacia Gold poseído por la ira del infierno y lo rompo en su cabeza. Astillas de porcelana caen a su alrededor cuando se desploma en el suelo.

El silencio se coagula en el aire mientras sigo agarrando el borde roto del jarrón y miro a los dos hombres inconscientes que tengo a mis pies.

Anna aparece detrás de mí.

—¿Qué ha pasado? —dice, y finge sorpresa.

—Yo…

Al final del pasillo se congrega un grupo de gente, hombres a medio vestir y mujeres sobresaltadas, arrancadas de sus camas por la conmoción. Sus miradas viajan de la sangre en las paredes a los cuerpos del suelo, deteniéndose en mí con una curiosidad impropia. Si el lacayo está entre ellos, no lo veo.

Probablemente sea lo mejor.

Estoy lo bastante furioso como para cometer otra imprudencia.

El doctor Dickie sube corriendo por las escaleras y, a diferencia de los demás invitados, ya está vestido, con el enorme bigote expertamente engrasado y la calva brillando por alguna loción.

—¿Qué diablos ha pasado aquí? —exclama.

—Gold se ha vuelto loco —digo, y añado a mi voz el temblor de la emoción—. Se puso a pegar al mayordomo con un atizador, así que yo...

Agito el borde del jarrón hacia él.

—Vaya a por mi maletín médico, muchacha —le dice Dickie a Anna, que se ha metido en su campo de visión—. Está junto a mi cama.

Al hacer lo que se le pide, Anna empieza a colocar diestramente en su sitio las piezas del futuro sin que parezca que asume el control. El doctor necesita un lugar cálido y tranquilo para cuidar al mayordomo, así que Anna recomienda la casa del portero al tiempo que se presenta voluntaria para administrarle las medicinas. El mero hecho de que no haya otro sitio donde encerrar a Gold decide que también se lo lleve a la casa del portero y que se le administren sedantes con regularidad hasta que un criado vaya al pueblo a buscar a un policía, criado que Anna se presenta voluntaria para encontrar.

Bajan la escalera con el mayordomo en una litera improvisada. Anna me dedica una sonrisa de alivio al irse. Yo la recibo con el ceño fruncido por la perplejidad. Tanto esfuerzo y aún no estoy seguro de lo que hemos conseguido. El mayordomo pasará el día en la cama y esta tarde se convertirá en presa fácil para el lacayo. Gregory Gold será sedado y atado. Vivirá, pero con la mente rota.

No es una idea muy tranquilizadora teniendo en cuenta que estamos siguiendo sus instrucciones. Gold le entregó a Anna este cuaderno y, aunque es el último de mis anfitriones, no tengo ni idea de lo que intenta conseguir. Ni siquiera estoy seguro de que él lo sepa. No después de todo lo que ha sufrido.

Ahondo en mis recuerdos, busco los retazos de futuro que he atisbado pero no vivido. Aún necesito saber lo que significa el mensaje de «todos ellos» que le entregó Cunningham a Derby y por qué le dice que ha reunido a algunas personas. No sé por qué Evelyn le coge la pistola plateada a Derby cuando ya tiene el revólver negro de su madre ni por qué él acaba protegiendo una piedra mientras ella se quita la vida.

Resulta frustrante. Veo las migas de pan dejadas ante mí, pero, por lo que sé, podrían llevarme a un precipicio. Desgraciadamente, no tengo otro camino que seguir.

45

Una vez liberado de la avanzada edad de Edward Dance, esperaba haberme deshecho de sus irritantes achaques, pero la noche en el armario me ha envuelto los huesos en zarzas. Cada estiramiento, cada inclinación y gesto me provoca un latigazo de dolor y una mueca, y deposita un nuevo lamento en el montón. El viaje hasta mi habitación ha resultado ser inesperadamente arduo. Resulta evidente que Rashton causó anoche una gran impresión, ya que mi paso por la casa se ve puntuado por vigorosos apretones de manos y palmadas en la espalda. Los saludos salpican mi paso como piedras que me hubieran arrojado, la buena voluntad me llena de moratones.

Al llegar a mi habitación, me deshago de la sonrisa forzada. En el suelo hay un sobre blanco con algo abultado dentro. Alguien ha debido de pasarlo por debajo de la puerta. Lo abro y miro a uno y otro lado del pasillo en busca de alguna indicación de la persona que lo dejó.

La has dejado tú.

Así empieza la nota que hay dentro y que envuelve una pieza de ajedrez casi idéntica a la que Anna lleva encima.

Coge perlas de nitrito de amilo, nitrito de sodio y tiosulfato de sodio.
NO LAS PIERDAS.
GG

—Gregory Gold —digo con un suspiro al leer las iniciales. Debió de dejarlo antes de atacar al mayordomo.

Ahora sé cómo se siente Anna. Las instrucciones apenas resultan legibles y son incomprensibles incluso cuando consigo descifrar su terrible letra.

Dejo la nota y la pieza de ajedrez en el aparador y cierro la puerta, atrancándola con una silla. Normalmente acudiría de inmediato a ver las posesiones de Rashton o a un espejo a inspeccionar esta nueva cara, pero ya sé lo que hay en sus cajones o el aspecto que tiene. Solo necesito dirigir mi pensamiento hacia una pregunta para encontrar la respuesta, motivo por el que sé que en el cajón de los calcetines hay escondidos unos puños americanos. Se los confiscó hace unos años a un camorrista y le han sido útiles más de una vez. Me los pongo mientras pienso en el lacayo y en cómo agachó la cabeza para mirarme a la cara, respirar mi último aliento y suspirar de placer al añadirme a algún recuento privado.

Me tiemblan las manos, pero Rashton no es Bell. El miedo lo motiva en vez de paralizarlo. Quiere salir en busca del lacayo y acabar con él, reclamarle cualquier dignidad que pudiera perderse en nuestro anterior enfrentamiento. Al recordar la pelea de esta mañana, estoy seguro de que fue Rashton quien me hizo bajar las escaleras y correr por el pasillo. Fue su rabia, su orgullo. Tenía el control, y yo no me di ni cuenta.

No puede volver a pasar.

La imprudencia de Rashton hará que nos maten, y no puedo malgastar a este anfitrión. Si quiero sacarnos a Anna y a mí de este jaleo, necesito ir por delante del lacayo, y no ir todo el rato detrás de él, y creo conocer a alguien que puede ayudarme, aunque no será fácil de convencer.

Me quito los puños americanos, lleno el lavabo y empiezo a lavarme ante el espejo.

Rashton es un hombre joven, aunque no tanto como se cree, alto, fuerte y notablemente apuesto. Tiene pecas que le salpican la nariz, ojos color miel y cortos cabellos rubios que sugieren una cara tallada a la luz del sol. Prácticamente su única nota de imperfección es una vieja cicatriz de bala en el hombro, una línea quebrada borrada hace mucho. Recordaría cómo se la hizo si lo preguntara, pero ya cargo con suficiente dolor sin añadir a mi mente el sufrimiento de otro hombre.

Me estoy secando el pecho cuando la manija de la puerta se agita, lo que hace que coja los puños americanos.

—Jim, ¿estás ahí? Alguien ha cerrado la puerta.

Es una voz de mujer, ronca y seca.

Me pongo una camisa, quito la silla y abro la puerta para encontrar al otro lado a una joven confusa, con el puño alzado para volver a llamar. Unos ojos azules me miran desde debajo de unas largas pestañas, un toque de carmín es el único color de su glacial rostro. Tiene veintipocos años, el espeso cabello negro se derrama sobre una planchada camisa blanca metida en unos pantalones de montar y su presencia le acelera de inmediato la sangre a Rashton.

—Grace…

Mi anfitrión empuja el nombre hasta mi lengua, junto con mucho más. Me consumo en un hervidero de adoración, euforia, excitación e insuficiencia.

—¿Has oído lo que ha hecho el idiota de mi hermano? —dice mientras pasa a la fuerza por mi lado.

—Sospecho que voy a oírlo.

—Anoche se llevó prestado uno de los coches —dice, y se arroja a la cama—. Despertó al jefe de los establos a las dos de la madrugada vestido como un arcoíris y se fue al pueblo.

Está mal informada, pero no tengo manera de salvar el buen nombre de su hermano. Fui yo quien decidió coger el coche, huir de la casa y dirigirme al pueblo. En estos momentos, el pobre Donald Davies está durmiendo en la carretera polvorienta en que lo abandoné, y mi anfitrión intenta arrastrarme por la puerta para ir a por él.

Su lealtad es casi abrumadora, y cuando busco un motivo me veo inmediatamente asediado por el horror. El cariño que

Rashton le profesa a Donald Davies se forjó en el barro y la sangre de las trincheras. Fueron a la guerra como idiotas y volvieron como hermanos, los dos rotos en lugares que solo el otro ve.

Siento su ira por la forma en que traté a su amigo.

O puede que solo esté enfadado consigo mismo.

Estamos tan entremezclados que ya no sé distinguirlo.

—Es culpa mía —dice Grace, cabizbaja—. Iba a comprarle más veneno a Bell, así que lo amenacé con decírselo a papá. Sé que estaba enfadado conmigo, pero no imaginé que pudiera irse así. —Suspira de impotencia—. No creerás que ha cometido alguna imprudencia, ¿verdad?

—Está bien —digo tranquilizador, y me siento a su lado—. Solo está en plena euforia.

—Ojalá no hubiéramos conocido a ese maldito doctor —dice mientras alisa las arrugas de mi camisa con la palma de la mano—. Donald no es el mismo desde que apareció Bell con su baúl de pócimas. Es ese condenado láudano, que lo tiene poseído. Apenas puedo hablar con él. Ojalá pudiéramos hacer algo…

Sus palabras parecen dar pie a una idea. Veo cómo se pone en pie con los ojos muy abiertos, y la sigue desde la línea de arranque a la de meta, como un caballo por el que ha apostado en el derbi.

—Necesito ver a Charles para una cosa —dice de pronto, y me besa en los labios antes de salir apresuradamente al pasillo.

Se ha ido antes de que le responda y ha dejado la puerta abierta a su paso.

Me levanto para cerrarla, acalorado, preocupado y no poco confuso. Por lo general, las cosas eran más simples cuando estaba en ese armario.

46

Recorro el pasillo lentamente, paso a paso, metiendo la cabeza en cada habitación antes de permitirme pasar ante ella. Llevo los puños americanos y me sobresalto ante cualquier ruido y sombra, pues temo el ataque que estoy seguro que se avecina, sabiendo que no podré vencer al lacayo si me pilla desprevenido.

Aparto la cortina de terciopelo que bloquea el pasillo y entro en la abandonada ala este de Blackheath. Un viento cortante agita cobertores que abofetean la pared como filetes de carne el mostrador de un carnicero.

No paro hasta llegar al cuarto de los niños.

El cuerpo inconsciente no salta enseguida a la vista, ya que lo han arrastrado hasta un rincón de la habitación, lejos de la puerta y tras el caballito de balancín. Su cabeza es una mezcolanza de sangre coagulada y cerámica rota, pero está vivo y bien escondido. Teniendo en cuenta que lo atacaron cuando salía del dormitorio de Stanwin, el responsable debió de tener la conciencia suficiente como para impedir que el chantajista lo encontrara y matara, pero no tiempo suficiente para llevarlo hasta un lugar más seguro.

Le registro los bolsillos, pero le han robado todo lo que le cogió a Stanwin. No esperaba otra cosa, pero valía la pena intentarlo al pertenecer al arquitecto de tantos misterios de la casa.

Lo dejo dormir y sigo hasta las habitaciones de Stanwin del final del pasillo. Seguramente, solo el miedo podía empujarlo a este rincón de la casa echado a perder, tan lejos de las escasas comodidades que proporciona el resto de Blackheath.

Y, según ese criterio, eligió bien. Los maderos de la tarima son sus espías y delatan mi presencia en cada paso y el largo pasillo solo ofrece un camino para entrar o salir. Es evidente que el chantajista se cree rodeado de enemigos, algo que quizá pueda aprovechar.

Cruzo la antecámara y llamo a la puerta del dormitorio de Stanwin. Un extraño silencio me saluda, el estrépito de alguien que intenta no hacer ruido.

—Soy el agente de policía Jim Rashton —grito a través de la madera, y me guardo los puños americanos—. Necesito hablar con usted.

La afirmación es recibida con varios sonidos: pasos que se mueven ligeros por la habitación, un cajón que se abre, algo que se levanta y desplaza y, finalmente, una voz que se arrastra alrededor del marco de la puerta.

—Pase —dice Ted Stanwin.

Está sentado en una silla, con una mano metida en su bota izquierda mientras la frota con vigor de soldado. Me estremezco un poco, afectado por un potente sentimiento de lo insólito. La última vez que vi a este hombre estaba muerto en el bosque y yo le registraba los bolsillos. Blackheath lo cogió y lo sacudió y le dio cuerda para que pudiera volver a hacerlo todo otra vez. Si esto no es el infierno, seguro que el diablo estará tomando notas.

Miro más allá de él. Su guardaespaldas duerme profundamente en la cama y respira sonoramente por la vendada nariz. Me sorprende que Stanwin no lo haya movido, y todavía me sorprende más que el chantajista haya movido la silla para que mire a la cama, como Anna ha hecho con el mayordomo. Es evidente que Stanwin siente cierto afecto por este individuo.

Me pregunto cómo reaccionaría de saber que Derby ha estado todo este tiempo en la habitación contigua.

—Ah, el hombre responsable de todo —dice Stanwin, y detiene el cepillo mientras me mira.

—Me temo que me he perdido —digo confuso.

—No sería un chantajista muy bueno si no fuera así —dice, y hace un gesto hacia una mecedora de madera que hay junto al hogar.

Acepto su invitación y arrastro la silla más cerca de la cama, procurando evitar los periódicos sucios y el betún para botas del suelo.

Stanwin viste la versión de hombre rico de una librea de mozo de establo, lo que significa que la camisa de algodón blanca está planchada y los pantalones negros, inmaculados. Al verlo ahora, vestido de forma sencilla, limpiándose sus propias botas y refugiado en un rincón derruido de una casa antaño grande, no consigo ver lo que ha conseguido con diecinueve años de chantaje. Unas venas reventadas le acribillan la nariz y las mejillas, mientras que unos ojos hundidos, enrojecidos y hambrientos de sueño, siguen alerta a los monstruos que puedan aparecer por la puerta.

Monstruos que él mismo invitó aquí.

Tras toda esa jactancia hay un alma convertida en cenizas; hace mucho que se apagó el fuego que lo movió una vez. Estos son los mellados bordes de un hombre derrotado, y el único calor que queda es el de sus secretos. En estos momentos, teme tanto a sus víctimas como ellas a él.

Noto una punzada de compasión. Algo en la situación de Stanwin me resulta terriblemente familiar y, en el fondo, bajo mis anfitriones, donde reside el auténtico Aiden Bishop, noto agitarse un recuerdo. He venido aquí por una mujer. Quería salvarla y no podía. Blackheath era mi oportunidad de… ¿qué…?, ¿de volver a intentarlo?

¿Qué he venido a hacer aquí?

Deja eso.

—Dejemos las cosas claras —dice Stanwin, y me mira con firmeza—. Está aliado con Cecil Ravencourt, Charles Cunningham, Daniel Coleridge y alguno más; todos ustedes andan a vueltas con un asesinato que tuvo lugar hace diecinueve años.

Mis pensamientos anteriores se dispersan.

—Oh, no parezca tan sorprendido —dice mientras inspecciona una zona apagada de su bota—. Cunningham vino a primera hora de la mañana a preguntarme en nombre de su gordo señor, y minutos después apareció olfateando Daniel Coleridge. Los dos querían saber algo sobre el hombre al que disparé cuando fui tras el asesino del señor Hardcastle. Y ahora viene usted. No es difícil saber lo que busca, no si se tienen dos ojos y un cerebro detrás de ellos.

Me mira, y su fachada despreocupada desaparece para mostrar el cálculo en su base. Consciente de tener sus ojos clavados en mí, busco las palabras adecuadas, algo que rechace sus sospechas, pero el silencio se prolonga, y se vuelve tenso.

—Me preguntaba cómo se lo tomaría —gruñe Stanwin mientras deja la bota en el periódico y limpiándose las manos con un trapo. Cuando vuelve a hablar lo hace con tono grave y suave, el que asume alguien que va a contar un cuento—. Me parece que esta repentina sed de justicia solo puede tener una de dos causas —dice a la vez que hurga en la porquería de las uñas con un cortaplumas—: o bien Ravencourt se huele un escándalo y le paga a usted para que lo compruebe, o usted cree que hay un gran caso que resolver que lo ayudará a salir en los periódicos y lo hará famoso.

Sonríe ante mi silencio.

—Mire, Rashton, usted no sabe nada de mí o de mi negocio, pero yo sé mucho de los hombres como usted. Es usted un trabajador de clase obrera que sale con una mujer rica que no puede permitirse. Trepar no tiene nada de malo, yo mismo lo he hecho, pero necesitará dinero para hacerlo, y yo pudo ayudar. La información es valiosa, lo que significa que podemos ayudarnos mutuamente.

Me sostiene la mirada, pero no con comodidad. En el cuello le late una vena, en la frente se le acumula el sudor. Hay peligro en este enfoque, y él lo sabe. Aun así, noto el atractivo de su oferta. Nada le gustaría más a Rashton que poder pagarse la vida con Grace. Le gustaría vestir mejor, invitarla a cenar más de una vez al mes.

Lo que pasa es que le gusta aún más ser policía.

—¿Cuánta gente sabe que Lucy Harper es su hija? —digo como si nada.

Ahora me toca a mí ver cómo se le desencaja la cara a él.

Tuve sospechas cuando lo vi abusar de Lucy durante el almuerzo, solo por tener la temeridad de utilizar su nombre al pedirle que se apartara. No pensé mucho en ello cuando lo vi con los ojos de Bell. Stanwin es un bruto y un chantajista, así que me pareció natural. Solo cuando volví a verlo como Dance me di cuenta del afecto en la voz de Lucy y del miedo en la cara de él. Una sala entera llena de hombres que le clavarían encantados un cuchillo entre las costillas y ahí estaba ella, prácticamente diciendo que le importaba. Bien podía haberse pintado una diana en la espalda. No es de extrañar que reaccionara así. La necesitaba fuera de la sala lo antes posible.

—¿Lucy qué? —dice mientras retuerce el trapo que tiene en las manos.

—No me insulte negándolo, Stanwin —interrumpo—. Tiene su mismo pelo rojo y guarda en la chaqueta un camafeo con su retrato, junto con el libro de claves de su negocio de chantajes. Extrañas cosas para guardar juntas, a no ser que sean las únicas que le importan. Debería haber visto cómo lo defendía ante Ravencourt.

Cada hecho que sale de mi boca es un mazazo.

—No es difícil de adivinar —digo—. No para un hombre con dos ojos y un cerebro tras ellos.

—¿Qué quiere? —pregunta en voz baja.

—Necesito saber lo que pasó de verdad la mañana en que asesinaron a Thomas Hardcastle.

Su lengua repasa sus labios mientras su mente se pone a trabajar, engranajes y poleas lubricados con mentiras.

—Charlie Carver y otro hombre se llevaron a Thomas al lago y lo mataron a puñaladas —dice, y vuelve a coger la bota—. Detuve a Carver, pero el otro se escapó. ¿Quiere oír alguna otra historia antigua?

—Si me interesaran las mentiras, se lo habría preguntado a Helena Hardcastle —digo, y me inclino hacia delante, cogiéndome las manos entre las rodillas—. Porque estaba allí, ¿verdad? Como dijo Alf Miller. Todo el mundo cree que la familia le regaló una plantación por intentar salvar al niño, pero sé que no fue eso lo que pasó. Lleva diecinueve años chantajeando a Helena Hardcastle, desde que ese niño murió. Aquella mañana, usted vio algo, algo por lo que ha estado cobrando todo este tiempo. Ella le dijo a su marido que el dinero era para mantener en secreto el auténtico parentesco de Cunningham, pero no era por eso, ¿verdad? Era por algo más importante.

—Y si no le digo lo que vi, ¿qué pasará? —ladra, y tira la bota a un lado—. ¿Hará correr la voz de que el padre de Lucy Harper es el infame Ted Stanwin y esperará a ver quién la mata primero?

Abro la boca para responder, pero me quedo desconcertado cuando no salen palabras de ella. Ese era mi plan, claro, pero aquí sentado me acuerdo del momento en la escalera en que Lucy condujo a un confuso mayordomo de vuelta a la cocina, para que no tuviera problemas. A diferencia de su padre, tiene un buen corazón, lleno de ternura y dudas, perfecto para que lo pisoteen hombres como yo. No me extraña que Stanwin se haya mantenido al margen y dejara que la criase su madre. Probablemente le entregaría a su familia algo de dinero a lo largo de los años, para que vivieran con desahogo hasta que pudiera ponerlos definitivamente fuera del alcance de sus poderosos enemigos.

—No —digo, tanto para mí como para Stanwin—. Lucy fue buena conmigo cuando lo necesitaba, y no la pondré en peligro. Ni siquiera por esto.

Él me sorprende con una sonrisa y el pesar acechando tras ella.

—No llegará muy lejos en esta casa siendo un sentimental.

—Entonces, ¿qué tal algo de sentido común? Esta noche van a asesinar a Evelyn Hardcastle y creo que es por algo que pasó hace diecinueve años. A mí me parece que le interesa mantener a Evelyn con vida para que pueda casarse con Ravencourt y puedan seguir pagándole.

Lanza un silbido.

—Si eso es cierto, hay más dinero en saber quién es el responsable, pero se equivoca en el enfoque —dice con énfasis—. No necesito que me sigan pagando. Esto se acabó para mí. Voy a recibir un pago importante y luego venderé el negocio y me retiraré. Para eso he venido a Blackheath, para recoger a Lucy y cerrar el trato. Se viene conmigo.

—¿A quién se lo vende?

—A Daniel Coleridge.

—Coleridge planea matarlo dentro de unas horas durante la cacería. ¿Cuánta información vale eso?

Stanwin me mira con evidente sospecha.

—¿Matarme? Él y yo hemos hecho un trato justo. Vamos a cerrarlo en el bosque.

—El negocio se resume en dos cuadernos, ¿no? Uno con todos los nombres y pagos, escrito en clave, claro. Y la clave para descifrarlo en otro. Los guarda separados y cree que eso lo mantiene a salvo, pero no es así y, sea o no sea justo el trato, lo matarán en… —Me subo la manga para mirar el reloj— cuatro horas, en cuyo momento Coleridge tendrá los dos cuadernos sin desprenderse de un solo chelín.

Stanwin parece inseguro por primera vez.

Abre el cajón de la mesita de noche, saca una pipa y una bolsita de tabaco y procede a llenar la cazoleta. Le quita el sobrante, pasa una cerilla por las hojas y da unas caladas para atraer la llama. Para cuando vuelve a dedicarme su atención, el tabaco ya está ardiendo y el humo forma un inmerecido halo sobre su cabeza.

—¿Cómo lo hará? —pregunta Stanwin por la comisura de la boca, con la pipa atrapada entre sus dientes amarillos.

—¿Qué vio la mañana de la muerte de Thomas Hardcastle?

—¿Así que es eso? ¿Un asesinato por otro?

—Es un trato justo.

Escupe en su mano.

—Chóquela entonces.

Hago lo que me pide y luego enciendo mi último cigarrillo. La necesidad de tabaco me ha llegado despacio, como la marea lame la orilla de un río, y dejo que el humo me llene la garganta y mis ojos se nublen por el placer.

Stanwin se rasca la barbilla y empieza a hablar con tono pensativo.

—Fue un día peculiar, extraño desde el principio —dice mientras se ajusta la pipa en la boca—. Habían llegado los invitados a la fiesta, pero ya había mal ambiente en el lugar. Discusiones en la cocina, peleas en los establos, y hasta los invitados estaban así. No podías pasar ante una puerta cerrada sin oír cómo alzaban la voz tras ella.

Ahora hay cierta cautela en él, como en un hombre que desembala un baúl lleno de objetos afilados.

—No sorprendió mucho que despidieran a Charlie —dice—. Llevaba liado con *lady* Hardcastle desde que todos tenían memoria. Al principio era secreto. Pero luego fue obvio, demasiado obvio, en mi opinión. No sé qué les pasó al final, pero cuando lord Hardcastle despidió a Charlie la noticia se propagó por la cocina como la viruela. Pensamos que bajaría a despedirse, pero no oímos ni pío. Unas horas más tarde, una de las doncellas me coge, me dice que acaba de ver a Charlie borracho como un señor, vagando por las habitaciones de los niños.

—¿Seguro que por las habitaciones de los niños?

—Eso fue lo que dijo. Miraba al otro lado de las puertas, una a una, como si buscara algo.

—¿Alguna idea del qué?

—Ella pensó que quería despedirse, pero estaban todos jugando fuera. El caso es que se fue cargando al hombro una gran bolsa de cuero.

—¿Y no sabía lo que había en ella?

—Ni idea. Fuera lo que fuera, nadie se lo echó en cara. Charlie era muy popular, nos caía bien a todos.

Stanwin suspira e inclina la cabeza hacia el techo.

—¿Qué pasó luego? —le insisto, pues noto su reticencia a continuar.

—Charlie era mi amigo —dice muy serio—. Así que fui a buscarlo, para despedirme más que nada. La última vez que alguien lo había visto se dirigía al lago, así que fui hacia allí, pero no estaba. No había nadie, o al menos eso pareció al principio. Iba a marcharme cuando vi la sangre en la arena.

—¿Y siguió la sangre?

—Sí, hasta la orilla del lago… Fue entonces cuando vi al chico.

Traga saliva, se lleva la mano a la cara. El recuerdo llevaba tanto tiempo acechando en la oscuridad de su mente que no me extraña que le cueste arrastrarlo a la luz. Todo en lo que se ha convertido es fruto de esta semilla emponzoñada.

—¿Qué vio, Stanwin? —pregunto.

Deja caer la mano de la cara y me mira como si yo fuera un sacerdote exigiendo confesión.

—Al principio, solo a *lady* Hardcastle —dice—. Arrodillada en el barro, llorando desconsolada. Había sangre por todas partes. No vi al chico de tan abrazado como lo tenía…, pero se volvió al oírme. Lo había apuñalado en el cuello, casi le corta la cabeza.

—¿Lo confesó?

Noto la excitación en mi voz. Bajo la mirada y veo que tengo los puños cerrados, el cuerpo tenso. Estoy en el borde de mi asiento, el aliento contenido en la garganta.

Me avergüenzo inmediatamente de mí mismo.

—Más o menos —dice Stanwin—. Solo decía que había sido un accidente. Solo eso, una y otra vez. Que había sido un accidente.

—¿Y cómo interviene Carver en esto?

—Llegó más tarde.

—¿Cuánto más tarde?

—No lo sé…

—¿Cinco minutos, veinte? —pregunto—. Es importante, Stanwin.

—Veinte no, quizá diez, no pudo ser mucho.

—¿Llevaba la bolsa?

—¿Qué bolsa?

—La de cuero marrón que la doncella le vio llevarse de la casa. ¿La llevaba consigo?

—No, no la llevaba. —Me señala con la pipa—. Usted sabe algo, ¿verdad?

—Eso creo, sí. Acabe su historia, por favor.

—Carver apareció y me llevó a un aparte. Estaba sobrio, mucho, como lo está un hombre presa del *shock*. Me pidió que olvidara todo lo que había visto, que le dijera a todo el mundo que había sido él. Le dije que no lo haría, ni por ella ni por los Hardcastle, pero él me dijo que la amaba, que había sido un accidente y que era lo único que podía hacer por ella, lo único que podía darle. Consideraba que, de todos modos, no tenía futuro tras ser despedido de Blackheath y teniendo que irse lejos de Helena. Me hizo jurar que guardaría el secreto.

—Cosa que hizo, solo que la obligó a que pagase por ello.

—Y usted habría hecho otra cosa, ¿verdad, poli? —replica furioso—. La habría esposado allí mismo y habría traicionado a su amigo. ¿O habría permitido que se fuera de rositas?

Niego con la cabeza. No tengo una respuesta a eso, pero no me interesa su lamentable autojustificación. En esta historia solo hay dos víctimas: Thomas Hardcastle y Charlie Carver, un niño asesinado y un hombre que acabó en el patíbulo por proteger a la mujer que amaba. Ya es demasiado tarde para que pueda ayudar a alguno de los dos, pero no permitiré que la verdad continúe enterrada por más tiempo. Ya ha hecho bastante daño.

47

Los arbustos crujen, las ramitas se rompen al ser pisadas. Daniel se desplaza por el bosque con rapidez, sin molestarse en ser discreto. No le hace falta. Todos mis otros anfitriones están ocupados y casi todo el mundo está en la cacería o en el solario.

Tengo el corazón acelerado. Salió de la casa tras hablar con Bell y Michael en el estudio y lo vengo siguiendo desde hace quince minutos, abriéndome paso en silencio a través de los árboles. Recuerdo que se perdió el principio de la cacería y que tuvo que alcanzar a Dance y siento curiosidad por saber qué lo retuvo. Espero que esto arroje más luz sobre sus planes.

Los árboles se separan bruscamente y dan paso a un feo claro. No estamos lejos del lago y veo el agua en la distancia, a mi derecha. El lacayo camina en círculos como un animal enjaulado y tengo que esconderme tras un arbusto para que no me vea.

—Que sea rápido —dice Daniel mientras se acerca a él.

El lacayo le da un puñetazo en la barbilla.

Daniel se tambalea hacia atrás, se endereza y asiente con la cabeza para invitar a un segundo puñetazo. Este produce un crujido en su estómago y es seguido por un puñetazo cruzado que lo derriba al suelo.

—¿Más? —pregunta el lacayo, que se le acerca.

—Basta con eso —dice Daniel al tocarse el labio partido—. Dance necesita creer que nos hemos peleado, no que casi me mata.

Trabajan juntos.

—¿Podrá alcanzarlos? —dice el lacayo mientras ayuda a Daniel a levantarse—. Los cazadores le llevan una buena ventaja.

—Hay muchas piernas viejas. No llegarán muy lejos. ¿Ha habido suerte al capturar a Anna?

—Todavía no. He estado ocupado.

—Pues apresúrate, nuestro amigo se impacienta.

Así que es por eso. Quieren a Anna.

Por eso me dijo Daniel que la buscase cuando yo era Ravencourt, y por eso le pidió a Derby que la llevara a la biblioteca cuando montó su plan para atrapar al lacayo. Se suponía que debía entregársela yo. Como un cordero para el sacrificio.

La cabeza me da vueltas. Veo que intercambian unas últimas palabras antes de que el lacayo se dirija a la casa. Daniel se limpia la sangre del rostro, pero no se mueve, y un segundo después veo por qué. El médico de la peste entra en el claro. Debe de ser el «amigo» que mencionó Daniel.

Es lo que temía. Trabajan juntos. Daniel ha formado una alianza con el lacayo y están dando caza a Anna a petición del médico de la peste. No puedo ni imaginar de dónde viene esa enemistad, pero explica por qué el médico de la peste se pasa el día intentando volverme contra ella.

Posa una mano en el hombro de Daniel y lo guía entre los árboles, fuera de mi vista. Lo íntimo del gesto me desconcierta. No recuerdo ni una sola vez en que me tocara o que estuviera cerca de que pasase eso. Corro tras ellos agachado, me detengo al llegar junto a los árboles para escuchar sus voces, pero no oigo nada. Profiero una maldición y me apresuro dentro del bosque; me paro de vez en cuando, esperando encontrar algún signo de su presencia. Es inútil. Se han ido.

Me siento como un hombre atrapado en un sueño y vuelvo por donde he venido.

¿Cuánto de lo que he visto en este día era real? ¿Hay alguien que sea quien afirma ser? Creí que Daniel y Evelyn eran mis amigos, que el médico de la peste era un loco y yo un médico llamado Sebastian Bell, cuyo mayor problema era su pérdida de memoria. ¿Cómo podía saber yo que todo eso no eran más que las posiciones de salida en una carrera en la que nadie me había dicho que participaba?

Lo que debe preocuparte es la línea de meta.

—El cementerio —digo en voz alta.

Daniel cree que allí capturará a Anna, y no tengo ninguna duda de que el lacayo estará a su lado cuando lo intente. Allí será donde acabará esto, y tengo que prepararme.

He llegado al pozo de los deseos, donde Evelyn recibió la nota de Felicity aquella primera mañana. Estoy impaciente por poner en marcha mi plan, pero, en vez de ir a la casa, me dirijo a la izquierda, hacia el lago. Es obra de Rashton. De su instinto. Un instinto de policía. Quiere ver el escenario del crimen mientras tiene fresco el testimonio de Stanwin.

La vegetación ha crecido en exceso en el camino, los árboles se inclinan a ambos lados y sus raíces se abren paso en el suelo. Las zarzas se aferran a mi gabardina y la lluvia se derrama de las hojas hasta que por fin salgo a las embarradas orillas del lago.

Solo lo he visto desde lejos, pero es mucho más grande de cerca, con agua del color del musgo y un par de esqueletos de barcas atados a la caseta para botes a punto de convertirse en leña que hay en la orilla derecha. En una isla en el centro hay un quiosco con un tejado turquesa descascarillado y un marco de madera castigado por el viento y la lluvia.

No es de extrañar que los Hardcastle decidieran abandonar Blackheath. Aquí sucedió algo maligno que todavía sigue presente en el lago. Mi incomodidad es tal que estoy a punto de dar media vuelta, pero hay una gran parte de mi ser que necesita entender lo que pasó aquí hace diecinueve años, así que recorro todo el lago y le doy dos vueltas, como un forense podría caminar alrededor de un cadáver en su mesa.

Pasa una hora. Tengo los ojos muy ocupados, pero no se quedan con nada.

La historia de Stanwin parece cierta, pero no explica por qué el pasado quiere reclamar otro hijo de los Hardcastle. No explica quién está detrás o lo que esperan ganar con ello. Creí que venir aquí aportaría cierta claridad, pero, sea lo que sea lo que recuerda el lago, tiene poco interés en compartirlo. A diferencia de Stanwin, no puedo negociar con él y, a diferencia del jefe de establos, no puedo sacárselo con amenazas.

Tengo frío, estoy empapado y siento la tentación de rendirme, pero Rashton ya tira de mí hacia el estanque. Los ojos del policía no son tan benévolos como los de mis otros anfitriones. Buscan los bordes, las ausencias. No le bastan mis recuerdos de este lugar, necesita verlo por sí mismo. Por tanto, con las manos bien metidas en los bolsillos, llego al borde del agua, que rebosa hasta tocarme la suela de los zapatos. Una lluvia suave altera la superficie al rebotar contra gruesos trozos de musgo flotante.

Al menos la lluvia es constante. Golpetea la cara de Bell mientras pasea con Evelyn y las ventanas de la casa del portero, donde duerme el mayordomo y donde Gold está atado. Ravencourt la escucha en su salón, preguntándose dónde se ha metido Cunningham, y Derby…, bueno, Derby sigue inconsciente, que es lo mejor para él. Davies está desmayado en la carretera, o quizá caminando de vuelta. En cualquier caso, se estará mojando. Como Dance, que se pasea por el bosque, con una escopeta apoyada en el brazo y deseando estar en cualquier otra parte.

En cuanto a mí, estoy parado justo donde estará Evelyn esta noche, donde se llevará una pistola plateada al estómago y apretará el gatillo.

Estoy viendo lo que verá ella.

Intentando comprenderlo.

El asesino encontró un modo de obligar a Evelyn a suicidarse, pero ¿por qué no pegarse el tiro en el dormitorio, donde nadie la ve? ¿Por qué hacerlo aquí, en medio de la fiesta?

Para que así lo vean todos.

—Entonces, ¿por qué no en la pista de baile, o en el escenario? —musito.

Todo esto es demasiado teatral.

Rashton ha trabajado en docenas de asesinatos. No tienen una puesta en escena, son actos inmediatos, impulsivos. Los hombres se arrastran hasta sus copas al final de un día de duro trabajo, y agitan la amargura aposentada en el fondo. Estallan las peleas, las esposas se cansan de los ojos morados y cogen el cuchillo de cocina más cercano. La muerte tiene lugar en callejones y en habitaciones tranquilas con tapetes en las mesas. Los árboles se caen, la gente muere aplastada, las herramientas resbalan. La gente muere como siempre ha muerto: con rapidez, de forma impaciente o desafortunada; no aquí, no ante cien personas con vestidos de baile y esmoquin.

¿Qué clase de mentalidad hace que un asesinato sea teatro?

Me vuelvo hacia la casa e intento recordar el camino que recorre Evelyn hasta el estanque, la forma en que alternaba entre las llamas y la oscuridad, tambaleándose como si estuviera bebida. Recuerdo la pistola plateada brillando en su mano, el disparo, el silencio y los fuegos artificiales cuando cayó al agua.

Un asesinato que no parece un asesinato.

Así lo describió el médico de la peste…, pero ¿y si…? Mi mente tantea el borde de un pensamiento, lo incita a salir de la penumbra. Y surge una idea, una muy peculiar.

La única que tiene sentido.

Me sobresalto al sentir un golpecito en el hombro y casi me precipito al estanque. Afortunadamente, Grace me agarra y tira de mí hasta sus brazos. Debo admitir que no es una situación desagradable, sobre todo cuando me vuelvo para encontrarme con esos ojos azules que me miran con una mezcla de amor y diversión.

—¿Qué diablos haces aquí? —pregunta—. Te he buscado por todas partes. Te has perdido el almuerzo.

Hay preocupación en su voz. Me sostiene la mirada y busca en mis ojos, aunque no tengo ni idea de qué.

—He salido a dar una vuelta —digo, e intento liberarme de su preocupación—. Y empecé a pensar cómo debió de ser este lugar en todo su boato.

La duda pestañea en su cara, pero desaparece con un parpadeo de sus gloriosos ojos mientras pasa un brazo por el mío y el calor de su cuerpo me calienta.

—Ahora cuesta recordarlo —dice—. Todos los recuerdos que tengo de este sitio, hasta los más felices, están manchados por lo que le pasó a Thomas.

—¿Dónde estabas cuando pasó?

—¿No te lo he contado nunca? —dice mientras posa la cabeza en mi hombro—. Supongo que no, yo era muy niña. Sí, estuve aquí, igual que casi todos los que han venido.

—¿Lo viste?

—Gracias al cielo, no —dice, horrorizada—. Evelyn había organizado una búsqueda del tesoro para los niños. Yo no debía de tener más de siete años, igual que Thomas. Evelyn tenía diez. Era la mayor, así que ese día éramos su responsabilidad.

Cada vez está más distante, distraída por un recuerdo que alza el vuelo.

—Por supuesto, ahora sé que ella solo quería montar a caballo y no tener que cuidar de nosotros, pero entonces nos pareció muy amable. Lo estábamos pasando muy bien persiguiéndonos los unos a los otros mientras buscábamos pistas en el bosque cuando Thomas echó a correr de pronto. No volvimos a verlo.

—¿Echó a correr? ¿Dijo por qué se marchaba o adónde iba?

—Pareces un policía que me está interrogando —dice, y me abraza con más fuerza—. No, no se quedó para que pudiéramos preguntarle. Preguntó la hora y se fue.

—¿Preguntó la hora?

—Sí, como si tuviera que estar en otra parte.

—¿Y no te dijo adónde iba?

—No.

—¿Se portaba de forma extraña o dijo algo raro?

—La verdad es que apenas pudimos sacarle una palabra. Ahora que lo pienso, llevaba toda la semana de un humor muy extraño: retraído, taciturno, nada propio de él.

—¿Cómo era normalmente?

—Era un incordio la mayor parte del tiempo —dice a la vez que se encoge de hombros—. Estaba en esa edad. Le gustaba tirarnos de la coleta y darnos sustos. Nos seguía por el bosque y saltaba cuando menos lo esperábamos.

—¿Y llevaba una semana portándose de forma extraña? ¿Estás segura de que fue todo ese tiempo?

—Bueno, fue todo el tiempo que estuvimos en Blackheath antes de la fiesta, así que sí. —Ahora tiembla al mirarme—. ¿Qué ha encontrado esa mente suya, señor Rashton?

—¿Encontrado?

—Te veo esa arruguita —Me toca entre las cejas— que se te forma cuando algo te preocupa.

—Aún no estoy seguro.

—Pues procura no hacerlo cuando conozcas a mi abuela.

—¿Fruncir el ceño?

—Pensar, tonto.

—Cielos, ¿por qué no?

—No le caen bien los jóvenes que piensan demasiado. Lo considera una señal de holgazanería.

La temperatura desciende con rapidez. El poco color que quedaba del día huye de las oscuras nubes de tormenta que se apoderan del cielo.

—¿Volvemos a la casa? —dice Grace, y pisa el suelo con fuerza para darse calor—. Me desagrada Blackheath tanto como a cualquier chica, pero no tanto como para estar dispuesta a morir congelada con tal de no volver dentro.

Miro al estanque con cierta tristeza, pero no puedo concretar mi idea sin hablar antes con Evelyn, y ahora está paseando con Bell. Sea lo que sea lo que ha encontrado mi mente, por utilizar el término de Grace, tendrá que esperar a que vuelva dentro de un par de horas. Además, me resulta atractiva la idea de pasar un rato con alguien que no esté empantanado en las muchas tragedias de hoy.

Volvemos a la casa con los hombros pegados y llegamos al vestíbulo a tiempo de ver a Charles Cunningham mientras baja las escaleras. Lo hace con el ceño fruncido, sumido en sus pensamientos.

—¿Te encuentras bien, Charles? —dice Grace para llamar su atención—. De verdad, ¿qué les pasa hoy a los hombres en esta casa? Estáis todos en las nubes.

Una sonrisa se forma en su cara, su alegría al vernos contrasta con la seriedad con la que suele saludarme.

—Ah, mis dos personas favoritas —dice exultante, y salta desde el tercer escalón para darnos una palmada en el hombro—. Perdonad, tenía la cabeza a millas de aquí.

El afecto dibuja una gran sonrisa en mi cara.

Hasta ahora, el ayuda de cámara solo era alguien que entraba y salía de mi día, ayudándome a veces, pero siempre tras algún objetivo personal, lo que me impedía confiar en él.

Verlo con los ojos de Rashton es como ver llenarse de color una silueta de carboncillo.

Grace y Donald Davies veraneaban en Blackheath y crecieron junto a Michael, Evelyn, Thomas y Cunningham. Pese a haber sido criado por la cocinera, todo el mundo lo creía hijo de Peter Hardcastle, y esto lo situaba por encima de la cocina. Animando esta percepción, Helena Hardcastle ordenó a la gobernanta que educara a Cunningham con los niños Hardcastle. Puede que fuera un criado, pero ni Grace ni Donald lo vieron nunca así, al margen de lo que pudieran decir sus padres. Los tres eran casi de la familia, por lo que Cunningham fue una de las primeras personas que Donald Davies presentó a Rashton cuando volvieron de la guerra. Los tres eran como hermanos.

—¿Está Ravencourt muy pesado? —pregunta Grace—. ¿No te habrás vuelto a olvidar de su segunda ración de huevos? Ya sabes lo desagradable que lo pone eso.

—No, no, no es eso. —Cunningham niega pensativo con la cabeza—. ¿Sabes esas veces en que empiezas el día de una manera y, entonces, así como así, es de otro modo? Ravencourt me ha dicho algo bastante sorprendente y, a decir verdad, todavía no lo he asimilado.

—¿Qué te ha dicho? —pregunta Grace mientras inclina la cabeza.

—Que no es... —Se interrumpe y se pellizca la nariz. Se lo piensa mejor, lanza un suspiro y desecha esa conversación—. Mejor te lo cuento esta noche tomando un *brandy*, cuando todo se haya aclarado. No estoy seguro de tener ahora las palabras adecuadas.

—Siempre estás igual, Charles —dice, y da un pisotón en el suelo—. Te encanta empezar historias de lo más interesantes, pero luego nunca las acabas.

—Bueno, puede que esto te ponga de mejor humor.

Del bolsillo saca una llave plateada con una etiqueta que la identifica como propiedad de Sebastian Bell. La última vez que vi esa llave estaba en el bolsillo del vil Derby, poco antes de que alguien lo golpeara en la cabeza ante el dormitorio de Stanwin y se la robara.

Siento que me colocan en mi sitio, como si fuera un engranaje de un gigantesco reloj moviendo un mecanismo que soy demasiado pequeño para entender.

—¿La has encontrado para mí? —dice Grace mientras da una palmada.

Él me mira con fijeza.

—Grace me pidió que le cogiera en la cocina el duplicado de la llave de la habitación de Bell para robarle las drogas —dice, con la llave colgando de su dedo—. He ido más allá y he encontrado la llave de su baúl.

—Será infantil, pero quiero que Bell sufra como Donald está sufriendo —dice ella, con un brillo sádico en los ojos.

—¿Cómo has conseguido la llave? —pregunto a Cunningham.

—Cumpliendo con mis tareas —dice un poco incómodo—. Tengo en el bolsillo la llave de su habitación. Ah, ¿te imaginas tirando al lago todos esos frasquitos?

—En el lago no —dice Grace, y pone una mueca—. Ya es bastante malo volver a Blackheath; no quiero ni acercarme a ese horrible lugar.

—Está el pozo —digo—, cerca de la casa del portero. Es viejo y profundo. Si tiramos las drogas allí, nadie las encontrará nunca.

—Perfecto —dice Cunningham mientras se frota alegre las manos—. Bueno, el buen doctor está dando un paseo con la señorita Hardcastle, así que yo diría que este es un momento tan bueno como cualquiera. ¿A quién le apetece un pequeño robo a la luz del día?

48

Grace se queda vigilando junto a la puerta mientras Cunningham y yo entramos en la habitación de Bell. La nostalgia lo
pinta todo de alegres colores. Tras luchar con la naturaleza do-
minante de mis otros anfitriones, mi actitud hacia Bell se ha
ablandado considerablemente. A diferencia de Derby, Ravencourt o Rashton, Sebastian Bell era un lienzo en blanco, un
hombre batido en retirada, incluso de sí mismo. Me volqué
en él, llenando el espacio vacío de forma tan completa que ni
siquiera me di cuenta de que era la forma equivocada.

De una forma extraña, lo siento como un viejo amigo.

—¿Dónde crees que guarda sus cosas? —pregunta Cunningham mientras cierra la puerta detrás de nosotros.

Finjo ignorancia, aunque sé perfectamente dónde está el
baúl de Bell, lo que me da la oportunidad de pasear por aquí
un rato en su ausencia, disfrutando de la sensación de volver a
una vida que habité una vez.

Pero Cunningham descubre el baúl bastante pronto y requiere mi ayuda para sacarlo del armario, aunque arma un
ruido terrible cuando araña los maderos del suelo. Menos mal
que todo el mundo está de cacería, ya que el ruido podría despertar a los muertos.

La llave encaja perfectamente, la cerradura se abre sobre bisagras bien engrasadas para revelar un interior cargado a rebosar
de viales y botellitas marrones colocadas en ordenadas hileras.

Cunningham ha traído una saca de algodón y, arrodillán-
donos a ambos lados del baúl, empezamos a llenarla con la
mercancía de Bell. Hay tinturas y mejunjes de todo tipo, y

no solo de las concebidas para ponerte una sonrisa idiota en la cara. Entre los dudosos placeres hay un frasco medio vacío de estricnina, cuyos blancos granos parecen de sal a ojos del mundo en general.

¿Para qué tiene eso?

—Bell le vende lo que sea a cualquiera, ¿no? —dice Cunningham, y chasquea la lengua mientras me quita el frasco de la mano y lo deja caer en la saca—. Pero no por mucho tiempo.

Mientras coge las botellas del baúl me acuerdo de la nota que Gold pasó bajo mi puerta, y de las tres cosas que me pedía que escamoteara.

Afortunadamente, Cunningham está tan concentrado en su tarea que no ve que me meto las botellitas en el bolsillo ni la pieza de ajedrez que dejo en el baúl. Parece algo sin importancia por lo que preocuparme ahora cuando hay tantas tramas en marcha, pero todavía recuerdo el consuelo que me produjo, la fuerza que me dio. Fue un gesto amable cuando más lo necesitaba, y me alegra ser yo quien lo haga.

—Charles, necesito que me digas la verdad sobre algo —empiezo.

—Ya te he dicho que no voy a interponerme entre Grace y tú —dice con tono distante mientras llena con cuidado la saca—. Sea lo que sea por lo que habéis discutido esta semana, admite que estabas equivocado y muéstrate agradecido cuando acepte tu disculpa.

Me dirige una sonrisa, pero se evapora cuando ve mi expresión adusta.

—¿Qué pasa?

—¿De dónde has sacado la llave del baúl? —replico.

—Ya que quieres saberlo, me la dio uno de los criados —dice, y evita mi mirada mientras sigue llenando la saca.

—No es cierto —digo a la vez que me rasco el cuello—. La cogiste del cuerpo de Jonathan Derby después de aporrearle la cabeza. Daniel Coleridge te contrató para robarle a Stanwin su libreta de chantajes, ¿verdad?

—E-eso es absurdo.

—Por favor, Charles —digo con la voz ronca por la emoción—. Ya he hablado con Stanwin.

Rashton ha contado con la amistad y el consejo de Cunningham muchas veces a lo largo de los años, y resulta insoportable ver cómo se retuerce bajo el foco de mi interrogatorio.

—No… No pretendía pegarle —dice Cunningham, avergonzado—. Acababa de dejar a Ravencourt en su baño e iba a por mi desayuno cuando oí una conmoción en las escaleras. Vi a Derby entrar en el estudio con Stanwin pisándole los talones. Pensé que podía colarme en la habitación de este último mientras todos estaban distraídos para coger el cuaderno, pero dentro estaba el guardaespaldas, así que me escondí en una habitación de enfrente y esperé a ver qué pasaba.

—Viste a Dickie darle un sedante al guardaespaldas y luego a Derby encontrar el cuaderno. No podías dejar que se fuera con él. Era demasiado valioso.

Cunningham asiente enseguida.

—Stanwin sabe lo que pasó aquella mañana, sabe quién mató a Thomas. Ha estado mintiendo todo este tiempo. Lo tiene anotado en su cuaderno. Coleridge lo descifrará para mí y todo el mundo sabrá que mi padre, mi verdadero padre, era inocente. —El miedo inunda sus ojos—. ¿Stanwin sabe que he hecho un trato con Coleridge? —pregunta de pronto—. ¿Por eso fuiste a verlo?

—No sabe nada —digo con gentileza—. Fui a preguntarle por el asesinato de Thomas Hardcastle.

—¿Y te lo contó?

—Me debía un favor por salvarle la vida.

Cunningham sigue de rodillas y me coge por los hombros.

—Haces milagros, Rashton. No me dejes en suspenso.

—Vio a *lady* Hardcastle cubierta de sangre y meciendo el cuerpo de Thomas —digo mientras lo observo atentamente—. Stanwin sacó la conclusión obvia, pero Carver llegó unos minutos después y le pidió que le echara la culpa a él.

Cunningham mira a través de mí como si intentase buscarle agujeros a una respuesta buscada durante largo tiempo. Cuando vuelve a hablar, hay amargura en su voz.

—Por supuesto —dice, y se deja caer en el suelo—. Llevo años intentando demostrar que mi padre era inocente, y descubro que la asesina era mi madre.

—¿Cuánto hace que sabes quiénes son tus verdaderos padres? —digo, y me esfuerzo por parecer consolador.

—Madre me lo contó al cumplir los veintiuno. Dijo que mi padre no era el monstruo que todos decían que era, pero nunca me explicó por qué. Me he pasado todos los días desde entonces intentando descubrir lo que quería decir.

—La viste esta mañana, ¿verdad?

—Le llevé el té —dice dulcemente—. Se lo tomó en la cama mientras hablábamos. Yo solía hacer lo mismo cuando era niño. Ella me preguntaba por mi felicidad, por mi educación. Era buena conmigo. Era mi momento favorito del día.

—¿Y esta mañana? ¿Debo suponer que no dijo nada sospechoso?

—¿Sobre que mató a Thomas? No, no salió el tema —dice con sarcasmo.

—Me refería a algo fuera de lugar, inusual.

—Fuera de lugar —repite con un bufido—. Hace un año o más que apenas se la reconoce. No había forma de seguirle el ritmo. Tan pronto estaba alegre como se echaba a llorar.

—Un año —digo pensativo—. ¿Desde que vino a Blackheath por el aniversario de la muerte de Thomas?

Fue tras esa visita cuando se presentó en casa de Michael desvariando sobre unas ropas.

—Sí…, puede —dice mientras se tira del lóbulo de una oreja—. Oye, no pensarás que la cosa se le acabó acumulando, ¿verdad? La culpa, quiero decir. Eso explicaría por qué estaba tan rara. Quizá estaba haciendo acopio de valor para confesar. Desde luego, explicaría cómo estaba esta mañana.

—¿Por qué? ¿De qué hablasteis?

—La verdad es que estaba tranquila. Un poco distante. Hablaba de enmendar las cosas y de lo mucho que sentía que tuviera que crecer avergonzado por el nombre de mi padre. Es eso, ¿verdad? Va a confesarlo en la fiesta de esta noche. Por eso se ha esforzado tanto en reabrir Blackheath y en invitar a los mismos invitados de entonces.

—Puede —digo, incapaz de impedir que asome mi duda—. ¿Por qué estaban tus huellas en la agenda? ¿Qué buscabas?

—Cuando la presioné pidiéndole más información, me rogó que mirase a qué hora había quedado con el jefe de los establos. Dijo que me diría más después de eso y que yo debía pasarme por los establos. La esperé allí, pero nunca llegó. Llevo todo el día buscándola, pero no la ha visto nadie. Puede que haya ido al pueblo.

Ignoro eso.

—Háblame del mozo de los establos que desapareció. Le preguntaste por él al encargado.

—No hay nada que contar, la verdad. Hace unos años me emborraché con el inspector que investigó el asesinato de Thomas. Nunca creyó que lo hiciera mi padre, me refiero a Carver, sobre todo porque el otro chico, Keith Parker, desapareció una semana antes, mientras mi padre estaba en Londres con lord Hardcastle, y no le gustaba la coincidencia. El inspector había preguntado por él, pero sin sacar nada en claro. Según todos, un día Parker se levantó y se fue sin decírselo a nadie, y no volvió. Nunca encontraron su cuerpo, así que no pudo demostrar que el rumor de que había huido de casa era falso.

—¿Lo conociste?

—Vagamente. A veces jugaba con nosotros, pero hasta los hijos de los criados tienen trabajos que hacer por la casa. Se pasaba casi todo el tiempo trabajando en los establos. Rara vez lo veíamos.

Al notar mi actitud, me mira inquisitivo.

—¿De verdad crees que mi madre es una asesina?

—Necesito tu ayuda para descubrirlo. Tu madre te confió a la señora Drudge para que te criara, ¿no? ¿Significa eso que son muy íntimas?

—Mucho. La señora Drudge era la única persona que sabía lo de mi padre antes de que Stanwin lo descubriera.

—Bien, voy a necesitar un favor.

—¿Qué clase de favor?

—En realidad, son dos favores. Necesito que la señora Drudge me... ¡Oh!

Acabo de alcanzar mi pasado. Ya se me ha proporcionado la respuesta a una pregunta que aún no he hecho. Ahora necesito que eso vuelva a pasar.

Cunningham agita una mano ante mi cara.

—¿Estás bien, Rashton? Te has puesto un poco raro.

—Perdona, viejo amigo, me he distraído —digo mientras hago desaparecer su confusión—. Como iba diciendo, necesito que la señora Drudge me aclare algo, y necesito que reúnas a unas personas. Cuando lo hagas, busca a Jonathan Derby y cuéntale todo lo que hayas descubierto.

—¿A Derby? ¿Qué pinta esa alimaña en todo esto?

La puerta se abre y Grace asoma la cabeza por ella.

—Por el amor del cielo, ¿por qué tardáis tanto? Como tengamos que esperar más rato, habrá que bañar a Bell y simular que somos criados.

—Un momento —digo mientras poso la mano en el brazo de Cunningham—. Vamos a aclarar esto, te lo prometo. Y ahora escúchame bien. Es importante.

49

La saca de algodón tintinea mientras caminamos y su peso conspira con lo desigual del terreno y me hace tropezar continuamente. Grace pone una mueca compasiva ante cada traspié.

Cunningham ha ido a hacerme el favor, y Grace ha acogido su marcha repentina con un desconcertado silencio. Siento el impulso de explicarlo, pero Rashton conoce a esta mujer lo bastante bien como para saber que no lo espera. Diez minutos después de que Donald Davies presentara a su agradecida familia al hombre que le había salvado la vida en la guerra, resultó evidente para todo el que tuviera ojos y corazón que Jim Rashton y Grace Davies se casarían un día. Ignoraron sus mundos distintos y se pasaron su primera cena construyendo un puente entre ellos a base de pullas cariñosas y preguntas inquisitivas, y el amor floreció a través de una mesa sembrada de una cubertería que Rashton no podía identificar. Lo que nació aquel día no había dejado de crecer, y los dos habían acabado viviendo en un mundo de su propia creación. Grace sabe que le contaré toda la historia cuando se acabe, cuando esté apuntalada con hechos lo suficientemente sólidos como para sostenerla. Mientras tanto, caminamos juntos en sociable silencio, felices solo con estar en compañía del otro.

Tras mencionar vagamente la amenaza que suponen los aliados de Bell y el doctor Dickie, llevo los puños americanos. Es una triste mentira, pero basta para tener a Grace alerta y mirando con sospecha a cada hoja que gotea. Y así llegamos al pozo. Grace aparta una rama para que pueda entrar en el claro sin engancharme. Dejo caer enseguida la saca en el pozo, que golpea el fondo con un tremendo choque.

Agito los brazos e intento sacudirme el dolor de los músculos mientras Grace mira a la oscuridad del pozo.

—¿Algún deseo? —pregunta ella.

—No tener que cargar con el saco a la vuelta.

—Cielos, ha funcionado. ¿Crees que podría pedir más deseos?

—A mí me parece que es una trampa.

—Bueno, hace años que no lo usa nadie, seguro que hay algunos de sobra.

—¿Puedo hacerte una pregunta? —digo.

—Nunca te has privado de hacerlas —responde, y se inclina tanto en el pozo que tiene los pies en el aire.

—La mañana en que mataron a Thomas, cuando fuiste a la caza del tesoro, ¿con quién ibas?

—Vamos, Jim, fue hace diecinueve años —dice con la voz apagada por la piedra.

—¿Charles estaba allí?

—¿Charles? —Saca la cabeza del pozo—. Sí, probablemente.

—¿Probable o seguro? Es importante, Grace.

—Ya lo veo —dice mientras se aparta del pozo y se limpia las manos—. ¿Ha hecho algo mal?

—Espero que no.

—Yo también —dice, y su rostro refleja mi preocupación—. Deja que recuerde. Espera un poco, sí, ¡estaba allí! Robó una tarta de frutas entera de la cocina, y recuerdo que nos dio a Donald y a mí. Debió de volver loca a la señora Drudge.

—¿Y qué me dices de Michael Hardcastle, estaba allí?

—¿Michael? ¿Por…? No sé…

Con una mano se coge un rizo de sus cabellos y lo retuerce alrededor del dedo mientras piensa. Es un gesto familiar, que llena a Rashton de un amor tan abrumador que casi basta para apartarme por completo.

—Creo que estaba en la cama —acaba diciendo—. Enfermo con alguna cosa, una de esas enfermedades infantiles.

Me coge una mano entre las suyas y me atrapa con sus preciosos ojos azules.

—¿Estás haciendo algo peligroso, Jim? —pregunta.

—Sí.

—¿Lo haces por Charles?

—En parte.

—¿Me lo contarás alguna vez?

—Sí, cuando sepa lo que debe decirse.

Ella se pone de puntillas y me besa en la nariz.

—Entonces será mejor que sigas —dice mientras limpia el carmín de mi piel—. Sé cómo eres cuando quieres desenterrar un hueso, y no serás feliz hasta que lo tengas.

—Gracias.

—Dámelas con toda la historia, y que sea pronto.

—Lo haré.

Es Rashton quien la besa ahora. Cuando vuelvo a quitarle el cuerpo, estoy colorado y avergonzado y Grace me sonríe con un brillo malicioso en los ojos. Es todo lo que puedo hacer para dejarla allí, pero, por primera vez desde que esto empezó, estoy tocando la verdad con las manos y temo que se me escape si no hundo los dedos en ella. Necesito hablar con Anna.

Me dirijo a la parte de atrás de la casa del portero por el camino empedrado. Me sacudo la lluvia de la gabardina antes de colgarla del perchero de la cocina. Mis pasos levantan ecos en el suelo, como latidos en la madera. Oigo un golpe en la sala de estar de mi derecha, en el lugar donde Dance y sus colegas se vieron esta mañana con Peter Hardcastle.

Mi primera suposición es que uno de ellos ha vuelto, pero, al abrir la puerta, encuentro a Anna parada junto a Peter Hardcastle, desplomado en la misma silla en que lo encontré antes.

Está muerto.

—Anna —digo en voz baja.

Se vuelve para verme, el *shock* asoma a su cara.

—Oí un ruido y bajé a ver… —dice mientras hace un gesto hacia el cuerpo. A diferencia de mí, no se ha pasado el día vadeando sangre y le afecta haber encontrado un cadáver.

—¿Por qué no te echas un poco de agua en la cara? —digo, y le toco ligeramente el brazo—. Yo echaré un vistazo.

Asiente agradecida con la cabeza y dedica una última mirada al cuerpo antes de salir del cuarto. No la culpo. Los antaño apuestos rasgos de lord Hardcastle están espantosamente deformados, el ojo derecho apenas abierto, el izquierdo completamente expuesto. Aferra los reposabrazos con las manos, tiene la espalda arqueada por el dolor. Fuera lo que fuera lo que pasó aquí, le quitó al mismo tiempo la vida y la dignidad.

Mi primer pensamiento es un ataque al corazón, pero el instinto de Rashton me hace ser cauteloso.

En el bolsillo del pecho sobresale un papel doblado y, tras sacarlo, leo el mensaje que contiene.

No puedo casarme con Ravencourt y no puedo perdonar a mi familia por obligarme a hacerlo. Ellos tienen la culpa de esto.

Evelyn Hardcastle

Por una ventana abierta entra brisa. Hay barro manchando el marco, lo que sugiere que alguien se escapó por él. Prácticamente la única alteración que veo es un cajón que han dejado abierto. Es el que abrí siendo Dance y, por supuesto, la agenda no está. Primero alguien arranca una página de la agenda de Helena y ahora se han llevado la de Peter. Vale la pena matar para encubrir algo que hizo hoy Helena. Eso es información útil. Horrible, pero útil.

Me guardo la carta en el bolsillo y saco la cabeza por la ventana en busca de algo que revele la identidad de su asesino. No hay mucho que ver, aparte de unas pisadas que ya están desapareciendo con la lluvia. Por su forma y tamaño, el que huyó de la casa del portero era una mujer con botas de punta, lo que daría algo de crédito a la nota si no fuera porque sé que Evelyn está con Bell.

Ella no ha podido hacer esto.

Me siento ante Peter Hardcastle, como hizo Dance esta mañana. Pese a lo tarde de la hora, el recuerdo de esa reunión sigue presente en la habitación. Los vasos en los que bebimos no se han retirado de la mesa y el humo del cigarro aún pende en el aire. Hardcastle lleva la misma ropa que entonces, lo que significa que no se cambió para la cacería. Así que probablemente lleve varias horas muerto. Mojo el dedo en lo que queda de las bebidas y las pruebo una a una con la punta de la lengua. Están todas bien menos la de lord Hardcastle. Tras el *whisky* carbonizado hay un sutil deje amargo.

Rashton lo reconoce de inmediato.

—Estricnina —digo mientras miro a la deformada cara sonriente de la víctima. Parece encantado por la noticia, como si llevara todo este tiempo aquí sentado esperando a que alguien le dijera cómo murió.

Probablemente también quiera saber quién lo mató. Tengo una idea al respecto, pero de momento solo es una idea.

—¿Te ha dicho algo? —pregunta Anna a la vez que me pasa una toalla.

Sigue algo pálida, pero tiene la voz más firme, lo que sugiere que se ha recuperado de la impresión inicial. Aun así, se mantiene a distancia del cuerpo y se abraza a sí misma con fuerza.

—Alguien lo ha envenenado con estricnina. Proporcionada por Bell.

—¿Bell? ¿Tu primer anfitrión? ¿Crees que está metido en todo esto?

—No voluntariamente —digo mientras me seco el pelo—. Es demasiado cobarde para participar en un asesinato. La estricnina suele venderse en pequeñas cantidades como matarratas. Si el asesino es de la casa, pudo pedir una cantidad concreta con la excusa de limpiar Blackheath. Bell no tendría motivos para sospechar hasta que empezaran a aparecer cuerpos. Eso podría explicar por qué alguien intentó matarlo.

—¿Cómo sabes todo eso? —dice Anna, asombrada.

—Lo sabe Rashton —digo, y me toco la frente—. Trabajó hace unos años en un caso con estricnina. Un asunto desagradable. Algo de herencias.

—¿Y tú... lo recuerdas?

Asiento mientras pienso todavía en lo que implica el envenenamiento.

—Anoche, alguien citó a Bell en el bosque con intención de silenciarlo —digo para mí—. Pero el buen doctor se las arregló para escapar con los brazos heridos y perdió a su perseguidor en la oscuridad. Un tipo con suerte.

Anna me mira de forma extraña.

—¿Qué pasa? —digo mientras frunzo el ceño.

—Es la forma en la que hablas... —Duda—. No es... No te reconozco. Aiden, ¿cuánto de ti hay ahí dentro?

—Lo suficiente —digo impaciente, y le entrego la carta que encontré en el bolsillo de Hardcastle—. Debes ver esto. Alguien quiere hacernos creer que esto es obra de Evelyn. El asesino intenta rematar todo esto con un bonito lazo.

Ella aparta la mirada de mí para leer la carta.

—¿Y si estamos enfocando esto mal? —dice cuando ha acabado—. ¿Y si alguien quiere acabar con toda la familia Hardcastle y Evelyn solo es la primera?

—¿Crees que Helena se ha escondido?

—Si tiene algo de cabeza, es justo lo que estará haciendo.

Dejo que mi mente le dé vueltas a la idea durante un rato, que enfoque la idea desde todos los ángulos. O al menos lo intento. Es demasiado grande. Demasiado ruidosa. No veo lo que hay más allá.

—¿Qué hacemos ahora?

—Necesito que le digas a Evelyn que el mayordomo se ha despertado y que quiere hablar con ella, en privado —digo mientras me pongo en pie.

—Pero el mayordomo no ha despertado y no quiere hablar con ella.

—No, pero yo sí, y prefiero mantenerme lejos del punto de mira del lacayo si me es posible.

—Iré, claro, pero tendrás que vigilar al mayordomo y a Gold por mí.

—Lo haré.

—¿Y qué vas a decirle a Evelyn cuando venga?

—Le diré cómo va a morir.

50

Son las 17:42 y Anna no ha vuelto.

Han pasado tres horas desde que se fue. Tres horas dando vueltas y preocupándome, con la escopeta en el regazo, cogiéndola en cuanto oía el menor ruido, haciendo que sea una presencia casi constante en mis brazos. No sé cómo lo hacía Anna.

Este lugar nunca está tranquilo. El viento se abre paso a zarpazos por las grietas de las ventanas y aúlla a uno y otro lado del pasillo. La tarima cruje, los maderos se ensanchan y ceden bajo su propio peso como si la casa del portero fuera un viejo intentando levantarse de la silla. Oí una y otra vez pasos acercándose y abrí la puerta para descubrir que me había engañado el batir de una persiana suelta o una rama de árbol al golpear una ventana.

Pero esos ruidos han dejado de provocarme una reacción, porque ya no creo que mi amiga vaya a volver. Una hora después de que se marchara, me dije que solo le estaba costando encontrar a Evelyn tras su paseo con Bell. A las dos horas, razoné que estaría haciendo algún recado, teoría que intenté confirmar reconstruyendo su día a partir de encuentros anteriores. Según me dijo ella, primero vio a Gold, luego a Derby, en el bosque, y a Dance antes de recogerme en el ático. Tras eso, habló por primera vez con el mayordomo en el carruaje camino de aquí, dejó la nota de Bell en la cabaña del jefe de los establos y luego buscó a Ravencourt en su salón.

Después de eso tuvo otra conversación con el mayordomo, pero no volví a verla hasta que el lacayo atacó a Dance por la noche.

Hace seis días que desaparece por las tardes, y no me había dado cuenta.

Ahora, al final de mi tercera hora en esta habitación, la oscuridad presiona contra el cristal, estoy seguro de que tiene problemas y de que el lacayo está en algún lugar detrás de ellos. Al haberla visto con nuestro enemigo, sé que sigue con vida, aunque es un pobre consuelo. Lo que fuese que le hiciera el lacayo a Gold le destrozó la mente y no soporto la idea de que Anna pase por un tormento similar.

Doy vueltas por la habitación escopeta en mano, intento ir un paso por delante de mi miedo, lo suficiente como para trazar un plan. Lo más fácil sería esperar aquí, sabiendo que el lacayo acabará viniendo a por el mayordomo, pero así malgastaría las horas que necesito para resolver el asesinato de Evelyn. ¿Y de qué servirá salvar a Anna si no puedo liberarla de esta casa? Por muy desesperado que me sienta, debo acudir primero a Evelyn y confiar en que Anna sabrá arreglárselas sola mientras lo hago.

El mayordomo gime, sus ojos parpadean y se abren.

Durante un momento, nos limitamos a mirarnos, intercambiando culpa y confusión.

Al dejarlos a él y a Gold sin protección, los condeno a la locura y la muerte, pero no veo alternativa.

Cuando cae dormido, dejo la escopeta a su lado, en la cama. Lo he visto morir, pero no tengo por qué aceptarlo. La conciencia me pide que al menos le dé alguna posibilidad de defenderse.

Cojo la gabardina de la silla y salgo hacia Blackheath sin lanzar una mirada atrás. El desordenado dormitorio de Evelyn está tal como lo dejé, con el fuego de la chimenea tan bajo que apenas hay luz para ver. Empiezo la búsqueda tras añadirle algunos leños.

Me tiembla la mano, pero esta vez no es por la lujuria de Derby, sino por mi excitación. Si encuentro lo que busco, sabré quién es el responsable de la muerte de Evelyn. Tendré la libertad al alcance de la mano.

Quizá Derby registró antes esta habitación, pero no tenía ni el entrenamiento ni la experiencia de Rashton. Las manos del policía buscan inmediatamente escondrijos tras los armarios y alrededor del somier de la cama, sus pies golpean los maderos del suelo con la esperanza de encontrar alguno suelto. Incluso así, tras un registro exhaustivo, acabo con las manos vacías.

No hay nada.

Giro sobre mí mismo y estudio el mobiliario buscando algo que se me pueda haber escapado. No puedo estar equivocado con el suicidio, es lo único que tiene sentido. Entonces mi mirada llega al tapiz que oculta la puerta que comunica con el dormitorio de Helena. Cojo una lámpara de aceite y la cruzo, y ahí repito el registro.

Casi me he rendido cuando levanto el colchón de la cama y encuentro una bolsa de algodón atada a una de las barras. Aflojo los cordones y en el interior encuentro dos pistolas. Una es una inofensiva pistola de fogueo, habitual en las ferias de pueblo. La otra es el revólver negro que Evelyn cogió del dormitorio de su madre, el que tenía esta mañana en el bosque y que esta noche llevará al cementerio. Está cargada. En el tambor solo falta una bala. También hay un vial de sangre y una pequeña jeringuilla llena de un líquido claro.

Se me acelera el corazón.

—Tenía razón —murmuro.

Lo que me salva la vida son las cortinas al agitarse.

La brisa de la ventana abierta me toca el cuello un instante antes de oír un paso detrás de mí. Me tiro al suelo y oigo un cuchillo cortar el aire. Ruedo para ponerme boca arriba y saco el revólver a tiempo de ver al lacayo huyendo hacia el pasillo.

Dejo que mi cabeza caiga a la tarima, deposito el arma en el estómago y doy las gracias a las estrellas. Si hubiera notado las cortinas un segundo después, esto ya se habría acabado.

Me doy una oportunidad para recuperar el aliento y me pongo en pie, y luego devuelvo a la bolsa las dos armas y la jeringuilla, pero me llevo el vial de sangre. Salgo del dormitorio con cautela y pregunto por Evelyn hasta que alguien me indica que está en el salón de baile, donde resuenan los golpes; los obreros están terminando el escenario. Las puertas francesas están abiertas del todo para que el polvo y los vapores de la pintura salgan, las doncellas friegan el suelo malgastando su juventud.

Evelyn está en el escenario y habla con el director de la orquesta. Sigue con el vestido verde que ha llevado todo el día, pero Madeline Aubert está tras ella con la boca llena de horquillas, que pone apresuradamente en los mechones de pelo que se le escapan, intentando hacerle el peinado que llevará esta noche.

—Señorita Hardcastle —la llamo mientras cruzo el salón.

Despacha al director de orquesta con una sonrisa amistosa y un apretón en el brazo y se vuelve hacia mí.

—Evelyn, por favor —dice, y alza la mano—. ¿Y usted es?

—Jim Rashton.

—Ah, sí, el policía —dice, y le desaparece la sonrisa—. ¿Va todo bien? Parece algo acalorado.

—No estoy acostumbrado al ajetreo y al bullicio de la sociedad educada —digo. Le estrecho la mano con suavidad y me sorprendo de lo fría que está.

—¿En qué puedo ayudarlo, señor Rashton?

Su tono es distante, casi molesto. Me siento como un insecto aplastado que acaba de descubrir en la suela del zapato.

Al igual que estando con Ravencourt, me sorprende el desdén con el que se acoraza Evelyn. De todas las insidias de Blackheath, seguramente la más cruel sea la de verse expuesto a todas las desagradables facetas de una persona que una vez consideraste tu amiga.

La idea me da que pensar.

Evelyn fue buena con Bell, y lo que me ha motivado desde entonces es el recuerdo de esa bondad, pero el médico de la peste dijo que había experimentado con diferentes combinaciones de anfitriones a lo largo de varios bucles. Si Ravencourt hubiera sido mi primer anfitrión, y debió de serlo en algún momento, no habría visto nada de Evelyn aparte de su desdén. Derby solo obtuvo ira, y dudo que ella hubiera demostrado alguna bondad con criados como el mayordomo o Gold. Eso significa que hubo bucles en los que vi morir a esta mujer y no sentí nada por ella, y mi única preocupación era resolver su asesinato en vez de intentar evitarlo desesperadamente.

Casi los envidio.

—¿Puedo hablar con usted —Miro a Madeline— en privado?

—Estoy espantosamente ocupada. ¿De qué asunto se trata?

—Prefiero hablar en privado.

—Y yo prefiero terminar de preparar este salón de baile antes de que lleguen cincuenta personas y descubran que no tienen un sitio donde bailar —dice, cortante—. Ya imaginará a qué prefiero dedicar un mayor interés.

Madeline sonríe y usa otra horquilla para poner en su sitio un mechón de pelo.

—Muy bien —digo mientras saco el vial de sangre que encontré en la bolsa de algodón—. Vamos a hablar de esto.

Es como si la hubiera abofeteado, pero la sorpresa desaparece tan rápido de su cara que tengo problemas en creer que llegó a desconcertarse.

—Acabaremos esto más tarde, Maddie —dice Evelyn, y me clava una mirada fría—. Baja a la cocina y come algo.

La mirada de Madeline es igual de desconfiada, pero deja caer las horquillas en el bolsillo de su mandil antes de hacer una reverencia y marcharse.

Evelyn me coge del brazo y me guía hasta una esquina del salón, lejos de los oídos de los criados.

—¿Acostumbra usted a hurgar en las posesiones de la gente, señor Rashton? —pregunta mientras coge un cigarrillo de su pitillera.

—Últimamente sí.

—Puede que necesite algún pasatiempo.

—Ya tengo un pasatiempo: intento salvarle la vida.

—Mi vida no necesita que la salven —dice con frialdad—. Quizá deba probar con la jardinería.

—¿O quizá deba fingir un suicidio para no tener que casarme con lord Ravencourt? —digo, y hago una pausa para disfrutar con la forma en que su expresión desdeñosa se desmorona—. Parece que eso la tiene muy ocupada últimamente. Es muy ingenioso. Por desgracia, alguien piensa utilizar ese falso suicidio para asesinarla, lo cual es todavía mucho más ingenioso.

Se queda boquiabierta, sus ojos azules están alterados por la sorpresa.

Esconde la mirada mientras intenta encender el cigarrillo que sostiene entre los dedos, pero le tiembla la mano. Le cojo la cerilla y se lo enciendo yo; la llama me quema los dedos.

—¿Quién le manda hacer esto? —dice con un siseo.

—¿A qué se refiere?

—Mi plan —dice, y me quita el vial de sangre de las manos—. ¿Quién se lo ha contado?

—¿Por qué, quién más está implicado? —pregunto—. Sé que invitó a la casa a alguien llamado Felicity, pero aún no sé quién es.

—Es… —Niega con la cabeza—. Nada, ni siquiera debería hablar con usted.

Se vuelve hacia la puerta, pero la cojo por la muñeca y tiro de ella con bastante más fuerza de la pretendida. La ira asoma a su rostro y la suelto de inmediato mientras alzo las manos.

—Ted Stanwin me lo ha contado todo —digo desesperado; intento impedir que salga de aquí.

Necesito una explicación plausible para lo que sé, y esta mañana Derby oyó discutir a Stanwin y Evelyn. Si tengo mucha suerte, el chantajista también debe de participar en todo esto. No resulta difícil de creer. Tiene parte en todo lo demás que pasa hoy.

Evelyn está inmóvil, alerta, como un ciervo en el bosque que acaba de oír cómo se rompe una rama.

—Dijo que planeaba matarse esta noche ante el estanque, pero eso carecía de sentido —continúo, y confío en la formidable reputación de Stanwin para vender la historia—. Perdone que sea brusco, señorita Hardcastle, pero si de verdad quisiera quitarse la vida, ya estaría muerta, en vez de jugar a la solícita anfitriona para gente que desprecia. Lo segundo que pensé fue que quería que lo viera todo el mundo, pero, entonces, ¿por qué no hacerlo en el salón de baile, durante la fiesta? No conseguía encontrarle el sentido hasta que fui al borde del estanque y me di cuenta de lo oscuro que era, de lo fácilmente que puede esconderse algo que se deje caer en él.

El desprecio brilla en sus ojos.

—¿Y qué es lo que quiere usted, señor Rashton? ¿Dinero?

—Intento ayudarla —insisto—. Sé que pretende ir al estanque a las once de la noche, llevarse un revólver al estómago y desplomarse en el agua. Sé que no apretará el gatillo del revólver negro y que será una pistola de fogueo lo que haga el sonido del disparo que oirá todo el mundo, como sé que planea dejar caer la pistola de fogueo al agua cuando acabe. Llevará el vial de sangre colgado del cuello y lo romperá al golpearlo con el revólver para simular la herida.

Supongo que la jeringuilla que encontré en la bolsa tendrá alguna combinación de sedante y relajante muscular para que pueda hacerse la muerta, lo que permitirá que el doctor Dickie, a quien supongo que pagarán espléndidamente por sus molestias, lo oficialice en un certificado de defunción y evitar la necesidad de una desagradable investigación. Supongo que una semana aproximadamente después de su muerte, estará de vuelta en Francia disfrutando de una buena copa de vino blanco.

Un par de doncellas que cargan con cubos llenos de agua sucia se dirigen hacia las puertas e interrumpen bruscamente su cháchara al vernos. Pasan ante nosotros con pasos inseguros y Evelyn me empuja más hacia el rincón.

Por primera vez veo miedo en su rostro.

—Admito que no quería casarme con Ravencourt y sabía que no podía evitar que mi familia me obligara a ello a no ser que yo desapareciera, pero ¿por qué alguien va a querer matarme? —pregunta, con el cigarrillo todavía temblándole en la mano.

Estudio su cara en busca de una mentira, pero es como mirar al microscopio un tramo de niebla. Esta mujer lleva días mintiendo a todo el mundo. No reconocería la verdad ni aunque consiguiera escapar de sus labios.

—Tengo algunas sospechas, pero necesito pruebas —digo—. Por eso necesito que siga con el plan.

—¿Seguir con él? ¿Está usted loco? —exclama, y baja la voz cuando todos los ojos se vuelven hacia nosotros—. ¿Por qué iba a pasar por ello después de lo que acaba de decirme?

—Porque no estará a salvo hasta que saquemos a la luz a los conspiradores, y para eso necesitan creer que su plan ha tenido éxito.

—Estaré a salvo cuando esté a cien millas de aquí.

—¿Y cómo llegará allí? ¿Qué pasará si el conductor del carruaje es parte del plan, o lo es un criado? En esta casa todo se sabe, y cuando los asesinos descubran que intenta irse, seguirán adelante con su plan y la matarán. Créame, huir solo retrasaría lo inevitable. Yo puedo acabar con ello aquí y ahora, pero solo si usted sigue con él, se apunta al estómago con una pistola y se hace la muerta durante media hora. ¿Quién sabe? Quizá hasta pueda seguir muerta y escapar de Ravencourt como lo había planeado.

Se presiona la frente y cierra los ojos para concentrarse. Cuando vuelve a hablar, lo hace con la voz más calmada, más vacía.

—Estoy entre la espada y la pared, ¿no es así? Muy bien, seguiré adelante con ello, pero primero hay algo que necesito saber. ¿Por qué me ayuda, señor Rashton?

—Soy policía.

—Sí, pero no es un santo, y solo un santo se metería en todo esto.

—Entonces, considérelo un favor a Sebastian Bell.

La sorpresa suaviza su expresión.

—¿Bell? ¿Qué diablos tiene que ver el buen doctor con esto?

—Aún no lo sé, pero lo atacaron anoche y dudo que sea una coincidencia.

—Quizá, pero ¿por qué lo incumbe eso a usted?

—Quiere ser una persona mejor. Es algo raro en esta casa. Lo admiro por ello.

—Yo también —dice, y hace una pausa para sopesar al hombre que tiene delante—. Muy bien, cuénteme su plan, pero antes quiero su palabra de que estaré a salvo. Voy a poner mi vida en sus manos, y eso no lo hago sin garantías.

—¿Cómo sabe que mi palabra sirve de algo?

—He estado toda la vida rodeada de hombres deshonestos —se limita a decir—. Usted no es uno de ellos. Y ahora deme su palabra.

—La tiene.

—Y una copa —continúa—. Voy a necesitar un poco de valor para llegar hasta el final.

—Más que un poco —digo—. Quiero que se reúna con Jonathan Derby. Tiene una pistola plateada que vamos a necesitar.

51

Sirven la cena y los invitados se sientan a la mesa mientras yo estoy acuclillado entre los arbustos junto al estanque. Es temprano, pero mi plan depende de que sea la primera persona que llegue hasta Evelyn cuando salga de la casa. No puedo arriesgarme a una zancadilla del pasado.

La lluvia rebota en las hojas, gélida en mi piel.

El viento se levanta, tengo calambres en las piernas.

Desplazo mi peso y me doy cuenta de que no he comido ni bebido en todo el día, lo cual no es la preparación ideal para la noche que me espera. Estoy algo mareado y, sin nada que me distraiga, siento a todos mis anfitriones presionando contra el interior de mi cabeza. Sus recuerdos se apelotonan en los confines de mi mente, su peso es casi insoportable. Quiero lo que ellos quieren, siento sus penas y me vuelven tímido con sus miedos. Ya no soy un hombre, soy un coro.

De la casa salen dos criados ajenos a mi presencia con los brazos cargados de leña para los braseros y con lámparas de aceite colgando del cinto. Encienden los braseros uno a uno, y dibujan una línea de fuego en la noche negra como la pez. El último está junto al invernadero y las llamas se reflejan en sus paneles, por lo que todo él parece presa de las llamas.

Mientras el viento aúlla y los árboles gotean, Blackheath titila y cambia, siguiendo a los huéspedes cuando van del salón comedor a sus habitaciones y luego al salón de baile, donde la orquesta ya está en el escenario y espera a los invitados de la noche. Los criados abren las puertas francesas, la música estalla hacia el exterior y rueda por el suelo hasta entrar en el bosque.

—Ahora los ve como los veo yo —dice el médico de la peste en voz baja—. Como actores en una obra, haciendo lo mismo una noche tras otra.

Está detrás de mí, tapado en buena parte por árboles y arbustos. A la incierta luz de los braseros, su máscara parece flotar en la oscuridad como un alma que intenta liberarse del cuerpo.

—¿Le habló al lacayo de Anna? —pregunto con un siseo.

Necesito hasta la última onza de autocontrol para no saltar sobre él y machacarlo.

—No tengo interés alguno en ellos —dice con claridad.

—Lo vi ante la casa del portero con Daniel, y luego en el lago, y ahora Anna ha desaparecido. ¿Le dijo dónde encontrarla?

Por primera vez, el médico de la peste parece inseguro.

—Le garantizo que no estuve en ninguno de esos sitios, señor Bishop.

—Lo vi —digo con un rugido—. Habló con él.

—No era… —Se interrumpe, y cuando vuelve a hablar lo hace con una chispa de comprensión—. Entonces es así como lo ha estado haciendo. Me preguntaba cómo podía saber tanto.

—Daniel me mintió desde el principio, y usted le guardó el secreto.

—No me corresponde interferir. Sabía que usted acabaría dándose cuenta.

—¿Y por qué lo avisó acerca de Anna?

—Porque me preocupaba que usted no lo hiciera.

La música se interrumpe bruscamente y, al mirar mi reloj, descubro que faltan pocos minutos para las once. Michael Hardcastle acaba de silenciar a la orquesta para preguntar si alguien ha visto a su hermana. Junto a la casa hay movimiento, la oscuridad se ve alterada por la oscuridad cuando Derby se sitúa junto a la piedra, siguiendo las instrucciones de Anna.

—Yo no estaba en ese claro, señor Bishop, se lo prometo —dice el médico de la peste—. Pronto se lo explicaré todo, pero de momento tengo que ocuparme de una investigación propia.

Se marcha a toda prisa y solo deja preguntas tras de sí. Si fuera otro anfitrión, echaría a correr tras él, pero Rashton es alguien más sutil, lento en sobresaltarse, rápido en pensar. Ahora mismo, mi única preocupación debe ser Evelyn. Aparto al médico de la peste de mis pensamientos y me acerco más al estanque. Afortunadamente, las ramitas y las hojas están tan desmoralizadas por la lluvia previa que no tienen ánimos para gritar bajo mis pies.

Evelyn se acerca llorando, me busca entre los árboles. Sea cual sea su participación en esto, por la forma en que le tiembla todo el cuerpo, resulta evidente que está asustada. Ya debe de haberse inyectado el relajante muscular, dada la forma en que se tambalea, como si la moviera alguna música que solo ella oye.

Agito un arbusto cercano para hacerle saber que estoy aquí, pero la droga está haciendo su trabajo y apenas ve, mucho menos para encontrarme en la oscuridad. Aun así, sigue caminando, la pistola plateada brilla en su mano derecha, la de fogueo, en la izquierda. La aprieta contra la pierna, fuera de la vista.

Debo admitir que tiene valor.

Cuando llega al borde del estanque titubea y, sabiendo lo que viene ahora, me pregunto si la pistola plateada no le resultará demasiado pesada, si el peso del plan no será excesivo.

—Dios nos valga —dice en voz queda mientras dirige la pistola contra su estómago y aprieta el gatillo de la de fogueo sin apartarla de la pierna.

El disparo es tan sonoro que desgarra el mundo. La pistola de fogueo cae de la mano de Evelyn a la negrura de tinta del estanque mientras la pistola plateada cae en la hierba.

La sangre se extiende por su vestido.

Ella la mira, divertida, y entonces cae al estanque de frente.

La angustia me paraliza, una combinación del disparo y de la expresión de Evelyn antes de caer han liberado un viejo recuerdo.

No tienes tiempo para esto.

Está tan cerca… Casi puedo ver otro rostro, oír otra súplica. Otra mujer a la que no pude salvar, por la que vine a Blackheath a… ¿qué?

—¿Por qué he venido aquí? —digo en voz alta y entrecortada mientras lucho por sacar ese recuerdo de la oscuridad.

¡Salva a Evelyn, se está ahogando!

Parpadeo y miro al estanque, donde Evelyn flota boca abajo. El pánico barre el dolor y me pongo en pie para saltar a través de los arbustos y llegar al agua helada. Su vestido se ha extendido por la superficie, pesa como un saco mojado y el suelo del estanque está cubierto de un musgo resbaladizo.

No consigo agarrarla.

En el salón de baile reina la conmoción. Derby se pelea con Michael Hardcastle y llama tanto la atención como la moribunda del estanque.

En el cielo estallan los fuegos artificiales, que lo tiñen todo de rojo y púrpura, de amarillo y naranja.

Rodeo la cintura de Evelyn con los brazos y la arranco del agua hasta el césped.

Recupero el aliento desplomado en el barro y miro para comprobar si Cunningham tiene bien cogido a Michael, como le pedí.

Lo tiene.

El plan está funcionando. No gracias a mí. Casi me paraliza el viejo recuerdo que el disparo ha despertado. Otra mujer, y otra muerte. Fue el miedo en el rostro de Evelyn. Eso lo despertó. Reconocí ese miedo. Es lo que me trajo a Blackheath. Estoy seguro de ello.

El doctor Dickie corre hasta mí. Está acalorado, jadea, una fortuna se hace cenizas tras su mirada. Evelyn dijo que le pagaban para que falsificara el certificado de defunción. El jovial viejo soldado tiene todo un imperio criminal en marcha.

—¿Qué ha pasado? —dice.

—Se ha pegado un tiro —respondo y veo cómo la esperanza florece en su rostro—. Lo vi todo, pero no pude hacer nada.

—No se culpe. —Me coge por el hombro—. Mire, ¿por qué no va dentro y se toma un *brandy* mientras yo me ocupo de ella? Déjemelo a mí, ¿de acuerdo?

Mientras él se arrodilla junto al cuerpo, yo cojo la pistola plateada del suelo y camino hacia Michael, que sigue sujeto por Cunningham. Nunca lo habría creído posible al verlos. Michael es bajo y sólido, un toro atrapado en los brazos como cuerdas de Cunningham. Y cuanto más se retuerce, más se afianza el agarre. En este momento no podría liberarse ni con palanca y cincel.

—Lo siento mucho, señor Hardcastle —digo mientras poso una mano compasiva en el brazo del hombre—. Su hermana se ha quitado la vida.

La lucha lo abandona de inmediato, las lágrimas se acumulan en sus ojos cuando dirige una angustiada mirada al estanque.

—No sabe eso —dice, y se esfuerza por mirar más allá de mí—. Todavía podría estar…

—El doctor lo ha confirmado, lo siento —digo mientras saco la pistola plateada del bolsillo y se la pongo en la mano—. Utilizó esta pistola. ¿La reconoce?

—No.

—Bueno, guárdela usted de momento —sugiero—. Les he pedido a unos lacayos que lleven el cuerpo al solario, lejos de… —Hago un gesto hacia la multitud congregada—. Bueno, de todo el mundo. Si quiere pasar unos minutos a solas con su hermana, puedo arreglarlo.

Mira aturdido a la pistola, como si le entregara un objeto del lejano futuro.

—¿Señor Hardcastle?

Sacude la cabeza y sus ojos vacíos me encuentran.

—¿Qué…? Sí, claro —dice, y cierra los dedos alrededor del arma—. Gracias, inspector.

—Solo soy agente de policía, señor —digo mientras le hago una seña a Cunningham.

—Charles, ¿te importa acompañar al señor Hardcastle al solario? Mantenlo alejado de la gente, ¿quieres?

Cunningham responde a mi petición asintiendo la cabeza y posando una mano en la espalda de Michael para guiarlo cortésmente hasta la casa. No por primera vez me alegro de tener a mi lado al ayuda de cámara. Al verlo alejarse, siento una punzada de tristeza porque probablemente esta sea la última vez que nos veamos. He acabado cogiéndole cariño en esta semana, pese a la desconfianza y las mentiras.

Dickie acaba su examen y se pone lentamente en pie. Bajo su atenta mirada, los lacayos se llevan el cuerpo de Evelyn en una camilla. Lleva su tristeza como si fuera un traje de segunda mano. No sé cómo no lo he visto antes. Este asesinato es parte de una pantomima y, mire donde mire, está a punto de caer el telón.

Mientras levantan a Evelyn del suelo, yo corro entre la lluvia hacia el solario, al otro lado de la casa. Entro por las puertas francesas que antes dejé abiertas y me escondo tras el biombo oriental. La abuela de Evelyn me mira desde el cuadro sobre la chimenea. A la titilante luz de las velas, juraría que sonríe. Puede que sepa lo mismo que yo. Puede que siempre lo haya sabido y se haya visto forzada a mirar día tras día cómo los demás tanteábamos torpemente por aquí ajenos a la verdad.

No me extraña que antes estuviera indignada.

La lluvia golpetea las ventanas cuando llegan los lacayos con la camilla. Se mueven despacio, intentando no agitar el cuerpo, ahora envuelto en la chaqueta de Dickie. Entran enseguida y dejan el cuerpo en el aparador, se llevan las gorras al pecho en señal de respeto antes de irse y cierran las puertas francesas tras ellos.

Veo cómo se van y sorprendo mi reflejo en el cristal; con las manos metidas en los bolsillos, la cara calmadamente competente de Rashton solo sugiere certeza.

Hasta mi reflejo me miente.

La certeza fue lo primero que Blackheath me quitó.

La puerta se abre y la corriente del pasillo azota la llama de las velas. Por el hueco entre los paneles del biombo veo a Michael, pálido y tembloroso, que se apoya en el marco con lágrimas en los ojos. Cunningham está detrás de él y, después de dirigir una mirada fugaz al biombo tras el que me escondo, nos cierra la puerta.

Michael se deshace de su pena en cuanto se queda a solas, endereza los hombros, se le endurece la mirada, su pena se convierte en algo mucho más animal. Corre hasta el cuerpo de Evelyn, busca un agujero de bala en su estómago ensangrentado y murmura para sus adentros cuando no lo encuentra.

Frunce el ceño y saca el cargador de la pistola que le di, comprueba que está cargada. Se suponía que Evelyn tenía que llevar un revólver negro al estanque, no esta pistola plateada. Debe de preguntarse qué la movió a cambiar el plan, y si lo llevó hasta el final.

Convencido de que sigue viva, se echa atrás y se tamborilea los labios mientras sopesa la pistola. Parece en comunión con ella mientras frunce el ceño y se muerde el labio como si contestara mentalmente una serie de preguntas con trampa. Lo pierdo de vista por un momento cuando se dirige a un rincón del cuarto, lo que me obliga a estirarme un poco en mi escondite para ver mejor. Ha cogido un cojín bordado de una de las sillas, lo lleva hasta Evelyn y lo coloca en su estómago, supongo que para amortiguar el sonido de la pistola que ahora presiona contra él.

No media ni una pausa ni ninguna despedida. Aparta la cara y aprieta el gatillo.

La pistola emite un chasquido impotente. Vuelve a intentarlo una y otra vez, hasta que salgo de detrás del biombo y pongo fin a la charada.

—No disparará. Le he limado el percutor.

No se vuelve. Ni siquiera suelta la pistola.

—Lo convertiré en un hombre rico si me deja matarla, inspector —dice con un temblor en la voz.

—No puedo hacer eso. Como le dije fuera, soy agente de policía.

—Oh, no por mucho tiempo con una mente como la suya, estoy seguro.

Tiembla. Sigue sujetando la pistola con fuerza contra el cuerpo de Evelyn. El sudor me corre por la columna vertebral, la tensión en el cuarto es tan espesa que puede cogerse a puñados.

—Suelte el arma y dé media vuelta, señor Hardcastle. Despacio, por favor.

—No necesita tenerme miedo, inspector —dice mientras deja caer la pistola en una maceta y se vuelve con las manos en alto—. No deseo herir a nadie.

—¿No lo desea? —digo, sorprendido por la pena en su rostro—. Ha intentado meterle cinco balas a su hermana.

—Y cada una de ellas habría sido un acto de generosidad, se lo aseguro.

Con las manos todavía levantadas, señala con un largo dedo a un sillón cerca del tablero de ajedrez donde vi a Evelyn por primera vez.

—¿Le importa si me siento? Estoy algo mareado.

—Usted mismo —digo, sin perderlo de vista mientras se deja caer en el sillón.

A una parte de mí le preocupa que eche a correr hacia la puerta, pero la verdad es que parece un hombre al que lo han dejado sin ganas de luchar. Está pálido y nervioso, los brazos le cuelgan a los costados, tiene las piernas extendidas ante él. Si tuviera que adivinar, diría que necesitó todas sus fuerzas para decidirse a apretar el gatillo.

A este hombre no le resulta fácil matar.

Dejo que se acomode y luego cojo un sillón orejero que hay junto a la ventana para sentarme ante él.

—¿Cómo supo lo que yo planeaba hacer? —pregunta.

—Por los revólveres —digo a la vez que me hundo algo más en el sillón.

—¿Los revólveres?

—Dos revólveres negros iguales que alguien se llevó del cuarto de su madre a primera hora de esta mañana. Evelyn tenía uno y usted el otro. No conseguía entender por qué.

—No lo sigo.

—Los únicos motivos evidentes que podía tener Evelyn para robar un arma eran porque se considerase en peligro, una explicación de lo más redundante en alguien que va a suicidarse, o porque planease utilizarlo en el suicidio. Si lo más probable era lo segundo, ¿qué razón pudo tener para llevarse los dos revólveres? Seguramente le bastaría con uno.

—¿Y adónde lo condujo ese razonamiento?

—A ninguna parte, hasta que Dance notó que usted se llevó a la cacería el segundo revólver. Lo que antes resultaba raro se volvió condenadamente peculiar. Una mujer que pensaba suicidarse, en su peor estado de ánimo, ¿es tan previsora como para recordar la aversión que siente su hermano por la caza y robar la segunda arma para él?

—Mi hermana me quiere mucho, inspector.

—Quizá, pero usted le dijo a Dance que hasta mediodía no supo que saldrían de caza, y los revólveres desaparecieron de la habitación de su madre a primera hora de la mañana, mucho antes de que se decidiera eso. Evelyn no pudo haber cogido la segunda arma por el motivo que usted sugería. En cuanto supe lo del falso suicidio de su hermana, me di cuenta de que usted mentía, y todo estuvo claro a partir de ahí. Evelyn no se llevó los revólveres del dormitorio de su madre. Se los llevó usted. Se quedó uno y le dio a Evelyn el otro como atrezo.

—¿Evelyn le contó lo del falso suicidio? —pregunta con tono dubitativo.

—En parte. Me explicó que usted había aceptado ayudarla y correr hasta el estanque para sacarla como haría cualquier hermano apenado. Fue entonces cuando vi cómo podía cometer usted el crimen perfecto y por qué necesitaba dos revólveres iguales. Lo único que tendría que hacer antes de sacarla del agua era dispararle en el estómago y utilizar los fuegos artificiales para que no se oyera la segunda detonación. El arma asesina desaparecería en las turbias aguas y la bala casaría con la del arma idéntica que ella había dejado caer en la hierba. Asesinato por suicidio. Un plan brillante, la verdad.

—Y por eso hizo que utilizara la pistola plateada —dice. La comprensión es evidente en su tono—. Me necesitaba para cambiar mi plan.

—Tenía que poner un cebo en la trampa.

—Muy listo —dice, y simula un aplauso.

—No lo bastante —digo, sorprendido por su calma—. Sigo sin comprender cómo pudo hacerlo. Hoy me han dicho una y otra vez lo íntimos que son Evelyn y usted. Lo mucho que la quiere. ¿Es que todo eso es mentira?

La ira lo hace levantarse de la silla.

—Quiero a mi hermana más que a nada en el mundo —dice mientras me mira con fijeza—. Haría cualquier cosa por ella. ¿Por qué cree, si no, que me pidió ayuda? ¿Por qué, si no, le dije que sí?

Su pasión me desarma. Puse este plan en marcha porque creía que me sabría la historia que me contaría Michael, pero no es esta. Esperaba que me dijera que se lo había pedido su madre mientras ella organizaba los acontecimientos desde otra parte. Tengo la inconfundible sensación de haber leído mal el mapa, y no por primera vez.

—Si quiere a su hermana, ¿por qué la traiciona? —pregunto, confuso.

—Porque su plan no iba a funcionar —dice mientras golpea la silla con la palma de la mano—. No podemos pagar el dinero que quiere Dickie por el falso certificado de defunción. Aceptó ayudarnos de todos modos, pero ayer Coleridge descubrió que Dickie planeaba venderle esta noche nuestro secreto a padre. ¿Se da cuenta? Después de todo esto, Evelyn habría despertado en Blackheath atrapada en la misma vida de la que quería escapar tan desesperadamente.

—¿Y le dijo todo eso?

—¿Cómo hacerlo? —pregunta con tristeza—. Este plan era su única posibilidad de ser libre, de ser feliz. ¿Cómo iba a quitarle eso?

—Podría haber matado a Dickie.

—Coleridge dijo lo mismo, pero ¿cuándo? Lo necesitaba para confirmar la muerte de Evelyn, y él pretendía reunirse con mi padre inmediatamente después. —Niega con la cabeza—. Tomé la única decisión posible.

Junto a su silla hay dos vasos de *whisky* escocés, uno medio lleno y manchado con lápiz de labios, el otro limpio y con un poco de alcohol en el fondo. Alarga la mano despacio hacia el del lápiz de labios, sin perderme de vista.

—¿Le importa si bebo algo? —pregunta—. Es el de Evelyn. Estuvimos brindando aquí antes de que empezara el baile. Nos deseamos suerte y todo eso.

Tiene un nudo en la garganta. Cualquier otro anfitrión podría haber pensado que se arrepentía, pero Rashton distingue el miedo a una milla de distancia.

—Por supuesto.

Lo coge agradecido y le da un buen trago. Como mínimo le sirve para calmar el temblor de sus manos.

—Conozco a mi hermana, inspector —dice con voz ronca—. Siempre ha odiado que la obliguen a hacer cosas, incluso cuando éramos niños. No soportaría la humillación de una vida con Ravencourt, pues sabe que la gente se reiría a sus espaldas. Mire lo que estaba dispuesta a hacer para evitarlo. Ese matrimonio habría acabado con ella de forma lenta pero segura. Quise ahorrarle ese sufrimiento.

Tiene las mejillas sonrojadas, los ojos verdes, vidriosos. Están llenos de una pena tan dulce y sincera que casi le creo.

—Y supongo que el dinero nada tuvo que ver —digo inexpresivamente.

El ceño fruncido le estropea la tristeza.

—Evelyn me dijo que sus padres amenazaron con quitarlo del testamento si ella no hacía lo que le pedían. Lo utilizaron de palanca, y funcionó. Esa amenaza fue lo que motivó que obedeciera y viniera, pero ¿quién sabe si habría vuelto a hacerlo de saber que ya no tenía plan de escape? Con Evelyn muerta, esa incertidumbre quedaría sin resolver.

—Mire a su alrededor, inspector —dice, y señala la habitación con el vaso—. ¿De verdad cree que vale la pena matar por esto?

—Supongo que sus perspectivas habrán mejorado considerablemente ahora que su padre no puede despilfarrar la fortuna familiar.

—Mi padre solo sirve para despilfarrar su fortuna —dice con un bufido, y se acaba la bebida.

—¿Por eso lo mató?

Su ceño se acentúa. Está pálido, tiene los labios apretados.

—Encontré su cuerpo, Michael. Sé que lo envenenó, probablemente cuando fue a buscarlo para la cacería. Dejó una nota culpando a Evelyn. La huella de bota ante la ventana fue especialmente retorcida. —Su expresión es de desconcierto—. ¿O lo hizo otra persona? —digo despacio—. ¿Tal vez Felicity? Lo admito, todavía no he aclarado ese punto. ¿O lo hizo su madre? ¿Dónde está, Michael? ¿O es que también la ha matado?

Abre mucho los ojos y, cuando su cara se desmorona por la sorpresa, el vaso se le cae al suelo.

—¿Lo niega? —pregunto, inseguro de pronto.

—No…, yo… yo…

—¿Dónde está su madre, Michael? ¿Le pidió que hiciera esto?

—Ella… Yo…

Al principio tomo sus balbuceos por remordimientos, sus jadeos, por los aspavientos de un hombre que busca la palabra adecuada. Solo cuando sus dedos se aferran al reposabrazos y de sus labios brota una espuma blanca me doy cuenta de que lo han envenenado.

Me pongo en pie alarmado, pero no tengo ni idea de lo que hacer.

—¡Que alguien nos ayude! —grito.

Se le curva la espalda, se le tensan los músculos, los ojos se le vuelven rojos cuando sus venas revientan. Cae al suelo con un gorgoteo. Oigo un estertor detrás de mí. Me vuelvo y encuentro a Evelyn entre convulsiones encima del aparador, de sus labios brota la misma espuma blanca.

La puerta se abre de golpe y Cunningham contempla la escena con la boca abierta.

—¿Qué está pasando? —pregunta.

—Los han envenenado —digo mientras miro a uno y a otro—. Ve a por Dickie.

Se marcha antes de que las palabras abandonen mis labios. Me llevo una mano a la frente y los miro impotente. Evelyn se debate en el aparador como si estuviera poseída mientras oigo los dientes apretados de Michael romperse en su boca.

Las drogas, idiota.

Meto la mano en el bolsillo y saco los tres viales que se me pidió coger del baúl de Bell cuando Cunningham y yo lo saqueamos esta tarde. Desdoblo la nota buscando instrucciones que sé que no están allí. Supongo que tengo que mezclarlo todo, pero no sé cuánto darles. Incluso ignoro si tengo bastante para dos dosis.

—No sé a quién salvar —grito, mirando a Michael y a Evelyn.

Michael sabe más de lo que ha dicho.

—Pero le di mi palabra a Evelyn de que la protegería —digo.

Los espasmos de Evelyn son tan violentos que se cae al suelo y, mientras, Michael continúa revolviéndose, ahora con los ojos completamente en blanco.

—Maldición —digo, y corro al mueble bar.

Vacío los tres viales en un vaso de *whisky*, le añado agua de una jarra y lo revuelvo todo hasta que sale espuma. Evelyn tiene la espalda arqueada, los dedos hundidos en el espeso tejido de la alfombra. Le echo la cabeza hacia atrás y vacío toda la mezcla en su garganta mientras Michael se ahoga detrás de mí.

Los espasmos de Evelyn se interrumpen tan bruscamente como empezaron. La sangre supura de sus ojos, respira de forma profunda y entrecortada. Lanzo un suspiro de alivio y le toco el cuello con los dedos para buscarle el pulso. Es frenético, pero firme. Vivirá. A diferencia de Michael.

Dedico una mirada culpable al cuerpo del joven. Tiene exactamente el mismo aspecto que su padre en la sala de estar. Es evidente que los dos han sido envenenados por la misma mano, que ha utilizado la estricnina que trajo Sebastian Bell. Debía de estar en el *whisky* que bebieron. En el *whisky* de Evelyn. Su vaso estaba medio lleno. A juzgar por el tiempo que ha tardado en afectarle, solo debió de tomar uno o dos sorbos. Michael, en cambio, se lo bebió todo en menos de un minuto. ¿Sabía que estaba envenenado? La alarma que vi en su cara indica que no.

Esto fue obra de otro.

Hay otro asesino en Blackheath.

—Pero ¿quién? —digo, furioso conmigo mismo por permitir que haya pasado esto—. ¿Felicity? ¿Helena Hardcastle? ¿Con quién trabajaba Michael? ¿Es alguien del que no sé nada?

Evelyn se agita, el color vuelve poco a poco a sus mejillas. Lo que había en ese mejunje trabaja deprisa, pero sigue débil. Sus dedos me agarran la manga, sus labios forman sonidos huecos.

Acerco el oído a su boca.

—Yo no soy… —Traga saliva—. Millicent fue… asesinato.

Busca débilmente en su cuello y saca una cadena escondida en su vestido. De ella pende un anillo con un emblema: el sello de la familia Hardcastle, si no me equivoco.

Pestañeo, sin entender.

—Espero que tenga todo lo que necesitaba —dice una voz desde las puertas francesas—. Aunque no le va a servir de mucho.

Miro por encima del hombro y veo al lacayo salir de la oscuridad, su cuchillo destella a la luz de las velas cuando golpea la punta contra su muslo. Lleva la librea roja y blanca, la chaqueta manchada de polvo y grasa, como si se le escapara la esencia por ella. Lleva atado a la cintura un saquito de caza limpio y vacío, y recuerdo con creciente horror la forma en que tiró un saquito lleno a los pies de Derby y que la tela estaba tan empapada en sangre que tocó el suelo con un chapoteo.

Miro el reloj. Derby debe de estar fuera, sentado al calor de un brasero, mirando cómo se disuelve la fiesta a su alrededor. No sé lo que el lacayo quiere meter en el saco, pero piensa arrancárselo a Rashton.

El lacayo me sonríe, sus ojos brillan de anticipación.

—Creyó que me aburriría de matarlo, ¿verdad? —pregunta.

La pistola plateada sigue en la maceta donde la dejó Michael. No disparará, pero el lacayo no lo sabe. Si pudiera llegar hasta ella, me tiraría un farol para escapar. Lo tengo muy justo, pero tiene una mesa en su camino. Tendría que poder cogerla antes que él.

—Voy a hacerlo despacio —dice mientras se toca la nariz rota—. Esto se lo debo a usted.

A Rashton le cuesta tener miedo, pero ahora está asustado, y yo también. Me quedan dos anfitriones para después de hoy, pero Gregory Gold pasará la mayor parte de su día atado en la casa del portero y Donald Davies está perdido en una carretera polvorienta a kilómetros de distancia. Si muero ahora, no hay forma de saber cuántas posibilidades tendré de escapar de Blackheath.

—No se preocupe por el arma —dice el lacayo—. No la necesitará.

La esperanza estalla en mi pecho al malinterpretar lo que ha dicho, pero se apaga cuando veo su sonrisa.

—Oh, no, mi apuesto muchacho, voy a matarlo —dice mientras agita el cuchillo hacia mí—. Solo quiero decir que no va a luchar conmigo —añade, y se acerca más a mí—. Verá, tengo a Anna y, si no quiere que muera de forma desagradable, tendrá que entregarse a mí y luego tendrá que llevar al cementerio a quien sea que quede.

Abre la mano y me enseña la pieza de ajedrez de Anna manchada de sangre. La arroja al fuego con un gesto de la muñeca y las llamas la consumen de inmediato.

Otro paso más.

—¿Qué va a ser? —pregunta.

Aprieto las manos contra los costados, tengo la boca seca. Rashton lleva esperando morir joven desde que tiene memoria. En un callejón oscuro o en un campo de batalla, en algún lugar sin luz y comodidades, sin amistades, en una situación desesperada. Sabe lo afiladas que se han vuelto las aristas de su vida, y había hecho las paces con eso porque sabía que moriría luchando. Por fútil que fuese, por idiota que fuese, esperaba entrar en esa oscuridad con los puños levantados.

Y ahora el lacayo le ha quitado hasta eso. Voy a morir sin luchar, y me avergüenzo de ello.

—¿Cuál es la respuesta? —dice el lacayo con creciente impaciencia.

No me animo a pronunciar las palabras, a admitir lo completamente derrotado que estoy. Una hora más en este cuerpo y lo habría resuelto, y saberlo me da ganas de gritar.

—¡Su respuesta! —exige.

Me las arreglo para asentir cuando llega hasta mí. Su peste me envuelve cuando hunde la hoja en ese lugar familiar bajo las costillas y la sangre me llena la garganta y la boca.

Me coge de la barbilla, me levanta la cara y me mira a los ojos.

—Quedan dos —dice, y entonces retuerce el cuchillo.

52

Tercer día (continuación)

La lluvia golpea el tejado, los caballos galopan sobre los adoquines. Estoy en un carruaje. En el asiento de enfrente hay dos mujeres con vestido de noche. Hablan en voz baja, con los hombros pegados, mientras el carruaje oscila a uno y otro lado.

No salgas del carruaje.

El miedo me picotea la columna. Este es el momento contra el que me previno Gold. El momento que lo volvió loco. Fuera, en la oscuridad, me espera el lacayo con su cuchillo.

—Está despierto, Audrey —dice una de ellas al notar que me agito. La segunda dama, quizá creyendo que oigo mal, se inclina hacia mí.

—Lo hemos encontrado dormido junto a la carretera —dice. Alza la voz mientras posa una mano en mi rodilla—. Su automóvil estaba unas millas más allá. El conductor intentó arrancarlo, pero no pudo.

—Soy Donald Davies —digo, y siento una oleada de alivio.

La última vez que fui este hombre conducía un coche en la noche hasta que amaneció, y lo abandoné al acabarse la gasolina. Caminé durante horas por esa carretera interminable al pueblo y me derrumbé agotado sin haberme acercado a mi destino. Ha debido de dormir todo el día lejos, salvándose así de la ira del lacayo.

El médico de la peste me dijo que volvería a Davies cuando despertara. Nunca imaginé que cuando pasara yo ya habría sido rescatado y devuelto a Blackheath.

Por fin algo de buena suerte.

—Hermosa y encantadora mujer —digo, y cojo a mi salvadora por las mejillas y la beso sonoramente en los labios—. No sabe lo que ha hecho.

Antes de que responda, saco la cabeza por la ventana. Es de noche y el carruaje balancea suavemente las linternas, que iluminan la oscuridad en vez de disiparla. Estamos en uno de tres carruajes que se dirigen a la casa desde el pueblo, hay unos doce o más aparcados a ambos lados de la carretera. Sus conductores roncan o hablan en pequeños grupos mientras se pasan un solitario cigarrillo entre ellos. Oigo música procedente de la casa, una risa chillona lo bastante aguda para perforar la distancia que nos separa. La fiesta está en su apogeo.

La esperanza se abre en mí.

Evelyn todavía no ha ido al estanque, lo que significa que aún hay tiempo para que interrogue a Michael y descubra si trabajaba con alguien. Aunque llegue demasiado tarde para eso, aún puedo emboscar al lacayo cuando vaya a por Rashton y descubrir dónde retiene a Anna.

No salgas del carruaje.

—Blackheath en unos minutos, mi señora —grita el conductor desde alguna parte por encima de nosotros.

Vuelvo a mirar por la ventana. La casa está directamente delante de nosotros, y los establos, al final de la carretera a la derecha. Es donde guardan las escopetas, y tendría que ser idiota para enfrentarme al lacayo sin una.

Abro la puerta del carruaje, salto de él y aterrizo en un doloroso montón sobre el empedrado húmedo. Las damas chillan y el conductor me grita cuando me levanto y me tambaleo hacia las distantes luces. El médico de la peste dijo que la pauta del día la dictaban los personajes que lo vivían. Solo puedo esperar que eso sea cierto y que el destino esté de talante caritativo, porque, en caso contrario, nos habré condenado a Anna y a mí.

Los mozos de los establos trabajan a la luz de los braseros para quitar los arneses que conectan los caballos a los carruajes y para poner a las relinchantes bestias a cubierto. Trabajan con rapidez, pero parecen cansados, apenas capaces de hablar. Me dirijo al más cercano, que, pese a la lluvia, solo viste una camisa de algodón con las mangas enrolladas.

—¿Dónde tienen las escopetas? —pregunto.

Está tensando un arnés, aprieta los dientes mientras tira de la correa hacia la última hebilla. Me mira con sospecha, con sus ojos estrechados bajo la gorra.

—Es algo tarde para ir de caza, ¿no? —dice.

—Y demasiado pronto para impertinencias —suelto, superado por el desdén de clase superior de mi anfitrión—. ¿Dónde están las condenadas escopetas, o tengo que traer aquí al propio lord Hardcastle para que se las pida él en persona?

Tras mirarme de arriba abajo, hace un gesto por encima del hombro y señala un pequeño edificio de ladrillo rojo en el que una luz escasa se filtra por la ventana. Las escopetas están dispuestas en un anaquel de madera, las cajas de cartuchos, almacenadas en un cajón cercano. Cojo una y la cargo con cuidado, y luego me meto en el bolsillo un puñado de cartuchos.

El arma es pesada, una fría esquirla de valor que me propulsa por el patio hasta el camino que lleva a Blackheath. Los mozos del establo intercambian miradas cuando me acerco y se mueven para dejarme pasar. Sin duda deben de creer que soy algún lunático rico que quiere ajustar cuentas con alguien, un cotilleo más para las conversaciones del día siguiente. Desde luego, no alguien por el que vale la pena arriesgar una lesión corporal. Me alegro. Si se acercaran más, notarían lo abarrotados de gente que están mis ojos, cómo todos mis anteriores anfitriones luchan por tener un asiento preferente. El lacayo les ha hecho daño a todos de una manera u otra y todos quieren estar presentes en la ejecución. Apenas puedo pensar con su clamor.

A medio camino noto una luz que se balancea al venir hacia mí, y mi mano se tensa alrededor del gatillo.

—Soy yo —grita Daniel por encima del ruido de la tormenta.

Lleva un fanal en la mano, su luz cerosa le corre por la cara y la parte superior del tronco. Parece un genio salido de una lámpara.

—Tenemos que apresurarnos, el lacayo está en el cementerio —dice Daniel—. Espera a Anna.

Sigue creyendo que su acto nos engañó.

Mi dedo acaricia la escopeta cuando miro atrás, hacia Blackheath, e intento decidir cuál es la mejor forma de actuar. Michael podría estar ahora mismo en el solario, pero estoy seguro de que Daniel sabe dónde retienen a Anna, y no tendré una oportunidad mejor que esta para sacarle la información. Dos caminos y dos finales, y de algún modo sé que uno de ellos conduce al fracaso.

—Es nuestra oportunidad —chilla Daniel mientras se enjuga la lluvia de los ojos—. Es lo que esperábamos. Ahora mismo está allí, a la espera. No sabe que nos hemos encontrado. Podemos reventarle la trampa y acabar con esto juntos.

He luchado tanto tiempo por cambiar mi futuro, por alterar el día… Y ahora que lo he conseguido, estoy deshecho, atormentado por la futilidad de cualquier elección. Salvé a Evelyn y frustré a Michael, dos cosas que solo importarán si Anna y yo vivimos lo suficiente para contárselo al médico de la peste a las once de la noche. Más allá de eso, tomo todas las decisiones a ciegas y, puesto que solo me queda otro anfitrión para hoy, todas las decisiones cuentan.

—¿Y si fracasamos? —grito a mi vez, y mis palabras apenas llegan a sus oídos.

El repiqueteo de la lluvia en la piedra es casi ensordecedor, el viento azota y rasga el bosque, y grita entre los árboles como una criatura salvaje que acaba de liberarse.

—¿Qué otra elección tenemos? —chilla Daniel mientras me coge por la nuca—. Tenemos un plan, lo que significa que, por primera vez, tenemos ventaja sobre él. Hay que llegar hasta el final.

Recuerdo la primera vez que vi a este hombre, lo calmado que parecía, lo paciente y razonable. Ahora no es nada de eso. Se lo han llevado las interminables tormentas de Blackheath. Tiene ojos de fanático, ansiosos e implorantes, salvajes y desesperados. Se juega tanto como yo en la forma en que se desarrolle este momento.

Tiene razón. Tenemos que acabar de una vez con esto.

—¿Qué hora es? —pregunto.

—¿Qué importancia tiene eso? —dice mientras frunce el ceño.

—Nunca lo sé hasta después. ¿La hora? Por favor.

Se mira el reloj con impaciencia.

—Las 9:46. ¿Podemos seguir ya?

Asiento y lo sigo por el césped.

Las estrellas se acobardan y cierran los ojos cuando estamos cerca del cementerio y, para cuando Daniel abre la puerta, la única luz que tenemos es el brillo titilante de su fanal. Aquí estamos resguardados por los árboles, enmudecen la tormenta que nos llega en cortantes ráfagas, puñaladas de viento que se filtran por las grietas de la armadura de bosque.

—Deberíamos escondernos donde no nos vean —susurra Daniel, colgando el fanal en el brazo de un ángel—. Llamaremos a Anna cuando llegue.

Me llevo la escopeta al hombro y aprieto los dos cañones contra su nuca.

—Puedes dejar de actuar, Daniel, sé que no somos el mismo hombre —digo mientras exploro el bosque con la mirada y busco alguna señal del lacayo. Desgraciadamente, el fanal proyecta tanta luz que oscurece buena parte de lo que debería revelar—. Manos arriba y date la vuelta.

Hace lo que le pido, me mira, me estudia buscando algo roto. No sé si lo encuentra o no, pero, al cabo de un largo silencio, una sonrisa encantadora asoma en su apuesto rostro.

—Supongo que no podía durar eternamente —dice, y hace un gesto hacia el bolsillo de la pechera. Le hago un gesto para que continúe y saca despacio una pitillera. Golpea el cigarrillo contra la palma de la mano.

He seguido a este hombre hasta el cementerio porque sabía que, si no me enfrentaba a él, siempre estaría mirando por encima del hombro, esperando a que me atacara, pero ahora que estoy aquí y me enfrento a su calma, mi seguridad se desvanece.

—¿Dónde está, Daniel? ¿Dónde está Anna?

—Vaya, eso mismo iba a preguntarte yo —dice mientras se lleva el cigarrillo a los labios—. Justamente eso: ¿dónde *está* Anna? Llevo todo el día intentando que me lo digas, incluso creí haberlo conseguido cuando Derby aceptó ayudarme a sacar al lacayo de los subterráneos. Debiste verle la cara, tan ansioso por complacer.

Protege el cigarrillo del viento y lo enciende al tercer intento, lo que ilumina una cara con unos ojos tan vacíos como los de las estatuas que nos rodean. Le estoy apuntando con un arma y aun así lleva la voz cantante.

—¿Dónde está el lacayo? —pregunto. La escopeta me pesa en las manos—. Sé que sois compañeros.

—Oh, no es eso. Me temo que lo has entendido al revés —dice, y lo descarta con un gesto de la mano—. No es como tú, ni como Anna o yo. Es uno de los asociados de Coleridge. De hecho, hay unos cuantos en la casa. Gente desagradable en su mayoría, pero, claro, Coleridge tiene un oficio desagradable. El lacayo, como lo llamas tú, es el más listo de ellos, así que le conté lo que pasaba en Blackheath. No creo que me creyese, pero su especialidad es matar, así que ni pestañeó cuando le señalé tus anfitriones. La verdad es que debió de disfrutarlo. Por supuesto, también ayuda mucho que lo haya hecho un hombre muy rico.

Echa el humo por la nariz y sonríe como si compartiéramos algún chiste privado. Se mueve con calma, con la seguridad de un hombre que vive en un mundo de premoniciones. Un contraste desalentador con mis manos temblorosas y mi corazón acelerado. Tiene algo planeado y, hasta que no sepa lo que es, no puedo hacer otra cosa que esperar.

—Eres como Anna, ¿verdad? —digo—. Un día, y luego lo olvidas todo para volver a empezar.

—No parece justo, ¿verdad? No cuando tú tienes ocho vidas y ocho días. Todos los dones son para ti. ¿Por qué es así?

—Veo que el médico de la peste no te lo ha contado todo sobre mí.

Él vuelve a sonreír. Es como hielo que me baja por la columna.

—¿Por qué haces esto, Daniel? —pregunto, sorprendido por mi pena—. Podríamos habernos ayudado mutuamente.

—Pero, mi querido amigo, si me has ayudado. Tengo en mi poder los dos cuadernos de Stanwin. Sin Derby hurgando en su dormitorio, puede que solo hubiera encontrado uno, y estaría tan lejos de la respuesta como esta mañana. Dentro de dos horas llevaré al lago lo que he descubierto y estaré libre de este lugar, y eso es obra tuya. Seguro que eso te sirve de consuelo.

Oigo el sonido de unas pisadas húmedas, una escopeta al amartillarse y noto el frío metal presionando mi espalda. Un matón pasa por mi lado y se pone junto a Daniel bajo la luz. A diferencia del amigo que tiene detrás de mí, este va desarmado, pero, por lo que parece, no lo necesita. Tiene cara de camorrista de bar, la nariz rota y una mejilla adornada por una fea cicatriz. Se frota los nudillos y se pasa la lengua por los labios como anticipación. Ninguno de esos gestos hace que me sienta muy confiado en lo que se avecina.

—Sé bueno y suelta el arma —dice Daniel.

Suspiro, dejo caer la escopeta al suelo y levanto las manos. Por idiota que parezca, mi principal pensamiento es desear que no me tiemblen tanto.

—Ya puede salir —dice Daniel mientras alza la voz.

Hay un rumor de arbustos a mi izquierda y el médico de la peste entra en el estanque de luz que proyecta el fanal. Estoy a punto de insultarlo cuando veo una única lágrima de plata pintada en la parte izquierda de la máscara. Reluce a la luz y, ahora que me fijo, me doy cuenta de que hay otras diferencias. El abrigo es de mejor calidad, más oscuro, con los bordes menos deshilachados. Los guantes tienen rosas de encaje y esta persona es más baja, de postura más erguida.

No es el médico de la peste.

—Usted es quien hablaba con Daniel junto al lago —digo.

Daniel lanza un silbido y mira de reojo a su compañero.

—¿Cómo diablos vio eso? —pregunta a Lágrima de Plata—. ¿No eligió ese lugar para que nadie pudiera vernos juntos?

—También lo vi fuera de la casa del portero.

—Curioso y más curioso —dice Daniel; disfruta inmensamente a costa de su aliado—. Creí que conocía hasta el último segundo de este día. —Asume un tono pomposo—. Aquí no sucede nada que escape a mis ojos, señor Coleridge.

—Si eso fuera cierto, no necesitaría su ayuda para capturar a Annabelle —dice Lágrima de Plata. Su voz es majestuosa, muy diferente a la del sobrecargado médico de la peste—. Los actos del señor Bishop han alterado el natural discurrir de los acontecimientos. Ha cambiado el destino de Evelyn Hardcastle y ha contribuido a la muerte de su hermano, y, de paso, ha acabado con los hilos que mantenían el orden en este día. Ha mantenido su alianza con Annabelle mucho más tiempo que antes, lo que significa que las cosas se están desarrollando en desorden, se alargan o se acortan, y eso si llegan a suceder. Nada es como debería ser.

La máscara se vuelve hacia mí.

—Deberían felicitarle, señor Bishop —dice—. Hace décadas que no veía Blackheath en tal desorden.

—¿Quién es usted?

—Podría hacerle la misma pregunta —dice, desechando mi interpelación—. No lo haré porque usted no sabe quién es y hay asuntos más acuciantes. Baste decir que mis superiores me han enviado para rectificar los errores de mi colega. Y ahora, por favor, dígale a mi colega dónde puede encontrar a Annabelle.

—¿Annabelle?

—Él la llama Anna —dice Daniel.

—¿Qué quiere de Anna? —pregunto.

—Eso no es de su incumbencia —dice Lágrima de Plata.

—Tendrá que serlo —digo—. Debe de quererla muy desesperadamente si está dispuesto a hacer un trato con alguien como Daniel para que se la entregue.

—Estoy restaurando el equilibrio —responde—. ¿Cree que es una coincidencia que usted habite los anfitriones que le han tocado, los hombres más cercanos al asesinato de Evelyn? ¿No siente curiosidad por saber por qué ha despertado en Donald Davies precisamente cuando más lo necesitaba? Mi colega le ha dado un trato de favor desde el principio, y eso está prohibido. Se supone que debe observar sin interferir, aparecerse en el lago y esperar una respuesta. Nada más. Y, lo que es peor, le ha abierto la puerta a un ser al que no le está permitido abandonar esta casa. No puedo tolerar que esto continúe.

—Así que por eso estás aquí —dice el médico de la peste mientras sale de las sombras y la lluvia baja por su máscara formando riachuelos.

Daniel se tensa, mira al intruso con temor.

—Mis disculpas por no anunciarme, Josephine —continúa el médico de la peste, y centra su atención en Lágrima de Plata—. No estaba muy seguro de que me dijeras la verdad si te preguntaba directamente, dado lo que te has esforzado por mantenerte oculta. Nunca habría sabido que estabas en Blackheath si el señor Rashton no te hubiera visto.

—¿Josephine? —interrumpe Daniel—. ¿Es que se conocen?

Lágrima de Plata lo ignora.

—Esperaba no tener que llegar a esto —dice, y se dirige al médico de la peste. Su tono se ha suavizado, es más cálido, rebosa pesar—. Tenía la intención de acabar mi tarea e irme sin que lo supieras.

—No entiendo por qué estás aquí. Blackheath me corresponde a mí, y todo transcurre como es debido.

—¡No puedes creer eso! —dice ella, exasperándose—. Mira lo amigos que se han hecho Aiden y Annabelle, lo cerca que están de escapar. Está dispuesto a sacrificarse por ella. ¿No lo ves? Si permitimos que esto continúe así, ella no tardará en presentarse ante ti con una respuesta, ¿y qué harás entonces?

—Estoy seguro de que no llegaremos a eso.

—Y yo estoy segura de que sí —replica ella con un bufido—. Sé sincero, ¿la dejarías marchar?

La pregunta lo deja mudo por un momento, una ligera inclinación de la cabeza transmite su indecisión. Mis ojos se desvían hacia Daniel, que los mira cautivado. Supongo que se siente como yo, como un niño que ve discutir a sus padres y comprende solo la mitad de lo que se dice.

Cuando el médico de la peste vuelve a hablar, lo hace con un tono firme, aunque ensayado; la convicción nace de la repetición y no de la fe.

—Las reglas de Blackheath son muy claras y estoy atado por ellas, igual que tú. Si ella me proporciona el nombre del asesino de Evelyn Hardcastle, no puedo negarme a oírla.

—Con reglas o sin ellas, sabes lo que nuestros superiores te harán si Annabelle escapa de Blackheath.

—¿Te han enviado a sustituirme?

—Claro que no. —Suspira, y parece dolida—. ¿Crees que su reacción habría sido tan moderada? He venido como amiga, para arreglar esto antes de que descubran lo cerca que estás de meter la pata. Voy a llevarme a Annabelle discretamente para asegurarme de que no tengas que tomar una decisión que lamentarás.

Hace un gesto hacia Daniel.

—Señor Coleridge, por favor, persuada al señor Bishop para que revele el paradero de Annabelle. Confío en que entenderá lo que está en juego.

Daniel pisa el cigarrillo con la bota y hace un gesto al camorrista, que me coge por los brazos. Intento forcejear, pero es demasiado fuerte.

—Esto está prohibido, Josephine —dice el médico de la peste, impactado—. No intervenimos de forma directa. No damos órdenes. Y, desde luego, no les proporcionamos información que se supone que no deben conocer. Estás rompiendo todas las reglas que prometiste defender.

—¿Te atreves a venirme con discursos? —dice Lágrima de Plata con desdén—. Lo único que has hecho tú es interferir.

El médico de la peste niega vehementemente con la cabeza.

—Le expliqué al señor Bishop cuál era su objetivo aquí y lo animé cuando se desesperaba. A diferencia de Daniel y de Anna, no despertó con las reglas grabadas en su ser. Era libre para dudar, para desviarse de su objetivo. Nunca le proporcioné ningún conocimiento que no se hubiera ganado, como tú has hecho con Daniel. Quise equilibrar las cosas, no ofrecer ventajas. Te lo suplico, no hagas esto. Deja que los acontecimientos sigan su curso. Está muy cerca de resolverlo.

—Por eso mismo, también lo está Annabelle —dice ella a la vez que endurece el tono—. Lo siento, debo elegir entre el bienestar de Aiden Bishop y el tuyo. Proceda, señor Coleridge.

—¡No! —grita el médico de la peste, y alza una mano apaciguadora.

El matón con la escopeta la apunta hacia él. Está nervioso, su dedo agarra el gatillo con demasiada fuerza. No sé si el médico de la peste puede ser herido por estas armas, pero no puedo permitirme ese riesgo. Lo necesito con vida.

—Déjelo —le digo—. No hay nada que pueda hacer aquí.

—Esto está mal —protesta.

—Pues arréglelo. Mis otros anfitriones lo necesitan. —Hago una pausa significativa—. Yo no.

No sé si es mi entonación o si ha visto antes cómo transcurría este momento, pero, al final, cede a regañadientes y mira a Josephine antes de desaparecer del cementerio.

—Tan desinteresado como siempre —dice Daniel mientras camina hacia mí—. Quiero que sepas que he admirado esa cualidad, Aiden. La forma en que has luchado para salvar a la mujer cuya muerte te hará libre. Tu cariño por Anna, que sin duda te habría traicionado de no haberlo hecho tú antes. Pero, al final, me temo que todo ha sido por nada. Solo uno de nosotros puede abandonar esta casa, y no tengo ningún interés en que seas tú.

Los cuervos se congregan en las ramas que hay sobre mí. Vienen como si los hubieran invitado, planeando con sus alas silenciosas, las plumas relucientes por la lluvia reciente. Hay docenas de ellos, muy juntos, como deudos en un funeral, y me miran con una curiosidad que me pone la piel de gallina.

—Hasta hace una hora, teníamos a Anna bajo custodia. Consiguió escapar de algún modo —continúa Daniel—. ¿Adónde ha ido, Aiden? Dime dónde se esconde y les diré a mis hombres que tu muerte sea rápida. Ya solo quedáis Gold y tú. Dos disparos y despertarás en Bell, llamarás a la puerta de Blackheath y volverás a empezar sin que yo me interponga en tu camino. Eres un tipo listo, estoy seguro de que resolverás el asesinato de Evelyn en nada de tiempo.

Su cara resulta macabra a la luz del fanal, retorcida por el ansia.

—¿Tan asustado estás, Daniel? —digo despacio—. Has matado a mis futuros anfitriones, así que no supongo una amenaza, pero no tienes ni idea de dónde está Anna. Y eso te ha carcomido todo el día, ¿verdad? Temes que resuelva esto antes que tú.

Lo que le da miedo es mi sonrisa, la vaga sensación de que quizá no estoy tan atrapado como creía.

—Si no me das lo que quiero, empezaré a cortar —dice Daniel mientras traza con el dedo una línea en mi mejilla—. Te haré pedazos centímetro a centímetro.

—Lo sé, me he visto después de que acabaras —digo mientras lo miro—. Enloquezco tanto que me llevo la locura

hasta Gregory Gold. Se corta los brazos y balbucea advertencias a Edward Dance. Es algo horrendo. Y la respuesta sigue
siendo no.

—Dime dónde está —insiste, y alza la voz—. Coleridge
tiene en nómina a la mitad de los criados de la casa, y tengo
la cartera lo bastante abultada como para comprar a la otra
mitad si hace falta. Puedo rodear dos veces el lago con ellos.
¿No te das cuenta? Ya he ganado. ¿De qué te sirve ser ahora
tan testarudo?

—De práctica —ladro—. No voy a decirte nada, Daniel.
Cada minuto que te frustre es otro minuto que tiene Anna para
llegar al médico de la peste con la respuesta. Necesitarás a cien
hombres para vigilar ese lago en una noche tan negra como
esta, y dudo que Lágrima de Plata pueda ayudarte con eso.

—Vas a sufrir —sisea.

—Falta una hora para las once —digo—. ¿Cuál de los dos
crees que aguantará más?

Daniel me golpea lo bastante fuerte como para arrancarme
el aire de los pulmones y hacerme caer de rodillas. Cuando
alzo la mirada, está sobre mí y se frota los arañados nudillos.
La ira parpadea en los confines de su rostro como una tormenta que se asoma a un cielo sin nubes. Ya no es el persuasivo
jugador de antes, lo ha sustituido un incompleto estafador. La
ira le retuerce el cuerpo.

—Voy a matarte despacio —gruñe.

—Yo no soy el único que morirá aquí, Daniel —digo, y
lanzo un agudo silbido.

Los pájaros se dispersan, los arbustos se agitan. Un fanal
cobra vida en la negrura de tinta del bosque. Lo sigue otro a
unos metros de distancia, y luego otro más.

Daniel se gira en su sitio, su mirada sigue los fanales. No
ve que Lágrima de Plata se retira hacia el bosque, poco segura
de sí misma.

—Has hecho daño a mucha gente —digo mientras las luces se acercan—. Y ahora tendrás que enfrentarte a ella.

—¿Cómo? —tartamudea, confundido por el vuelco de su fortuna—. He matado a todos tus futuros anfitriones.

—No mataste a sus amigos —digo—. Cuando Anna me contó su plan para atraer aquí al lacayo, decidí que necesitábamos más gente y le pedí ayuda a Cunningham. Cuando me di cuenta de que el lacayo y tú erais aliados, amplié el reclutamiento. No fue difícil encontrar enemigos tuyos.

La primera en aparecer es Grace Davies, escopeta en ristre. Rashton casi se arranca la lengua de un mordisco para impedirme que le pidiera ayuda, pero me quedaba sin opciones. Los demás anfitriones estaban ocupados o muertos, y Cunningham está en el baile con Ravencourt. La segunda luz pertenece a Lucy Harper, que se pasó fácilmente a mi causa al decirle que Daniel asesinó a su padre. Y, finalmente, aparece el guardaespaldas de Stanwin, con la cabeza completamente vendada, a excepción de los crueles y fríos ojos. Aunque todos van armados, no parecen muy seguros y no confío en que ninguno acierte a nada a lo que estén apuntando. No importa. A estas alturas, lo que cuenta es el número, y son suficientes para preocupar a Daniel y a Lágrima de Plata, cuya máscara mira a uno y otro lado mientras busca una escapatoria.

—Se acabó, Daniel —digo con un tono firme—. Ríndete y permitiré que vuelvas a Blackheath ileso.

Me mira desesperado, y luego a mis amigos.

—Sé lo que puede hacernos este sitio —continúo—, pero fuiste bueno con Bell en aquella primera mañana, y en la cacería vi el afecto que sientes por Michael. Sé un buen hombre por última vez y retira al lacayo. Permite que Anna y yo nos vayamos con tu bendición.

Su expresión titubea, el tormento asoma a su rostro, pero no es suficiente. Blackheath lo ha envenenado por completo.

—Matadlos —dice brutalmente.

Una escopeta explota detrás de mí y me tiro al suelo instintivamente. Mis aliados se dispersan mientras los hombres de Daniel avanzan hacia ellos, disparando una y otra vez a la oscuridad. El hombre desarmado se desvía a la izquierda, camina agachado y espera pillarlos por sorpresa.

No sé si es mi rabia, o la de mi anfitrión, lo que me empuja a atacar a Daniel. Donald Davies está furioso, pero es una furia que nace de la clase y no del delito. Lo irrita que alguien pueda presumir de tratarlo tan mal.

Mi furia, en cambio, es más personal.

Daniel se ha interpuesto en mi camino desde aquella primera mañana. Ha intentado escapar de Blackheath pasando por encima de mí, frustrando mis planes para beneficiar a los suyos. Acudió a mí como amigo, sonriendo mientras mentía, riendo mientras me traicionaba, y eso es lo que hace que me arroje contra él como una lanza contra su vientre.

Se echa a un lado y me pilla en el estómago con un gancho hacia arriba. Me doblo en dos y le golpeo en la ingle, luego lo cojo por el cuello y lo tiro al suelo.

Veo la brújula demasiado tarde.

La aplasta contra mi mejilla, el cristal se astilla, la sangre brota de mi mentón. Me lloran los ojos, hojas empapadas chapotean bajo mis manos. Daniel avanza, pero junto a él silba un disparo que alcanza a Lágrima de Plata, que grita, se agarra el hombro y cae encogida.

Daniel ve el arma temblorosa en las manos de Lucy Harper y echa a correr hacia Blackheath. Me pongo en pie y le doy caza.

Corremos como un perro y un sabueso por el césped ante la casa y por la carretera que lleva al pueblo y pasamos ante la casa del portero. Estoy casi convencido de que huye hacia el pueblo cuando por fin gira a la izquierda y toma el sendero que lleva al pozo y más allá del lago.

Está negro como boca de lobo, la luna merodea a las nubes como un perro tras una vieja valla de madera, y pronto pierdo de vista a mi presa. Temo una emboscada y aminoro el paso mientras escucho atentamente. Los búhos ululan, la lluvia gotea entre las hojas de los árboles. Las ramas me agarran cuando me agacho entre ellas para salir al otro lado, ante Daniel, que está de rodillas en el borde del agua, con las manos en las rodillas, y jadea para recuperar el aliento; hay un fanal a sus pies.

Ya no tiene adónde huir.

Me tiemblan las manos, el miedo se retuerce en mi pecho. La ira me da valor, pero también me vuelve idiota. Donald Davies es bajo y menudo, más blando que las camas en las que duerme. Daniel es más alto y fuerte. Abusa de los que son así. Y la ventaja en número de la que yo gozaba en el cementerio está ahora muy atrás, lo que significa que, por primera vez desde que llegué a Blackheath, ninguno de los dos sabe lo que pasará luego.

Al ver que me acerco, Daniel me hace una seña para que retroceda y me pide un momento para recuperar el aliento. Se lo concedo, y aprovecho el tiempo para elegir una piedra pesada que pueda utilizar de arma. Tras lo de la brújula, no hay pelea limpia que valga.

—Hagas lo que hagas, no dejarán que tu amiga se vaya —dice; habla forzadamente entre respiración y respiración—. Lágrima de Plata me dijo algo sobre ti a cambio de mi promesa de buscar y matar a Anna. Me habló de tus anfitriones, dónde despertarían y cuándo. ¿No lo entiendes? Nada de esto importa, Aiden. Soy el único que puede escapar.

—Podrías haberme dicho esto antes. No tenía por qué acabar así.

—Tengo una mujer y un hijo. Ese es el recuerdo que traje conmigo. ¿Te imaginas cómo me siento? Saber que están fuera, que me esperan… O que lo estaban.

Doy un paso hacia él, llevo la piedra conmigo.

—¿Cómo te presentarás ante ellos sabiendo lo que hiciste para escapar de este lugar?

—Solo soy lo que Blackheath ha hecho de mí —dice entre jadeos mientras escupe flemas en el barro.

—No, Blackheath es lo que hemos hecho de ella —digo, y avanzo un poco más. Sigue encogido, cansado. Un par de pasos más y esto habrá acabado—. Nuestras decisiones nos han traído hasta aquí, Daniel. Si esto es el infierno, entonces lo hemos creado nosotros.

—¿Y qué quieres que hagamos? —dice mientras me mira—. ¿Sentarme aquí y arrepentirme hasta que a alguien le parezca bien abrir la puerta?

—Ayúdame a salvar a Evelyn y llevemos juntos al médico de la peste lo que sabemos —digo con pasión—. Los tres, tú, Anna y yo. Tenemos una oportunidad de salir de este lugar siendo mejores hombres que cuando llegamos.

—No puedo arriesgarme —dice con una voz apagada y muerta—. No me permitiré perder esta oportunidad para escapar. Ni por sentirme culpable ni por ayudar a gente a la que ya no se puede ayudar.

Sin previo aviso, le da una patada al fanal.

La noche me inunda los ojos.

Oigo el chapoteo de sus pasos antes de que su hombro se hunda en mi estómago y me deje sin respiración.

Golpeamos el suelo con un ruido seco, la piedra se me cae.

Todo lo que puedo hacer es alzar los brazos y protegerme, pero son delgados y frágiles, y sus golpes se abren paso fácilmente. La sangre me llena la boca. Estoy aturdido, por dentro y por fuera, pero los golpes siguen llegando, hasta que sus nudillos resbalan en mis pómulos ensangrentados.

Su peso recula cuando se libera de mí.

Está jadeando, me caen gotas de su sudor.

—Intenté evitar esto —dice.

Unos dedos fuertes me agarran el tobillo y me arrastran por el barro hasta el agua. Intento alcanzarlo, pero su ataque me ha dejado sin fuerzas y me desplomo hacia atrás.

Hace una pausa y se seca el sudor del ceño. La luz de la luna martillea a través de las nubes y blanquea sus rasgos. Sus cabellos son de plata, su piel es blanca como la nieve recién caída. Me mira con la misma compasión que mostró hacia Bell la primera mañana que llegué.

—No vamos… —digo mientras toso sangre.

—No debiste ponerte en mi camino —dice, y tira otra vez de mí—. Es lo único que te he pedido.

Entra en el lago con un chapoteo y me arrastra con él. El agua fría sube por mis piernas, me empapa el pecho y la cabeza. La impresión me despierta las ganas de luchar e intento abrirme paso a zarpazos hasta la orilla, pero Daniel me agarra por el pelo y me hunde la cara en el agua helada.

Le araño la mano, pateo con las piernas, pero es demasiado fuerte.

Mi cuerpo se convulsiona, busca respirar desesperadamente.

Pero sigue manteniéndome sumergido.

Veo a Thomas Hardcastle, muerto desde hace diecinueve años, nadando hacia mí desde las tinieblas. Tiene los cabellos rubios y los ojos muy grandes, está perdido aquí, pero me coge de la mano y me aprieta los dedos, me anima a ser valiente.

Abro la boca de golpe, incapaz de contener la respiración más tiempo, y trago el agua fría y cenagosa.

Mi cuerpo se convulsiona.

Thomas saca mi espíritu de esta carne moribunda y flotamos lado a lado en el agua mientras vemos cómo Donald Davies se ahoga.

Todo es pacífico y está en calma. Sorprendentemente tranquilo.

Entonces algo entra en el agua.

Unas manos atraviesan la superficie, agarran el cuerpo de Donald Davies, tiran de él hacia arriba y, un segundo después, yo lo sigo.

Los dedos del niño muerto siguen entrelazados con los míos, pero no puedo sacarlo del lago. Murió aquí, por lo que está atrapado aquí, y contempla lleno de pena cómo me arrastran fuera y me ponen a salvo.

Estoy tumbado en el barro, toso agua y tengo el cuerpo hecho de plomo.

Daniel flota boca abajo en el lago.

Alguien me abofetea.

Lo repite con más fuerza.

Tengo a Anna sobre mí, pero todo está borroso. El lago tiene las manos sobre mis orejas, y tira de mí.

La oscuridad me llama.

Ella se acerca más, es el borrón de una persona.

—… búscame —grita Anna, sus palabras se desvanecen—, a las 7:12 en el vestíbulo.

Bajo el lago, Thomas me hace señas y, al cerrar los ojos, me uno al niño ahogado.

53

Octavo día

Mi mejilla reposa contra la curva de una espalda de mujer. Estamos desnudos, enredados entre unas sábanas empapadas de sudor en un colchón sucio. La lluvia se cuela por el podrido marco de la ventana, corre por la pared y se acumula en la tarima desnuda.

Madeline Aubert se mueve cuando lo hago yo y se vuelve para verme. Los ojos verdes de la doncella brillan con necesidad enfermiza, sus cabellos negros están pegados a sus mejillas húmedas. Es como Thomas Hardcastle en mi sueño, ahogado y desesperado, y se aferra a la mano de quien sea.

Al encontrarme tumbado a su lado, deja caer la cabeza en la almohada con un suspiro de decepción. Tan evidente desdén debería hacer que me sintiera incómodo, pero cualquier posible irritación queda aplacada por el recuerdo de nuestro primer encuentro, la vergüenza de nuestra necesidad mutua y la buena disposición con la que se arrojó a mis brazos cuando saqué del bolsillo uno de los viales de láudano de Bell.

Mis ojos registran perezosamente la cabaña en busca de más drogas. Mi trabajo para los Hardcastle está terminado, en la galería cuelgan ya sus nuevos retratos. No estoy invitado a la fiesta y no me esperan en la casa, lo que me deja la mañana libre en este colchón, mientras el mundo circula a mi alrededor como pintura que se va por el desagüe.

Mi mirada se detiene en la cofia y el mandil de Madeline, colgados de una silla.

Vuelvo en mí de pronto, como si me hubieran abofeteado. El uniforme me trae la cara de Anna, su voz y su tacto, el peligro de nuestra situación.

Me aferro a ese recuerdo para echar a un lado la personalidad de Gold.

Estoy tan lleno de sus miedos y esperanzas, de sus deseos y pasiones, que Aiden Bishop me había parecido como un sueño en la luz de la mañana.

Creí que solo era eso.

Abandono el colchón y choco con una pila de viales de láudano vacíos que ruedan por el suelo como ratones en fuga. Los aparto de una patada y me acerco al hogar, donde una única llama lame los rescoldos. Crece a medida que añado más leña del montón. En la repisa hay una hilera de piezas de ajedrez, todas talladas a mano, unas pocas pintadas, aunque manchadas de color sería mejor descripción. Están a medio terminar, y junto a ellas está el pequeño cuchillo que ha utilizado Gold para tallarlas. Son las piezas de ajedrez que Anna llevará encima todo el día, y el cuchillo coincide a la perfección con los cortes que vi ayer en los brazos de Gold.

El destino vuelve a lanzarme bengalas.

Madeline recoge su ropa, que está dispersa por el suelo. Semejante prisa habla de una pasión desordenada, aunque ahora solo muestre vergüenza. Se viste mientras me da la espalda, con los ojos clavados en la pared de enfrente. La mirada de Gold no es tan casta, se atiborra con la visión de su pálida carne blanca, de sus cabellos derramándose por la espalda.

—¿Tienes un espejo? —pregunta a la vez que se abotona el vestido, con un ligerísimo toque de acento francés en sus palabras.

—Creo que no —digo mientras disfruto con la calidez del fuego en mi piel desnuda.

—Debo de tener un aspecto terrible —dice con tono ausente.

Un caballero discreparía por respeto, pero Gold no es un caballero y Madeline no es como Grace Davies. Nunca la he visto sin sus polvos y su maquillaje, y me sorprende su aspecto enfermizo. Su rostro es desesperadamente delgado, de piel amarillenta y picada de viruelas y sus ojos se ven cansados y enrojecidos.

Bordea la pared de enfrente para mantenerse lo más lejos de mí que le sea posible, abre la puerta y se va. El aire frío se lleva el calor de la habitación. Es temprano, aún faltan horas para que amanezca, y hay niebla. Blackheath queda enmarcada por los árboles, la noche sigue envolviéndole los hombros. Dado el ángulo desde el que la veo, esta cabaña debe de estar en alguna parte junto al cementerio familiar.

Observo a Madeline recorrer a solas el sendero hacia la casa, se abriga con un chal. Si los acontecimientos hubieran seguido su transcurso natural, sería yo quien lo recorrería, tambaleándome en la noche. Enloquecido por la tortura del lacayo, habría cortado mi propia carne con el cuchillo de tallar antes de subir las escaleras de Blackheath para llamar a la puerta de Dance y gritarle mi advertencia. Pero he evitado ese destino al darme cuenta de la traición de Daniel y vencerlo en el cementerio. He reescrito el día.

Ahora tengo que asegurarme de que tenga un final feliz.

Cierro la puerta detrás de Madeline, enciendo una lámpara de aceite y medito mi próximo movimiento mientras la oscuridad se escabulle por los rincones. Las ideas me arañan el interior del cráneo, un último monstruo a medio formar aún espera a ser sacado a la luz. Y pensar que aquella mañana en la que desperté siendo Bell me preocupaba poseer tan pocos recuerdos… Ahora debo enfrentarme a una sobreabundancia. Mi mente es como un baúl cargado que necesita deshacerse, pero para Gold el mundo solo tiene sentido en un lienzo, y es ahí donde debo buscar mi respuesta. Si Rashton y Ravencourt me enseñaron algo, fue a valorar el talento de mis anfitriones en vez de lamentar sus limitaciones.

Cojo la lámpara y me dirijo al estudio, en la parte de atrás de la cabaña, en busca de pinturas. Los lienzos están amontonados contra las paredes, los cuadros, a medio terminar o cortados con furia. Hay botellas de vino tiradas que se han derramado por el suelo sobre centenares de bocetos a lápiz, arrugados y desechados. De la pared gotea aguarrás, que emborrona un paisaje que Gold parece haber empezado en un arrebato y que ha abandonado en un ataque de furia.

En el centro de esa miseria se amontonan, como en una pira que espera la antorcha, docenas de viejos retratos familiares a los que han quitado y tirado sus marcos, acribillados por la carcoma. La mayoría de los retratos han quedado destrozados por el aguarrás, aunque algunas extremidades pálidas han conseguido sobrevivir a la purga. Evelyn me dijo que habían encargado a Gold que retocase los cuadros de Blackheath, y parece que no le ha impresionado mucho lo que encontró.

Mientras miro la pila, una idea empieza a tomar forma.

Busco en los estantes, cojo una barrita de carboncillo y vuelvo a la habitación principal, donde pongo la lámpara en el suelo. No tengo lienzos a mano, así que dibujo mis ideas en la pared, trabajando dentro del pequeño estanque de bailante luz que proyecta la lámpara. Le llegan en un frenesí, en una sacudida de conocimientos que reduce la barra a nada en pocos minutos, lo que me obliga a entrar en la oscuridad para coger otra.

Trabajo hacia abajo desde un conjunto de nombres amontonados cerca del techo, como la copa de un árbol, dibujo febrilmente un tronco con los actos de todos a lo largo del día, y sus raíces se prolongan hasta diecinueve años en el pasado y se hunden en un lago con un niño muerto en el fondo. En un momento dado, se me abre un antiguo corte en la mano y mancho el árbol de rojo. Me arranco la manga de la camisa y me vendo la herida lo mejor que puedo para volver al trabajo. Los primeros rayos del nuevo amanecer se arrastran por el horizonte cuando doy un paso atrás, la barra de carboncillo se me cae de la mano y se rompe contra la tarima. Agotado, me siento ante mi obra. Me tiembla el brazo.

Muy poca información y estás ciego; demasiada, y te ciegas.

Entrecierro los ojos mientras miro la pauta. En el árbol hay dos nudos que representan dos agujeros turbulentos en

419

la historia. Dos preguntas que harán que todo cobre sentido: ¿qué sabía Millicent Derby? y ¿dónde está Helena Hardcastle?

La puerta de la cabaña se abre y trae el olor del rocío.

Estoy demasiado cansado para mirar. Soy como la cera fundida de una vela, informe y gastada, a la espera de que alguien me rasque del suelo. Lo único que quiero hacer es dormir, cerrar los ojos y liberarme de todo pensamiento, pero este es mi último anfitrión. Si fracaso, todo volverá a empezar.

—¿Está aquí? —dice el médico de la peste con un sobresalto—. Nunca está aquí. A estas horas suele estar desvariando. ¿Cómo ha…? ¿Qué es esto?

Pasa por mi lado, su abrigo hace un siseo. El disfraz resulta completamente ridículo a la luz de un nuevo día, el pájaro de pesadilla se descubre como un vagabundo teatral. No es de extrañar que haga la mayoría de sus visitas por la noche.

Se detiene a unos centímetros de la pared, pasa la mano enguantada por la curva del árbol y emborrona los nombres.

—Extraordinario —dice en voz baja mientras lo mira de arriba abajo.

—¿Qué le ha pasado a Lágrima de Plata? —pregunto—. Recibió un tiro en el cementerio.

—La atrapé en el bucle —dice con tristeza—. Era la única forma de salvarle la vida. Despertará en unas horas pensando que acaba de llegar y repetirá todo lo que hizo ayer. Mis superiores acabarán notando su ausencia y vendrán a liberarla. Me temo que tendré que responder a algunas preguntas difíciles.

Abro la puerta principal mientras él se concentra en mi árbol pintado, la luz del sol me baña la cara, el calor se propaga por mi cuello y mis brazos desnudos. Entrecierro los ojos por el brillo y respiro en esa luz dorada. Nunca he estado despierto tan temprano, nunca había visto el sol salir sobre este lugar.

Es milagroso.

—¿Este dibujo dice lo que creo que dice? —pregunta el médico de la peste con la voz tensa por la expectación.

—¿Qué cree que dice?

—Que Michael Hardcastle intentó asesinar a su propia hermana.

—Entonces sí, es lo que dice.

Los pájaros cantan. Tres conejos saltan por el jardín de la pequeña cabaña y la luz del sol hace que su pelo parezca del color del óxido. De saber que el paraíso estaba al otro lado de un amanecer, nunca habría malgastado una buena noche de sueño.

—Lo ha resuelto, señor Bishop, es el primero que lo resuelve —dice, con una voz cada vez más excitada—. ¡Es usted libre! Tras todo este tiempo, ¡por fin es libre!

Saca una petaca plateada de entre los pliegues de su ropa y me la pone en la mano.

No puedo identificar el líquido de la petaca, pero me quema los huesos y me despierta de una sacudida.

—Lágrima de Plata tenía motivos para preocuparse —digo, sin dejar de mirar a los conejos—. No me iré sin Anna.

—Eso no lo decide usted —dice mientras retrocede para ver mejor el árbol.

—¿Y qué va a hacer, llevarme a rastras hasta el lago?

—No lo necesito. El lago solo es un punto de encuentro. Lo único que importaba era la respuesta. Ha resuelto el asesinato de Evelyn y me ha convencido de la solución. Y, ahora que la he aceptado, ni siquiera Blackheath podrá retenerlo. ¡Estará libre la próxima vez que se duerma!

Quiero enfadarme, pero no lo consigo. El sueño tira de mí con manos suaves y cada vez que cierro los ojos me cuesta más volver a abrirlos. Regreso a la puerta abierta, apoyo la espalda en el marco y resbalo por él hasta quedar sentado en el suelo, con la mitad del cuerpo en penumbra y la otra mitad al sol. No soy capaz de abandonar la calidez y el canto de los pájaros, las bendiciones de un mundo que se me han negado durante tanto tiempo.

Le doy otro sorbo a la petaca y me obligo a seguir despierto.

Aún queda mucho por hacer.

Tanto que no te pueden ver mientras lo haces.

—No ha sido una competición justa —digo—. Yo he tenido ocho anfitriones, mientras que Anna y Daniel solo tuvieron uno. Yo puedo recordar la semana y ellos no.

Él hace una pausa y me mira.

—Tuvo esas cosas porque eligió venir a Blackheath —dice en voz baja, como temiendo que lo oigan—. Ellos no, y eso es todo lo que puedo decir al respecto.

—Si yo elegí venir aquí una vez, puedo elegir volver. No dejaré a Anna atrás.

Camina por la habitación mientras me mira a mí y al dibujo.

—Tiene miedo —digo, sorprendido.

—Sí, lo tengo —suelta—. Mis superiores no son... No debería desafiarlos. Le prometo que, una vez que usted se vaya, le ofreceré a Anna toda la ayuda que esté en mi mano.

—Un día, un anfitrión. Nunca escapará de Blackheath, sabe que no. Yo no habría podido hacer esto sin la inteligencia de Ravencourt y la astucia de Dance. Fue solo gracias a Rashton que empecé a ver las pistas como pruebas. ¡Demonios!, hasta Bell y Derby aportaron algo. Ella necesitará todas sus habilidades, como me pasó a mí.

—Sus anfitriones seguirán en Blackheath.

—Pero yo no los controlaré —insisto—. Nunca ayudarán a una doncella. La estaría abandonando en este lugar.

—¡Olvídese de ella! Esto ya ha durado demasiado —dice mientras se vuelve para enfrentarse a mí a la vez que agita la mano en el aire.

—¿Qué ha durado demasiado?

Se mira la mano enguantada, sorprendido por haber perdido el control.

—Solo usted puede irritarme tanto —dice en voz más baja—. Siempre igual. Bucle tras bucle, anfitrión tras anfitrión. Lo he visto traicionar a amigos, forjar alianzas y morir por principios. He visto tantas versiones de Aiden Bishop que probablemente usted nunca se reconocería en ellas, pero si hay algo que nunca cambia es su testarudez. Elige un camino y lo sigue hasta el final. Resultaría impresionante si no fuera tan intensamente irritante.

—Irritante o no, tengo que saber por qué Lágrima de Plata se tomó tantas molestias para matar a Anna.

Me dirige una mirada larga y evaluadora y luego suspira.

—¿Sabe cómo puede saberse si un monstruo es digno de volver al mundo, señor Bishop? —dice con un tono contemplativo—. ¿Si de verdad se ha redimido y no le está contando solo lo que quiere oír? —Da otro trago de la petaca—. Les da un día sin consecuencias y mira lo que hacen con él.

Noto un cosquilleo en la piel, la sangre se me hiela en las venas.

—¿Todo esto era una prueba? —digo despacio.

—Preferimos llamarlo rehabilitación.

—Rehabilitación… —repito. La comprensión se alza en mi interior como el sol sobre la casa—. ¿Esto es una prisión?

—Sí, pero, en vez de dejar que nuestros prisioneros se pudran en una celda, les damos todos los días una oportunidad para demostrar que son dignos de ser liberados. ¿Ve lo brillante que es? El asesinato de Evelyn Hardcastle no se resolvió nunca, y probablemente nunca se habría resuelto. Al encerrar a los prisioneros en el asesinato, les damos una oportunidad de expiar sus propios crímenes resolviendo los de otro. Es un servicio a la comunidad además de un castigo.

—¿Hay más sitios como este? —digo mientras intento asimilarlo.

—Miles. He visto un pueblo que despierta cada mañana con tres cuerpos sin cabeza en la plaza, y una serie de asesinatos en un transatlántico. Debe de haber como quince prisioneros intentando resolverlo.

—¿Y eso en qué lo convierte? ¿En un alcaide?

—Un asesor. Yo decido si se es digno de ser liberado.

—Pero dijo que yo elegí venir a Blackheath. ¿Por qué querría yo venir a una prisión?

—Vino por Anna, pero quedó atrapado aquí, y Blackheath fue haciéndole pedazos bucle tras bucle, hasta que se olvidó de sí mismo, tal como estaba diseñado que pasara. —Su tono está tenso por la indignación, la mano enguantada, crispada—. Mis superiores nunca tendrían que haberlo dejado entrar, estuvo mal. Durante mucho tiempo, creí que el hombre inocente que había entrado aquí se había perdido, sacrificado por su gesto fútil, pero usted se ha recuperado. Por eso lo he ayudado. Le di el control de diferentes anfitriones, buscando los mejor equipados para resolver el asesinato, hasta decidirme por los ocho de hoy. Experimenté con su orden para asegurarme de que sacaba lo mejor de ellos. Hasta hice que el señor Rashton se escondiera en aquel armario para mantenerlo con vida. Estoy forzando todas las reglas imaginables para que por fin pueda escapar. ¿Se da cuenta? Debe irse mientras todavía sea la persona que desea ser.

—¿Y Anna…? —digo vacilante; odio la pregunta que voy a hacer.

Nunca me permití pensar que Anna perteneciera a esto, prefería pensar que este sitio era el equivalente a naufragar, o a ser alcanzado por un rayo. Al asumir que era una víctima, prescindí de la exasperante duda de si se lo merecía, pero mis dudas aumentan al quitarme ese consuelo.

—¿Qué hizo Anna para merecer Blackheath? —pregunto.

Él niega con la cabeza y me pasa la petaca.

—Eso no me corresponde decirlo. Baste con saber que el peso del castigo es igual al del crimen. Los prisioneros que mencioné antes, los del pueblo y el barco, recibieron sentencias más ligeras que Anna o Daniel. Esos lugares son mucho menos horrorosos que este. Blackheath se creó para doblegar demonios, no vulgares ladrones.

—¿Está diciendo que Anna es un demonio?

—Estoy diciendo que todos los días se cometen miles de crímenes, pero que solo se han enviado a *dos* personas a este lugar. —Alza la voz, cargada de emoción—. Anna es una de ellas, y, aun así, usted arriesga la vida para ayudarla a escapar. Es una locura.

—Cualquier mujer que pueda inspirar tal lealtad tiene que valer algo.

—No me escucha —dice mientras aprieta los puños.

—Le escucho, pero no la dejaré aquí. Aunque haga que hoy me marche, encontraré el modo de volver mañana. Si lo hice una vez, volveré a hacerlo.

—¡Deje de ser tan condenadamente estúpido! —Golpea el marco de la puerta tan fuerte que cae polvo sobre nuestras cabezas—. No fue la lealtad lo que lo trajo a Blackheath, sino la venganza. No vino aquí a rescatar a Anna, sino a por su libra de carne. Está a salvo en Blackheath. Encerrada, pero a salvo. Y usted no quería que estuviera encerrada, quería que sufriera. Fuera hay mucha gente que quiere que sufra, pero nadie estaba dispuesto a hacer lo que usted, porque nadie odiaba a esta mujer tanto como usted. La siguió hasta Blackheath y ha dedicado treinta años a torturarla, del mismo modo en que el lacayo lo ha torturado hoy.

El silencio pesa sobre los dos.

Abro la boca para responder, pero tengo el estómago en los pies y me da vueltas la cabeza. El mundo se ha vuelto del revés y, pese a estar sentado en el suelo, siento que caigo y caigo.

—¿Qué hizo? —susurro.

—Mis superiores…

—Le abrieron las puertas de Blackheath a un hombre inocente con intenciones asesinas. Son tan culpables como cualquiera que esté aquí. Y ahora dígame qué hizo.

—No puedo —dice débilmente; todavía se resiste.

—Me ha ayudado hasta ahora.

—Sí, porque lo que le ha pasado está mal —dice, y da un trago largo a la petaca; su manzana de Adán sube y baja en su cuello—. Nadie objetó a que lo ayudara a escapar porque, de todos modos, usted no tendría que estar aquí, pero si empiezo a contarle cosas que no debería saber, habrá repercusiones. Para los dos.

—No puedo irme sin saber por qué me voy, y no puedo prometer que no volveré hasta que no sepa por qué vine. Por favor, así es como acabaremos esto.

La máscara de pico se vuelve despacio hacia mí y durante todo un minuto se queda en esa posición, sumida en sus pensamientos. Siento que me toman la medida, que se pesan mis cualidades y se dejan a un lado y que mis defectos se sacan a la luz para juzgarlos mejor.

No te mide a ti.

¿Qué significa eso?

Es un buen hombre. Ahora descubrirá lo bueno que es.

El médico de la peste me sorprende al inclinar la cabeza y quitarse el sombrero de copa, lo que deja al descubierto las correas de cuero marrón que sujetan la máscara de pico en su sitio. Las suelta una a una, gruñendo por el esfuerzo mientras sus gruesos dedos abren los cierres. Cuando se suelta el último, se quita la máscara, se baja la capucha y muestra la cabeza calva que había debajo. Es mayor de lo que imaginaba, más cerca de los sesenta que de los cincuenta, con los rasgos de un hombre decente sobrecargado de trabajo. Tiene los ojos inyectados en sangre, la piel del color del papel viejo. Si mi cansancio pudiera asumir una forma, tendría este aspecto.

Ajeno a mi preocupación, inclina la cabeza para recoger la primera luz de la mañana que se filtra por la ventana.

—Bueno, ya está —dice mientras arroja la máscara a la cama de Gold. Libre de la porcelana, su voz es casi, pero no del todo, la que conozco.

—No creo que pueda hacer eso —digo, y vuelvo la cabeza hacia la máscara.

—Va a ser una buena lista —replica, y se sienta en un escalón fuera de la puerta y se coloca de modo que el sol bañe todo su cuerpo.

—Vengo aquí todas las mañanas antes de empezar el trabajo —dice mientras respira hondo—. Me gusta esta hora del día. Dura diecisiete minutos. Entonces se amontonan las nubes y dos lacayos reanudan una pelea de la noche anterior que acaba a puñetazos en los establos. —Se quita los guantes, dedo a dedo—. Una pena que esta sea la primera vez que ha podido disfrutarlo, señor Bishop.

—Aiden —digo, y le extiendo la mano.

—Oliver —dice al estrecharla.

—Oliver —repito, pensativo—. Nunca pensé que tuviera un nombre.

—Quizá debería decírselo a Donald Davies cuando lo vea en la carretera —dice, con una débil sonrisa—. Estará furioso. Puede que lo calme.

—¿Todavía va a ir allí? ¿Por qué? Ya tienes su respuesta.

—Hasta que escape, mi deber es guiar a los que lo siguen, darles la misma oportunidad que a usted.

—Pero ya sabe quién mató a Evelyn Hardcastle. ¿No cambia eso las cosas?

—¿Sugiere que mi tarea me será más difícil porque sé más que ellos? —Niega con la cabeza—. Siempre he sabido más que ellos. Nunca tuve problemas con los conocimientos. Es la ignorancia lo que combato.

Su expresión vuelve a endurecerse, la ligereza abandona su tono.

—Por eso me he quitado la máscara, Aiden. Necesito que vea mi cara y escuche mi voz y sepa que lo que voy a contarle es toda la verdad. No puede haber más dudas entre nosotros.

—Comprendo —digo. Es todo lo que consigo decir. Me siento como un hombre esperando su caída.

—El nombre de Annabelle Caulker, el de la mujer que usted conoce como Anna, es una maldición en todos los idiomas en que se pronuncia —dice, y me clava en mi sitio con la mirada—. Era la jefa de un grupo que sembró la destrucción y la muerte en la mitad de las naciones del mundo, y seguramente habría continuado haciéndolo si no la hubieran capturado hace más de treinta años. A esa persona es a la que intenta liberar.

Debería sorprenderme. Quedarme estupefacto o indignarme. Debería protestar, pero no siento ninguna de esas cosas. No lo siento como una revelación, sino que siento que da voz a una serie de hechos con los que hace tiempo que estoy familiarizado. Anna es feroz e intrépida, incluso brutal cuando hace falta. Vi su expresión en la casa del portero cuando apuntó a Dance con la escopeta, sin saber que era yo. Habría apretado el gatillo sin lamentarlo. Mató a Daniel cuando yo no pude hacerlo y sugirió despreocupadamente que matáramos nosotros mismos a Evelyn y responder así a la pregunta del médico de la peste. Dijo que solo era una broma, aunque ni siquiera ahora estoy seguro.

Pero, aun así, Anna solo ha matado para protegerme, ha ganado tiempo para que yo pudiera resolver el misterio. Es fuerte y bondadosa, y ha sido leal, incluso cuando mi deseo de salvar a Evelyn amenazaba con socavar la investigación de su asesinato.

De todas las personas de la casa, es la única que nunca ha escondido cómo era de verdad.

—Ya no es esa persona —argumento—. Dijo que Blackheath era para rehabilitar a la gente, para desintegrar sus viejas personalidades y probar las nuevas. Bueno, pues toda esta semana he visto a Anna de cerca. Me ha ayudado, me ha salvado la vida más de una vez. Es mi amiga.

—Asesinó a su hermana —dice cortante.

Mi mundo se vacía.

—La torturó, la humilló e hizo que lo viera todo el mundo. Esa es Anna, y la gente como ella no cambia, Aiden.

Caigo de rodillas y me agarro las sienes mientras brotan viejos recuerdos.

Mi hermana se llamaba Juliette. Tenía el cabello castaño y una sonrisa luminosa. Le encomendaron capturar a Annabelle Caulker, y yo estaba muy orgulloso de ella.

Siento cada recuerdo como una astilla de cristal que me desgarra la mente.

Juliette estaba motivada y era inteligente, y creía que la justicia era algo que debía defenderse y no solo esperarse. Me hacía reír. Ella creía que era algo que valía la pena.

Las lágrimas me surcan las mejillas.

Los hombres de Annabelle Caulker llegaron de noche y se llevaron a Juliette de su casa. Ejecutaron a su marido con una única bala en la cabeza. Tuvo suerte. La bala de Juliette tardó siete días en llegar. La torturaron y dejaron que lo viera todo el mundo.

Llamaron a eso justicia por ser perseguidos.

Dijeron que tendríamos que haberlo esperado.

No sé nada más sobre mí ni sobre el resto de mi familia. No conservé los recuerdos felices. Solo los que podían ayudarme, solo el odio y el dolor.

Lo que me trajo a Blackheath fue el asesinato de Juliette. Las llamadas telefónicas semanales que dejaron de existir. Las historias que dejamos de compartir. Fue el espacio que tenía que ocupar y que nunca más ocuparía. Fue la forma en que acabaron cogiendo a Annabelle.

Sin sangre. Sin dolor.

Sin el menor incidente.

Y la enviaron a Blackheath, donde la asesina de mi hermana pasaría toda una vida resolviendo la muerte de una hermana asesinada. Lo llamaron justicia. Se dieron palmas en la espalda por su ingenio, creían que yo estaría tan contento como ellos. Pensaban que sería suficiente.

Se equivocaban.

La injusticia me atormentaba por las noches y me perseguía de día. Me carcomía hasta que fue lo único en lo que podía pensar.

La seguí hasta las puertas del infierno. Perseguí, aterroricé y torturé a Annabelle Caulker hasta que olvidé por qué lo hacía. Hasta que Annabelle se convirtió en Anna y lo único que vi fue a una chica aterrorizada a merced de los monstruos.

Me convertí en aquello que odiaba e hice que Annabelle fuera aquello que amaba.

Y culpé de ello a Blackheath.

Miro al médico de la peste con los ojos rojos por las lágrimas. Me mira de frente y sopesa mi reacción. Me pregunto qué verá, porque no tengo ni idea de qué pensar. Esto me está pasando por culpa de la persona a la que intento salvar.

Esto es culpa de Anna.

De Annabelle.

—¿Qué? —pregunto, sorprendido por lo insistente que parece la voz de mi cabeza.

Es culpa de Annabelle Caulker, no de Anna. Es a ella a la que odiamos.

—¿Aiden? —pregunta el médico de la peste.

Y Annabelle Caulker está muerta.

—Annabelle Caulker está muerta —repito despacio, y me encuentro con la mirada sorprendida de mi interlocutor.

—Se equivoca —dice mientras niega con la cabeza.

—Se han necesitado treinta años. Y no se hizo con violencia ni se hizo con odio. Se hizo con perdón. Annabelle Caulker está muerta.

—Se equivoca.

—No, usted se equivoca —digo, con mi confianza en aumento—. Me pidió que escuchara a la voz de mi mente, y lo hago. Me pidió que creyera que Blackheath rehabilita a las personas, y lo he creído. Ahora usted necesita hacer lo mismo, porque lo que era Anna lo ciega tanto que ignora en lo que se ha convertido. Y si no está dispuesto a aceptar que ha cambiado, ¿de qué sirve todo esto?

Frustrado, le da una patada a la tierra con la punta de la bota.

—No debería haberme quitado la máscara —gruñe. Se pone en pie y entra en el jardín mientras espanta a los conejos que comían hierba.

Mira hacia Blackheath en la distancia, con las manos en las caderas, y por primera vez me doy cuenta de que ella es tanto su dueña como la mía. Mientras yo era libre para hurgar y cambiar, él se veía obligado a presenciar asesinatos, violaciones y suicidios envueltos en mentiras suficientes como para enterrar todo este lugar. Tenía que aceptar todo lo que le deparase este día, por muy horrendo que fuera. Y, a diferencia de mí, no se le permitía olvidarlo. Un hombre podría volverse loco aquí. Le pasaría a la mayoría, a no ser que tuvieran fe. A no ser que creyeran que el fin justifica los medios.

El médico de la peste se vuelve hacia mí como si fuera consciente de mis pensamientos.

—¿Qué es lo que me pide, Aiden?

—Venga al lago a las once —digo con firmeza—. Encontrará un monstruo, y le garantizo que no será Anna. Obsérvela, dele una oportunidad para ponerse a prueba. Verá quién es de verdad, y verá que tengo razón.

Parece inseguro.

—¿Cómo lo sabe? —pregunta.

—Porque yo correré peligro.

—Aunque me convenza de que se ha rehabilitado, ya ha resuelto el misterio de la muerte de Evelyn. Las reglas son claras: la primera persona que diga quién mató a Evelyn Hardcastle será liberada. Y esa persona es usted. No Anna. ¿Cómo va a solucionar eso?

Me pongo en pie, me acerco a mi dibujo del árbol y señalo los nudos, los agujeros en lo que sé.

—No lo he resuelto todo. Si Michael Hardcastle planeaba matar de un tiro a su hermana en el estanque, ¿por qué también la envenenó? No creo que lo hiciera. No creo que supiera que había veneno en la bebida que lo mató. Creo que otra persona lo puso ahí por si Michael fracasaba.

El médico de la peste me ha seguido dentro.

—Eso está cogido por los pelos, Aiden.

—Seguimos teniendo demasiadas preguntas para que sea de otro modo —digo, y recuerdo el rostro pálido de Evelyn tras salvarla en el solario y el mensaje que tanto trabajo le costó darme—. Si esto había acabado ya, ¿por qué me dijo Evelyn que Millicent Derby había sido asesinada? ¿Qué conseguía con eso?

—¿Quizá Michael también mató a Millicent?

—¿Y con qué motivo? No, nos falta algo.

—¿Qué clase de algo? —pregunta. Su convicción se tambalea.

—Creo que Michael Hardcastle trabajaba con alguien más, alguien que se ha mantenido oculto.

—Un segundo asesino —dice, y se toma un segundo para pensarlo—. Llevo aquí treinta años, y nunca sospeché… Nadie lo sospechó nunca. No puede ser, Aiden. Es imposible.

—Todo en este día es imposible —digo, y doy un golpecito a mi árbol de carboncillo—. Hay un segundo asesino, sé que lo hay. Tengo una idea de quién puede ser y, si tengo razón, mató a Millicent Derby para cubrir su rastro. Ese alguien está tan implicado en el asesinato de Evelyn como Michael, lo que significa que necesitas dos respuestas. Si Anna te entrega al cómplice de Michael, ¿bastaría para que quedase libre?

—Mis superiores no quieren que Annabelle Caulker salga de Blackheath. Y no estoy seguro de que se los pueda convencer de que ha cambiado. Y en el supuesto de que se pueda, buscarán cualquier excusa para mantenerla encerrada, Aiden.

—Me ayudó porque no debo estar aquí. Si tengo razón con Anna, sucede lo mismo con ella.

Se pasa la mano por la calva, camina de un lado a otro y dirige miradas impacientes hacia mí y hacia el dibujo.

—Solo puedo prometer que esta noche estaré en el lago con la mente abierta.

—Suficiente —digo, y le doy una palmada en el hombro—. Reúnase conmigo en la caseta para barcas a las once y verá que tengo razón.

—¿Y puedo preguntar qué hará hasta entonces?

—Voy a descubrir quién mató a Millicent Derby.

54

Me acerco a Blackheath sin que me vean, pegado a los árboles, con la camisa empapada por la niebla y los zapatos cubiertos de barro. El solario está a unos pasos de distancia y busco movimiento dentro, acuclillado entre los goteantes arbustos. Aún es temprano, pero no sé cuándo se despierta Daniel ni cuándo lo reclutará Lágrima de Plata. Por si acaso, debo suponer que sus espías y él siguen siendo una amenaza, lo que significa que debo seguir escondido hasta que acabe boca abajo en el lago y todos sus planes ahogados con él.

Tras su incursión temprana, el sol nos ha abandonado a la oscuridad y el cielo es un revoltijo de grises. Busco salpicaduras de color en los parterres de flores, toques de púrpura, rosa o blanco. Busco un mundo más luminoso detrás de este. Me imagino Blackheath iluminada, con una corona de llamas y una capa de fuego. Veo el cielo gris ardiendo, cenizas negras que caen como nieve. Imagino el mundo rehecho, aunque solo sea por un instante.

Me detengo, repentinamente inseguro de mi objetivo. Miro a mi alrededor, no reconozco nada, me pregunto por qué dejé la cabaña sin el caballete y mis pinceles. Seguramente he venido a pintar, pero no me gusta la luz matinal que hay aquí. Es demasiado deprimente, demasiado silenciosa, una gasa cubre el paisaje.

—No sé por qué estoy aquí —me digo mientras miro mi camisa manchada de carboncillo.

Anna. Estás aquí por Anna.

Su nombre me libera de la confusión de Gold, los recuerdos vuelven en un diluvio.

Cada vez es peor.

Respiro hondo el aire frío y agarro con fuerza la pieza de ajedrez de la repisa que tengo en la mano, construyo un muro entre Gold y yo con todos los recuerdos que tengo de Anna. Hago ladrillos con su risa, su tacto, su amabilidad y calidez, y solo cuando me parece que el muro es lo bastante alto, reanudo mi estudio del solario, y entro cuando estoy convencido de que la casa duerme.

Philip Sutcliffe, el amigo borracho de Dance, duerme en uno de los sofás, y se tapa la cara con la chaqueta. Se agita un momento, chasquea los labios y me mira soñoliento. Murmura algo, se reacomoda y vuelve a dormirse.

Espero mientras escucho. Se oye un goteo. Una respiración pesada.

Nada más se mueve.

La abuela de Evelyn me mira desde el retrato sobre la chimenea. Tiene los labios fruncidos, el pintor la captó justo cuando iba a dar una reprimenda.

Noto un cosquilleo en el cuello.

Me sorprendo frunciendo el ceño al cuadro, conmocionado por lo cuidadosamente que lo ha pintado. Mi mente lo repinta, las curvas duras como cicatrices, el óleo amontonado en montañas. Se vuelve un estado de ánimo embadurnado en el lienzo. Uno muy negro. Estoy seguro de que la vieja arpía habría preferido esa sinceridad.

Por la puerta abierta se oye el repiqueteo de una risa estridente, una daga hundida en la historia de alguien. Los invitados deben de haber empezado a bajar a desayunar.

Me quedo sin tiempo.

Cierro los ojos e intento recordar de qué habló Millicent con su hijo, qué la hizo apresurarse así y bajar aquí, pero todo es un barullo. Son demasiados días, demasiadas conversaciones.

Un gramófono cobra vida pasillo abajo y corta el silencio con notas fortuitas. Algo se rompe, la música se detiene con un chirrido, unas voces acalladas discuten y se culpan.

Estábamos ante el salón de baile cuando empezamos. Millicent estaba triste, sumida en sus recuerdos. Hablábamos del pasado, de cuando visitó Blackheath de niña y trajo a sus propios hijos cuando fueron lo bastante mayores. Se mostró decepcionada con ellos, y luego furiosa conmigo. Me había pillado mirando a Evelyn por la ventana del salón de baile y confundió mi preocupación con lujuria.

«Contigo siempre son las más débiles, ¿verdad? —dijo—. Siempre son...».

Vio algo que hizo que perdiera el hilo de sus pensamientos. Cierro los ojos con fuerza e intento recordar qué fue.

¿Quién más estaba con Evelyn?

Medio segundo después, corro por el pasillo hacia la galería.

En la pared arde una única lámpara, su llama enfermiza anima las sombras más que las disminuye.

La suelto de su gancho y la alzo ante los cuadros de la familia mientras los inspecciono uno a uno.

Blackheath se encoge a mi alrededor, se marchita como una araña tocada por el fuego.

Dentro de unas horas, Millicent verá algo en el salón de baile que la sorprenderá tanto que dejará a su hijo en el sendero y correrá a esta galería. Envuelta en bufandas y armada de sospechas, verá los cuadros nuevos de Gold colgados entre los antiguos. Habría pasado de largo en cualquier otro momento. Puede que lo hiciera durante un centenar de bucles, pero no en esta ocasión. Esta vez el pasado le cogerá la mano y se la apretará.

La asesinarán sus recuerdos.

55

Son las 7:12 y el vestíbulo es un caos: decantadores rotos que cubren el suelo de mármol, retratos que cuelgan en extraños ángulos, besos de carmín en la boca de hombres muertos mucho tiempo antes, pajaritas que cuelgan como murciélagos dormidos de la lámpara de araña. Y en medio de todo eso está Anna, descalza en su camisón de algodón blanco mientras se mira las manos como si fueran un acertijo que no consigue resolver.

No me ha visto, y la observo durante varios segundos mientras intento reconciliarla con las historias sobre Annabelle Caulker del médico de la peste. Me pregunto si Anna oirá la voz de Caulker como yo oí la de Aiden Bishop aquella primera mañana. Algo seca y distante, parte de ella al tiempo que separada, imposible de ignorar.

Para mi vergüenza, la fe que tengo en mi amiga duda. Tras esforzarme tanto para convencer al médico de la peste de la inocencia de Anna, ahora soy yo el que la mira mal, quien se pregunta si habrá sobrevivido alguna parte del monstruo que mató a mi hermana y está a la espera de poder salir a la superficie.

Annabelle Caulker está muerta. Y ahora, ve a ayudarla.

—Anna —digo en voz baja, repentinamente consciente de mi aspecto.

Gold pasó la mayor parte de la noche en un ambiente envuelto en láudano y la única concesión a la higiene fue echarme un poco de agua a la cara antes de salir disparado de la cabaña. Dios sabe el aspecto que debo de tener o cómo oleré.

Ella me mira, sobresaltada.

—¿Lo conozco?

—Me conocerás —digo—. Esto te ayudará.

Le arrojo la pieza de ajedrez que cogí en la cabaña y que sujeta con una mano. Abre la palma y la mira, el recuerdo ilumina su rostro.

Se arroja a mis brazos sin previo aviso, lágrimas húmedas atraviesan mi camisa.

—Aiden —dice, con su boca contra mi pecho. Huele a jabón de leche y lejía, sus cabellos se enganchan en mis patillas—. Te recuerdo, recuerdo…

Noto que se tensa, que se le aflojan los brazos.

Se aparta de mí, me empuja y coge un cristal roto del suelo para usarlo de arma. Le tiembla en la mano.

—Me mataste —ladra, y aprieta el cristal lo bastante fuerte como para hacerme sangrar.

—Sí, te maté —digo; el conocimiento de lo que le hizo a mi hermana se aferra a mis labios.

Annabelle Caulker está muerta.

—Y lo siento —continúo mientras me meto las manos en los bolsillos—. Te prometo que no volverá a pasar.

Durante un segundo, lo único que hace es pestañear mientras me mira.

—Ya no soy el hombre que recuerdas. Eso pasó en una vida diferente, con decisiones diferentes. Un montón de errores que he intentado no repetir, y que no he repetido, gracias a ti, creo.

—No… —dice, y me ataca con el trozo de cristal cuando doy un paso hacia ella—. No puedo… Recuerdo cosas, sé cosas.

—Son las reglas —digo—. Evelyn Hardcastle va a morir y vamos a salvarla juntos. Tengo una forma de que salgamos los dos de aquí.

—No podemos escapar los dos, no está permitido —insiste—. Esa es una de las reglas, ¿verdad?

—Permitido o no, lo conseguiremos. Tienes que confiar en mí.

—No puedo —dice con ferocidad y con el pulgar recoge una lágrima perdida en su mejilla—. Me mataste. Lo recuerdo. Todavía siento el disparo. Estaba tan emocionada al verte, Aiden… Creí que por fin nos íbamos. Tú y yo juntos.

—Y nos iremos.

—¡Me mataste!

—No fue la primera vez —digo, con la voz rota por el pesar—. Los dos nos hemos hecho daño el uno al otro, Anna, y lo hemos pagado. Te prometo que no volveré a traicionarte. Puedes confiar en mí. Ya has confiado en mí, solo que no lo recuerdas.

Alzo las manos como si me estuviera rindiendo y me muevo despacio hacia la escalera. Aparto un par de vasos rotos y algo de confeti y me siento en la alfombra roja. Todos mis anfitriones me presionan, sus recuerdos del vestíbulo se amontonan en los confines de mi mente, su peso es casi imposible de soportar. Recuerdo con claridad la mañana en que tuvo lugar…

Esta es la mañana en que tuvo lugar.

… la conversación de Bell con el mayordomo, y lo asustados que nos sentimos los dos. Mi mano late por el dolor que producía el bastón de Ravencourt cuando se esforzaba por llegar a la biblioteca, poco antes de que Jim Rashton cruzara la puerta cargado con una saca llena de drogas robadas. Oigo los pasos ligeros de Donald Davies sobre el mármol cuando huía de la casa tras su primer encuentro con el médico de la peste y la risa de los amigos de Edward Dance, aunque él guardara silencio.

Tantos recuerdos y secretos, tantas cargas. Pesa tanto cada vida… No sé cómo puede nadie cargar ni siquiera con una.

—¿Qué te pasa? —dice Anna, y se acerca más, el trozo de cristal algo más suelto en la mano—. No pareces estar bien.

—Tengo ocho personas diferentes dando vueltas aquí —digo mientras me toco la sien.

—¿Ocho?

—Y ocho versiones de hoy; cada vez que despierto estoy en un invitado diferente. Este es el último. O resuelvo esto hoy o volveré a empezar mañana.

—Eso no es... Las reglas no te lo permitirán. Solo tenemos un día para resolver el asesinato, y no puedes ser nadie más. Eso..., no está bien.

—Esas reglas no son para mí.

—¿Por qué?

—Porque yo elegí venir aquí —digo mientras me froto los ojos cansados—. Vine a por ti.

—¿Quieres rescatarme? —dice incrédula; el trozo de cristal cuelga a un costado, olvidado.

—Algo así.

—Pero me mataste.

—No he dicho que fuera muy bueno en eso.

Puede que sea el tono de mi voz, o la forma como me encojo en el escalón, pero Anna deja que el trozo de cristal caiga al suelo y se sienta a mi lado. Noto su calidez, su solidez. Es la única cosa real en un mundo de ecos.

—¿Aún lo intentas? —pregunta, y me mira con sus grandes ojos castaños, la piel pálida e hinchada surcada de lágrimas—. Rescatarme, quiero decir.

—Intento rescatarnos a los dos, pero no puedo hacerlo sin tu ayuda. Tienes que creerme, Anna, no soy el hombre que te hizo daño.

—Querría... —Duda, niega con la cabeza—. ¿Cómo puedo fiarme de ti?

—Tendrás que empezar a hacerlo —digo mientras me encojo de hombros—. No tenemos tiempo para nada más.

Ella asiente, está asimilando lo que le he contado.

—¿Y qué necesitas que haga yo, si empiezo a confiar en ti?

—Un montón de pequeños favores y dos grandes.

—¿Cuáles son los grandes?

—Necesito que me salves la vida. Dos veces. Esto te ayudará.

Saco del bolsillo el cuaderno del pintor, un libro viejo, maltrecho y lleno de papeles sueltos y arrugados, con cubiertas de cuero sujetas con un cordel. Lo encontré en la chaqueta de Gold cuando salí de la cabaña. Tras tirar los bocetos un tanto anárquicos de Gold, escribí en él todo lo que pude recordar sobre los horarios de mis anfitriones y dejé notas e instrucciones desperdigadas por todas las hojas.

—¿Qué es esto? —pregunta mientras lo coge.

—Es un libro sobre mí. Y es la única ventaja que tenemos.

56

—¿Has visto a Gold? Ya tendría que estar aquí.

Estoy sentado en la habitación vacía de Sutcliffe, con la puerta entreabierta. Daniel habla ahora con Bell en la habitación de enfrente y Anna está fuera, camina furibunda a uno y otro lado.

No tenía intención de inquietarla, pero, tras dejar cartas por toda la casa, incluyendo la de la biblioteca, que revela quiénes son los padres de Cunningham, me retiré aquí con un decantador de *whisky* de la sala de estar. Hace una hora que bebo a conciencia intentando borrar la vergüenza de lo que se avecina y, aunque estoy borracho, sigo sin estarlo lo suficiente.

—¿Cuál es el plan? —oigo que Rashton le dice a Anna.

—Tenemos que impedir que el lacayo mate esta mañana al mayordomo y a Gold —dice ella—. Aún tienen un papel que jugar en esto, siempre y cuando podamos mantenerlos con vida el tiempo necesario.

Tomo otro trago de *whisky* mientras los escucho hablar.

Gold no tiene ni una gota de violencia en el cuerpo, y costaría mucho trabajo convencerlo para que haga daño a un inocente. No tengo tiempo para eso, así que he optado por aturdirlo.

Y no estoy teniendo suerte.

Gold se acuesta con las mujeres de otros hombres, hace trampas a los dados y suele comportarse como si el cielo fuera a desplomarse en cualquier momento, pero no mataría ni a una avispa que le picara. Ama demasiado la vida como para causar daño a otro, lo cual es una pena, porque el dolor será lo único que mantenga al mayordomo con vida lo suficiente para que se reúna con Anna en la casa del portero.

Oigo al otro lado de la puerta sus pasos cansados, así que inspiro hondo, salgo al pasillo y le impido pasar. Ofrece una hermosa imagen a través de los extraños ojos de Gold, su rostro quemado es una alegría, mucho más interesante que la vulgar simetría de la mayor parte de la gente.

Intenta apartarse con una disculpa apresurada, pero lo cojo por la muñeca. Él me mira, malinterpretando mi actitud. Ve ira cuando solo siento angustia. No tengo ningún deseo de hacer daño a este hombre, pero debo hacérselo.

Intenta rodearme, pero le bloqueo el paso.

Desprecio lo que debo hacer, deseo poder explicarme, pero no hay tiempo. Aun así, no consigo obligarme a alzar el atizador y pegar a un inocente. No dejo de verlo en la cama, envuelto en sábanas blancas de algodón, negro y morado por los golpes, luchando por respirar.

Si no haces esto, ganará Daniel.

Su nombre basta para azuzar mi odio, cierro los puños en los costados. Pienso en su hipocresía, abanico las llamas de mi rabia recordando todas las mentiras que me contó y me ahogo otra vez con el niño del lago. Recuerdo la sensación del cuchillo del lacayo cuando se deslizó entre las costillas de Derby y cuando le cortó el cuello a Dance. La rendición que impuso a Rashton.

Desahogo mi rabia con un rugido, golpeo al mayordomo con el atizador que cogí de la chimenea, lo alcanzo en la espalda, lo arrojo contra la pared y lo tiro al suelo.

—Por favor —dice mientras intenta apartarse de mí—. Yo no soy...

Resuella al pedir ayuda y alza una mano implorante. Es la mano lo que lo sella del todo. Daniel me hizo algo similar junto al lago, y volvió mi compasión contra mí. Ahora es Daniel a quien veo en el suelo, y mi rabia se prende fuego y me arde en las venas.

Le doy una patada.

Una vez, luego otra, y otra, y otra. Me abandona toda razón, mi rabia se vuelca en el vacío. Cada traición, cada dolor y cada pena, cada lamentación, cada decepción, cada humillación, cada angustia, cada herida…, todo ello me llena hasta rebosar. Apenas puedo respirar ni ver. Lloro mientras le doy patadas una y otra vez.

Compadezco a este hombre.

Me compadezco a mí mismo.

Oigo a Rashton un instante antes de que me golpee con el jarrón. El choque despierta ecos en mi cráneo mientras yo caigo y caigo, y el suelo me coge con sus duros brazos.

57

Segundo día (continuación)

—¡Aiden!

La voz es distante y rompe contra mi cuerpo como el mar lamiendo una playa.

—Por Dios, despierta. Por favor, despierta.

Mis ojos parpadean y se abren con cansancio, con mucho cansancio.

Miro una pared agrietada, mi cabeza reposa en una almohada blanca salpicada de sangre roja. El agotamiento tira de mí y amenaza con volver a dormirme.

Para mi sorpresa, vuelvo a ser el mayordomo y estoy en la cama de la casa del portero.

Sigue despierto. No te muevas. Tenemos problemas.

Muevo el cuerpo una fracción, el dolor del costado salta a mi boca antes de poder contenerlo de un mordisco, y atrapo el grito en la garganta. En todo caso, basta para despertarme.

La sangre ha empapado las sábanas donde antes me apuñaló el lacayo. El dolor bastó para dejarme inconsciente, pero no para matarme. No sería por accidente. El lacayo ha enviado a mucha gente al otro mundo, y dudo que esta vez se equivocara. La idea me produce escalofríos. Creí que no habría nada más aterrador que el hecho de que alguien intentara matarme. Resulta que eso depende de quién te mate y, cuando lo hace el lacayo, resulta mucho más aterrador que te deje con vida.

—Aiden, ¿estás despierto?

Me vuelvo dolorosamente para ver a Anna en una esquina de la habitación, con las piernas y las manos atadas por una cuerda, a su vez anudada a un viejo radiador. Tiene la mejilla hinchada, un ojo morado florece en su rostro como una flor en la nieve.

La noche se muestra por la ventana que hay sobre ella, pero no tengo ni idea de la hora que es. Por lo que sé, quizá ya son las once y el médico de la peste nos está esperando junto al lago.

Al verme despierto, Anna deja escapar un sollozo de alivio.

—Creí que te había matado.

—Ya somos dos —grazno.

—Me cogió fuera de la casa y dijo que me mataría si no lo acompañaba —dice al tiempo que forcejea contra sus ataduras—. Sabía que Donald Davies estaba a salvo en la carretera y que no podía llegar hasta él, así que hice lo que me pedía. Lo siento mucho, Aiden, pero no se me ocurrió otra salida.

Te traicionará.

Contra esto me previno el médico de la peste, contra la decisión que Rashton consideró una prueba de la traición de Anna. Esa falta de confianza casi sabotea todo en lo que hemos trabajado a lo largo del día. Me pregunto si el médico de la peste conocía las circunstancias de la «traición» de Anna y las ocultó para sus fines o si de verdad creyó que esta mujer se volvió contra mí.

—No es culpa tuya, Anna —digo.

—Aun así, lo siento. —Desvía una mirada asustada a la puerta y luego baja la voz—. ¿Puedes coger la escopeta? La dejó en el aparador.

Miro hacia ella. Está a poco más de un metro, pero es como si estuviera en la Luna. Apenas puedo rodar en la cama, mucho menos levantarme y cogerla.

—¿Ya estás despierto? —interrumpe el lacayo, que entra por la puerta mientras corta pedazos de una manzana con una navaja de bolsillo—. Una pena, tenía muchas ganas de despertarte yo.

Detrás de él hay otro hombre. Es el matón del cementerio, el que me cogió de los brazos mientras Daniel intentaba sacarme a golpes el paradero de Anna.

El lacayo se acerca a la cama.

—La última vez que nos vimos, te dejé vivir —dice—. Tenía que hacerse, pero... no fue satisfactorio. —Se aclara la garganta y siento que la saliva me golpea la mejilla. Me recorre el asco, pero no tengo fuerzas para alzar el brazo y limpiármelo—. No pasará por segunda vez. No me gusta que la gente vuelva a despertarse. Es como si hubiera dejado el trabajo a medias. Quiero a Donald Davies, y quiero que me digas dónde puedo ponerle las manos encima.

La mente me da vueltas mientras conecto las piezas del rompecabezas gigante que es mi vida.

Daniel me encontró en el camino tras saltar del carruaje y me convenció para que lo siguiera hasta el cementerio. No le pregunté cómo sabía dónde estaría yo, pero aquí tengo la respuesta. Se lo diré al lacayo dentro de unos momentos. Si no tuviera tanto miedo, sonreiría ante la ironía.

Daniel cree que estoy traicionando a Davies y que lo envío a la muerte, pero, sin su enfrentamiento en el cementerio, nunca sabría que Lágrima de Plata está en Blackheath ni me enfrentaría a Daniel en el lago, lo que permitirá que Anna acabe con él.

Es una trampa, sí. Una trampa creada por Rashton, disparada por Davies y conmigo de cebo. Será todo lo limpia que quieras, pero, cuando le diga al lacayo lo que quiere saber, nos matará a Anna y a mí como si fuéramos ganado.

El lacayo deja el cuchillo y la manzana en el aparador, junto a la escopeta, y coge el frasco con las pastillas de dormir, lo sacude y hace caer una en su mano. Casi puedo oír cómo frunce el ceño, cómo sus pensamientos van de un lado a otro. Su compañero sigue en la puerta, inexpresivo y con los brazos cruzados.

Vuelve a sacudir el frasco. Una, dos, tres veces.

—¿Cuántas de estas cosas se necesitan para matar a un tullido quemado como tú? —pregunta mientras me coge la barbilla con la mano y acerca mi cara a la suya.

Intento apartarla, pero me coge con más fuerza y clava sus ojos en los míos. Noto su calor; su maldad es una quemazón, un sarpullido que me recorre la piel. Podría haber despertado tras esa mirada, haber compartido ese laberinto para ratas que es mi cerebro, atravesar recuerdos e impulsos de los que nunca habría sido capaz de desembarazarme.

Puede que lo hiciera en un bucle anterior.

Sus dedos de hierro me sueltan, mi cabeza se desploma hacia un lado, gotas de sudor se acumulan en mi frente.

No sé cuánto tiempo más me queda.

—A juzgar por esas quemaduras, has tenido una vida difícil —dice mientras se aparta un poco—. Supongo que una vida difícil se merece una muerte fácil. Eso es lo que ofrezco. Dormirte con la tripa llena de pastillas o retorcerte durante horas mientras sigo sin tocar con el cuchillo las partes importantes.

—¡Déjelo en paz! —grita Anna desde el rincón. La madera cruje mientras forcejea para liberarse.

—O, mejor aún —dice, y agita el cuchillo hacia ella—, podría usar el cuchillo con la chica. La necesito viva. Pero eso no significa que no pueda gritar antes un poco.

Da un paso hacia ella.

—Los establos —digo en voz baja.

Se para en seco, me mira por encima del hombro.

—¿Qué has dicho?

Camina de vuelta hacia mí.

Cierra los ojos, no dejes que vea tu miedo. Es lo que ansía. No te matará hasta que abras los ojos.

Los cierro con fuerza y siento que la cama se hunde cuando se sienta. Segundos después, el filo de su cuchillo me acaricia la cara.

El miedo me pide que abra los ojos, que vea llegar el daño.

Respira, espera tu momento.

—¿Donald Davies estará en los establos? —sisea—. ¿Es lo que has dicho?

Asiento, e intento mantener a raya el pánico.

—¡Déjelo en paz! —vuelve a gritar Anna desde el rincón mientras golpea el entarimado con los tacones y tira violentamente de las cuerdas que la retienen.

—¡Cállate! —le grita el lacayo antes de volver a dedicarme su atención—. ¿Cuándo?

Tengo la boca tan seca que no estoy seguro ni de poder hablar.

—¿Cuándo? —insiste; su hoja me corta la mejilla y derrama sangre.

—A las diez menos veinte —digo, y recuerdo la hora que Daniel me dio.

—¡Corre! Eso es dentro de diez minutos —le dice al hombre de la puerta. Unos pasos que se alejan marcan la marcha del matón por el pasillo.

La navaja se pasea por el borde de mis labios, recorre el contorno de mi nariz hasta que siento una ligerísima presión en el párpado cerrado.

—Abre los ojos —sisea.

Me pregunto si puede oír el latido de mi corazón. ¿Cómo no va a oírlo? Resuena como los disparos de un mortero y acaba con el poco valor que me queda.

Empiezo a temblar, muy ligeramente.

—Abre los ojos —repite, la saliva me alcanza en la mejilla—. Abre los ojos, conejito, déjame mirar dentro.

Oigo madera que se rompe y a Anna gritar.

No puedo evitar mirar.

Ha conseguido arrancar el radiador de uno de sus soportes y ha liberado de paso las manos, pero no las piernas. El cuchillo se aparta cuando el lacayo se pone en pie, los muelles de la cama chirrían al quedar aliviados de su peso.

Ahora. ¡Muévete ahora!

Me arrojo contra él. Sin habilidad, sin fuerza, solo con desesperación e impulso. Si lo hiciera otras cien veces, fallaría, y mi cuerpo lo golpearía como un trapo hinchado, pero hay algo en el ángulo en que se levanta y en la forma en que sujeta el cuchillo. Agarro la empuñadura fácilmente, la giro y empujo el cuchillo hacia su estómago, y la sangre brota entre mis dedos cuando caemos al suelo en un confuso montón.

Jadea, aturdido, incluso herido, pero no de forma fatal. Ya se recupera.

Miro el cuchillo, solo se ve la empuñadura, y sé que no basta con eso. Es demasiado fuerte y estoy demasiado débil.

—¡Anna! —grito, arranco el cuchillo y lo envío por el suelo hacia ella, pero veo desesperado cómo se detiene a pocos centímetros de sus alargados dedos.

El lacayo me araña, sus uñas me marcan las mejillas mientras buscan desesperadamente mi cuello. El peso de mi cuerpo le sujeta la mano derecha, mi hombro le aplasta la cara y lo ciega. Se agita, gruñe, intenta quitarme de encima.

—¡No puedo sujetarlo! —le grito a Anna.

Su mano encuentra mi oreja y tira de ella. Mis ojos se llenan de un dolor cegador. Me aparto de golpe, choco contra el aparador y tiro la escopeta al suelo.

El lacayo libera la mano de debajo de mí. Me empuja a un lado y, cuando doy contra el entarimado, veo que Anna coge la escopeta, con la cuerda recién cortada colgando todavía de la muñeca. Nuestras miradas se encuentran, la furia se acumula en su cara.

Las manos del lacayo me rodean el cuello y se tensan. Le pego en la nariz rota y lo hago aullar de dolor, pero no me suelta. Aprieta más fuerte, me ahoga. La escopeta explota, y también lo hace el lacayo, cuyo cuerpo sin cabeza se desploma a mi lado. De su cuello brota sangre que se extiende por el suelo.

Miro la escopeta que tiembla en las manos de Anna. Si no hubiera caído cuando lo hizo…, si el cuchillo no hubiera llegado hasta ella, o hubiera tardado unos segundos más en liberarse…

Me estremezco, horrorizado por los márgenes entre la vida y la muerte.

Anna me habla, preocupada por mí, pero estoy tan cansado que solo oigo la mitad de lo que dice, y lo último que siento antes de que se me lleve la oscuridad es su mano en la mía y el suave roce de sus labios al besarme la frente.

58

Octavo día (continuación)

Forcejeo a través de la espesa niebla del sueño y me anuncio con una tos que sobresalta a Anna. Está de puntillas, su cuerpo apretado contra el mío mientras intenta liberarme con un cuchillo de cocina. Vuelvo a estar en Gold, atado al techo por las muñecas.

—Te bajo en un momento —dice Anna.

Debe de haber venido directamente de la habitación contigua, porque tiene el mandil manchado con la sangre del lacayo. Corta la cuerda con el ceño fruncido y su prisa la hace torpe. Lanza un juramento y reduce el ritmo, pero, al cabo de unos momentos, tengo las ataduras lo bastante aflojadas para poder sacar las manos.

Caigo como una piedra y golpeo el suelo con un ruido sordo.

—Con calma —dice Anna mientras se arrodilla a mi lado—. Llevas todo el día atado, no te quedan fuerzas.

—¿Qué…?

Me sobrepasa una tos seca, pero en la jarra no queda agua para apagarla. El médico de la peste la gastó toda antes, cuando intentaba mantenerme despierto. Todavía tengo la camisa mojada de cuando me salpicó.

Espero a que se calme la tos y luego vuelvo a intentar hablar.

—¿Qué hora…? —digo a la fuerza, y me siento como si expulsara piedras por la garganta.

—Son las 9:45 —dice Anna.

Si has matado al lacayo, no podrá matar a Rashton ni a Derby. Están vivos. Podrán ayudar.

—No los necesito —digo ronco.

—¿A quién necesitas?

Niego con la cabeza y hago un gesto para que me ayude a levantarme.

—Tenemos que…

Otra tos dolorosa, otra mirada compasiva de Anna.

—Siéntate un momento, por el amor de Dios —dice, y me entrega un papel doblado que se me ha caído del bolsillo de la pechera.

Si lo desdoblara, vería la frase «todos ellos» escrita con la terrible letra de Gold. Esas palabras son la clave de todo lo que ha pasado, y me han seguido desde que Cunningham le entregó el mensaje a Derby hace tres días.

Me guardo la nota en el bolsillo y le hago un gesto a Anna para que me ayude a sostenerme.

En algún lugar de la oscuridad, el médico de la peste se dirige hacia el lago, donde espera que Anna le dé una respuesta que todavía no tiene. Tras ocho días haciendo preguntas, ahora tenemos poco más de una hora para presentar el caso.

Salimos por la puerta tambaleándonos como borrachos, yo le rodeo los hombros con un brazo y ella me agarra por la cintura, y casi nos caemos por las escaleras. Estoy muy débil, pero el problema principal está en lo entumecidas que tengo las piernas. Me siento como una marioneta de madera al final de unos hilos enredados.

Salimos de la casa del portero sin mirar atrás y nos sumergimos directamente en el aire frío de la noche. La ruta más rápida hasta el lago nos haría pasar por el pozo de los deseos, pero por ahí corremos demasiado peligro de tropezarnos con Daniel y con Donald Davies. No tengo ningunas ganas de alterar el delicado equilibrio que hemos conseguido al entrometerme en un acontecimiento que ya se ha resuelto a mi favor.

Habrá que ir por el camino largo.

Me tambaleo por el camino de coches hacia Blackheath, sudo profusamente, tengo los pies de plomo y jadeo. Me acompaña mi coro, con Dance, Derby y Rashton delante y Bell, Collins y Ravencourt más apurados detrás. Sé que son producto de mi mente rota, pero los veo con claridad, como si fueran reflejos, los andares de cada uno, su impaciencia o desdén por la tarea que nos espera.

Nos desviamos del camino de coches y seguimos el camino empedrado a los establos.

El sitio está tranquilo ahora que la fiesta está en pleno apogeo, apenas hay algunos mozos que se calientan alrededor de los braseros mientras esperan a que lleguen los últimos carruajes. Parecen agotados, pero, puesto que no sé quién está en la nómina de Daniel, tiro de Anna para apartarla de la luz y dirigirla hacia el prado, seguimos el pequeño sendero que lleva hasta el lago. Al fondo titila una llama moribunda y su cálido brillo se abre paso entre los huecos de los árboles. Al acercarnos, veo que es el fanal caído de Daniel, que emite sus últimas bocanadas contra la tierra.

Entrecierro los ojos en la oscuridad y veo a su dueño en el lago, mantiene la cara de Donald Davies bajo el agua. El joven agita las piernas mientras intenta escapar.

Anna coge una piedra del suelo y da un paso hacia ellos, pero le agarro un brazo.

—Dile... a las 7:12 de la mañana —digo con una voz ronca, espero que la intensidad de mi mirada transmita un mensaje que mi garganta es incapaz de elaborar. Corre hacia Daniel y alza la piedra sobre la cabeza.

Le doy la espalda, recojo el fanal caído y reavivo la moribunda llama con un aliento. No tengo ganas de ver morir a otra persona, por mucho que pueda merecérselo. El médico de la peste afirmaba que Blackheath debía rehabilitarnos, pero los barrotes no pueden formar a hombres mejores y el sufrimiento solo acaba con la bondad que quedaba. Este lugar roba la esperanza a la gente, y, sin esa esperanza, ¿de qué sirven el amor, la compasión o la bondad? Fuera cual fuera la intención tras su creación, Blackheath le habla al monstruo que hay en nosotros, y no tengo intención de continuar siguiéndole la corriente al mío. Ya le he dado rienda suelta durante demasiado tiempo.

Alzo el fanal en el aire y me dirijo hacia la caseta para barcas. Llevo todo el día buscando a Helena Hardcastle, la creía responsable de los acontecimientos de la casa. Resulta extraño pensar que probablemente tenía razón, aunque no de la forma en que pensaba.

Fuera o no su intención, ella es el motivo por el que todo esto pasa.

La caseta para barcas es poco más que un cobertizo sobre el agua, los pilotes de su costado derecho se han desplomado, lo que hace que todo el edificio esté deformado. Las puertas están cerradas, pero la madera está tan podrida que se desmorona cuando la toco. Se abren con el menor esfuerzo, pero aún dudo. Me tiembla la mano, la luz da saltos. No es el miedo lo que me detiene, el corazón de Gold está calmado como una piedra. Es la expectación. Va a encontrarse algo largo tiempo ansiado y, cuando pase, todo esto habrá acabado.

Seremos libres.

Respiro hondo y empujo las puertas, lo que alarma a algunos murciélagos, que huyen de la caseta para barcas con un coro de chillidos indignados. Hay un par de esqueletos de botes amarrados dentro. Pero solo uno de ellos está tapado con una sábana mohosa.

Me arrodillo, tiro de ella y descubro el pálido rostro de Helena Hardcastle. Tiene los ojos abiertos, las pupilas tan incoloras como la piel. Parece sorprendida, como si le hubiera llegado la muerte con flores en la mano.

¿Por qué aquí?

—Porque la historia se repite —murmuro.

—¿Aiden? —chilla Anna con una ligera nota de pánico en la voz.

Intento gritar a mi vez, pero aún tengo la garganta ronca, lo que me obliga a salir a la lluvia. Alzo la boca hacia el cielo y trago las heladas gotas.

—Por aquí —la llamo—. En la caseta para barcas.

Vuelvo dentro y paso la linterna arriba y abajo por el cuerpo de Helena. Tiene el abrigo desabrochado, lo que deja al descubierto una chaqueta y una falda de lana de color óxido y una blusa blanca de algodón. Han tirado su sombrero dentro del bote. La apuñalaron en el cuello, y hace suficiente tiempo como para que se le haya coagulado la sangre.

Si tengo razón, lleva muerta desde esta mañana.

Anna llega detrás de mí y se sobresalta al ver el cuerpo en el bote.

—Esta es…

—Helena Hardcastle.

—¿Cómo supiste que estaba aquí? —pregunta.

—Esta es la última cita a la que acudió —explico.

El corte del cuello no es muy grande, pero sí lo bastante, como hecho por un cuchillo de herradura, seguro. La misma arma con la que se mató a Thomas Hardcastle hace diecinueve años. Al final, se trata de esto. Todas las otras muertes son ecos de esta. Un asesinato del que nadie se ha enterado.

Me duelen las piernas por la tensión de estar acuclillado, así que me levanto y las estiro.

—¿Ha sido cosa de Michael? —pregunta Anna mientras se agarra a mi abrigo.

—No, esto no lo ha hecho Michael. Michael Hardcastle estaba asustado. Asesinó por desesperación. Este asesinato fue otra cosa; requirió paciencia y placer. Helena fue atraída aquí y apuñalada en la puerta para que se desplomara dentro, sin que la vieran. El asesino eligió un lugar a menos de siete metros de donde mataron a Thomas Hardcastle en el mismo aniversario de su muerte. ¿Qué te dice eso?

Mientras hablo, imagino a *lady* Hardcastle al desplomarse, oigo el crujido de la madera cuando aterriza en el bote. En mis pensamientos se alza una figura en las sombras que cubre el cuerpo con la sábana antes de entrar en el agua.

—El asesino se llenó de sangre —digo mientras paseo el fanal por el lugar—. Se lavó en el agua, pues sabía que lo protegían las paredes de la caseta. Tenía ropa limpia esperándolo...

Y, por supuesto, en un rincón hay una vieja bolsa de lona, y, al abrir el cierre, descubro un montón de ropas de mujer ensangrentadas. Las ropas del asesino.

Esto se planeó...

... *hace mucho tiempo, para otra víctima.*

—¿Quién ha hecho esto, Aiden? —pregunta Anna. El miedo crece en su voz.

Salgo de la caseta para barcas y busco en la oscuridad hasta que veo un fanal al otro lado del lago.

—¿Esperamos compañía? —pregunta, con la mirada fija en la luz que se acerca.

—Es el asesino —digo, y me siento extrañamente tranquilo—. Hice que Cunningham propagara el rumor de que veníamos aquí a... Bueno, a usar la caseta, por así decirlo.

—¿Por qué? —dice Anna, aterrorizada—. Si sabes quién ayudó a Michael, ¡díselo al médico de la peste!

—No puedo. Tú tienes que explicar lo que falta.

—¿Qué? —sisea, y me dedica una mirada cortante—. Teníamos un trato: yo te mantenía con vida y tú encontrabas al asesino de Evelyn.

—El médico de la peste tiene que oírtelo decir a ti. En caso contrario, no te dejará marchar. Confía en mí, tienes todas las piezas, solo necesitas juntarlas. Ten, coge esto.

Busco en el bolsillo y le entrego el papel. Lo desdobla y lo lee en voz alta.

—«Todos ellos» —dice, y arruga la frente—. ¿Qué significa esto?

—Es la respuesta a la pregunta que le pedí a Cunningham que le hiciera a la señora Drudge.

—¿Qué pregunta?

—¿Alguno de los otros hijos de los Hardcastle eran de Charlie Carver? Quería saber por quién había sacrificado su vida.

—Pero todos están muertos.

El misterioso fanal oscila en el aire, se acerca más y más. La persona que lo lleva está corriendo y no se esfuerza por disimular. Ya ha pasado el momento de los subterfugios.

—¿Quién es? —pregunta Anna mientras se protege los ojos y los entrecierra a la luz que se acerca.

—Sí, ¿quién soy? —dice Madeline Aubert, y baja el fanal para mostrar la pistola con la que nos apunta.

Ha cambiado el uniforme de doncella por unos pantalones y una camisa holgada de lino y lleva un cárdigan *beige* sobre los hombros. Tiene los cabellos oscuros mojados, la piel picada de viruelas con una gruesa capa de polvos. Una vez desechada la máscara de la servidumbre, se parece a su madre, tiene los mismos ojos ovalados y las pecas se le arremolinan en una tez blanca lechosa. Espero que Anna se dé cuenta.

Anna pasea la vista de a mí a Madeline y otra vez a mí, la confusión da paso al pánico en su cara.

—Aiden, ayúdame —suplica.

—Tienes que ser tú —digo, y busco en la oscuridad su mano fría—. Tienes todas las piezas delante. ¿Quién estaba en situación de matar a Thomas Hardcastle y a *lady* Hardcastle de la misma manera, con diecinueve años de diferencia? ¿Por qué dijo Evelyn «yo no soy» y que Millicent fue asesinada cuando la salvé? ¿Por qué tenía un anillo familiar que le había dado a Felicity Maddox? ¿Qué sabía Millicent Derby que hizo que la mataran? ¿Por qué contrataron a Gregory Gold para que pintara retratos nuevos de la familia cuando el resto de la casa se caía a pedazos? ¿A quién querrían proteger al mentir Helena Hardcastle y Charlie Carver?

La iluminación llega al rostro de Anna como un amanecer, y sus ojos se abren mucho al mirar primero a la nota y luego a la expresión expectante de Madeline.

—Evelyn Hardcastle —dice en voz baja. Y luego más alto—. Eres Evelyn Hardcastle.

59

No sé cuál es la reacción que esperaba de Evelyn, pero me sorprende al aplaudir encantada y saltar arriba y abajo como si fuéramos mascotas que han realizado un nuevo truco.

—Sabía que valdría la pena seguirlos —dice mientras deja el fanal en el suelo, y su luz se une a la del nuestro—. La gente no viaja en la oscuridad sin algo de conocimiento para iluminarles el camino. Pero debo admitir que no acabo de entender en qué les incumbe esto.

Se ha desprendido del acento francés y con él de todo rastro de la devota doncella tras la que se escondía. Los hombros que antes estaban encogidos se enderezan de inmediato, el cuello se yergue y alza tanto la barbilla que parece estar observándonos desde algún acantilado elevado.

Su mirada inquisitiva se centra en nosotros dos, pero la mía se fija en el bosque. Esto será en vano si el médico de la peste no está aquí para escucharlo, pero, más allá del charco de luz de nuestros dos fanales, todo está oscuro como la boca de un lobo. Podría estar a tres metros de aquí y nunca lo sabría.

Evelyn toma mi silencio por obstinación y me ofrece una gran sonrisa. Disfruta con nosotros. Quiere saborearnos.

Debemos mantenerla entretenida hasta que llegue el médico de la peste.

—Esto es lo que tenía planeado para Thomas hace tantos años, ¿verdad? —digo mientras apunto al cuerpo de Helena en la caseta para barcas—. Interrogué al jefe de los establos, que me dijo que la mañana de su muerte usted salió a montar a caballo, pero eso solo era una coartada. Había quedado aquí con Thomas, así que solo tenía que montar a caballo hasta poco después de la casa del portero, atar al caballo y atajar por el bosque. Yo mismo lo cronometré. Pudo llegar en menos de media hora sin que nadie la viera, con tiempo de sobra para matar tranquilamente a Thomas en la caseta para barcas, lavarse en el agua, cambiarse de ropa y volver a su caballo antes de que nadie se diera cuenta de su ausencia. Le había robado al jefe de los establos el arma del crimen y la sábana con la que iba a tapar el cuerpo. Pensaba cargarle las culpas en cuanto se encontrara a Thomas, pero el plan salió mal, ¿verdad?

—Todo salió mal —dice, y chasquea la lengua—. La caseta para barcas era una salvaguarda por si salía mal mi primera idea. Pretendía atontar a Thomas con una piedra y luego ahogarlo, y dejarlo flotando en el lago para que lo encontrara alguien. Habría sido un trágico accidente, y seguiríamos con nuestra vida. Una pena que no tuviera oportunidad de poner en práctica ninguno de los planes. Pegué a Thomas en la cabeza, pero no lo bastante fuerte. Se puso a gritar y me asusté, por lo que lo apuñalé aquí, al descubierto.

Parece irritada, aunque no demasiado. Es como si describiera algo poco más grave que un pícnic estropeado por el mal tiempo, y me sorprendo mirándola fijamente. Había deducido la mayor parte de la historia antes de venir aquí, pero oírsela contar de forma tan despiadada, sin pesar de ningún tipo, resulta horrendo. Es desalmada, carece de conciencia. Apenas puedo creer que sea una persona.

Anna retoma la conversación al notar que pierdo el hilo.

—Y fue entonces cuando la vieron *lady* Hardcastle y Charlie Carver. —Medita cada palabra y la deposita delante de los pensamientos que acuden a ella—. De algún modo, pudo convencerlos de que la muerte de Thomas había sido accidental.

—Ellos solos hicieron la mayor parte del trabajo —musita Evelyn—. Cuando aparecieron en el sendero creí que se había acabado todo. Estaba contándoles que intentaba apartar el cuchillo de Thomas cuando Carver rellenó el resto por mí. Un accidente, niños jugando, ese tipo de cosas. Me entregó una historia envuelta para regalo.

—¿Sabía que Carver era su padre? —pregunto al recuperar la compostura.

—No, pero yo era una niña. Me limité a aceptar mi buena suerte y seguí montando a caballo como me dijeron. Madre no me dijo la verdad hasta que me mandaron a París. Creo que quería que estuviera orgullosa de él.

—Así que Carver ve en la orilla del lago a su hija cubierta de sangre —continúa Anna, habla despacio mientras intenta ponerlo todo en orden—. Se da cuenta de que usted necesitará ropa limpia y va a la casa a cogerla mientras Helena se queda con Thomas. Eso fue lo que vio Stanwin cuando siguió a Carver hasta el lago, por eso creyó que Helena mató a su hijo. Por eso dejó que su amigo aceptara la culpa.

—Por eso y por una gran cantidad de dinero —dice Evelyn; frunce el labio y muestra la punta de los dientes. Tiene los ojos verdes vidriosos, ausentes. Completamente carentes de empatía, intolerantes al remordimiento—. Madre le pagó generosamente durante años.

—Charlie Carver no sabía que usted había planeado el asesinato por adelantado y que ya tenía una muda de ropa esperándola en la caseta para barcas —digo, y lucho para no buscar entre los árboles al médico de la peste—. La ropa se quedó aquí, escondida, durante dieciocho años, hasta que su madre la encontró el año pasado cuando vino a Blackheath. Enseguida supo lo que eso significaba. Incluso se lo mencionó a Michael, probablemente para ver cómo reaccionaba.

—Debió de pensar que sabía lo del asesinato —dice Anna con pena—. ¿Te lo imaginas…? No podía confiar en ninguno de sus hijos.

Sopla una brisa, la lluvia repiquetea contra nuestros fanales. En el bosque se oye un ruido, impreciso y distante, pero suficiente para llamar la atención de Evelyn por un instante.

«Distráela», le digo a Anna con los labios, en silencio, mientras me quito el abrigo y le cubro con él los delgados hombros, con lo que me gano una sonrisa agradecida.

—Debió de ser terrible para *lady* Hardcastle —dice Anna mientras se cierra el abrigo—, darse cuenta de que la hija por la que su amante había ido al cadalso había asesinado a su hermano a sangre fría. —Baja la voz—. ¿Cómo pudo hacer eso, Evelyn?

—Creo que la pregunta adecuada es por qué lo hizo —digo, y miro a Anna—. A Thomas le gustaba seguir a la gente. Sabía que se metería en un lío si lo pillaban, así que era muy bueno callándose. Un día siguió a Evelyn al bosque, donde se reunió con un mozo del establo. No sé por qué se reunían ni si era algo planeado. Puede que fuera una coincidencia, pero creo que tuvo lugar un accidente. Espero que fuera un accidente —digo mientras miro a Evelyn, que me estudia como a una mariposa que hubiera aterrizado en su chaqueta.

Todo nuestro futuro está escrito en las arrugas que le rodean los ojos; ese rostro tan pálido es una bola de cristal que solo alberga horrores en la niebla.

—Pero la verdad es que no importa —continúo, al darme cuenta de que no va a contestarme—. El caso es que ella lo mató. Probablemente Thomas no entendió lo que acababa de ver, o se habría ido corriendo a contárselo a su madre. Pero, en algún momento, Evelyn se dio cuenta de que lo sabía. Tenía dos opciones: silenciar a Thomas antes de que se lo dijera a alguien o confesar lo que había hecho. Eligió lo primero, y se puso manos a la obra de forma metódica.

—Ha estado muy bien —dice Evelyn, y su rostro parece alegre—. Descontando uno o dos detalles, es casi como si hubiera estado allí en persona. Es usted una delicia, señor Gold, ¿sabe? Mucho más entretenido que la criatura aburrida con quien lo confundí anoche.

—¿Qué le pasó al mozo de los establos? —pregunta Anna—. El jefe de los establos dijo que nunca lo encontraron.

Evelyn la estudia un largo rato. Al principio creo que es porque está decidiendo si responder o no a la pregunta, pero entonces me doy cuenta de la verdad. Intenta recordar. Hace años que no piensa en ello.

—Fue algo muy curioso —dice Evelyn, distante—. Me llevó a ver unas cuevas que había encontrado. Yo sabía que mis padres no lo habrían aprobado, así que fuimos en secreto, pero era una compañía muy tediosa. Estábamos explorando y se cayó en un agujero. Nada muy grave, podría haber ido a buscar ayuda sin problemas. Le dije que iba a por ella, y entonces me di cuenta. No tenía por qué. No tenía que hacer nada. Podía dejarlo allí. Nadie sabía adónde habíamos ido ni que yo estaba con él. Parecía cosa del destino.

—Así que se limitó a abandonarlo —dice Anna, horrorizada.

—Y, ¿sabe?, lo disfruté bastante. Era mi secretito emocionante. Hasta que Thomas me preguntó por qué había ido ese día a las cuevas. —Levanta su fanal del barro sin dejar de apuntarnos con la pistola—. Y ya conocen el resto. Una pena, la verdad.

Amartilla el arma, pero Anna se pone delante de mí.

—¡Espere! —dice mientras alarga la mano.

—Por favor, no suplique —dice Evelyn, exasperada—. Le tenía mucho respeto, no tiene ni idea de cuánto. Nadie, aparte de mi madre, había cuestionado la muerte de Thomas en casi veinte años, y entonces, de repente, aparecen ustedes dos con todo resuelto y rematado con un bonito lazo. Ha debido de requerir mucha determinación, y yo admiro eso, pero no hay nada más impropio que la falta de orgullo.

—No voy a suplicar, pero la historia no se ha acabado —dice Anna—. Nos merecemos oír el resto.

Evelyn sonríe, y se la ve hermosa, quebradiza y completamente loca.

—Me toma por idiota —dice mientras se enjuga la lluvia de los ojos.

—La tomo por alguien que va a matarnos —dice Anna con calma, habla como lo haría con una niña pequeña—. Y creo que, si lo hace al descubierto, lo oirá mucha gente. Necesita llevarnos a algún lugar más recogido, así que ¿por qué no hablamos por el camino?

Evelyn da un par de pasos hacia ella y acerca el fanal a su cara para poder inspeccionarla mejor. Inclina la cabeza, separa un poco los labios.

—Chica lista —dice Evelyn, y ronronea de admiración—. Muy bien, media vuelta y empezad a andar.

Escucho esta conversación con pánico creciente y espero desesperadamente que el médico de la peste salga de la oscuridad y ponga fin a esto. Seguro que ya tendrá suficientes pruebas para justificar la libertad de Anna.

A no ser que lo hayan retrasado.

La idea me llena de temor. Anna intenta mantenernos con vida, pero será en vano si el médico de la peste no sabe dónde encontrarnos.

Voy a coger el fanal, pero Evelyn lo derriba de una patada y nos hace señas con la pistola para que nos internemos en el bosque.

Caminamos codo con codo, con Evelyn, que tararea en voz baja, un par de pasos más atrás. Me arriesgo a mirar por encima del hombro, pero está lo bastante lejos como para que quitarle el arma sea una empresa imposible. Y, en caso de que pudiera, no serviría de nada. No estamos aquí para capturar a Evelyn, estamos aquí para probar que Anna no es como ella, y la mejor manera de hacerlo es corriendo peligro.

Unos nubarrones tapan las estrellas y, puesto que solo la escasa luz de Evelyn nos guía, tenemos que movernos con cuidado para no tropezar. Es como navegar por tinta. Y seguimos sin señales del médico de la peste.

—Si su madre supo hace un año lo que había hecho, ¿por qué no se lo contó a nadie? —pregunta Anna, y mira hacia

Evelyn—. ¿Por qué organizar esta fiesta, por qué invitar a toda esta gente?

Hay verdadera curiosidad en su tono. Si tiene miedo, se lo guarda en un bolsillo, donde no puedo verlo. Resulta evidente que Evelyn no es la única actriz que hay en la casa. Espero estar actuando igual de bien. El corazón me late con fuerza suficiente para romperme una costilla.

—Por avaricia —dice Evelyn—. Mis padres necesitan más el dinero que mi madre verme en la horca. Supongo que les llevó tiempo arreglar el matrimonio, porque madre me envió una carta el mes pasado en la que me decía que, si no consentía en casarme con ese odioso Ravencourt, me entregarían. La humillación de la fiesta de hoy solo era una salva de inicio, un poco de justicia para Thomas.

—¿Así que los mató en venganza? —pregunta Anna.

—Lo de padre fue un intercambio. Michael asesinaba a Felicity y yo asesinaba a padre. Mi hermano quería su herencia mientras aún quedara algo. Va a comprarle a Stanwin su negocio de chantaje, a medias con Coleridge.

—Entonces sí que fue la huella de su bota lo que vi ante la ventana de la casa del portero —digo—. Y dejó una nota en la que reclamaba su responsabilidad.

—Bueno, no podía dejar que culparan al pobre Michael. Eso habría dado el traste con mi objetivo. No pienso volver a utilizar mi nombre cuando me vaya de aquí, ¿por qué no hacer que sirviera para algo?

—¿Y a su madre? —pregunta Anna—. ¿Por qué la mató?

—Yo estaba en París —dice Evelyn, y la ira consume sus palabras por primera vez—. Si no me hubiera vendido a Ravencourt, no me habría vuelto a ver. En lo que a mí respecta, lo que hizo fue suicidarse.

Los árboles se separan bruscamente y dejan al descubierto la casa del portero. Hemos llegado por la parte de atrás, ante la puerta de la cocina que aquella primera mañana la falsa Evelyn le enseñó a Bell.

—¿Dónde encontró a la otra Evelyn?

—Se llama Felicity Maddox. Por lo que tengo entendido, es una timadora —dice Evelyn sin precisar—. Stanwin lo organizó todo. Michael le dijo que la familia quería que Felicity se casara con Ravencourt en mi lugar, momento en el cual le pagarían la mitad de la dote para callarlo.

—¿Sabía Stanwin lo que planeaban hacer? —pregunta Anna.

—Quizá, pero ¿por qué iba a importarle? —dice Evelyn mientras se encoge de hombros y me hace un gesto para que abra la puerta—. Felicity era un insecto. No sé qué policía intentó ayudarla esta tarde, y ¿sabe lo que hizo? En vez de admitirlo todo ante él, fue directamente a Michael y le pidió más dinero por no contar nada. Una persona así es una lacra para el mundo. Considero su muerte un servicio público.

—¿Y Millicent Derby? ¿Su muerte también fue un servicio público?

—Ah, Millicent —dice Evelyn mientras ilumina ese recuerdo—. ¿Sabe? En su momento, era tan mala como su hijo. Pero en los últimos años ya no le quedaban fuerzas para seguir siéndolo.

Cruzamos la cocina hasta el pasillo. La casa está silenciosa, todos sus ocupantes, muertos. A pesar de eso, una lámpara arde luminosa en la pared, lo que sugiere que Evelyn siempre pretendió volver aquí.

—Millicent la reconoció, ¿verdad? —digo, y paso los dedos por el papel pintado. Siento que me desintegro. Nada de esto me parece real. Necesito tocar algo para saber que no estoy soñando—. La vio en el salón de baile junto a Felicity —continúo, al recordar la forma en que la anciana se marchó apresuradamente del lado de Derby—. La había visto crecer y no iba a dejarse engañar por un uniforme de doncella y por los retratos que acababa de pintar Gold para la galería. Millicent supo inmediatamente quién era usted.

—Bajó a la cocina, exigía saber a qué jugaba —dice Evelyn—. Le dije que era una broma para el baile y la vieja tonta me creyó.

Miro a mi alrededor, busco algún indicio de la presencia del médico de la peste, pero cada vez tengo menos esperanzas. No hay motivo para que sepa que estamos aquí, así que no tiene ni idea de lo valiente que está siendo Anna ni de que ha resuelto su acertijo. Nos dirigimos a la muerte con una loca y todo ha sido para nada.

—¿Cómo la mataste? —pregunto a la desesperada. Intento que Evelyn siga hablando mientras se me ocurre otro plan.

—Robé un frasco de veronal del maletín del doctor Dickie y machaqué unas cuantas pastillas en su té. Cuando se durmió, puse una almohada contra su cara hasta que dejó de respirar y luego fui a por Dickie. —Hay alegría en su voz, como si eso fuera algún recuerdo feliz que comparte con amigos en una cena—. Vio el veronal de su maletín en la mesita y enseguida se dio cuenta de que estaba implicado. Lo bueno de los hombres corruptos es que siempre puedes confiar en que serán corruptos.

—Así que cogió el frasco y dijo que era un ataque al corazón para cubrir sus propias huellas —digo, y lanzo un pequeño suspiro.

—Oh, no tema, amante mío —dice ella, y me pincha en la espalda con el cañón de la pistola—. Millicent murió como había vivido, con elegancia y cálculo. Créame, fue un regalo. Todos deberíamos ser igual de afortunados y tener un fin tan significativo.

Me preocupa que nos lleve a la habitación donde lord Hardcastle está retorcido en su silla, pero, en vez de eso, nos guía hasta la puerta de enfrente. Es un pequeño comedor con cuatro sillas y una mesa en el centro. La luz del fanal de Evelyn recorre las paredes e ilumina dos bolsas de lona en un rincón, cada una de ellas llena a rebosar de joyas, ropas y todo lo que ha podido robar en Blackheath.

Su nueva vida empezará donde se acabe la nuestra.

Gold, siempre un artista, al menos puede apreciar la simetría.

Evelyn pone el fanal en la mesa y nos hace señas para que nos arrodillemos en el suelo. Le brillan los ojos, tiene las mejillas encendidas. Una ventana da a la carretera, pero no veo ni rastro del médico de la peste.

—Me temo que se han quedado sin tiempo —dice mientras alza el arma.

Queda un movimiento por hacer.

—¿Por qué mató a Michael? —pregunto con rapidez, le arrojo la acusación.

Evelyn se tensa, se le evapora la sonrisa.

—¿De qué habla?

—Lo envenenó —digo, y veo cómo la confusión se pinta en su cara—. Todos estos días he oído lo íntimos que son, cuánto lo quiere. Ni siquiera sabía que usted mató a Thomas o a su madre, ¿verdad? No quiso que él pensara mal de usted. Pero, cuando llegó el momento, lo mató tan fácilmente como a sus demás víctimas.

Su mirada se mueve entre Anna y yo, la pistola vacila en su mano. Por primera vez, parece asustada.

—Miente. Yo nunca le haría daño a Michael —dice.

—Lo vi morir, Evelyn —respondo—. Estuve a su lado cuando…

Me golpea con el arma, de mi labio brota sangre. Pretendía quitarle el arma, pero ha sido demasiado rápida y ya se ha apartado de nosotros.

—No me mienta —aúlla con los ojos encendidos; respira entrecortadamente.

—No miente —protesta Anna mientras me rodea los hombros con un gesto protector.

Las lágrimas corren por las mejillas de Evelyn, le tiembla el labio. Su amor es rabioso, palpitante y despreciable, pero es sincero. De algún modo, eso solo la hace más monstruosa.

—Yo no… —Se agarra del pelo y tira lo bastante fuerte como para arrancarlo de raíz—. Sabía que yo no podía casarme… Quiso ayudarme. —Nos mira suplicante—. La mató por mí, para que yo pudiera ser libre… Me quería…

—Pero tenía que asegurarse —digo—. No podía arriesgarse a que se echara atrás y que Felicity volviera a despertarse, así que le dio una copa de *whisky* envenenado antes de que ella fuera al estanque.

—Pero no se lo dijo a Michael —continúa Anna—. Y él se bebió lo que quedaba mientras Rashton lo interrogaba.

Evelyn baja la pistola y yo me tenso, me preparo para saltar a por ella, pero Anna me coge con fuerza.

—Está aquí —me susurra al oído, y señala con la cabeza hacia la ventana.

En el camino de coches arde una sola vela que ilumina una máscara de porcelana. Siento que la esperanza se agita, pero se apaga de inmediato. No se mueve. Ni siquiera puede oír lo que se dice.

¿A qué espera?

—Oh, no —dice Anna, como si tuviera náuseas.

También mira al médico de la peste, salvo que, en vez de con mi confusión, lo hace con horror. Ha empalidecido, se agarra a mi manga.

—No lo hemos resuelto —dice, habla entre dientes—. Seguimos sin saber quién mata a Evelyn Hardcastle, a la *auténtica* Evelyn Hardcastle. Y el número de sospechosos se ha reducido a dos.

Noto que algo frío se aposenta en mí.

Esperaba que el hecho de que Anna desenmascarase a Evelyn bastara para que se ganara la libertad, pero tiene razón. Pese a todo el discurso del médico de la peste sobre redención y rehabilitación, aún necesita que una vida más pague las consecuencias, y espera que se la entregue uno de nosotros.

Evelyn se mueve de un lado a otro y se tira del pelo, distraída por la muerte de Michael, pero está demasiado apartada para atacarla. Puede que Anna o yo consiguiéramos quitarle el arma, pero no antes de que hubiera atado al otro.

Nos han engañado.

El médico de la peste se mantuvo alejado a propósito para no tener que oír la respuesta de Anna y tener que enfrentarse a la mujer buena en que se ha convertido. No sabe que me equivoqué con Michael.

O no le importa.

Ya tiene lo que quería. Si yo muero, me liberará. Si ella muere, se quedará aquí atrapada, como quieren sus superiores. Van a retenerla eternamente, haga lo que haga.

Incapaz de contener mi desesperación por más tiempo, corro a la ventana y golpeo el cristal.

—¡No es justo! —grito a la forma distante del médico de la peste.

Mi furia sobresalta a Anna, que se aparta asustada de un salto. Evelyn se acerca a mí y me apunta con la pistola, confunde mi rabia con pánico.

La desesperación se apodera de mí.

Le digo al médico de la peste que no abandonaré a Anna, que si me suelta encontraré el modo de volver a Blackheath, pero no puedo pasar otro día en este lugar. No permitiré que vuelvan a matarme. No puedo volver a ver cómo se suicida Felicity ni cómo me traiciona Daniel Coleridge. No puedo volver a vivir nada de esto, y una parte de mí, una parte mucho mayor de lo que nunca habría creído posible, está dispuesta a atacar a Evelyn y acabar con todo, al margen de lo que le pase a mi amiga.

Cegado por mi dolor, no me doy cuenta de que Anna se ha acercado a mí. Ignora a Evelyn, que la mira como lo haría un búho a un ratón que baila, me coge ambas manos y se pone de puntillas para besarme en la mejilla.

—Ni se te ocurra volver a por mí —dice mientras presiona su frente contra la mía.

Se mueve deprisa, gira sobre los talones y salta a por Evelyn en un solo movimiento.

El disparo es ensordecedor y por unos segundos lo único que se oye es su eco desvaneciéndose. Lanzo un grito y corro hasta Anna mientras la pistola cae al suelo y la sangre brota a través de la camisa de Evelyn, por encima de su cadera.

Abre y cierra la boca mientras cae de rodillas, sus ojos vacíos contienen una súplica silenciosa.

Felicity Maddox está en la puerta, es una pesadilla que ha cobrado vida. Aún lleva el vestido de baile azul, que ahora chorrea por la lluvia y está cubierto de barro, se le ha corrido el maquillaje de sus pálidas mejillas arañadas por la frenética carrera entre los árboles. Tiene el lápiz de labios manchado, los cabellos revueltos y el revólver firme en la mano.

Nos dedica una mirada rápida, pero dudo que nos vea. La rabia la ha dejado medio loca. Apunta el revólver al estómago de Evelyn y aprieta el gatillo. El disparo es tan fuerte que tengo que taparme los oídos cuando la sangre salpica el papel pintado. No contenta con eso, vuelve a disparar, y Evelyn se desploma en el suelo.

Felicity se acerca a ella y vacía la última bala en el cuerpo sin vida de Evelyn.

60

Anna aprieta su cara contra mi pecho, pero yo no puedo dejar de mirar a Felicity. No sé si esto es o no es justicia, pero estoy desesperadamente agradecido por ello. El sacrificio de Anna me habría liberado, pero la culpa nunca me habría abandonado.

Su muerte me habría convertido en un extraño para mí mismo.

Felicity me ha salvado de eso.

Tiene el revólver vacío, pero aún aprieta el gatillo y entierra a Evelyn en un coro de chasquidos inútiles. Creo que continuará así eternamente, pero la interrumpe la llegada del médico de la peste. Le quita el arma de la mano con delicadeza y su mirada se despeja, la vida vuelve a sus extremidades, como si se hubiera roto un hechizo. Parece agotada y vacía, incapaz de pensar.

Le dedica una larga mirada al cuerpo de Evelyn, asiente al médico de la peste y pasa por su lado para desaparecer fuera, sin llevar siquiera una linterna que la guíe en su camino. Un momento después, la puerta principal se abre y el aire se llena con el sonido de la lluvia.

Suelto a Anna y me desplomo en la alfombra mientras me tapo la cara con las manos.

—Le dijiste a Felicity que estábamos aquí, ¿verdad? —digo a través de los dedos.

Parece una acusación, aunque estoy seguro de que pretendía manifestar mi agradecimiento. En este momento, con todo lo que ha pasado, quizá no haya forma de separarlos.

—Le di a elegir —dice mientras se arrodilla para cerrar los ojos aún abiertos de Evelyn—. Su naturaleza se hizo cargo del resto, como hizo la tuya.

Mira a Anna al decir esto, pero su mirada no tarda en pasar de largo, recorre las paredes salpicadas de sangre antes de volver al cuerpo caído a sus pies. Una parte de mí se pregunta si no estará admirando su propia obra, la ruina indirecta de un ser humano.

—¿Cuánto hace que sabe quién era la verdadera Evelyn? —pregunta Anna, que mira de arriba abajo al médico de la peste y lo examina con la maravilla de un niño.

—En el mismo momento que usted. Acudí al lago como se me pidió y presencié en persona su desenmascaramiento. Cuando fue evidente hacia dónde los llevaba, volví a Blackheath para transmitirle esa información a la actriz.

—Pero ¿por qué nos ha ayudado? —pregunta Anna.

—Por justicia —se limita a decir. La máscara de pico se vuelve hacia ella—. Evelyn se merecía morir y Felicity se merecía matarla. Ustedes dos han demostrado que se merecen la libertad y no quise que flaquearan ante el obstáculo final.

—¿Ya está? ¿Se ha acabado de verdad? —pregunto con la voz temblorosa.

—Casi. Aún necesito que Anna responda formalmente a la pregunta de quién mató a Evelyn Hardcastle.

—¿Y qué pasa con Aiden? —pregunta Anna mientras posa una mano en mi hombro—. Le echó la culpa a Michael.

—El señor Bishop resolvió los asesinatos de Michael, Peter y Helena Hardcastle, y el intento de asesinato de Felicity Maddox, un crimen tan hábilmente oculto que era completamente desconocido para mis superiores y para mí. No puedo culparlo por contestar a preguntas que nunca se nos ocurrió formular ni castigaré a un hombre que arriesgó tanto para salvar la vida de otra persona. Su respuesta es válida. Y ahora necesito la de usted. ¿Quién mató a Evelyn Hardcastle, Anna?

—No ha dicho nada de los otros anfitriones de Aiden —insiste ella, testaruda—. ¿También los dejará marchar? Algunos siguen con vida. Si nos damos prisa, probablemente aún podamos salvar al mayordomo. ¿Y qué será del pobre Sebastian Bell? Despertará por la mañana. ¿Qué hará sin mí para ayudarlo?

—Aiden es el Sebastian Bell que despertó esta mañana —dice el médico de la peste con un tono amable—. Nunca ha sido más que un juego de luces, Anna. Sombras proyectadas en una pared. Y ahora se irán y se llevarán la llama que los proyectaba y, cuando eso pase, desaparecerán.

Ella lo mira insegura.

—Confíe en mí, Anna. Dígame quién mató a Evelyn Hardcastle y todo el mundo será libre. De un modo u otro.

—¿Aiden?

Me mira insegura, espera mi aprobación. Solo puedo asentir. Una oleada de emoción se amontona en mi interior y espera ser liberada.

—Felicity Maddox —declara.

—Es libre —dice él mientras se levanta—. Blackheath deja de estar unida a los dos.

Mis hombros se estremecen. Incapaz de contenerme, empiezo a llorar desconsoladamente, ocho días de miedo y sufrimiento que me abandonan como si fueran veneno. Anna me coge la mano, pero no puedo parar. Estoy al borde de un ataque de nervios, aliviado y agotado, me aterroriza que nos hayan engañado.

Si todo lo demás en Blackheath era una mentira, ¿por qué no va a serlo esto también?

Miro al cuerpo de Evelyn y veo a Michael entre convulsiones en el solario, y la expresión desconcertada de Stanwin cuando Daniel le disparó en el bosque. Peter y Helena, Jonathan y Millicent, Dance, Davies, Rashton. El lacayo y Coleridge. Las muertes se amontonan.

¿Cómo puede alguien escapar a todo esto?

Al decir un nombre...

—Anna —murmuro.

—Estoy aquí —dice, y me abraza con fuerza—. Nos vamos a casa, Aiden. Lo hiciste, mantuviste tu promesa.

Ella me mira, no hay ni una pizca de duda en sus ojos. Sonríe, jubilosa. Creí que no bastaría con un día y una vida para escapar de este lugar, pero quizá sea la *única* manera de escapar de este lugar.

Mira al médico de la peste sin soltarme.

—¿Y qué pasará ahora? —pregunta—. Aún no recuerdo nada anterior a esta mañana.

—Lo recordará —dice el médico de la peste—. Ha cumplido con su sentencia, así que se le devolverán todas sus posesiones, incluidos sus recuerdos. Si los quiere. Muchos deciden dejarlos atrás y continuar como están. Puede que valga la pena planteárselo.

Anna digiere eso y me doy cuenta de que aún no sabe quién es ni lo que hizo. Será una conversación complicada, pero ahora no tengo fuerzas para afrontarla.

Necesito deshacerme de Blackheath, abandonarla en la oscuridad, donde viven mis pesadillas, y sé que no me libraré de ella en mucho tiempo. Si puedo ahorrarle a Anna un sufrimiento semejante, aunque solo sea por un tiempo breve, lo haré.

—Deberían irse —dice el médico de la peste—. Creo que ya han estado aquí lo suficiente.

—¿Estás listo? —pregunta Anna.

—Lo estoy —digo, y dejo que me ayude a ponerme en pie.

—Gracias por todo —le dice al médico de la peste, y hace una reverencia antes de salir de la casa.

Él mira cómo se aleja y luego me entrega el fanal de Evelyn.

—La buscarán, Aiden —susurra—. No te fíes de nadie, y no os permitáis recordar. En el mejor de los casos, los recuerdos os paralizarán, y en el peor... —Deja la frase en el aire—. Echad a correr en cuanto os liberen y no paréis. Es vuestra única posibilidad.

—¿Y qué te pasará a ti? No creo que tus superiores se alegren mucho cuando descubran lo que has hecho.

—Oh, se pondrán furiosos —dice alegre—. Pero siento que el día de hoy ha sido bueno, y hace mucho tiempo que Blackheath no tenía uno de esos. Creo que lo disfrutaré un tiempo y ya me preocuparé mañana por el precio. No tardará en llegarme, siempre llega. —Alarga la mano—. Buena suerte, Aiden.

—También a ti —digo, le estrecho la mano y salgo a la tormenta.

Anna me espera en la carretera, con los ojos clavados en Blackheath. Parece tan joven, tan despreocupada..., pero es una máscara. Hay otra cara debajo de esta, la de una mujer odiada por medio mundo, y yo he ayudado a que sea libre. La inseguridad titila en mi interior, pero, al margen de lo que haya hecho, de lo que sea que nos espera, lo superaremos juntos. Lo único que me importa es el aquí y el ahora.

—¿Adónde iremos? —pregunta Anna mientras barro el oscuro bosque con la cálida luz del fanal.

—No lo sé. No creo que importe.

Me coge la mano y me la aprieta con suavidad.

—Entonces empecemos a caminar y veamos dónde acabamos.

Y eso hacemos: ponemos un pie delante del otro y entramos en la oscuridad con la más mortecina de las luces como guía.

Intento imaginar lo que me espera.

¿La familia que abandoné? ¿Nietos criados con historias de lo que hice? ¿O solo otro bosque, otra casa empantanada en secretos? Espero que no. Espero que mi mundo sea muy diferente. Algo desconocido e insondable, algo que no puedo ni imaginar desde los confines de la mente de Gold. Después de todo, no solo estoy escapando de Blackheath. Escapo de ellos. De Bell y del mayordomo, de Davies, Ravencourt, Dance y Derby. De Rashton y de Gold. Blackheath era la prisión, pero ellos eran los grilletes.

Y las llaves.

Les debo mi libertad a todos y cada uno de ellos.

¿Y qué pasa con Aiden Bishop? ¿Qué le debo a él? Al hombre que me atrapó aquí para poder torturar a Annabelle Caulker. De lo que estoy seguro es de que no le devolveré los recuerdos. Mañana veré su cara en el espejo y, de algún modo, tendré que hacerla mía. Para eso, necesito volver a empezar, libre del pasado, libre de él y de los errores que cometió.

Libre de su voz.

—Gracias —digo entre dientes, y siento que por fin me abandona.

Parece un sueño, lo que es mucho pedir. Mañana no habrá un lacayo al que vencer. Ni una Evelyn Hardcastle a la que salvar, ni un Daniel Coleridge al que ganar en ingenio. No habrá una cuenta atrás con una casa rompecabezas. En vez de preocuparme por lo imposible, solo necesitaré hacerlo por lo vulgar y corriente. Por el lujo de despertar en la misma cama dos días seguidos o de ser capaz de ir al pueblo de al lado si quiero. Por el lujo de la luz del sol. Por el lujo de la honestidad. Por el lujo de vivir una vida sin que haya un asesinato al final.

El mañana puede ser lo que yo quiera que sea, lo que significa que, por primera vez en décadas, lo espero impaciente. En vez de ser algo que temer, puede ser una promesa que me haga a mí mismo. Una oportunidad de ser más valiente o más amable, de arreglar lo que está mal. De ser mejor de lo que soy hoy.

Cada día después de este es un regalo.

Solo tengo que caminar hasta llegar a él.

Agradecimientos

Las siete muertes de Evelyn Hardcastle no existiría sin mi agente, Harry Illingworth. Supo antes que yo lo que podía ser esta historia y me ayudó a sacarla a la luz. Eres un tipo legal, Illington.

Por su inteligencia y su escalpelo para las palabras, querría dar las gracias a mi editora, Alison Hennessey, alias reina de cuervos, alias glamurosa asesina (de párrafos). Yo escribí una historia, Alison la convirtió en un libro.

También estoy en deuda con Grace Menary-Winefield, mi editora norteamericana, por hacerme preguntas que a mí nunca se me ocurrió hacer y por ayudarme a ahondar en este mundo que he creado.

Y, ya puestos, no puedo olvidarme de los demás miembros de Raven Books y de Sourcebooks, que no dejaron de avergonzarme con su talento, entusiasmo y encanto general. De entre todos ellos querría destacar especialmente a Marigold Atkey, que soportó mi pánico, y mis cambios de última hora, con inteligencia y buen humor. Estoy seguro de que alguien, en alguna parte, la habrá oído gritar, pero no fui yo. Y le estoy muy agradecido por ello.

Debo hacer una mención especial a mis primeros lectores: David Bayon, Tim Danton y Nicole Kobie, que leyeron esta historia en su fase «David Lynch» y que me indicaron con amabilidad que las pistas, la gramática y recordar elementos claves de la trama no es muestra de debilidad.

Y, finalmente, a mi esposa, Maresa. Si vas a hacer alguna estupidez (como dedicar tres años a escribir una novela de crímenes, viajes en el tiempo y cambio de cuerpos), necesitas tener de tu lado a tu mejor amiga hasta el final. Lo estuvo y lo está. No habría podido hacerlo sin ella.

Sobre el autor

Stuart Turton es escritor y periodista. Ha trabajado en Shanghái y Dubái, y ganó el Premio de Relato Breve Brighton and Hove. *Las siete muertes de Evelyn Hardcastle* es su primera novela, finalista del prestigioso CWA Gold Dagger Award y ganadora del Premio Costa a la Mejor Novela Debut. Esta obra se ha convertido en un *best seller* alabado por la crítica gracias a su inteligente trama.

Ático de los Libros le agradece la atención
dedicada a *Las siete muertes de Evelyn Hardcastle,* de Stuart
Turton. Esperamos que haya disfrutado de la lectura
y le invitamos a visitarnos
en www.aticodeloslibros.com,
donde encontrará más información
sobre nuestras publicaciones.

Si lo desea, puede también seguirnos
a través de Facebook, Twitter o Instagram y suscribirse a
nuestro boletín utilizando su teléfono móvil
para leer los siguientes códigos QR: